DER GRIFF DES TODES

EIN FESSELNDER KRIMINALROMAN

DS TOMEK BOWEN KRIMI-THRILLER-SERIE
BUCH 2

JACK PROBYN

CLIFF EDGE PRESS

ÜBER DAS BUCH

Er hat gerade die Tochter kennengelernt, von der er nie wusste, dass es sie gibt. Jetzt muss er ein Mädchen retten, dem er vielleicht nie begegnen wird.

DS Tomek Bowens Leben war schon immer kompliziert, aber seine Welt wird auf den Kopf gestellt, als er erfährt, dass er eine dreizehnjährige Tochter hat. Vom Dienst suspendiert und mit der Vorstellung der Vaterschaft kämpfend, wird er unerwartet zurück zur Arbeit gerufen: Ein Schulmädchen wurde entführt, nachdem es in das Auto eines Fremden gestiegen ist.

Nun wieder eingesetzt, muss Tomek durch eine explosive Ermittlung navigieren und gleichzeitig versuchen, eine Beziehung zu dem Kind aufzubauen, mit dem er nie gerechnet hatte. Doch während die Suche sich intensiviert, quält ihn eine Frage: Wird er sowohl für den Fall als auch für seine Chance auf Familie zu spät kommen?

TRETEN SIE DEM VIP-CLUB BEI

Ihr KOSTENLOSES Buch wartet auf Sie

Verfügbar, sobald Sie dem Club beitreten
Holen Sie sich jetzt Ihr KOSTENLOSES Exemplar der Prequel-Novelle
zur DS Tomek Bowen-Reihe auf jackprobynbooks.com, wenn Sie
meinem VIP-E-Mail-Club beitreten.

KAPITEL 1

Das letzte Mal, als Amelia Duggan die kleine Annabelle Lake sah, war, als sie ihr am Schultor zum Abschied winkte. Der Schultag war zu Ende, und Scharen von Kindern der Canvey Beck Grundschule strömten mit ihren Eltern auf die Straße. Aber nicht Annabelle Lake. Sie brauchte keine Eltern, die sie abholten. Sie wohnten in der kleinen Sackgasse gegenüber der Schule, einen Katzensprung vom Eingang entfernt. Ein kurzer Weg die Straße entlang, über die Ampel, und dann war sie in Sicherheit.

Amelia beobachtete sie jeden Nachmittag auf diesem Weg, nur um sicherzugehen, dass sie die belebte Straße überquerte und sicher durch die Haustür ging.

Dieser Nachmittag war nicht anders.

»Hast du deine Tasche und deinen Mantel?«, fragte Amelia.

»Ja, Frau Duggan«, antwortete Annabelle.

»Und hast du dir die Hände gewaschen?«

»Ja, Frau Duggan.«

»Bist du sicher? Ich habe gehört, dass du vor ein paar Minuten auf der Toilette warst.«

Amelia, die spürte, dass sie aufgeflogen war, kicherte kindlich und eilte dann zur Toilette. Es war 15:30 Uhr. Die Schule war vor fünfzehn Minuten zu Ende gegangen, aber Annabelle war, wie so oft, zurückgeblieben, um den oberen Jahrgängen Zeit zu geben, den Schulhof zu verlassen. Sie mochte keine großen Menschenmengen, sie machten ihr Angst. Und Amelia war mehr als glücklich, die zusätzlichen fünfzehn Minuten mit ihr zu verbringen, um sicherzustellen, dass sie sich so wohl wie möglich fühlte.

Kurz darauf kehrte Annabelle Lake ins Klassenzimmer zurück, ihre Hände nass. Sie hielt sie in die Luft, und Amelia klatschte sie ab. Sie waren die zwei As. Amelia und Annabelle, und Amelia war bei dem kleinen Mädchen gewesen, seit sie in der Vorschule in die Schule gekommen war. Sie hatte miterlebt, wie sie sich von einem schüchternen, zurückhaltenden Wesen, das nicht dort sein wollte, zu einem lächelnden, überschwänglichen Kind entwickelt hatte, das den Tag aller erhellte, sobald sie in das Gebäude hüpfte. Trotz der Schwierigkeiten, die sie später im Leben erwarteten, würde sie nicht zulassen, dass diese sie davon abhielten, im Moment zu leben, im Hier und Jetzt.

Amelia trug ihre Tasche und folgte Annabelle, als sie die Treppe hinunterging und durch eine Doppeltür trat. Als sie den Parkplatz erreichten, war der Platz leer, abgesehen von einigen Eltern, die darauf warteten, dass ihre Kinder den Nachsitzen beendeten. Diese Zahl hatte in den letzten Jahren zugenommen. Sie war sich nicht sicher, was mit dem Ort geschah. Und als Lehrassistentin war sie nicht mit den komplizierten Details vertraut, wie die Schule geführt wurde, wie sie zugrunde gerichtet wurde. Der letzte Ofsted-Bericht hatte sie als "Verbesserungsbedürftig" eingestuft. Sie war sich sicher, dass die Einstellung und das Verhalten einiger Kinder weitgehend dazu beitrugen. In all ihren früheren Positionen hatte sie nie Kinder erlebt, die so unorganisiert, gehässig, boshaft und weniger lernwillig waren wie die an der Canvey Beck, einer der besser funktionierenden Schulen auf Canvey Island. Mit Ausnahme von Annabelle Lake natürlich. Die kleine Annabelle war der Grund, warum sie zur Arbeit kam, der Grund, warum sie sich auf den Scheißsturm freute, den sie jeden Tag ertragen musste. Ein Teil von ihr spürte, dass der absolute Niedergang der Bildungsdienstleistungen in der Schule – und die zunehmende Gewalt, die sie auf dem Schulhof erlebte – auf den jüngsten Zustrom von Einwanderern und Migranten auf der Insel zurückzuführen war. Da sie nirgendwo anders hingehen konnten und niemand sonst bereit war, ihnen zu helfen, hatten sie Zuflucht auf der Südseite der Insel in den verschiedenen Wohnwagenparks und Sozialwohnungen gesucht, sehr zum Verdruss der verbleibenden Canvey-Bewohner. Sie wollte nicht sagen, dass sie alle rassistisch waren, aber da der Wahlkreis Castle Point unter den Top Drei mit dem größten Prozentsatz der Leave-Wähler beim Brexit-Referendum war, war es schwer, sich einen anderen Grund als einen rassistischen vorzustellen. Der Zustrom osteuropäischer Kinder in der Schule hatte viele der Kinder, die sie in ihrer Klasse beaufsichtigte, verunsichert und beunruhigt, und allein in der letzten Woche hatte sie drei Kämpfen ein Ende gesetzt, an denen jeweils die Leute beteiligt waren, die glaubten, sie verdienten es, an der Schule zu sein, und diejenigen, von denen sie glaubten, dass sie es nicht verdienten. Und das Lustige war, typischerweise waren es diejenigen, die nirgendwo anders hingehen konnten, diejenigen, die aus ihren von Krieg zerrütteten Ländern geflohen waren, die im Klassenzimmer besser abschnitten. Es waren besorgniserregende Zeiten für die Schule, aber Kinder wie Annabelle Lake waren ihr Grund zur Hoffnung. Sie inspirierten sie, den Job weiterzumachen, den sie so lange geliebt hatte.

Am Ende des Lehrerparkplatzes hielten sie am Schultor an. Annabelles Haus war hinter einer niedrigen Heckenreihe sichtbar.

»Ich sehe dich morgen«, sagte Amelia.

»Ja, Frau Duggan. Ich hab dich lieb, Frau Duggan.«

Amelia erwiderte, dass sie sie auch liebhatte, und verschränkte dann ihre Arme gegen die Kälte, während sie dem kleinen Mädchen zusah, wie es die Straße hinunter humpelte, geduldig an der Ampel wartete und dann überquerte. Sie bemerkte einige der Eltern, die sie auf der anderen Straßenseite erkannte, die auf ihre Kinder warteten, gekleidet in Bodywarmer und Jogginghosen, Zigarette in der einen Hand, Handy in der anderen.

Annabelle schlenderte zu ihrem Haus, ihr übergroßer Rucksack hüpfte bei jedem Schritt und belastete sie. Als sie sich der Heckenreihe näherte, hielt ein Auto neben ihr an und sie blieb stehen. Die Person, die das Auto fuhr, war hinter dem Blendlicht des dunkler werdenden Novemberhimmels und den Reflexionen der bedrohlichen Wolken, die eine Woche Regen ankündigten, unsichtbar. Amelia begutachtete das Auto, um ihre Befürchtungen zu zerstreuen. Es war ein Ford Fiesta. Schwarz, mit geschwärzten Felgen, einem dröhnenden Subwoofer und getönten Scheiben. Sie erkannte es als das Auto von Annabelles Onkel. Er kam immer, um sie zu zufälligen Zeiten abzuholen. Sagte, es sei, weil sie an diesem Abend bei ihm übernachten würde.

Da sie keinen Grund hatte, etwas anderes zu vermuten, hatte sie Annabelle oft in die Obhut ihres Onkels gehen lassen. Und jetzt war es nicht anders. Alles, was von dem kleinen Mädchen zu sehen war, waren die Zöpfe auf ihrem Kopf und die Oberseite ihres Rucksacks.

Amelia beobachtete, wie Annabelle die Autotür öffnete und einstieg.

Einen Moment später fuhr das Auto aus der Kreuzung und in die entgegengesetzte Richtung.

Die Richtung weg von ihrem Onkel und ihrer Tante.

Die Richtung weg von ihrer gesamten Familie.

KAPITEL 2

Tomek mochte keine Friedhöfe. Wenn er darüber nachdachte, konnte er sich niemanden vorstellen, der das tat. Außer denen, die dafür bezahlt wurden, dort zu arbeiten, oder Freiwilligen, die das Gelände so sauber und anständig wie möglich hielten. Und selbst da glaubte er nicht, dass *genießen* das richtige Wort war.

Ertragen schien passender. Ja, sie ertrugen es. Genauso wie Tomek lernte, neue Dinge in seinem Leben zu ertragen. Die Tochter, von der er nicht wusste, dass er sie hatte und die eines Nachmittags vor seiner Tür aufgetaucht war, die völlige Langeweile, die er jeden Tag spürte, weil er während seiner Suspendierung nicht arbeiten konnte, bis die Untersuchung abgeschlossen war. Er fand es sogar schwierig, das Tagesprogramm im Fernsehen zu ertragen. Und dann war da noch das hier. Der Friedhof von Southend. Eine der größten, wenn nicht die größte Ansammlung von Knochen und toten Körpern, die er je besucht hatte. Und er hatte in seiner Zeit einige Tatorte gesehen, die versuchten, das zu überbieten.

Er senkte seinen Blick und seine Augen fielen auf den Grabstein.

Tony William Hunt. Er mochte seinen Kaffee kälter als sein Klima.

Die Inschrift zauberte ein Lächeln auf Tomeks Gesicht. Das beschrieb ihn auf den Punkt genau.

Der Mann war seit vier Wochen tot, und am ersten Monatsgedenktag seines Todes dachte Tomek, es wäre an der Zeit, aufzutauchen. Ob es Schuld oder Trauer gewesen war, die ihn davon abgehalten hatten, früher zu kommen, wusste er nicht. Er wusste nur, dass er gerade erst begonnen hatte, mit dem Geschehenen klarzukommen, und dass er es hinter sich lassen musste, wenn er seine Karriere fortsetzen wollte. Er konnte nicht weiterhin in der Vergangenheit leben, in Angst vor dem, was er getan hatte, und wie es passiert war.

Ein großes braunes Blatt, vom Regen beschmutzt, der es tiefer in den Boden gehämmert hatte, schlug gegen den unteren Teil des Grabsteins. Tomek bückte sich, um es zu entfernen, um aufzuräumen. Als er sich vom durchnässten Boden hochdrückte, hörte er Schritte und das Rascheln eines Parka-Mantels. Es hörte ein paar Meter von ihm entfernt auf. Und wenn es möglich war, spürte er, wie der Luftdruck und die Temperatur um ein paar Grad fielen.

Dann fühlte er einen eisigen Blick, der sich in seinen Rücken bohrte.

»Nein...« war das einzige Wort, das über ihre Lippen kam. Gefolgt von: »Nein... Nein, du hast kein Recht, hier zu sein. Nein! Geh weg von ihm!«

Tomek musste nicht zweimal gebeten werden. Er musste sich auch nicht umdrehen, um herauszufinden, wer ihn dafür beschimpfte, dass er in der Nähe von Tonys Grab war. Seit jenem Tag, dem Tag, über den Tomek mit niemandem außer den Stimmen der Vernunft in seinem eigenen Kopf sprechen wollte, hatte Susan Hunt ihre Gefühle ihm gegenüber sehr deutlich gemacht. Sie hatte ihn öffentlich in verschiedenen Facebook-Gruppen bloßgestellt, seinen Namen durch den Dreck gezogen und dazu beigetragen, die Bombe zu zünden, die gerade dabei war, seine Karriere zu zerstören.

Er konnte es ihr kaum vorwerfen. Er *war* für den Tod ihres Mannes verantwortlich gewesen. Er konnte ihr kaum übelnehmen, dass sie alle Phasen der Trauer durchlief und sie in einer destruktiven und rachsüchtigen Weise auf ihn richtete.

»Hallo, Susan«, sagte Tomek sanft. Er behielt seine Hände in den Taschen und versuchte, den Ton seiner Stimme so leicht wie möglich zu halten. Er war nicht hier, um zu streiten, er war nicht hier, um zu beleidigen, er wollte nur seinen Respekt erweisen und gehen.

»Verpiss dich«, sagte sie zu ihm. »Und fick dich.«

»Ich wollte nur meinen Res-«

»Das ist mir egal. Verpiss dich. Du hast kein Recht, hier zu sein.«

Das stimmte, unter normalen Umständen. Aber dies waren keine normalen Umstände. Schuld hatte ihn hierher gebracht. Schuld, weil er ihren Mann hatte sterben lassen, obwohl er die Chance hatte – egal wie winzig sie zum damaligen Zeitpunkt erschienen sein mochte –, ihn zu retten.

Tomek zog etwas aus seiner Tasche. Ein Päckchen von Sainsbury's eigenem Instantkaffee. Die Zeiten waren in letzter Zeit hart gewesen, und er war nicht in der Lage, die Markenprodukte zu kaufen – die Marken, die Tony verdient hätte.

»Ich weiß, dass es sein Lieblingskaffee ist«, sagte Tomek und zog aus seiner anderen Manteltasche eine Thermosflasche. »Aber ich dachte, wir könnten zusammen einen Kaffee trinken. Bei diesem Wetter wird er wohl nicht lange warm bleiben.«

»Nein!« brüllte sie, ihre Stimme rollte über die Gräber hinweg und störte die Toten. »Du kommst ihm nicht nahe. Ich hab's dir gesagt. Wenn ich dich noch einmal hier finde, erwirke ich eine einstweilige Verfügung gegen dich.«

Konnte man eine einstweilige Verfügung gegen eine tote Person erwirken? Tomek wusste es nicht. Aber er wollte sicher nicht lange genug bleiben, um es herauszufinden.

Der Einzige auf der Welt zu sein, dem es gesetzlich verboten war, sich einer Leiche auf hundert Meter zu nähern. Das hätte seinen Job noch schwieriger gemacht.

Mit gesenktem Kopf zog er sich vom Grab zurück auf den Weg, der durch den Friedhof führte. Susan stand da, fest, ihr Körper steif, und blockierte Tomeks Ausweg. Sie zwang ihn, den langen Weg zurück zu seinem Auto zu nehmen.

»Ich weiß, dass du mir vielleicht nie verzeihen kannst, und ich weiß, dass du es vielleicht nie willst, aber wenn du es könntest, würde es mir viel bedeuten, wenn wir uns hinsetzen und besprechen könnten, was passiert ist.«

»Dir würde es viel bedeuten, meinst du«, sagte sie als Feststellung und nicht als Frage. »Es geht hier nicht um dich, also versuch nicht, es dazu zu machen. Du bist derjenige, der ihn sterben ließ, und ich hoffe, du lebst für den Rest deines Lebens mit dieser Entscheidung.«

Tomek tat das, und würde es auch weiterhin tun.

Es hatte keinen einzigen Tag gegeben, an dem er nicht daran gedacht hatte, an dem es nicht von innen an ihm genagt hatte.

Aber er konnte sich nicht ansatzweise vorstellen, wie sie sich fühlte. Sie vermisste einen Ehemann, ihren Seelenverwandten, ihren Lebenspartner. Das war weitaus schlimmer und verheerender als die Schuld, mit der er konfrontiert war. Wer war er, um um Vergebung zu betteln, wenn es das Letzte war, was er verdiente?

Als Tomek erkannte, dass er einen Kampf führte, den er bereits verloren hatte, und dass es ein Fehler gewesen war, hierher zu kommen, kehrte er Susan den Rücken zu und ging zurück zu seinem Auto – wo er den anderen Fehler in seinem Leben treffen würde.

KAPITEL 3

»**B**ist du fertig?«, fragte er sie.

Aber die Frage kam nie an; die zwei weißen Ohrstöpsel, die so tief wie möglich in ihren Ohren steckten, verhinderten, dass sie zu ihr durchdrang. Um ihre Aufmerksamkeit zu erregen, wedelte er wild mit der Hand vor ihrem Gesicht herum.

»*Was*?«, zischte sie, während sie die Kopfhörer zwischen ihren Fingern hielt und ihm einen spöttischen Blick zuwarf.

»Einkaufen. Wir gehen jetzt. Bist du fertig? Jetzt.«

Die Unzufriedenheit, die aus ihrer Nase strömte, war stark genug, um ihn ein paar Schritte zurückweichen zu lassen, aber in den letzten Wochen hatte er gelernt, sie zu tolerieren. Tatsächlich war es eine der wenigen Dinge, die er überhaupt hatte.

»Ich will nicht einkaufen gehen«, sagte sie zu ihm.

»Willst du essen?«

»Ja-«, begann sie, dann fing sie sich. »Nein.«

»Ich kann leider nur deine erste Antwort akzeptieren. Und wenn du weiterhin essen willst, dann stehst du jetzt vom Sofa auf, ziehst deinen Mantel und deine Schuhe an und kommst mit mir zum Einkaufen.«

»Du bist nicht meine Mutter.«

»Nein, da hast du Recht. Ich bin dein Vater. Was genau dasselbe ist, nur mit mehr Haaren am Körper. Und was ich sage, gilt.«

Kasia blieb fest auf dem Sofa sitzen und starrte zu ihm hoch, gefangen in einem Kampf des Trotzes, bis ein Sieger hervorgehen würde. Zu Beginn des Kalenderjahres hätte er nie gedacht, dass er täglich in einen Starrwettbewerb und einen Streit mit einer Dreizehnjährigen geraten würde. Tatsächlich hätte er sich vieles nicht vorstellen können, was dann passiert war. Er dachte nicht, dass er die Liebe finden und sich wünschen würde, sie nie gefunden zu haben, und das alles innerhalb weniger Wochen. Er dachte nicht, dass er jemals von seiner Stelle als Detective Sergeant suspendiert werden würde, während gegen ihn ermittelt wurde. Und er dachte sicherlich nicht, dass er herausfinden würde, dass er Vater war – dreizehn Jahre zu spät.

Nichts davon stand auf seinem Bingo-Zettel für das Jahr.

»Drei...«, begann er, und erzog sie auf die einzige Weise, die er kannte: nach der strengen polnischen Erziehung, der er ausgesetzt gewesen war, bevor seine Eltern ihn aus der Familie ausgeschlossen hatten. »Zwei...«

Kasia blieb immer noch standhaft, der Trotz hinter ihren Augen funkelte.

»Zwing mich nicht, bis eins zu zählen...«

Glücklicherweise war sie heute Abend nicht bereit, seine Geduld auf die Probe zu stellen. Auch war sie nicht bereit, seinen Bluff zu durchschauen. Und so rutschte sie mit einem weiteren Windstoß aus ihren Nasenlöchern vom Sofa und machte sich auf den Weg zum Schuhregal an der Haustür. Sie steckte sich die Kopfhörer wieder in die Ohren, und dort blieben sie für die Dauer der Fahrt zu ihrem lokalen Aldi. Seit sie in sein Leben getreten war, war sie zu einer Sache und nur einer Sache geworden: eine Belastung seiner Ressourcen. Finanziell, zeitlich und alles andere. Sie hatte jede seiner wachen Minuten in Anspruch genommen. Sicherstellen, dass sie wach und bereit für die Schule war; dass sie Essen für Frühstück, Mittagessen und Abendessen hatte; dass sie genug Guthaben auf ihrem Handy hatte, um den Rest des Monats zu überstehen; dass sie Ersatzschuluniform hatte, nachdem es ihm gelungen war, Nudelsoße darauf zu verschütten, als er ihr Essen serviert hatte. Es war ständig, ein Kulturschock höchster Ordnung. In den letzten zweiundzwanzig Jahren, seit er aus dem Haus seiner Eltern ausgezogen war und an verschiedenen

Orten gelebt hatte (mit Ex-Partnern und in Wohngemeinschaften mit Freunden), hatte er sich nie um etwas anderes als sich selbst kümmern müssen.

Niemand war von ihm abhängig gewesen, um zu überleben.

Aber jetzt hatte sich das alles geändert.

Und er spürte es nie mehr, als wenn er mit ihr durch die Gänge von Aldi wanderte.

»Was willst du zum Mittagessen?«

Wie üblich war sie an ihrem Handy. Klebte an dem verdammten Gerät. Sie verbrachte so viel Zeit damit, dass er langsam dachte, es sei irgendwie an ihre Hand angenäht worden.

»Weiß nicht«, kam die typische Antwort mit einem typischen Schulterzucken.

»Großartig. Was ist mit dem hier?« Tomek zeigte auf ein Glas Sauerkraut.

Sie schenkte dem kaum Beachtung, der Inhalt auf ihrem Handy war unendlich viel reizvoller.

»Möchtest du hundert Euro?«, sagte er abrupt.

Das schien, wenig überraschend, ihre Aufmerksamkeit zu erregen. Ihr Gesicht schoss zu ihm hoch und ihre Augen weiteten sich. *Wirklich?«*

»Nein. Nicht wirklich. Also... das Sauerkraut. Willst du etwas davon?«

Sie blickte finster auf das Glas. »Igitt... nein. Was ist das überhaupt *für ein Zeug?«*

»Köstliche Güte«, sagte er ihr. »Du bist zu einem Viertel Polin, also isst du polnische Sachen. Du lebst in einem polnischen Haushalt, also *genießt* du polnische Sachen.«

Die Stimme seines Vaters hallte in seinem Kopf wider. Sein alter Herr Perry hatte vor vielen Jahren etwas Ähnliches zu ihm gesagt, als Tomek einmal protestiert hatte, weil er den zehnten Tag in Folge Rotkohl essen musste.

Erziehen auf die einzige Art, die er kannte.

»Ich will Suppe«, sagte sie und überraschte ihn damit.

»Suppe?«

»Ja. Weißt du, was das ist? Habt ihr das in Polen?«

Tomek grinste. »Ich glaube, Polen wird dir gefallen«, sagte er.

»Wenn wir jemals die Chance bekommen, hinzufahren. Oder wenn ich dich zu meinen Eltern bringe – deinen Großeltern. Die leben praktisch von Suppe.«

Das schien sie zum Schweigen zu bringen und ihre Aufmerksamkeit für den Rest des Einkaufs zu gewinnen. Auch wenn es nur zu fünfzig Prozent war, würde er es nehmen. Als sie durch die Gänge schlenderten, wurde sie schließlich hilfsbereit und zeigte auf die Dinge, die sie essen und trinken wollte, anstatt aus allem einen Streit zu machen. Das war, bis sie zur Toilettenartikelabteilung kamen.

»Brauchst du etwas von hier?« Tomek starrte ausdruckslos auf die Wand mit Toilettenartikeln und Haarpflegeprodukten. »Haargel? Duschgel?«

So viel Auswahl. So viele unnötige Produkte. Jedes vollgepackt mit Marketinggeschwätz, das keinen Sinn ergab. Dinge, von denen er noch nie gehört hatte, Wörter, die seiner Meinung nach erfunden worden waren. Am schlimmsten war es gewesen, als er sie zu Boots gebracht hatte, damit sie ihre Schminktasche auffüllen konnte (etwas, womit er für jemanden in ihrem Alter nicht ganz einverstanden war, aber das war die Schuld der Mutter und ein Streitthema für einen anderen Tag). Er hatte fünfzehn Minuten damit verbracht, die schiere Menge an Mist zu verarbeiten, aus der Kasia wählen musste. Die verschiedenen Marken, die um Platz konkurrierten, obwohl sie alle genau dasselbe bewirkten. Und als sie zur Hautpflegeabteilung gekommen waren, hätte er fast eine Gehirnblutung bekommen. Hyaluronsäure. Peptid-Technologie. Jedes sollte angeblich etwas anderes bewirken, etwas Unnötiges. Entstressend, verjüngend. Heutzutage war alles ent-irgendwas, eine totale Zeitverschwendung, und es schmerzte ihn zu sehen, dass sie in so jungem Alter darauf hereinfiel.

Aber auch das war die Schuld der Mutter und ein Streitthema für einen anderen Tag. Ein weiterer Streit, von dem er wusste, dass er ihn verlieren würde.

»Seit wann brauchen Menschen fünfzehn 'Beauty Blender'?«, hatte er sie gefragt. Er hatte den Namen in Anführungszeichen gesetzt, weil er nicht glauben konnte, dass es einen ausgefallenen Namen für das gab, was im Wesentlichen ein weicher Schwamm war.

»Die machen alle etwas anderes«, hatte sie schroff geantwortet.

Da war es wieder. Dieses *etwas anderes*.

»Was genau? Bedeutet das, dass du mit diesem einen dein linkes Nasenloch bearbeiten kannst, während du den anderen für die rechte Seite verwenden musst?«

Kasia hatte geseufzt und war an ihm vorbeigestürmt, eilig weg von der Auslage. »Du bist ein Mann, du wirst das nie verstehen.«

»Ich versuche es doch, deshalb stelle ich die Frage.«

»Nein, tust du nicht. Du benimmst dich wie ein Arschloch deswegen.«

Das war das erste Mal gewesen, dass sie ihn angefluchte hatte, etwas, wofür er sie ohne zu zögern mitten im Laden zur Rede stellte. Er bekam in seinem Job viel Beschimpfungen ab, er würde es zu Hause auch nicht akzeptieren. Seitdem hatte sie kein Wort mehr gesagt, das schlimmer war als 'Mist', und das war auf ihre Hausaufgaben gerichtet gewesen, nicht auf ihn.

Jetzt jedoch, als sie nebeneinander standen und die Wand mit Aldi-Hautpflegeprodukten betrachteten, spürte Tomek einen weiteren aufkommenden Streit. Er zog sich zur Toilettenpapierauslage zurück und hielt den Mund.

»Deo?«, fragte er, unfähig, sich zurückzuhalten.

Sie funkelte ihn böse an und stürmte dann zum Ende des Ganges.

Tomek nahm das als Zeichen, ihr zu folgen, ohne einen der nörgelnden Kommentare loszulassen, die ihm auf der Zunge lagen.

Am Ende des Ganges stellten sie sich hinten in der Schlange an und bezahlten dann ihren Einkauf. Auf dem Heimweg waren die Kopfhörer wieder drin, und er war gezwungen, die Lebensmittel allein auszupacken, während Kasia sich auf dem Sofa zusammenrollte und auf ihrem Handy scrollte.

Wahrscheinlich TikTok. Oder Snapchat. Das schien heutzutage der Renner zu sein, und er hatte keine Ahnung von all dem. Zumindest nicht in irgendeiner Art von detailliertem Wissen. Alles, was er wusste, war, dass es definitiv kein sicherer Ort für sie war. Aber er war nicht in der Position, eine Alternative anzubieten. Es sei denn, sie wollte anfangen, sich Fotos von Leichen anzusehen und Fallnotizen über Serienmörder und Mörder zu lesen.

Nachdem er das Einkaufen ausgepackt hatte, steckte er den Kopf durch die Küchentür und fand sie am Schreibtisch am Fensterbrett sitzend. Sie starrte auf ein Stück Papier.

»Alles in Ordnung?«, fragte er sie, etwas zögerlich.

»Ich... ich habe morgen Kochen.«

»Okay. Was ist das?«

»Wo wir im Unterricht Sachen kochen.«

»Und dafür wird jemand bezahlt, ja?«

Sie nickte.

»Okay. Was muss ich dafür tun?«

»Nun, ich brauche eine Menge Zutaten. Kohl. Karotten. Zwiebeln. Mayonnaise.«

»Herrgott. Was stellst du her?«

»Krautsalat, glaube ich.«

Tomek dachte an den Becher Krautsalat, der im Kühlschrank stand. Versuchte, nicht verärgert zu werden, obwohl er bereits ahnte, was kommen würde.

»Verstehe...«

»Ich brauche die Zutaten.«

»Wir haben sie nicht.«

»Ich brauche sie aber.«

»Pech«, sagte er.

»Aber wenn wir die Zutaten vergessen, dann hat Frau Shaw gesagt, dass sie uns nachsitzen lässt.«

»Dann hättest du vielleicht daran denken sollen, als wir in den Geschäften waren. Wir fahren nicht zurück. Du wirst Frau Shaw erklären müssen, dass du die Zutaten nicht hast und dass du sie nächstes Mal mitbringen wirst.«

»Aber...« Sie versuchte zu protestieren, aber die Worte fielen ihr aus dem Mund.

Tomek wusste, dass sie das mit Absicht getan hatte. Um sich für irgendetwas zu rächen. Aus Bosheit. Um für das zu vergelten, was er in den letzten Tagen gesagt oder getan haben könnte. Oder vielleicht war es einfach ihre Art, sich langsam an ihm für die dreizehn Jahre ihres Lebens zu rächen, die er verpasst hatte. Diejenigen, von denen er nicht einmal gewusst hatte. Sie wollte ihn als schlechten Vater darstellen, einen beschissenen Vater, der nicht bereit war, für die Bildung seiner eigenen Tochter in die Geschäfte zurückzukehren.

Nicht dass das Erlernen des Kochens wirklich eine Bildung darstellte.

Und sie hatte völlig recht. Er war nicht bereit, in die Geschäfte zurückzukehren, nicht, wenn sie es eine ganze Woche lang gewusst hatte.

Außerdem war dies seine Version des Elternseins. Er improvisierte, so gut er konnte.

Elternsein auf die einzige Art, die er kannte.

KAPITEL 4

In den Wochen seit Tomek DCI Nick Cleaves zuletzt gesehen hatte, hatte der Mann die wenigen Haare verloren, die noch auf seinem Kopf verblieben waren, und der Klang seines schweren, genervten Atems war tiefer geworden. Als würde er bei jedem Ausatmen seufzen.

Das Treffen zur Besprechung seiner Suspendierung stand schon fast eine Woche in Tomeks Kalender, aber er hätte es beinahe vergessen. Es war ihm völlig entfallen, dank der Gedanken an Kohl, Karotten, Zwiebeln und Mayonnaise, die ihm am Vorabend durch den Kopf geschwirrt waren. Erst als Kasia ihn ziemlich höflich – und überraschenderweise – gefragt hatte, was er für den Tag geplant hatte, war es ihm wieder eingefallen.

»Wieder zu spät«, kommentierte Nick, als er die Tür zu seinem Büro öffnete. »Ich hätte gedacht, dass du während dieses Urlaubs von dir vielleicht tatsächlich gelernt hättest, pünktlich zu sein.«

Tomek schloss die Tür hinter sich und dämpfte damit die Stimmen seiner Kollegen auf der anderen Seite. »Ich würde das nicht als Urlaub bezeichnen, Sir«, sagte er. »Eher als lebenden Albtraum.«

»So schlimm?«

Tomek setzte sich dem Mann gegenüber und legte seine Hände über seinen Bauch, die Finger verschränkt.

»Ich werde verrückt zu Hause«, begann er. »Man kann die Fensterbänke nur so oft abstauben und das Bad putzen. Meine Bonsai-Bäume habe ich fast ertränkt, weil ich sie so oft gegossen habe. Die verdammten Dinger haben Glück, nach dem, was ihnen passiert ist, überhaupt noch am Leben zu sein, und jetzt bringe ich sie fast um, weil ich nicht weiß, was ich sonst mit mir anfangen soll. Ich habe mein Gefühl für einen Lebenssinn verloren.«

»Hat sich dieser Fokus nicht auf Kasia verlagert?« Nick faltete seine Hände über seinem größeren, klobigeren Bauch und ahmte Tomek nach. Nicks Bauch war das Ergebnis jahrelanger Bewegungslosigkeit hinter einem Schreibtisch und einer ungesunden Sucht nach Wurstbrötchen, während Tomeks das Ergebnis der letzten Wochen war. Manchmal verwechselte er Langeweile mit Hunger und ertappte sich dabei, wie er Snacks in sich hineinstopfte und abends ein freches Bier trank, wenn ihm danach war, was meistens der Fall war.

»Kasia geht's gut«, antwortete er.

»Das habe ich nicht gefragt.«

»Ich weiß. Aber Kasia geht's gut.«

Nick seufzte, was ein Lächeln auf Tomeks Gesicht zauberte. Es war eine der Sachen, die er am meisten vermisst hatte, seit er aus dem Büro entfernt worden war: das berühmte Fiese-Nick-Seufzen, kraftvoll und hörbar genug, dass seine Auswirkungen auf der anderen Seite der Welt zu spüren waren. Fähig, im Westen Wirbelstürme auszulösen und im Osten tektonische Platten zu verschieben.

»Wie habt ihr beiden euch... *verstanden*?« Die Zögerlichkeit in Nicks Stimme war offensichtlich. Vielleicht erinnerte ihn das Gespräch an seine angespannte Beziehung zu seinem Sohn und dessen spätere Entscheidung, zur Armee zu gehen.

»Wir kommen so gut klar, wie man es erwarten kann. Wir sind nicht die besten Freunde, aber–«

»Ihr sollt keine Freunde sein«, erwiderte Nick. »Ihr sollt Vater und Tochter sein. Ein Team.«

Nick hatte nicht nur einen Sohn, mit dem er nicht mehr sprach, sondern auch zwei Töchter, die etwa im gleichen Alter wie Kasia waren. Ein Teil von Tomek fühlte sich geneigt, reinen Tisch zu machen und dem Mann, den er so sehr respektierte, alles zu gestehen und um Hilfe und Rat zu bitten. Aber der andere Teil wollte nicht zugeben, dass er keine Ahnung hatte, was er tat. Er wollte nicht zugeben, dass er anfing,

Kasia und alles, wofür sie stand, zu verabscheuen: seine katastrophale Beziehung zu ihrer Mutter, die Umwälzung, die sie in seinem Leben verursacht hatte, und die ungewisse Zukunft, die sie beide erwartete. Er wollte das seinem Chef nicht gestehen. Jedem, nur nicht seinem Chef.

»Wir werden es irgendwann schaffen«, sagte er zu Nick, obwohl er seinen eigenen Worten nicht glaubte.

»Hmm. Da bin ich mir sicher. In der Zwischenzeit könnte ich vielleicht das schwarze Loch in deinem Leben füllen, das durch die fehlende Arbeit entstanden ist...«

Tomeks Gesicht strahlte, und plötzlich schien der Raum einen Tick heller zu werden.

»Vor zwei Tagen wurde ein junges Mädchen vor einer Schule auf Canvey entführt«, begann Nick. »Eine Lehrerin sah, wie sie die Schule verließ und dann direkt vor ihrem eigenen Haus in einen Ford Fiesta sprang. Zunächst dachte sie sich nichts dabei, aber als die Mutter des Mädchens zur Schule kam und fragte, wo sie sei, haben sie es gemeldet. Es sind jetzt achtundvierzig Stunden vergangen, und sie ist immer noch nicht aufgetaucht.«

Tomek nickte, seine Aufmerksamkeit war von Nicks Worten gefesselt und die Aufregung brodelte in ihm. Die Aufregung, dass jemandem etwas Schreckliches passiert war und er sein Superhelden-Trikot anziehen und den Tag retten konnte.

»Wir haben inzwischen das Auto gefunden, in dem sie entführt wurde«, fuhr Nick fort. »Es wurde auf einem Bauernhof in der Gegend von Maldon abgestellt – genauer gesagt in Latchingdon. Das Auto ist auf einen Bradley Baxter zugelassen, obwohl es gestohlen zu sein scheint. Herr Baxter meldete das Auto am selben Tag als vermisst.«

»Und ich nehme an, es gab keine Spur von dem Mädchen?«, fragte Tomek. Während er zuhörte, hatte sich sein Geist Bilder von dem kleinen Mädchen ausgemalt, wie es ins Auto stieg und in die Mitte von Nirgendwo gefahren wurde. Dann herausgenommen und... nun, er wollte seiner Fantasie noch nicht freien Lauf lassen.

»Ja und nein«, antwortete Nick. »Wir fanden Herrn Baxters DNA im Auto, wie zu erwarten war. Wir fanden auch die des kleinen Mädchens. Wir fanden auch die DNA von Baxters Freundin... und dann gab es noch eine weitere, die mit einer jungen Frau in Verbindung steht. Es stellte sich heraus, dass Herr Baxter eine Affäre mit der jungen Frau hatte, und sein Ort der Wahl war der Rücksitz seines Autos.«

Tomek kicherte. »Wer sagt, dass die Romantik tot ist?«

»Ich glaube, das sagt mehr über die heutige Jugend aus«, erwiderte Nick. »Zu meiner Zeit waren die Autos nicht bequem genug für so etwas.«

»Ich dachte, zu deiner Zeit gab es noch keine Autos?«

Nick warf Tomek einen verächtlichen Blick zu.

»Also gab es keine Spur vom Entführer?«, fragte Tomek.

Nick schüttelte den Kopf. »Es war, als wäre sie selbst ins Auto gestiegen und die ganze Strecke alleine gefahren.«

»Wie heißt sie?«

»Annabelle Lake.« Nick griff zur anderen Seite seines Schreibtisches und überreichte Tomek eine dicke Akte. Obwohl der Fall erst ein paar Tage alt war, hatte das Team bereits eine Fülle von Informationen zusammengetragen. »Zeugenaussagen von Eltern und Passanten, die zur Zeit ihrer Entführung vor der Schule waren. Ihre Eltern, die erweiterte Familie. Die DNA-Berichte, die wir bereits erstellt haben. Es ist alles darin.«

Tomek nahm das Dokument vorsichtig von Nick entgegen, fast zeremoniell, als ob ein zu abruptes Anfassen dazu führen könnte, dass die Akte jeden Moment in Flammen aufgehen würde.

»Bedeutet das, dass ich zurückkomme?«, fragte Tomek, unfähig, die Aufregung aus seiner Stimme herauszuhalten.

»Noch nicht.«

Und dann stürzte alles wieder in sich zusammen.

»Oh.«

»Ich teile das nur mit dir, weil wir wirklich deine Hilfe gebrauchen könnten. Nur damit du es durchliest und dich mit den Notizen vertraut machst.«

»Warum ich?«

»Weil du gut in solchen Dingen bist, nach dem, was beim letzten Mal passiert ist. Kinder zu retten ist dein Ding.«

Tomek neigte seinen Kopf zur Seite und grinste spöttisch. »Du stellst mich dar, als wäre ich so eine Art Kinderflüsterer...«

»Nein, du hast Recht«, begann Nick. »Du musstest nicht einmal etwas sagen, und Kasia landete vor deiner Haustür.«

Die Stimmung im Raum brach augenblicklich zusammen. Tomek hielt den Atem an, während er die Wut unterdrückte, die gerade in seinem Blut aufwallte.

»Ich... Es tut mir leid, Kumpel. Das war unangebracht.«

Tomek sagte nichts. Besser, ihn in seiner eigenen Reue schmoren zu lassen.

»Was passiert mit meiner Suspendierung?«, fragte Tomek schnell. Er wollte nicht mehr lange im Raum bleiben.

»Die IOPC berät noch. Das Einzige, worum es noch geht, ist dein Wort gegen Katies.«

»Das weiß ich alles. Ich dachte, du hättest etwas Nützlicheres für mich.«

Nick lehnte sich in seinem Stuhl nach vorne und stützte seine Ellbogen auf den Schreibtisch, das Licht spiegelte sich auf seiner Glatze. »Obwohl ich denke, dass es einen *inoffiziellen* Weg gibt, wie du den Prozess beschleunigen und zu deinen Gunsten beeinflussen kannst... Und ich glaube, du weißt, was das ist.«

Das würde einiges an Überwindung kosten. Das Independent Office for Police Complaints, die unabhängige Behörde, die Fehlverhalten von diensthabenden Polizeibeamten untersuchte, entschied derzeit zwischen zwei Dingen: Das erste betraf ein gefälschtes Instagram-Konto, das in seinem Namen eingerichtet worden war und benutzt wurde, um sexuell explizite Bilder von ihm an ein minderjähriges Mädchen zu senden, während das zweite die Frage war, ob Detective Inspector Tony Hunt bereits tot gewesen war, als Tomek ihn fand, oder ob er den Mann hatte sterben lassen, um den Verbrecher zu verfolgen. Die Verbrecherin in Frage war Charlotte Hanton, oder Katie Norton-Downs, wie er sie gekannt hatte, die Frau, die Tomek in sein Leben und in sein Zuhause gelassen hatte.

Die Einzige, die die Untersuchung stoppen und zu seinen Gunsten beeinflussen konnte.

»Ich werde darüber nachdenken«, sagte er zu Nick.

»Guter Mann. Schluck einfach deinen Stolz runter und tu, was nötig ist. Dann bist du im Nu wieder zurück.«

KAPITEL 5

Nachdem man ihm mitgeteilt hatte, dass er sich der Frau stellen müsse, die seine Karriere gefährdet hatte, verspürte Tomek das Bedürfnis nach einem Drink. Auf dem Weg aus Nicks Büro hatte er deshalb seine Truppe zusammengetrommelt und ihnen gesagt, sie sollten sich mit ihm in der Kneipe um die Ecke der Polizeiwache treffen.

The Last Post war in den frühen Jahren seiner Karriere Tomeks Stammlokal gewesen und der letzte Ort, den einer seiner Freunde vor dessen Ermordung besucht hatte. Trotz der negativen Gefühle, die damit verbunden waren, fand er sich nach langen und zermürbenden Schichten immer noch abends dort ein. Manchmal war es völlig leer, wenn alle Studenten und Jugendlichen weitergezogen waren in die Nachtclubs, oder sie fanden sich mitten im Trubel wieder. Umgeben von Hunderten betrunkenen und lauten Teenagern, die mit ihrem Alkohol nicht umgehen konnten und ihr Bestes gaben, um mit so vielen Mitgliedern des anderen Geschlechts wie möglich zu flirten.

Heute Abend war jedoch ein Wochentag, und alle Kinder mit gefälschten Ausweisen lagen brav in ihren Betten.

Tomek nippte gerade an seinem zweiten Bier, als die Türen aufgingen. Herein kamen DS Sean Campbell, Tomeks engster Freund, DC Rachel Hamilton, der neueste Zugang im Team, und DC Nadia Chakrabarti, die Frau, die er als seine Büromutter betrachtete, obwohl

sie ein paar Jahre jünger war als er. Heute waren sie fast lässig gekleidet, in Jeans und Hemden, mit der offensichtlichen Ausnahme der
fünf Monate schwangeren Nadia, die ein Kleid über ihrem Baby-
bauch trug. Es tat gut, sie wiederzusehen, außerhalb des Büros.
Obwohl es nur ein paar Wochen gewesen waren, hatte es sich wie
mehrere Jahre angefühlt. Mehrere Jahre weg von seiner erweiterten
Familie.

Nachdem sie sich in einer Nische niedergelassen hatten, abseits der
restlichen Männer mittleren Alters in dieser Ecke der Kneipe, bot Sean
an, die nächste Runde zu holen.

»Willst du ein drittes?«, fragte Sean Tomek.

»Bitte.«

Nadia deutete auf das halbvolle Glas, das er schützend in seinen
Händen hielt. »War's ein harter Tag?«

Tomek verdrehte die Augen. »Das kannst du dir nicht vorstellen.«

»Was hatte der fiese Nick denn zu sagen?«

»Du kennst Nick. Er atmet mehr, als dass er etwas sagt. Aber bei
dieser Gelegenheit war er überraschend gesprächig. Er hat mir von
Annabelle Lake erzählt, mir die Fallakten gezeigt...«

»Armes Mädchen«, sagte Rachel und starrte auf die Bierflecken auf
dem Tisch. Ihr Haar fiel schön über ihre Schultern, und sie hatte eine
Neuheit in ihrem Gesicht: eine Brille mit Leopardenmuster. »Ich kann
mir nicht vorstellen, was sie durchmacht.«

»Habt ihr überhaupt etwas von den Entführern gehört?«, fragte
Tomek. »Haben sie irgendeine Art von Lösegeldforderung gestellt?«

Beide Frauen schüttelten den Kopf. Dann nahm Rachel ihre Brille
ab und steckte sie in ein kleines Etui. Es war ihre ganz persönliche Art,
sich zu entspannen. Und das Timing war gut, denn einen Moment
später kam Sean mit den Getränken zurück. Noch ein Glas Peroni für
Tomek, je ein Guinness für Sean und Rachel und ein Glas Cola für
Nadia.

»Bist du heute Abend die Fahrerin?«, fragte Tomek sie.

»Für das nächste Jahr und ein bisschen mehr, ja. Aber denk nicht,
dass du mich jedes Mal einladen kannst, nur damit du eine Mitfahrge-
legenheit nach Hause hast«, antwortete Nadia und legte eine Hand auf
ihren Bauch.

»Ich werde daran denken.« Er streckte die Hand aus und legte sie auf ihren Bauch. Er fühlte sich fest und seltsam an, wie ein riesiges Furunkel, das in ihr wuchs. »Wie läuft's?«

»Gut«, antwortete sie. »Hatte neulich einen Ultraschall. Alles ist perfekt, alles ist gesund.«

Gerade als er antworten wollte, spürte er, wie etwas gegen seine Hand stieß. Bei der plötzlichen Erkenntnis, dass es Nadias Baby war, das ihn trat, zog er seine Hand weg und schrie auf. »Es hat getreten!«

»Nein, nein, nein – nicht *es*. Sie... *sie* hat getreten.«

»Du bekommst ein Mädchen?«

Nadia nickte. »Jetzt kann ich dich um Rat fragen, wenn sie im gleichen Alter wie Kasia ist.«

Da war es. Kasia. Er fragte sich, wie lange es dauern würde, bis das Gespräch auf sie kam. Rekordzeit. Es schien das Einzige zu sein, worüber jeder mit ihm reden wollte. Nichts über Charlotte, nichts über Tony, nichts über die schlaflosen Nächte, nichts über die Bilder, die er in seinem Kopf sah, jedes Mal wenn er die Augen schloss, von seinem Freund, der dort hing, verblutend, halbnackt, an einem Seil hängend. Nichts über die Verschlechterung seiner psychischen Gesundheit. Nichts über seine zunehmende Abhängigkeit von Alkohol, um damit umzugehen.

Nichts dergleichen.

Nur Kasia.

Alles über Kasia.

»Na dann«, begann er, sich geschlagen gebend. »Bringen wir es hinter uns.«

»Was hinter uns bringen?«, fragte Rachel. Das Licht über ihnen fing ihre braunen Augen ein und ließ ihr langes, kastanienbraunes Haar glänzen. Entweder war es der Alkohol, der aus ihm sprach, oder seine echten Gefühle, aber plötzlich fand er sie ziemlich attraktiv.

»Ich und Kasia. Kasia und ich. Stellt all eure Fragen.«

Am Tisch wurde es still, während sie überlegten, was angemessen wäre zu sagen. In einem Zug leerte er sein zweites Bier und wandte sich dem nächsten zu, das Sean ihm gerade gebracht hatte.

»Das ist eure einzige Chance«, sagte er und unterdrückte ein Aufstoßen.

Das reichte, um sie zu inspirieren. Sean fing an und stellte die offensichtliche Frage.

»Wie ist es, mit ihr zusammenzuleben?«

»Scheiße«, kam Tomeks Antwort. »Die Wohnung ist nicht groß genug für uns beide. Ich musste die letzten vier Wochen auf dem Sofa schlafen, während sie in meinem Bett wie eine Königin lebt. Ihre Sachen sind *überall*, und mein Anteil am Kleiderschrank wurde auf das reduziert, was ich an einen einzigen Bügel hängen kann. Ihre Schulbücher liegen über den ganzen Esstisch und meinen Schreibtisch verteilt. Ich kann nicht mehr furzen, wann ich will, ich kann nicht einmal mehr meine Erdnüsse essen, weil sie extrem allergisch ist und schon der Anblick bei ihr eine Reaktion auslöst. Ich kann nicht schauen, was ich im Fernsehen will, weil sie immer etwas hat, was sie sehen möchte – selbst wenn sie gar nicht zuschaut und stattdessen nur an ihrem Handy klebt. Und das ist noch was – sie redet nicht; sie verbringt die meiste Zeit damit, auf ihrem Handy zu scrollen. Ich glaube, es dauert nicht mehr lange, bis ihre Augen viereckig werden. Sie erzählt mir nicht, wie ihr Tag in der Schule war. Sie kommuniziert nicht mit mir. Und wir streiten viel. Es ist wie wenn man zum ersten Mal mit seiner Freundin zusammenzieht. Ein *echter* Augenöffner.«

Tomek nahm noch einen Schluck von seinem Getränk, diesmal länger, um sich zu beruhigen. Er war froh, dass er das losgeworden war, fühlte sich, als wäre eine Last von seinen Schultern genommen worden. Das waren alles Dinge, die er gefühlt hatte, seit sie bei ihm eingezogen war. Doch er hatte sie niemandem mitteilen können. Und er hatte das Gefühl, dass er diesen dreien vertrauen konnte, mehr als Nick, seinen Eltern oder irgendjemand anderem, den er kannte.

Sean legte seine Handfläche auf den Tisch und deutete an, dass er zuerst sprechen wollte. »Das mag wie eine dumme Frage klingen, aber sie ist definitiv deine, oder?«

Als ob sie ein Gegenstand in seinem Besitz wäre.

»Ja«, antwortete er knapp.

Kurz nachdem sie unangemeldet vor seiner Tür aufgetaucht war, hatte Tomek das Bedürfnis verspürt, seine Vaterschaft mit einem DNA-Test zu bestätigen. Er hatte einen online gefunden, die Proben zu Hause entnommen und sie dann zur Untersuchung eingeschickt. Innerhalb von vierundzwanzig Stunden war er neunzig Pfund leichter und um eine unbekannte Tochter schwerer geworden. Er glaubte nicht, dass sich die beiden gegenseitig aufhoben.

»Wer ist die Mutter?«, fragte Rachel.

Tomek hatte darauf eigentlich nicht eingehen wollen, aber dann erinnerte er sich, dass er versprochen hatte, dass sie alle Fragen stellen konnten, die sie wollten.

»Anika Coleman.« Er nahm noch einen Schluck von seinem Getränk, um den Mut aufzubringen, weiterzusprechen. »Wir waren zusammen zur Schule gegangen und die Dinge entwickelten sich einfach von da an. Sie war damals eines der coolen Kids, hatte Leute, die ihr zu Füßen lagen, und irgendwie schaffte ich es, mit ihr zusammenzukommen. Aber es waren die schlimmsten sechs Monate meines Lebens. Sie behandelte mich wie Dreck, betrog mich mit irgendeinem Typen, und dann brachte ihr Onkel zwei meiner Kumpels um.«

»Wow...«, kam die gedämpfte Antwort von Rachel.

»Oh, und dann schlug er mich auch noch bewusstlos und baumelte mich über eine Eisenbahnbrücke«, fügte er hinzu, als wäre es ein Nachgedanke, ein unbedeutendes Detail, das man am Ende erwähnt. »Zum Glück konnte ich aus dieser kleinen Tortur mit nichts als einem Kratzer entkommen, aber ich habe seitdem nichts mehr von ihrem Onkel gehört oder gesehen. Als ich zur Wohnung zurückkam, die wir uns damals teilten, war Anika nirgends zu finden, also schnappte ich meine Sachen und verschwand von dort. Ich hatte dreizehn Jahre lang nicht mit ihr gesprochen... bis vor kurzem. Stellt sich heraus, sie sitzt jetzt wegen Drogendelikten im Gefängnis und es gab niemanden sonst, zu dem Kasia gehen konnte.«

Eine betäubte Stille legte sich über den Tisch. Tomek füllte sie mit den Geräuschen des Nippens an seinem Getränk und dem etwas schwereren Absetzen des Glases, als ihm lieb war.

»Ich...«, begann Nadia. »Ich weiß nicht, was ich sagen soll, Tomek.«

»Viel kann man dazu auch nicht sagen.«

»Ich bin fassungslos...«

»Wie glaubst du, fühle *ich* mich?«

»Nein, nicht darüber. Ich bin fassungslos über das, was du vorher gesagt hast. Wie kannst du solche Dinge über Kasia sagen? Sie hat nicht darum gebeten, in dieser Situation zu sein. Und ja, ja, ich weiß, du auch nicht. Aber ihr steckt jetzt beide drin, also musst du die Klappe halten und damit klarkommen. Du weißt, dass ich dich und alles liebe, aber nach dem, was du gerade gesagt hast, klingt es für mich, als müsstest du erwachsen werden, und zwar schnell. Das ist für sie viel schlimmer als für dich. Du bist ein Erwachsener, du kannst Dinge verarbeiten, du kannst besser damit umgehen als sie. Sie ist nur ein Kind.«

Tomek konnte ihr nicht in die Augen sehen. Wie ein verwöhntes Kind, das seine erste Standpauke bekommen hatte. Er konnte tatsächlich keinem von ihnen in die Augen sehen.

»Im Moment hat sie wahrscheinlich Angst und ist verängstigt. Sie hat ihre Mutter nicht mehr, und jetzt ist sie mit dir belastet. Ihrem Vater. Ob dir dieser Titel gefällt oder nicht. Und gerade jetzt musst du dich zusammenreißen und deinen Scheiß in Ordnung bringen. Niemand verlangt von dir, der beste Vater der Welt zu sein – und sie weiß nicht einmal, wie das aussieht, also werden ihre Erwartungen nicht zu hoch sein. Alles, was du tun musst, ist, der Vater zu sein, den sie braucht, nicht der Vater, den sie will. Und dann werdet ihr, denke ich, gut miteinander auskommen.«

Tomek kauerte sich leicht in seinen Sitz. Es war nur eine kleine Bewegung, aber alle anderen am Tisch bemerkten sie. Er wusste tief im Inneren, dass das, was sie gesagt hatte, richtig war. Mehr als richtig sogar. Es war das, was er hatte hören müssen. Jetzt musste er nur noch ihren Rat befolgen und in die Praxis umsetzen.

Was leichter gesagt als getan wäre.

»Ich hasse es, das zu sagen, Nads«, sagte er. »Aber wenn du bei deinem Kind so hart bist, dann mag ich mir nicht vorstellen, wie erfolgreich es sein wird, wenn es aufwächst.«

»*Sie*!«, schrie sie ihm ins Gesicht und schlug mit der Hand auf den Tisch. »Wenn *sie* aufwächst!«

KAPITEL 6

Tomek hatte etwas mehr als einen Tag gebraucht, um zu einer Entscheidung zu kommen. Und dann hatte es weitere zwei Tage gedauert, bis sein Besuch genehmigt wurde. In der Zwischenzeit waren Nick und das Team der kleinen Annabelle Lake nicht näher gekommen und begannen zu spüren, dass sie all ihre Möglichkeiten ausgeschöpft hatten. Möglichkeiten, auf die Tomek sich jetzt nicht konzentrieren wollte. Zumindest nicht im Moment.

Nicht, wenn er einen Namen reinwaschen musste.

Der Alarm summte in seinem Käfig über ihm und signalisierte, dass es Zeit war, einzutreten.

Besuchszeit im HMP Send, in Woking, dem Hochsicherheitsgefängnis im Herzen von Surrey.

Die Tür am anderen Ende des Warteraums öffnete sich, und Tomek schob sich zusammen mit den anderen Besuchern zögerlich durch die Tür, ein Hauch von Beklemmung und Angst lag in der Luft, als wären sie diejenigen, die gleich eingesperrt werden würden.

Tomek duckte sich unter der Tür hindurch und ließ seinen Blick durch den Besucherraum schweifen. Charlotte Hanton, oder Katie Norton-Downs, wie er sie einst gekannt hatte, war zu einem Zeitpunkt die Liebe seines Lebens gewesen. Sie war versehentlich hineingestolpert, hatte dort verweilt, ihn dazu gebracht, sich in sie zu verlieben, und war dann gegangen, wobei sie sein Herz herausriss. Außer dass es überhaupt kein Versehen gewesen war. Vielmehr ein cleveres und manipulatives Manöver, um bei den Ermittlungen des dreifachen Mordes, an dem er arbeitete, nahe dran zu bleiben.

Er entdeckte sie. Sie saß mit dem Rücken zu ihm, braunes Haar floss ihr bis zur Mitte des Rückens und bedeckte den grauen Trainingsanzug, den sie tragen musste.

Er ging zu ihr hinüber.

Sobald er ihr Gesicht sah, versuchte er, den Gefühlscocktail zu unterdrücken, den er in sich brodeln fühlte. Die Wut, die Verbitterung, der Verrat, die Verletzung, der Schmerz. Die übrig gebliebene Liebe und Zuneigung, die immer noch irgendwo in seiner Magengrube lauerten, obwohl er wusste, dass sie dort nicht sein sollten. Trotz allem, was sie ihm angetan hatte, tat sie ihm immer noch leid. Die Liebe seines Lebens saß im Gefängnis. So sollte es nicht sein. Sie hätten zusammenbleiben, vielleicht sogar heiraten sollen.

Aber ihre Wege hatten völlig unterschiedliche Richtungen genommen.

»Tomek...«, sagte sie, ihre Stimme ein verführerisches Flüstern. Sie lächelte ihn an und zeigte dabei ihre Zähne.

Dieses Lächeln. Er konnte nicht. Er war immer auf *dieses* Lächeln reingefallen...

»Hallo, Charlotte«, sagte er und versuchte, so kalt wie möglich zu klingen. »Du siehst gut aus.«

»Danke«, antwortete sie und betrachtete ihren Trainingsanzug, als wolle sie sichergehen, dass sie dasselbe Outfit sah wie er. »Das bedeutet mir viel. Ich weiß das zu schätzen. Besonders von dir.« Sie legte eine Hand auf den Tisch, der sie trennte, die Handfläche nach oben.

Tomek wagte es nicht, sie anzusehen. Denn wenn er es täte, wüsste er, dass der Wunsch, sie zu berühren und seine Finger mit ihren zu verschränken, zu stark wäre.

Nach kurzer Zeit verstand sie den Wink und zog ihre Handfläche ein wenig zurück.

»Wie geht es dir so?«, fragte sie.

Tomek zögerte einen Moment und wog ab, ob er das Thema Kasia ins Gespräch bringen sollte.

»Gelangweilt«, antwortete er.

»Ich höre, sie haben dich suspendiert?«

Tomek nickte.

»Das muss dich wahnsinnig machen. Du warst immer so besessen von deiner Arbeit.«

»Und das aus gutem Grund.«

»Ich höre auch, dass du eine kleine Überraschung vor deiner Tür hattest.«

Tomeks Herz stockte einen Moment. Er hielt den Atem an. Überlegte...

Woher wusste sie das? Wie konnte sie das wissen?

»Wie...?«

»Ich hoffe, du nimmst mir die Einmischung nicht übel«, sagte sie und senkte ihre Stimme ein wenig. »Aber einige der Frauen hier haben mir einen Gefallen getan. Ich wollte sehen, ob es dir gut geht. Glücklicherweise haben sie Leute draußen, die ihnen ein paar Gefallen schulden, also haben sie die eingefordert. In dieser Welt dreht sich alles im Kreis.«

Ein Dutzend Gedanken rasten durch seinen Kopf. Er versuchte, an irgendetwas Verdächtiges zu denken, das er vor dem Haus gesehen hatte, irgendwo entlang der Straße. Dasselbe Gesicht zweimal. Dasselbe Auto, das dort ein paar Tage gestanden hatte. Dasselbe Auto, das keinen Grund hatte, dort zu sein.

Er konnte sich an nichts dergleichen erinnern.

»Du hast mich beschatten lassen?«

»Nur ein- oder zweimal!«, sagte sie, als würde das es besser machen. »Ich musste nur wissen, ob du zurechtkommst.«

»Ich hatte keine Zeit, das zu verarbeiten«, log er. Die Abende, an denen er wach gelegen hatte, könnten das Gegenteil bezeugen.

»Das überrascht mich nicht.« Das Lächeln kehrte auf ihr Gesicht zurück, und sie strich sich eine dicke Haarsträhne hinters Ohr. »Du musst mir alles über sie erzählen. Ich will ihren Namen wissen, wofür sie sich interessiert. Du hast mir nie gesagt, dass du eine Tochter hast.«

»*Du* hast mir nie gesagt, dass du eine Tochter hast«, erwiderte Tomek, und das Gift in seiner Stimme begann durchzusickern.

Während er dort saß, wurde ihm zunehmend unwohl. Eine der Frauen im Raum hatte jemanden zu seinem Haus geschickt. Sie hatten ihn gesehen, sie hatten ihn ausspioniert, vielleicht sogar seinen

Gesprächen gelauscht. Sie hatten seine Privatsphäre und seine Sicherheit durchbrochen. Nicht nur das, sie hatten auch Kasias Sicherheit durchbrochen. Es war nicht abzusehen, welche verrückten und heimtückischen Dinge Charlotte für sie beide geplant haben könnte. Gott wusste, wozu sie fähig war.

»Ich will weder dich noch sonst jemanden, den du kennst, in der Nähe meiner Wohnung oder in der Nähe meiner Tochter haben«, zischte er. »Verstehst du? Das ist ein absolutes No-Go. Und ich werde es nicht tolerieren.«

Charlottes Pupillen weiteten sich, und ihr Kopf neigte sich zur Seite. In diesem Moment sah sie ein paar Jahre jünger aus – und viel attraktiver. »Tomek, Baby. Ich würde niemals. Ich habe dir die ganze Zeit gesagt, ich wollte dir nie wehtun. Nur dich lehren. Nur dich verändern... Und es hat funktioniert, oder?«

Tomek senkte seinen Blick in seinen Schoß. Das war eine Frage, mit der er sich selbst schon mehrmals in der Nacht konfrontiert hatte, während er zu den Vorhängen hochstarrte, die in einem tiefen Orange schimmerten, als das Licht von draußen versuchte, durch sie hindurchzubrechen. Sie *hatte* ihn verändert, ja. Sie hatte ihm gezeigt, wie Pädophile und Vergewaltiger kranke Menschen waren, Menschen, denen nicht geholfen werden konnte, egal wie viel Hilfe und Beratung sie erhielten. Sie hatte ihn erkennen lassen, dass sein Kollege, von dem sie glaubte, er gehöre zur selben bösen Gruppe, an derselben Krankheit litt. Sie hatte ihn dazu gebracht, seine Überzeugungen zu ändern, sodass er den Mann dort sterben ließ, um die Vergeltung zu erleiden, die er glaubte, zu verdienen.

Tomek schloss die Augen.

Aber er hatte es nicht verdient. Überhaupt nicht. Tony war kein Pädophiler oder Vergewaltiger gewesen. Er war das Gegenteil. Ein hart arbeitender und engagierter Kriminalhauptkommissar, der sich in die schwierige Position gebracht hatte, vorzugeben, ein Monster zu sein. Er hatte sich selbst als Köder benutzt, um den Mörder anzulocken. Und er war derjenige gewesen, der den Preis dafür bezahlt hatte.

Und so auch Tomek.

Er hatte jemanden sterben lassen.

Seinen eigenen Freund, seinen eigenen Kollegen. Und diese Entscheidung würde ihn für den Rest seines Lebens begleiten.

Er schaute zu Charlotte auf, begegnete ihrem Blick.

»Du hast mich viele Dinge sehen lassen«, antwortete er.

»Und das war alles, was ich wollte. Ich wollte nur, dass du dich... *veränderst*. Nicht jeder ist dazu fähig, aber du warst es. Ich wusste, dass du es in dir hattest.«

»Ich will dich trotzdem nirgendwo in der Nähe von mir oder meiner Tochter haben.«

Ein Licht glitzerte in Charlottes Augen. »Du musst mir alles über sie erzählen. Ich will alles wissen.«

»Es gibt nichts, was du wissen musst«, erwiderte er und wurde schnell wütend. Das Gesprächsthema bewegte sich nicht weiter, und das gefiel ihm nicht. »Was ist mit *deiner* Tochter, hm? Was ist mit der kleinen *Caitlin*?«

Bei der Erwähnung des Namens ihrer Tochter verkrampfte sich Charlotte und ihre Haltung sank. Sie senkte die Schultern und richtete ihre Aufmerksamkeit auf den Rest des Raumes, unfähig, seinen Blick zu erwidern.

»Wir haben nicht gesprochen, seit ich hier bin. Sie lassen es nicht zu.«

»Weißt du, wo sie ist?«

»Jugendamt. Ein Pflegeheim irgendwo.«

Tomek nickte nachdenklich. Obwohl er keine sentimentalen Gefühle für das Mädchen hegte, konnte er sich dennoch nicht vorstellen, wie es für sie gewesen sein musste. Ein Leben ohne Vater. Ein Leben mit zwei Müttern, die sich als Mörderinnen herausgestellt hatten. Und jetzt ein Leben voller Einsamkeit und Traurigkeit.

»Warum bist du heute gekommen, Tomek?«, fragte Charlotte und verschränkte die Arme vor der Brust. Die Frage überraschte ihn. »Du bist nicht gekommen, um mich zu sehen, das ist sicher. Nicht während die Ermittlung noch läuft. Ich bin sicher, du hast viel riskiert, um hier zu sein... also warum bist du hier?«

»Um zu sehen, ob ich dich überzeugen kann, deine Beweise und deine Aussage zurückzuziehen.« Er setzte seinen professionellen Hut auf und schloss alle Emotionen und Gefühle aus seinem Kopf aus. Es war Zeit, über Geschäftliches zu sprechen. »Meine Karriere ist im Arsch, dank dir. Und ich brauche dich, um das wieder in Ordnung zu bringen. Du schuldest mir etwas.«

Charlotte dachte einen Moment nach. Sie hielt ihren Blick auf seinen fixiert, ihre Augen in einem unsichtbaren und unausgesprochenen Kampf gefangen. Tomek wankte nicht, brach nicht ein.

»Was brauchst du von mir?«, murmelte sie.

»Ich brauche, dass du alles zurückziehst, was du gesagt hast, alle Beweise, die du gegen mich vorgebracht hast. Ich brauche, dass du ihnen sagst, dass ich diese Nachrichten nie geschickt habe, dass ich diesem Schulmädchen nie geschrieben habe. Und ich brauche, dass du ihnen sagst, dass Tony bereits tot war, als ich dort ankam. Es steht dein Wort gegen meines, und bisher gewinnt deines.«

Charlotte dachte weiter darüber nach, und diesmal konnte er sehen, wie die Rädchen in ihrem Gehirn die Entscheidung verarbeiteten, als ihr Gesicht in Gedanken versank.

»Was bekomme ich dafür?«

Tomek verdrehte die Augen. »Um Gottes willen, Charlotte. Es gibt nichts, was du hier gewinnen kannst, nichts, was du erreichen kannst. Du steckst hier fest. Du kommst nie aus diesem Ort heraus. Also was hast du zu verlieren? Wenn du dich noch um mich sorgen würdest... würdest du das tun.«

Der beiläufige Erpressungsversuch blieb nicht unbemerkt.

»Ich will etwas im Gegenzug.«

Der Seufzer verließ Tomeks Nasenlöcher, bevor er eine Chance hatte, ihn zu stoppen. »Was? *Was* willst du im Gegenzug?«

»Eine Nachricht. Ich will, dass du eine Nachricht überbringst.«

Tomek erstarrte, als er zuhörte, bereits wissend, worauf das hinauslief.

»Caitlin«, sagte sie. »Ich muss, dass du mit meinem kleinen Mädchen sprichst. Du bist jetzt ein Vater, du kannst dir vorstellen, wie es für mich sein muss, ohne sie zu sein. Sie ist mein Baby, sie ist alles, woran ich denke. Ich muss wissen, dass es ihr gut geht, und ich muss, dass sie weiß, dass ich sie liebe. Dass ich sie immer lieben werde.«

»Das ist alles?«

Sie nickte.

»Du sagst mir also, alles, was ich tun muss, ist deine Tochter zu finden, ihr zu sagen, dass du sie liebst, und dann wirst du deine Aussagen zurückziehen?«

»Ja.«

Es schien zu schön, um wahr zu sein. Aber er war nicht in der Position, mit ihr zu feilschen. Da die Aufgabe so geringfügig war, konnte er kein Problem darin sehen.

Aber warum fühlte sich ein Teil von ihm immer noch, als würde er einen Pakt mit dem Teufel schließen?

»Wenn du das für mich tust, dann werde ich ihnen alles sagen, worum du mich bittest. Bevor du es weißt, wirst du wieder bei der Arbeit sein und die Bösen fangen.«

Ja, dachte Tomek und kämpfte dagegen an, dass sich ein Lächeln auf seinem Gesicht ausbreitete. *Leute wie dich fangen.*

KAPITEL 7

Tomek hatte das Konzept von Gut und Böse schon immer verwirrt. Die Grenze zwischen richtig und falsch war im Laufe der Jahre oft verschwommen, da sich seine Wahrnehmung verändert hatte, nicht zuletzt seit seiner Entscheidung, Tony sterbend in einem kleinen Bootshaus zurückzulassen.

Machte ihn das zu einem der Bösen? Oder machte es ihn zum Guten, weil er derjenige war, der die Bösen fing? Wie Charlotte Hanton und Sophia Wainwright, Charlottes Komplizin. Beide waren vom selben Mann vergewaltigt worden und hatten ihn anschließend getötet. Sie hatten Rache genommen an dem Mann, der ihr Leben zerstört hatte, und dann an den Männern, die das Leben mehrerer anderer ruiniert hatten. Sie hatten schlimme Dinge getan, aber nur anderen schlechten Menschen, die es verdient hatten. Machte sie das zu Guten? Waren ihre Racheakte ein Dienst an der Allgemeinheit gewesen? Hatten sie *Gutes* getan?

Und dann war da noch das Thema Caitlin, Charlottes Tochter. Sie war als Köder benutzt worden, um Pädophile in die Falle ihrer Eltern zu locken. Machte sie das zu einer der Guten oder zu einer der Bösen? Für eine Siebenjährige war das eine gewaltige Last.

Ihr Leben würde nie mehr dasselbe sein. Beide Frauen in ihrem Leben, die beide behaupteten, ihre Mütter zu sein, saßen im Gefängnis und warteten auf ihr Urteil am Ende ihres Prozesses. Sie würde sie, aller Wahrscheinlichkeit nach, nie wiedersehen.

Würde sie zu einer Bösen oder zu einer Guten heranwachsen?

Als Produkt einer gewaltsamen Vergewaltigung und nach den Dingen, die sie in ihrem kurzen Leben gesehen und erlebt hatte, war es schwer, sich vorzustellen, dass sie etwas anderes führen würde als ein Leben voller Gewalt, antisozialem Verhalten, das möglicherweise in einer kriminellen Laufbahn enden würde. In die Fußstapfen ihrer Eltern treten.

Es war die Art von Dingen, die Fallanalytiker und forensische Psychologen jahrelang studierten, Bücher darüber schrieben und ihren Lebensunterhalt damit verdienten.

Und doch, als er sie vom anderen Ende des Raumes betrachtete, wie sie mit einem Spielzeugdinosaurier am Tisch spielte, konnte er nichts davon bei ihr spüren. Sie war gesellig, ließ die anderen Kinder um sie herum mitspielen, und sie war gesprächig, freundlich.

Entweder würde sie zu einem normalen Kind heranwachsen, oder sie hatte die Kunst der Täuschung und mentalen Manipulation bereits von den Frauen gelernt, die sie aufgezogen hatten.

»Sie hatte ein paar harte Wochen«, sagte eine Stimme neben ihm. Es war die Leiterin des Pflegeheims. Mutter Glucke hatte sie sich selbst genannt, als sie ihm vorgestellt worden war.

Tomek hatte nicht vor, sie so zu nennen, und hatte sich stattdessen entschieden, ihren richtigen Namen, Hannah, zu verwenden.

Hannah war Ende vierzig und hatte ihm erklärt, dass sie selbst nie Kinder bekommen konnte und sich deshalb entschieden hatte, ihr Leben denen zu widmen, die keine Eltern hatten. Sie fühlte eine Verbundenheit mit ihnen, hatte sie gesagt. Als wären sie das Yin zu ihrem Yang. Der Schlüssel zu ihrem Schloss.

»Sie hatte eigentlich ein paar harte Jahre«, fügte Hannah nachträglich hinzu.

»Wie hat sie sich eingelebt?«, fragte Tomek. Er fühlte sich verpflichtet, ein Gespräch zu führen, obwohl er in Wirklichkeit nur rein und wieder raus wollte. Er wollte seine Willkommenszeit nicht überstrapazieren; Caitlin war eine ständige Erinnerung an Charlotte, an ihre Beziehung, und je weniger Zeit er in ihrer Nähe verbrachte, desto besser.

Aber zuerst kam der belanglose Smalltalk.

»Anfangs schwierig«, begann Hannah und verlagerte ihr Gewicht von einem Fuß auf den anderen. »Sie war sehr schüchtern, scheu. Es hat eine Weile gedauert, bis sie aus ihrer Blase herauskam, aber sie ist ein zähes kleines Ding, unsere Caitlin.«

»Hmm. Das ist gut zu hören.«

»Möchtest du mit ihr sprechen?«

Er hatte keine Wahl. Wenn er wollte, dass seine Karriere, der einzige Halt, den er in seinem Leben hatte, wieder in Schwung kam, müsste er das tun.

»Hatte sie Besuch?«, fragte Tomek, während sie zu ihr hinübergingen.

»Nicht seit sie hier ist, nein. Nur Sozialarbeiter und Leute wie du.«

»Irgendwelchen Kontakt mit ihren Eltern?«

»Sie haben es versucht, aber wir haben jede Kommunikation blockiert. Briefe, Post, diese Art von Dingen. Wir halten es nicht für richtig, dass sie im Moment irgendeine Interaktion mit ihnen hat, nicht während sie sich einlebt.«

Ups. Tomek war dabei, ihre kleine Blase der Sicherheit und Privatsphäre zum Platzen zu bringen. Und sie wussten es nicht einmal. War es egoistisch? Möglicherweise. Würde es ihn aufhalten? Nun, jetzt war er schon hier.

Da war es wieder, das Thema der Guten und Bösen.

Sie blieben neben Caitlin stehen, einer auf jeder Seite ihrer Schultern. Wenn sie ihre Anwesenheit bemerkte, gab sie sich keine Mühe, es zu zeigen, und spielte stattdessen weiter mit ihrem Dinosaurier.

»Caitlin, Schätzchen«, sagte Hannah, als sie sich auf die Höhe des kleinen Mädchens hockte. »Jemand ist hier, um dich zu sehen. Er sagt, du könntest ihn erkennen.«

Caitlin hielt ihre Aufmerksamkeit auf das Spielzeug gerichtet, verloren in ihrer eigenen Fantasie.

Tomek hockte sich auf ihrer anderen Seite hin und ignorierte das Knacken in seinen Knien und den Schmerz in seinen Hüften. Sein Mangel an Beweglichkeit in den letzten Wochen ließ ihn schneller altern als der Job. Und er musste dringend wieder raus und joggen gehen. Unentschlossenheit und ein Hauch von Depression hatten sich eingeschlichen und ihn daran gehindert, das Gefühl des salzigen

Windes und Sandes zu spüren, der seinen Körper peitschte, während er an der Strandpromenade entlangjoggte. Es war längst überfällig.

»Hallo, Caitlin«, begann er mit einem Kloß im Hals. »Ich heiße Tomek. Erinnerst du dich an mich?«

Es dauerte einen langen Moment, bevor sie ihn zur Kenntnis nahm. Sie stellte den Dinosaurier vorsichtig auf den Couchtisch und drehte sich zu ihm um. Der Blick der Erkennung war nicht das Einzige, was er in ihren Augen bemerkte. Es war die Dunkelheit, die Leere, das schwarze Loch, das alle Emotionen aufzusaugen und zu verschlingen schien.

»Ja«, sagte sie, ihre Stimme kalt und gefühllos. »Ich erinnere mich an dich.«

Böser Kerl. Definitiv ein böser Kerl.

Oder in ihrem Fall, böses Mädchen.

»Gut. Dann lasse ich euch beide mal allein«, sagte Hannah und wanderte davon. Allerdings kam sie nur bis zum Türrahmen und überwachte von dort aus ihr Gespräch.

Tomek legte eine Hand auf sein Knie, um die Last seines Gewichts auf seinen Gelenken zu erleichtern.

»Caitlin«, begann er, unsicher, wie er fortfahren sollte. »Ich muss dir etwas sagen. Ich habe mit deiner Mami gesprochen. Und da gibt es etwas, das sie möchte, dass du weißt...«

KAPITEL 8

Zum dritten Mal innerhalb von dreißig Sekunden prüfte Kasia die Uhrzeit auf ihrem Handy. Es war 19:15 Uhr, und das letzte Elterngespräch fand gerade statt. Und noch immer keine Spur von Tomek.

Oder Vater, wie er sich selbst nannte.

Sie fand nicht, dass sie bereits in der Papa-Phase waren. Sie fühlte sich damit nicht wohl. Bisher hatte er sich verhalten, als hätte er keine andere Wahl, als sich um sie zu kümmern, als wäre sie eine Last, die er jeden Tag bedauerte und beklagte. Bisher hatte er nichts getan und ihr keine Anzeichen gegeben, die darauf hindeuteten, dass er sich um sie kümmern, für sie sorgen wollte.

Und genau das bewies er gerade.

Über zwei Stunden zu spät zum Elternabend. Der Abend, an dem er sich mit ihrer Klassenlehrerin zusammensetzen und hören würde, wie schlecht die Dinge gelaufen waren. Denn sie waren schlecht gelaufen, richtig schlecht. Wie konnte es auch anders sein? Sie kannte niemanden an der Schule. Sie mochte es nicht, dort zu sein. Tatsächlich hasste sie es.

Mehr als sie Tomek und ihre Mutter hasste.

Das einzig Positive, das aus dem Schulbesuch hervorgegangen war – und der Teil, der sie im Unterricht gehalten hatte, anstatt zu schwänzen und vor und nach der Mittagspause aus dem Gebäude zu verschwinden – war Sylvia, ihre einzige Freundin. Sie waren in derselben Klasse, und Sylvia war eine der wenigen Personen, die sich die Zeit genommen hatte, mit ihr zu sprechen. Seitdem waren sie enge Freundinnen geworden. Sie besuchten die meisten Kurse gemeinsam, darunter Naturwissenschaften, Englisch, Erdkunde, Geschichte und Sport. Der einzige Unterricht, den sie getrennt verbringen mussten, war Mathe, ihr am wenigsten geliebtes Fach. Sylvia machte den Unterricht angenehmer, wenn sie zusammen in der letzten Reihe saßen, auf den Seiten kritzelten, dumme Fragen stellten, vorgaben, die Antworten nicht zu kennen und den Lehrern Widerworte gaben, wenn diese ihnen gegenüber unfreundlich waren.

Sie hatte das Gefühl, dass alle es auf sie abgesehen hatten, alle darauf aus waren, ihr das Leben zur Hölle zu machen. Genauso war es mit Tomek. Warum konnte er sie nicht einfach zurück in die Geschäfte bringen, um die Zutaten zu kaufen, die sie brauchte? Warum konnte er nicht pünktlich sein? Es war ja nicht so, als hätte er irgendwo anders zu sein oder irgendetwas anderes zu tun…

Ein Geräusch kam von der Klassentür. Janie Stephens, eines der beliebtesten Mädchen der Schule, stürmte aus dem Raum, dicht gefolgt von ihrem Vater, der ihr hinterherrief. Sie wusste nicht, wie Janie es schaffte, jeden Tag makellos auszusehen, aber sie beneidete sie um die Art, wie sie ihr Make-up auftragen konnte. Die Art, wie sie es schaffte, attraktiv auszusehen und alle Jungen zu ihren Füßen liegen zu haben. Sie beherrschte die Schule und wusste es. Und alle anderen wussten es auch.

Kasia beneidete sie wirklich.

Dann kam Miss Holloway aus dem Raum, mürrisch wie immer. Heute Abend trug sie dieses hübsche grüne Kleid, das um ihre Knöchel floss. Kasia fand Miss Holloway hübsch, vielleicht sogar hübscher als Janie. Aber sie war auch eine Zicke. Mit dem Herumkommandieren, dem ständigen Meckern. Genau wie Tomek machte sie das Leben in der Schule schwierig und elend.

»Ist dein Vater schon aufgetaucht, Kasia?«, fragte Miss Holloway.

Kasia zog den Kopfhörer heraus und schaute ihre Lehrerin finster an. »Er ist nicht mein Vater.«

»Entschuldigung«, antwortete sie defensiv. »Tomek also. Irgendein Zeichen von Tomek?«

Die Art, wie sie es sagte, ließ ihn wie ihren älteren Bruder klingen, was noch viel schlimmer war.

»Ich weiß nicht, wo er ist.«

»Ich bin sicher, er wird bald hier sein.«

Miss Holloway sah auf ihre Uhr und seufzte.

»Sie können gehen, wenn Sie wollen, Miss. Er wird wahrscheinlich gar nicht auftauchen.«

Miss Holloway verschränkte die Arme vor der Brust. »Normalerweise warte ich nicht länger als halb acht, aber in diesem Fall bin ich bereit, eine Ausnahme zu machen.«

Oh toll. Noch mehr Warten. Das Letzte, was sie wollte.

Kasia brummte und wandte ihre Aufmerksamkeit wieder ihrem Handy zu. Sie hatte stundenlang durch TikTok gescrollt und sich in Videos von Katzen, Hunden, Reality-TV-Shows und Tanzvideos verloren.

Sie hatte versucht, selbst einige zu machen, wenn Tomek nicht zu Hause war (wenn er tat, was auch immer er tat), aber sie hatten keine Zugkraft gewonnen. Die meisten Aufrufe, die sie für ein Video bekommen hatte, waren fünfzig. Und sie war sicher, dass es einige der Mädchen in der Schule waren, die es herumzeigten, über sie lachten, sie verspotteten.

Der Song auf ihrem Spotify wechselte, und sie hörte jetzt Harry Styles. Sie liebte ihn, hatte ihm jahrelang zugehört. In ihrem alten Zimmer hatte sie Poster von ihm an der Wand gehabt, aber jetzt waren sie alle abgenommen und in den Müll geworfen worden. Sie durfte nicht viel mit rüberbringen, und die Sachen, die sie hatte, durften nicht an die Wände oder irgendwohin, weil kein Platz dafür war. Das Zimmer, in dem sie übernachtete – Tomeks Schlafzimmer – fühlte sich überhaupt nicht wie ein Zimmer an. Eher wie ein Hotel, in dem sie gezwungen war zu bleiben.

Das schlimmste Hotel aller Zeiten.

Während sie »Watermelon Sugar« hörte, schloss sie die Augen und wünschte, sie könnte in der Zeit zurückreisen. Zurück in die guten alten Tage. Mit ihrer Mutter, der Schule, die sie mochte, ihren Freunden.

KAPITEL 9

Tomek schlitterte mit dem Auto auf den Schulparkplatz und parkte quer in der Lücke. Er war spät dran. Sehr spät. Wie spät genau, wusste er nicht. Aber zweifellos würde Kasia ihn später daran erinnern. Die Fahrt zum und vom Pflegeheim in Kent hatte etwas mehr als zwei Stunden gedauert, und der Verkehr auf der Rückfahrt am Dartford Tunnel war ein Albtraum gewesen. Hauptverkehrszeit – der schlechteste Zeitpunkt, um etwas Wichtiges zu erledigen.

Er nahm die Stufen zur Schule im Laufschritt, eilte durch die Flure und machte sich auf den Weg zu Kasias Klassenzimmer. Er war schon einmal dort gewesen, nachdem sie neu an die Schule gekommen war, und glücklicherweise lag es nicht weit vom Eingang entfernt. Andernfalls hätte sein Orientierungssinn ihn im Stich gelassen, und er hätte weitere zwanzig Minuten damit verbracht, es zu finden.

Schließlich fand er Kasia, die lässig auf einem Stuhl lümmelte, mit Kopfhörern in den Ohren und dem Handy in der Hand. Sie sah verwahrlost aus. Oberster Knopf offen, Krawatte so klein wie ihre Erwartungen an ihn, Rock bis zur Hälfte der Oberschenkel hochgerutscht. Jeden Morgen stellte er sicher, dass sie das Haus ordentlich und respektabel aussehend verließ, aber offensichtlich änderte sich das, sobald sie aus der Tür trat.

»Kasia«, sagte er und versuchte, die Atemlosigkeit in seiner Stimme zu verbergen. »Tut mir leid, dass ich zu spät bin.«

In diesem Moment erschien ihre Lehrerin aus dem Klassenzimmer. Miss Holloway. Tomek erinnerte sich an sie von der Einführungsveranstaltung. Sie war Mitte bis Ende dreißig, immer tadellos gekleidet, mit zu einem Dutt gebundenem Haar, einer dezenten Schicht Make-up im Gesicht und sah aus, als würde sie ihren Job noch immer genießen – etwas, das man nicht von allen Lehrern behaupten konnte, die er in den letzten Wochen kennengelernt hatte. Tomek fand, sie war ein gutes Vorbild für seine Tochter. Wenn diese es nur bemerken würde.

»Herr Bowen«, sagte Miss Holloway. Sie kam mit ausgestreckter Hand auf ihn zu. Tomek ergriff sie und sah ihr in die Augen. »Schön, Sie wiederzusehen.«

»Ebenfalls. Entschuldigen Sie die Verspätung.«

Miss Holloway schaute auf ihre Uhr. »Gerade noch rechtzeitig. Ich hatte Ihnen bis halb acht Zeit gegeben, und Sie haben noch ein paar Minuten übrig.«

Tomeks Wangen röteten sich vor Verlegenheit. Ihm war nicht bewusst gewesen, dass er *so* spät dran war.

»Es tut mir leid, dass ich Sie warten ließ, Miss Holloway«, sagte er, obwohl er wusste, dass der Schaden bereits angerichtet war.

»Schon gut. Sie sind jetzt hier. Und bitte, nennen Sie mich Bridget.«

Bridget. Der Name gefiel ihm.

Bevor er das Klassenzimmer betrat, machte Tomek Kasia mit einer Handbewegung auf sich aufmerksam und bedeutete ihr, ihm zu folgen. Widerwillig und mit der typischen Einstellung eines Teenagers stürmte sie in den Raum und ignorierte ihn, als sie eintrat. Kein herzliches Willkommen, keine freundliche Begrüßung. Nur der stumme Blick der Enttäuschung.

Tomek wusste nicht, was ihn bei seinem ersten Elternabend erwartete. Es war unbekanntes Terrain für sie beide, und doch verspürte er einen Anflug von Aufregung; vielleicht würde er jetzt endlich erfahren, wie es ihr in der Schule erging.

»Normalerweise läuft das so ab, Herr Bowen–«

»Tomek, bitte.«

»Also, Tomek, ich gebe Ihnen einen kurzen Überblick darüber, wie Kasia sich eingelebt hat, dann besprechen wir ihre Kurse und das Feedback ihrer Lehrer, und dann haben wir die Möglichkeit, von Kasia und Ihnen zu hören, falls Sie Fragen haben. Alles klar?«

Tomek nickte und wappnete sich innerlich. Er drehte sich zu Kasia, die immer noch mit einem Kopfhörer im Ohr dasaß. Er streckte den Arm aus und zog ihn ihr aus dem Ohr.

»*Hör zu...*«, sagte er zu ihr. »Das ist wichtig.«

Bridget schenkte ihnen ein verlegenes Lächeln, bevor sie fortfuhr. Tomek spürte sofort, dass dies nicht so positiv verlaufen würde, wie er gehofft hatte.

»Zunächst möchte ich sagen, dass Kasia ein rücksichtsvolles Mädchen mit beträchtlichem Potenzial ist. Ich wünschte nur, sie würde sich mehr anstrengen. Leider gibt ihre Anwesenheit Anlass zur Sorge – laut ihrem Zeugnis ist sie in den letzten vier Wochen zu zehn Unterrichtsstunden zu spät gekommen und hat mindestens fünf ganz verpasst. Das ist deutlich mehr als bei vielen anderen Schülern. Die meisten erreichen solche Zahlen in einem ganzen Schuljahr, nicht in einem Monat.«

»Sie lassen es klingen, als wäre das etwas Gutes«, bemerkte Tomek.

»Glauben Sie mir. Das ist es nicht.« Sie wandte sich an Kasia, deren Aufmerksamkeit auf etwas an der Wand abgeschweift war. »Es ist ein ernstes Problem, und ich hoffe, dass wir gemeinsam daran arbeiten können, es zu verbessern.«

Tomeks Knöchel wurden weiß, als er seine Fäuste ballte. »Glauben Sie mir, wir werden auf jeden Fall daran arbeiten.« Dann drehte er sich zu ihr, unfähig, sich zurückzuhalten. »Fünf Unterrichtsstunden. *Fünf?* Dafür kann ich ins Gefängnis kommen.«

»Nicht das Einzige, oder?«, sagte Kasia, immer noch zur Wand blickend.

Tomek war dankbar, dass Bridget mit ihnen im Raum war, und nach dem Gesichtsausdruck zu urteilen, ging es Kasia genauso; er konnte sie nicht anschreien, wenn er einen Zeugen hatte.

»Das ist eine berufliche Angelegenheit«, erklärte er Bridget und fühlte das Bedürfnis, sich zu rechtfertigen. »Laufend. Nichts, worüber man sich Sorgen machen müsste. Sie sagten gerade...«

»Oh. Ja. Anwesenheit. Das ist nicht das Ende der Welt, und ich denke, daran können wir arbeiten. Wenn ich ehrlich bin, kann ich verstehen, warum es so ist. Ich kam während des Schuljahres an eine neue Schule, und das auch noch ungefähr in deinem Alter, Kasia, also weiß ich, wie das ist. Es ist etwas einschüchternd und man braucht eine Eingewöhnungszeit. Aber du wirst da schon bald durchkommen.« Sie drehte das Dokument in ihrer Hand um. Darauf befand sich eine Tabelle mit Fächern, Punktzahlen von zehn und schriftlichen Rückmeldungen ihrer verschiedenen Lehrer. »Ihre stärksten Fächer sind Englisch und Naturwissenschaften, was seltsam ist, weil wir normalerweise nicht sehen, dass Schüler diese beiden zusammen mögen, aber wir beschweren uns nicht. Der Bereich, in dem wir jedoch Schwierigkeiten zu haben scheinen, ist Mathematik. Im Moment ist sie auf dem Weg, eine Drei bei der GCSE zu bekommen.«

»Eine Drei... Was bedeutet das?«

»Unser neues System. Es ist von eins bis neun nummeriert, wobei neun das Höchste ist – offensichtlich.«

»Was ist das Äquivalent zu dem, was es zu meiner Zeit war?«

»Das Äquivalent ist ein D bei der GCSE.«

»Verstehe. Und warum haben sie beschlossen, es zu ändern?«

Bridget zuckte mit den Schultern. »Da fragen Sie den Falschen. Jemand hat wahrscheinlich etwas geraucht, was er nicht hätte rauchen sollen, und dachte, es wäre eine brillante Idee. Wie auch immer... Mathematik. Die Punktzahl ist etwas beunruhigend, da ich Kasia in Mathematik unterrichte, aber es ist kein großer Grund zur Sorge – ich kann durchaus viel Potenzial erkennen, und ich denke, mit ein bisschen Anleitung können wir das leicht auf mindestens eine Fünf oder vielleicht sogar eine Sechs bringen.«

Tomek machte sich eine gedankliche Notiz zu Bridgets Verwendung des Begriffs »wir«. Als ob sie sich tatsächlich um Kasias Fortschritte kümmern würde. Als ob sie *wirklich* helfen wollte. Aber der Zyniker in ihm fragte sich, warum sie sich besonders um Kasia kümmern sollte, wenn sie dreißig andere Kinder hatte, um die sie sich kümmern musste, und Hunderte mehr, die sie jeden Tag unterrichtete? Es war das Gleiche mit seinen Fällen bei der Arbeit. Die Opfer von Verbrechen fühlten wahrscheinlich dasselbe, wenn er ihnen sagte, dass er alles tun würde, um ihnen zu helfen. Aber die Wahrheit war, dass er zu überlastet war, zu dünn verteilt. Und dass es fast unmöglich war, schnelle Ergebnisse zu versprechen. Würde sie also anders sein? Traurigerweise begann er zu denken, dass das alles zu schön war, um wahr zu sein.

»Möchtest du dazu etwas sagen?«, fragte Bridget Kasia. »Gibt es einen Grund, warum du Mathematik nicht magst?«

Kasia entschied sich, nicht zu antworten.

»Liegt es daran, dass Sylvia nicht in der Klasse ist? Ich habe euch beide zusammen in den Mittagspausen und in den Klassenräumen bemerkt. Aber sie ist nicht in unserem Mathematikunterricht, oder?«

Sylvia. *Sylvia, Sylvia, Sylvia.* Tomek ließ den Namen mehrmals durch seinen Kopf laufen und versuchte sich zu erinnern, ob er ihn irgendwo gehört hatte, ob sie ihn überhaupt erwähnt hatte. Die Antwort war ein klares Nein. Er konnte sich überhaupt nicht daran erinnern.

»Gibt es eine Möglichkeit, sie in den gleichen Klassenraum zu bekommen?«, fragte Tomek, und Kasias Kopf neigte sich ein wenig in Richtung des Gesprächs.

Fortschritt. Es ging in die richtige Richtung. Er bewies ihr, dass er sich kümmerte.

»Das ist etwas, was ich prüfen muss, aber ich werde mein Bestes tun.«

Tomek schenkte ihr ein warmes Lächeln, um Danke zu sagen.

»Abgesehen von diesen drei scheint Kasia in Geschichte und Hauswirtschaft wirklich gut zu sein.«

»Hauswirtschaft«, sagte Tomek. »Bei Frau Shaw?«

»Genau die.«

»Interessant. Wirklich interessant.« Tomek warf einen schnellen Seitenblick auf seine Tochter. Ihre Wangen waren rot geworden und ihr Blick war auf den Tisch gefallen. Die Worte »bitte sieh mich nicht so an« standen ihr förmlich auf die Stirn geschrieben.

»Hast du ein Lieblingsfach, Kasia?«, fragte Bridget.

»Geschichte. Ich lerne gerne über die Römer.«

»Sehr gut. Geschichte war auch immer mein Lieblingsfach. Das und Mathematik.« Die Bemühung, Kasia zu einer Reaktion zu bewegen, war lobenswert, wenn auch ein wenig fehlgeleitet.

»Gibt es Fächer, in denen sie nicht gut ist?«, fragte Tomek.

Bridget konsultierte das Blatt. »Kunst, Erdkunde und Musik.«

»Die meisten davon sind doch nur Ausmalen, oder?«

»Ähm...«

»Soweit ich mich erinnere, war Erdkunde nur Malen nach Zahlen.

Kunst ist, nun ja... Kunst. Und Musik ist die einzige Ausnahme.« Er stieß Kasia mit seinem Ellbogen an den Arm. »Zumindest muss ich nicht darauf setzen, dass du es als Musikerin schaffst, die mit den Füßen zeichnet, während sie Klavier spielt.«

Zu seiner Überraschung entlockte dieser kleine Kommentar eine Reaktion. Sie war *klein* in ihrer Art, aber die Auswirkungen, die sie für ihre Beziehung bedeutete, waren riesig.

Mehr Fortschritt. Mehr Bewegung in die richtige Richtung.

»Ich mache mir keine großen Sorgen über diese Noten«, sagte Tomek. »Hauptsächlich über die wichtigen.«

Dieselben, bei denen seine Eltern so streng mit ihm gewesen waren. Und dann kam ihm ein Gedanke.

»Was ist mit Sprachen?«

»Kasia lernt Französisch.«

»Kein Polnisch?«

»Das steht nicht im Lehrplan.«

»*Kurwa mać*«, antwortete er.

Es dauerte nicht lange, bis sie herausfanden, was er gesagt hatte.

»Warum steht es nicht drin?«, fragte er.

»Das müssen Sie die Regierung fragen.«

Tomek schnalzte mit der Zunge. »Ich schätze, ich muss dir einen Tutor finden«, sagte er zu Kasia. »Wenn das etwas ist, was du lernen möchtest?«

Er musste daran denken, dass es nicht um ihn ging. Es ging um sie. Ihre Entscheidungen, ihre Wahl. Er hatte den Luxus gehabt, in Polen geboren zu sein, und hatte Englisch in einem so frühen Alter gelernt, dass er es mit Leichtigkeit aufgesogen hatte, wie ein Schwamm. Kasia hatte diese Luxusgüter nicht, und während sie vielleicht nicht bereit war, ihn als ihren Vater zu akzeptieren, könnte sie bereit sein, einen Teil ihres Erbes zu akzeptieren.

»Ich werde darüber nachdenken«, antwortete sie.

Es war kein Ja, aber wichtiger noch, es war kein Nein.

»Gibt es noch etwas, was Sie uns mitteilen möchten?«, fragte Tomek und schaute auf seine Uhr. »Ich bin mir der Zeit bewusst und der Tatsache, dass ich Sie so lange aufgehalten habe. Wenn Sie also möchten, dass wir gehen, dann werden wir mehr als glücklich sein. Kasia und ich haben ein bisschen Ausmalen zu erledigen. Heute

Abend werden wir daran arbeiten, sicherzustellen, dass wir zwischen den Linien bleiben können.«

Tomek musste seine Tochter nicht sehen, um zu wissen, dass sie in sich hinein grinste. Und versuchte, es so gut wie möglich zu verbergen.

»Nichts weiter von mir. Es sei denn, Sie haben noch etwas hinzuzufügen?«

Beide Erwachsenen richteten ihre Aufmerksamkeit auf Kasia, die überrascht aussah, als ob sie gerade eine Million Pfund als Teilnehmerin in einer dieser beschissenen Tagesfernsehshows gewonnen hätte, über die er sich so aufregte.

»Nein«, sagte sie zögernd. »Ich habe nichts mehr hinzuzufügen.«

Tomek klatschte in die Hände und stand auf. »Das ist dann geklärt. Vielen Dank, Miss Holloway. Jede Menge Feedback, über das wir nachdenken können. Und danke für Ihre Zeit.«

Sie schüttelten sich die Hände, und gemeinsam verließen er und Kasia den Raum. Kasia war bereits im Wartezimmer und nahm ihre Tasche vom Stuhl, auf dem sie gesessen hatte, als er die Tür erreichte. Sie hatten den halben Flur hinter sich gebracht, als ihm ein Gedanke kam.

»Geh du schon zum Auto«, sagte er zu ihr, griff in seine Tasche und warf ihr die Schlüssel zu. »Ich komme gleich nach.«

Kasia protestierte nicht und ging weiter den Flur entlang, begierig darauf, so schnell wie möglich von dort wegzukommen. Tomek ging zurück zum Klassenzimmer und steckte den Kopf durch die Tür. Er fand Bridget dabei, wie sie ihre Notizen ordnete.

»Nur ich.«

Seine plötzliche Anwesenheit erschreckte sie, und als sie sich umdrehte, wirbelte ihr Kleid um ihre Knie und zeigte mehr Haut, als er erwartet hatte.

»Verdammt noch mal!«, sagte sie und bedeckte sofort danach ihren Mund. »Es tut mir so leid!«

»Ist schon gut. Sie ist weg. Und sie hat zu Hause schon viel Schlimmeres gehört.«

»Ich kann mir kaum vorstellen, wie es für euch beide ist. Die Schule hat mich über eure Situation informiert.«

Das Lächeln auf Tomeks Gesicht verriet ihr, dass er nicht darüber sprechen wollte.

»Ich wollte mich entschuldigen«, sagte er. »Für die Verspätung.«

»Oh, das ist schon in Ordnung. Man gewöhnt sich im Laufe der Jahre daran.«

»Da bin ich mir sicher. Und ich wollte mich bei Ihnen für alles bedanken, was Sie für Kasia tun. Man muss kein Genie sein, um zu erkennen, dass dies eine massive Anpassungsphase für sie ist, und ein Genie bin ich nicht. Aber ich komme langsam mit allem zurecht, wir beide tun das.« Er zögerte, während er dort unbeholfen stand und sich wieder wie ein Teenager fühlte, der das hübsche Mädchen beim Unter-Dreizehn-Treffen um ein Date bittet. »Vorhin haben Sie erwähnt, dass wir ihr helfen könnten. *Wir*. Ich habe mich gefragt, ob Sie offen für die Idee wären, Kasia mit ihrer Mathematik zu helfen. Eine Art... Nachhilfe?«

Eine Chance für ihn zu glauben, dass sie es ernst meinte mit der Hilfe für seine Tochter.

»Natürlich.«

»Sind Sie sicher?«

»Absolut. Ich habe das schon früher gemacht. Viele Male.«

Tomek war verblüfft. »Wow. Ich musste Ihnen nicht einmal Geld anbieten.«

Sie öffnete ihren Mund, um zu antworten, aber er kam ihr zuvor. »Natürlich würde ich sicherstellen, dass Sie für Ihre Zeit und Expertise angemessen entschädigt werden. Gott weiß, dass sie mich sowieso schon genug Geld kostet, kann mir nicht vorstellen, dass ein paar Nachhilfegebühren einen großen Unterschied machen werden.«

Bevor er Bridget verließ, damit sie ihre Sachen zusammenpacken und endlich die Schule verlassen konnte, nach dem, was eine dreizehnstündige Schicht gewesen war, vereinbarten sie ein Datum für Kasias erste Nachhilfestunde und einen Preis.

Das war eine faire Einschätzung, dachte Tomek. Und während er den Flur hinuntereilte, fragte er sich, ob sie bereit wäre, die Bezahlung irgendwann in Form eines Abendessens zu akzeptieren.

KAPITEL 10

Es war alles sehr aufregend. Und alles sehr geheim. Sehr, sehr geheim in der Tat. Sie durfte niemandem etwas sagen. Sie durfte nicht nach draußen gehen. Sie durfte nicht einmal daran denken, jemand anderen zu finden. Sonst wäre das Spiel vorbei, und sie würde verlieren.

Und Annabelle Lake mochte es nicht zu verlieren. Es war das Schlimmste auf der Welt. Seit sie denken konnte, musste sie immer gewinnen. Selbst wenn sie gegen sich selbst spielte.

Aber bei diesem Spiel war sie ratlos. Sie wusste nicht, was passierte. Alles, was sie wusste, war, dass sie gespannt darauf war zu sehen, wie sich alles entwickeln würde – ob sie gewinnen würde. Es war wichtig zu gewinnen. Gewinnen war wichtiger als teilzunehmen, das hatte Daddy gesagt. Er sagte viele Dinge, aber das war eines, auf das sie am meisten achtete.

Sie liebte ihre Mummy und ihren Daddy. Und manchmal vermisste sie sie, aber sie war so gefangen in der Aufregung, dass sie nicht zu viel an sie denken konnte. Sie hoffte, dass sie es ihr nicht übel nehmen würden, dass sie ihr verzeihen würden, wenn das alles vorbei war. Besonders Mummy, und besonders Onkel Vincent.

Ihr Lieblingsspiel von allen, die sie bekommen hatte, um sie zu unterhalten, war »Verbinde die Punkte«. Sie liebte es, die Zahlen im Kopf zu zählen, während sie mit den Augen nach ihnen suchte, und dann mit dem Finger die Richtung nachzuzeichnen, in die ihr Stift sich bewegen musste. Die ganze Zeit streckte sie die Zunge heraus, tief in Gedanken versunken. Dann bekam sie als Belohnung einen Karton voller Lieblingsbuntstifte.

Ja, Stifte. Keine Bleistifte. Das war eine schöne Überraschung gewesen. Zu Hause sagten Mummy und Daddy ihr immer, sie solle Bleistifte benutzen, wenn sie zeichnen oder ausmalen wollte (obwohl Onkel Vincent sie oft Stifte benutzen ließ, solange sie ihr kleines Geheimnis für sich behielten). Sie waren sauberer, sicherer, und es war weniger wahrscheinlich, dass sie Möbel beschmutzte, laut ihren Eltern. Sie dachte nicht so, aber sie wollte nicht streiten und sie verärgern. Das taten sie sowieso genug.

Aber hier... hier spielte das alles keine Rolle. Sie konnte tun, was sie wollte. Den Tisch, die Toilette, die Wände, die Decken bemalen. Sie konnte sogar die Fenster bemalen, wenn sie wirklich wollte. Aber das tat sie nicht.

Vor allem, weil es ein Trick sein könnte, um zu testen, ob sie tatsächlich all die Dinge tat, die sie wollte. Wenn sie die Wände anmalte, könnte das bedeuten, dass sie das Spiel verlieren würde. Und das wollte sie nicht.

Ganz zu schweigen davon, dass es als gemein angesehen werden würde, wenn sie etwas vollkritzelte, das nicht ihr gehörte.

Und sie mochte es nicht, unhöflich zu sein.

Miss Duggans Worte hallten in ihrem Kopf wider.

Es ist klug, höflich zu sein, dumm, unhöflich zu sein.

Annabelle wollte nicht dumm sein.

Nein, sie wollte gewinnen, und sie konnte nicht gewinnen, wenn sie dumm war. Stattdessen müsste sie gewinnen, indem sie klug war.

KAPITEL 11

Es war schon eine Weile her, dass Tomek bis spät in die Nacht gearbeitet hatte, ohne sich dabei schuldig zu fühlen. Eigentlich konnte er sich nicht erinnern, wann das jemals der Fall gewesen war. Natürlich hatte Charlotte Hanton sich darüber beschwert, dass er spät arbeitete und für seinen Job in andere Teile des Landes reisen musste, aber das war während einer Serienkillerermittlung gewesen. Wie hätte sie da weniger erwarten können?

Aber jetzt war die Situation etwas anders. Kasia war zu Hause, und eigentlich sollte er Qualitätszeit mit ihr verbringen und die letzten dreizehn Jahre aufholen, in denen er nicht wusste, dass sie existierte. Abgesehen davon, dass es bereits lange nach ihrer Schlafenszeit war. Obwohl sie vor etwas mehr als einer halben Stunde ins Bett gegangen war, war er fast sicher, dass sie nicht schlief. Wahrscheinlich scrollte sie endlos durch diese hirnlose App oder schaute etwas auf Netflix. Wenn sie so weitermachte, müsste er ihr vielleicht das Gerät wegnehmen, damit sie zu einer normalen Zeit schlafen gehen konnte.

Die Zeiten hatten sich geändert, seit er ein Teenager war. Er hatte keine dieser Ablenkungen gehabt. Alles, was er gehabt hatte, waren seine Comics und das fast unsichtbare Leuchten der Straßenlaterne draußen, die die Worte und Illustrationen erhellte. Er hatte sich unter der Bettdecke versteckt, jedes Mal wenn sein Vater in die Nähe des Schlafzimmers kam, das er mit seinen Brüdern teilte. Damals gab es dieses ganze Streaming-Zeug nicht. Sofortigen Zugang zu Netflix, Prime Video, Disney+. All der Mist, der heutzutage auf YouTube zu finden ist – sogenannte Influencer, die auf Videos reagieren von anderen Leuten, die wiederum auf etwas reagieren. Bald würden wir alle in einem endlosen Kreislauf des Handelns und Reagierens feststecken, falsche Persönlichkeiten erschaffen zum Wohle von Likes, Views und einer großen Followerzahl. Tomek bedauerte diese Vorstellung, aber er zog dennoch die Möglichkeit in Betracht, verschiedene Social-Media-Konten für sich zu erstellen und Kasia zu zwingen, mit ihm befreundet zu sein. So könnte er im Auge behalten, welche Dinge sie postete und likete. Mit welcher Art von Menschen sie kommunizierte und Nachrichten austauschte. Die gesamte Realität des Lebens als Teenager heutzutage war für ihn ein kompletter Mindfuck, den er nicht begreifen konnte.

Glücklicherweise hatte er dieses Problem nicht mit den Dokumenten, die direkt vor ihm lagen.

Die Entführung von Annabelle Lake.

Er hatte die Akten, die Nick ihm gegeben hatte, dicht an seiner Brust gehalten und in einer geheimen Schublade seines Schreibtisches versteckt. Das Letzte, was er wollte, war, dass Kasia sah und sich Sorgen machte über die Art von Dingen, mit denen er sich beschäftigte.

Mittlerweile war die kleine Annabelle Lake, die Neunjährige aus Canvey Island, seit über fünf Tagen verschwunden. In dieser Zeit hatte das Team mehrmals mit ihren Familienmitgliedern gesprochen, mit ihrer Lehrerin, die zufällig die letzte Person war, die sie gesehen hatte, und mit einer Handvoll Zeugen aus der Gegend. Sie hatten von Haus zu Haus Befragungen in der malerischen Sackgasse durchgeführt, in der sie lebte. Sie hatten ANPR-Aufzeichnungen und CCTV-Kameras nach Fahrzeugen durchsucht, die sich seltsam verhielten, zur gleichen Zeit, als sie entführt wurde, und während der Zeit, in der sie vermuteten, dass der Ford Fiesta abgestellt worden war – und nichts. Es gab keine Forderungen der Entführer, nichts. Es war, als wäre sie einfach vom Erdboden verschwunden. Und genau so hatten ihre Entführer es beabsichtigt.

Oben auf dem Ordner, den Nick ihm gegeben hatte, lag ein vergrößertes Foto von Annabelle. Ein Paar leicht verfärbter, schiefer Zähne grinste ihn an. Ihre Augen wirkten durch eine dicke Brille vergrößert, die sie aussehen ließ, als wäre sie ständig überrascht. Ihr braunes Haar war zu Zöpfen gebunden, die zu beiden Seiten ihres Kopfes hingen. Und ein Dutzend oder so Sommersprossen bedeckten ihre Wangen und Nase. Auf der Oberseite ihrer linken Wange, direkt unter dem Rahmen ihrer Brille, befand sich eine kleine Narbe. Der Hintergrund des Fotos war himmelblau, und sie trug ihre Schuluniform. Das Foto war vor drei Monaten datiert, aufgenommen zu Beginn des Schuljahres. Es erinnerte Tomek an das Foto im Haus seiner Eltern. Das, auf dem er in die weiterführende Schule kam. Zwei Jahre nachdem sein Bruder gestorben war. Dieses enthielt nicht die gleiche Unschuld und kindliche Süße, die Annabelle besaß. Sie war in jede Kontur ihres Gesichts eingeprägt, während Tomeks deprimiert und traurig ausgesehen hatte, beides Emotionen, die durch seine Hautporen und Haarfollikel sickerten. Selbst die Beleuchtung war falsch gewesen, als ob der Fotograf gewusst hätte, was passiert war, und versucht hatte, bei einem Schulfoto künstlerisch zu werden. Tomek konnte sich nicht erinnern, wann er das Bild zuletzt gesehen hatte – es würde ihn nicht überraschen, wenn seine Mutter und sein Vater es längst entsorgt hätten.

Während er diese besonderen Gedanken in den Hinterkopf verbannte, drehte Tomek das Bild um und legte es mit dem Gesicht nach unten auf den Schreibtisch. Dann wandte er seine Aufmerksamkeit den Zeugenaussagen zu. Verbrachte die nächsten paar Stunden damit, die Feinheiten der gesammelten Beweise zu durchforsten. Las weiter, bis seine Augen schwer wurden.

Kurz nach 1 Uhr morgens beendete er den Abend. Aber der Schlaf mied ihn. Eine der Stangen im Schlafsofa, das er bald nach Kasias Ankunft gezwungenermaßen kaufen musste, war an einem Ende gebrochen, und so sank seine obere Körperhälfte um ein paar Zentimeter ein, wenn er auf der Seite lag. Er hatte versucht, die Enden zu tauschen, aber es war noch unbequemer.

Während er dalag, blickte er auf das Wohnzimmer, das jetzt um ein paar Grad geneigt war. Auf das absolute Schlachtfeld. Auf die Kleidung auf dem Boden, auf die Kisten, die vom Dachboden heruntergeholt worden waren, um Kasias Sachen unterzubringen. Auf die Pflanzen, die in die Ecke, weg vom Sonnenlicht, geschoben worden waren. Auf die Bonsai-Bäume, die auf der Fensterbank zusammengedrückt wurden. Auf die Dokumente und Schulordner, die den Schreibtisch überquollen und auf den Boden fielen.

Die Wohnung war kaum groß genug für ihn gewesen, als er allein gelebt hatte. Und jetzt war sie es sicherlich nicht mehr.

Vielleicht brauchten sie einen Tapetenwechsel. Einen neuen Ort. Einen Neuanfang. Einen Reset. Vielleicht war das, wonach Kasia auf ihre eigene Weise schrie. Dies war *seine* Wohnung, und er fragte sich oft, ob sie sich wie ein Eindringling fühlte, der den Status quo störte (was sie natürlich hatte...). Aber wenn sie einen neuen Ort hätten, an dem sie ihre Vater-Tochter-Abenteuer gemeinsam beginnen könnten, dann würde das vielleicht alles zurücksetzen, sie beruhigen.

Ja, das würde er tun. Morgen würde er nach einem neuen Ort zum Leben suchen. Aber bis dahin müsste er mit dem kaputten Schlafsofa vorliebnehmen, trotz der Schmerzen, mit denen er oft im Nacken aufwachte.

KAPITEL 12

Die Zweizimmerwohnung lag etwas weiter im Landesinneren, als Tomek es sich gewünscht hätte. In den letzten dreizehn Jahren, seit er sich von Kasias Mutter getrennt hatte, hatte er in derselben Wohnung gelebt, keine fünf Minuten zu Fuß von Old Leigh und dem Strand entfernt. Es war das, woran er gewöhnt war, was er kannte. Aber wie er nach einer schnellen Internetsuche auf Rightmove und bei verschiedenen lokalen Immobilienmaklern feststellen musste, waren die Immobilienpreise in der Gegend unbezahlbar geworden – geradezu lächerlich teuer. Und so war er gezwungen, dem Wasser den Rücken zu kehren und seine Aufmerksamkeit auf das Festland von Leigh zu richten. Und es bestand die reale Möglichkeit, dass er sogar noch weiter schauen müsste. Southend. Hadleigh. Vielleicht sogar Basildon.

Die erste von mehreren Besichtigungen, die er für diese Woche geplant hatte, lag auf der Nordseite von Leigh. Der Immobilienmakler, ein Mann, der sich am Telefon als James-aber-du-kannst-mich-Jimmy-nennen vorgestellt hatte, wartete vor der Wohnung auf ihn und lehnte sich gegen die Motorhaube seines Autos, als wäre er ein schlechter Undercover-Polizist in einem Spionagefilm der Siebziger. Trotz der offensichtlichen Versuche, cooler zu wirken als er tatsächlich war, war der Mann tadellos gekleidet. Sein Haar war gut gegelt und nach hinten gekämmt, was seine Stirn ein paar Zentimeter größer erscheinen ließ, als sie tatsächlich war, und sein dreiteiliger Anzug war gut gebügelt und saß eng an seinem schlanken Körper. Es war offensichtlich, dass eine beträchtliche Menge Zeit, Mühe und Geld dafür aufgewendet worden war, und Tomek bezweifelte, ob es einen Unterschied für seine Verkaufsfähigkeiten machte. Ob es James-aber-du-kannst-mich-Jimmy-nennen besondere Kräfte verlieh – die Kraft, kein selbstgerechter Arsch zu sein.

Tomeks wenn auch *begrenzte* Erfahrung mit Immobilienmaklern war, dass sie alle Haie waren, gierige Blutschnüffler, die nach ihrer Beute jagten, verzweifelt nach ihrer Provision. Jede Immobilie, die sie betraten, war perfekt, hatte unzählige Charaktereigenschaften und könnte mit ein bisschen Liebe und einem Anstrich zum schönsten Zuhause für Tomek und seine Familie werden. Damals war es eine Familie von einem gewesen, und er hatte den Bullshit durchschaut und sich auf die Aspekte des Hauses konzentriert, die für ihn wichtig waren – ein anständig großes Schlafzimmer, eine Küche mit allen richtigen Geräten und eine Fensterbank, die groß genug für seine Bonsai-Bäume war. Aber jetzt war es nicht nur er. Er hatte eine Familie von zwei zu berücksichtigen, jemand anderen als sich selbst. Also fragte er sich, ob er vielleicht auf den Bullshit hereinfallen würde.

»Herr Bowen?«, sagte Jimmy, als Tomek sich näherte. Der Mann sprach mit so viel Selbstvertrauen, dass Tomek, selbst wenn er nicht Herr Bowen gewesen wäre, davon überzeugt gewesen wäre, dass er es war.

»Schön, Sie kennenzulernen.« Jimmy drückte sich von der Motorhaube weg und streckte lächelnd seine Hand aus. Die Helligkeit der Zähne des Mannes blendete Tomek fast, und als er näher kam, war er so auf sie fixiert, dass er die Hand des Mannes völlig verpasste.

»Tut mir leid«, sagte Tomek und verbarg sein Erröten, während er seinen Blick immer noch nicht von den strahlenden Grabsteinen des Mannes lösen konnte. Sie waren so... perfekt ausgerichtet. Tomek nickte zu ihnen. »Bist du ans Stromnetz angeschlossen oder hast du irgendwo ein Solarpanel an dir kleben?«

Zuerst verstand Jimmy nicht, worauf Tomek sich bezog. Dann zeigte er auf seine Zähne und öffnete in einem Akt des Stolzes seinen Mund weiter und zeigte Tomek mehr von denen im hinteren Bereich. »Oh, du meinst *die hier*? Gefallen sie dir?«

»Ich würde sie ein bisschen mehr mögen, wenn ich keine Sonnenbrille bräuchte, um dich anzusehen.«

»Ha! Guter Spruch. Hab sie mir vor ein paar Monaten in der Türkei machen lassen. Türkei-Zähne nennen sie die. Du hättest sehen sollen, wie sie vorher aussahen. So gelb wie das Ende einer Zigarette, und ich rauche nicht mal.«

»Warum hast du sie dann machen lassen? Eine Wette verloren?«

Jimmy zuckte mit den Schultern, als hätte er seine eigene Entscheidung nie hinterfragt. »Wollte sie einfach machen lassen, sehen, worum es bei dem ganzen Trubel geht. Erst feilen sie deine Zähne ab, bis sie wie ein angespitzter Bleistift sind, und dann formen sie den neuen Satz für deinen Mund und fertig ist die Laube, alles erledigt. Alle sind glücklich.«

»Außer deinem Bankkonto, nehme ich an.«

»Deshalb lässt du sie in der Türkei machen, Kumpel. Dort ist es billiger. Ein Kumpel von mir hat sich vor ein paar Monaten für fast nichts eine Haartransplantation machen lassen. Seine Haare sind jetzt schon länger als die seiner Frau.«

Tomek hatte Mühe, mitzuhalten. Seit wann waren die Leute so fasziniert davon, die glänzendsten Zähne und den dicksten Haaransatz zu haben? Klar, er wusste, dass Glatzenbildung für viele Männer ein Problem war (glücklicherweise war er mit einem guten Haaransatz und dickem schwarzen Haar gesegnet), und so konnte er den Wunsch verstehen, ihn zu verbessern, aber die *Zähne*? Das ging einen Schritt zu weit. Er machte sich Sorgen um die nächste Generation. Wenn sie nicht aufpassten, wäre keiner ihrer Körperteile mehr natürlich, und sie würden alle wie lebensgroße Versionen von Barbie und Ken herumlaufen.

»Ich hoffe, du hast nicht zu lange gewartet«, sagte Tomek, um die peinliche Stille zu füllen.

»Nur ein paar Minuten. Kein Problem. Sollen wir?«

Damit folgte Tomek James-aber-du-kannst-mich-Jimmy-nennen an der Seite der Wohnungsumwandlung entlang und die kleine Treppe hinauf, die zur Haustür führte. Als sie eintraten, begann Jimmy, das Skript herunterzuleiern, das er zweifellos auswendig gelernt hatte. Dasselbe, das er wahrscheinlich bei jeder Besichtigung missbrauchte.

»Diese wunderschöne Wohnung wurde erst letzte Woche neu auf

den Markt gebracht. Der Verkäufer möchte ziemlich schnell verkaufen, und wir haben bereits viel Interesse bekommen.«

Natürlich hatten sie das. Man muss den Knappheits-Samen früh pflanzen, damit er für den Rest der Besichtigung darüber nachdenkt.

»Die Wohnung ist mit dreihundertdreißigtausend bewertet und liegt nur einen Steinwurf vom Stadtzentrum entfernt, mit guten Verkehrsverbindungen nach Southend und London. Du hast zwei Schlafzimmer, beide ungefähr hundert Quadratfuß, mit viel Platz für Kleiderschränke, Betten, Schränke, Fernseher, Schreibtische.«

Jimmy öffnete die Tür und trat ein. Tomek folgte kurz dahinter.

»Das ist der Flur«, fuhr Jimmy fort. »Direkt vor dir befindet sich ein kleines Badezimmer, komplett mit Toilette und Waschbecken...«

Das war ein guter Anfang. Alle wichtigen Dinge.

»Der Boiler ist in diesem kleinen Schrank hier, zusammen mit Platz für all deine Mäntel, Schuhe und Regenschirme. Die Tür zu deiner Linken führt ins Wohnzimmer...«

Sie betraten den großen Raum. Er war etwas kleiner als Tomek es gewohnt war, aber andererseits schien alles in seiner Wohnung geschrumpft zu sein, seit ein Großteil von Kasias Sachen dazugekommen war. Er betrachtete den offenen Raum und stellte sich einen Bereich für seinen Schreibtisch vor, das Sofa, den Couchtisch und den Platz für einen Fernseher. Alles Wesentliche.

»Die Erkerfenster sind doppelt verglast und wie du sehen kannst, lassen sie viel Licht herein. Dieser Teil des Hauses ist nach Süden ausgerichtet, also hast du praktisch den ganzen Tag über Licht.«

»Kommst du mit der Wohnung oder wie?«, fragte Tomek.

Der Witz kam nicht an. Tomek fragte sich, ob er die gleiche Art von Spott von seinen Freunden oder Kollegen auf der Arbeit bekam. Und dann fragte er sich, ob sie alle gleich waren. In diesem Fall müsste Tomek daran denken, eine Sonnenbrille mitzunehmen, wenn er deren Büros betreten müsste, um irgendetwas zu unterschreiben.

Jimmy fuhr fort: »Die Fenster wurden vor ein paar Jahren eingebaut, also hast du noch Garantie darauf. Und das Tolle ist, dass es keine Kaufkette gibt, sodass du ziemlich schnell einziehen kannst...«

Aber Tomek hörte nicht zu. Er suchte nach dem wichtigsten Platz. Eine Fensterbank, die groß genug für seine Bonsai-Bäume war.

»Wenn du hier entlang kommst...« Jimmy zog Tomek weg und in

die Küche. »Das ist ein Ort, an dem du vermutlich viel Zeit verbringen wirst, oder vielleicht auch gar keine, je nach deiner Vorliebe. Aber wie du sehen kannst, ist dieser Bereich groß genug, damit ihr beide gleichzeitig kochen könnt.«

»Wir beide?«

»Du und deine Frau?«

Tomek presste die Lippen zusammen. »Nicht ganz. Ich und meine Tochter.«

»Oh. Entschuldigung.«

»Nimm nie etwas an, Kumpel.«

»Ich weiß, ich weiß. Das macht einen Esel aus dir und mir.«

»Nicht nur das, es lässt dich wie einen Idioten aussehen.«

Aber nicht annähernd so sehr wie die Zähne und der schockierende Haaransatz.

Nachdem sie die Küche gesehen hatten – und James hatte in diesem Punkt Recht gehabt – wo er viel Zeit verbringen würde, gingen sie zu den beiden Schlafzimmern im hinteren Teil des Hauses. Nach Tomeks bescheidener und offen gesagt unerfahrener Meinung waren sie groß genug für seine und Kasias Bedürfnisse. Ehrlich gesagt war alles besser als die beengten Verhältnisse, in denen sie derzeit lebten. Jedes Zimmer hatte eine kleine Nische für einen Kleiderschrank und genügend Platz, damit sich jeder von ihnen bequem um sein Bett bewegen konnte. Allerdings enthielt nur eines von ihnen den Heiligen Gral. Die kostbare Fensterbank. Tomek beanspruchte dieses sofort für sich.

Das Letzte auf der Einkaufsliste der zu besichtigenden Räume, die er unverbindlich abnicken sollte, war das Badezimmer. Es hatte alles, was er von Badezimmern erwartete: eine Dusche, eine Toilette und ein Waschbecken. Nur gab es eine kleine Änderung, die ihm nicht so gefiel.

Tomek zeigte darauf. »Was macht das denn da?«

James-aber-du-kannst-mich-Jimmy-nennen blickte auf das Bidet, das in der Ecke des Badezimmers neben der Toilette untergebracht war. »Da bin ich mir nicht so sicher... Ich glaube, die vorherigen Besitzer kommen irgendwo vom Kontinent... Kann nicht behaupten, dass ich selbst jemals eines benutzt habe. Aber sag niemals nie!«

Der erste Gedanke, der Tomek kam, war nicht, was er damit

anstellen würde, wenn er sich entscheiden sollte, eine Anzahlung für die Wohnung zu leisten. Vielmehr war es, ob Jimmy die Farbe seiner Zähne nach diesem Ding modelliert hatte.

»Also«, fragte er und blendete Tomek erneut mit seinen Zähnen, »was denkst du?«

»Ich glaube, du würdest dort nicht zu fehl am Platz aussehen«, antwortete Tomek, lenkte das Gespräch aber weiter, bevor er Jimmy noch mehr beleidigte. »Was sind die nächsten Schritte?«

»Nun, wenn du interessiert bist, lass es mich wissen, und wir können zunächst die Anzahlung sichern. Danach kümmern wir uns um den Verkauf deiner bestehenden Immobilie, während wir gleichzeitig den Papierkram für die neue erledigen.«

Es klang in der Theorie einfach, aber Tomek vermutete, dass es genau so klingen sollte, wie Jimmy es beabsichtigt hatte.

»Klingt zu schön, um wahr zu sein.«

»Normalerweise ist es das auch, aber nicht bei uns. Deshalb sind wir bei Trip Advisor die Nummer eins.«

Und da war es. Die Knappheit am Anfang, unterstützt durch den sozialen Beweis am Ende. Sie hatten den Kreis geschlossen.

»Ich meine, ich mag es. Es ist groß genug für das, was wir brauchen, aber ich bin noch nicht so weit.«

»Oh?«

»Ja. Ich muss erst nach Hause gehen und mit der Chefin sprechen. Schauen, was sie davon hält.«

Auf dem Heimweg hielt Tomek in der Leigh High Street an, um ein paar Kleinigkeiten vom örtlichen Co-op zu holen. Auf dem Speiseplan stand heute Pizza, beschloss er. Mit einer Flasche Cola für Kasia und einem Kasten Bier für ihn. Etwas zum Feiern.

Als er zum Auto zurückging, wobei die Bierflaschen gegen sein Bein klimperten, wanderten seine Augen auf die andere Straßenseite. Blieben sofort stehen, als sie auf den Schuluniformladen fielen, der zwischen einem Geschenkladen und einem Café eingeklemmt war. Tomek hatte sich alle Mühe gegeben, »Too School For Cool« so lange wie möglich zu meiden. Dennoch war es immer noch da, unberührt, geschlossen. Die Polizeinotiz, die alle darüber informierte, dass es Teil einer laufenden Untersuchung war, hing noch an der Tür. Tomek konnte es nicht lange betrachten. Es brachte Bilder und Erinnerungen zurück, die er mit aller Kraft zu unterdrücken versucht hatte. Die von ihm und Charlotte zusammen im Bett, beim Kajakfahren entlang der Sümpfe von Tollesbury, im Roots Hall Fußballstadion beim Zuschauen der Mighty Shrimpers. Und dann kehrten die dunkleren zurück. Die Bilder von ihr, wie sie drei Männer abschlachtete, ihnen die Genitalien abschnitt und sie in ihre jeweiligen Münder stopfte. Wie sie ihnen die Kehlen durchschnitt und sie auszog.

Er wandte sich ab und ging weiter zum Auto, konnte jedoch die Bilder nicht abschütteln, die in seinem Kopf wie ein Kino abliefen.

Die Heimfahrt war kurz. Ein paar Linkskurven, ein paar mehr rechts, und er war da. Weil die Straße mit schmalen Reihenhäusern vollgestopft war, gab es so gut wie keinen Platz zum Parken. Das bedeutete, einen Parkplatz zu finden war wie nach einem Erdbeersamen in der Wüste zu suchen. Fast unmöglich. Manchmal musste er in der nächsten Straße parken und laufen. In anderen Fällen war er gezwungen zu warten, bis seine Nachbarn ihre Ärsche in Bewegung setzten und aus dem Weg fuhren. Bei den seltenen Gelegenheiten, bei denen er mit Leichtigkeit einen Platz finden konnte, wurde es typischerweise noch schwieriger durch die Vollpfosten, die in furchtbaren Winkeln parkten und keinen Platz für sein Auto ließen.

Am schlimmsten war es oft, wenn er spät nach einem langen Tag des Versuchs, die Straßen von Kriminellen zu befreien, nach Hause kam. Es war nicht so, dass er dachte, er verdiene einen festen Parkplatz für den Job, den er machte, aber... Eigentlich wollte er schon einen festen Parkplatz. Einen schönen großen, saftigen Platz mit genügend Raum auf beiden Seiten, um Hampelmänner zu machen. So würde er keine zusätzlichen zehn Minuten damit verbringen müssen, einen Platz zu suchen.

Wie er es gerade getan hatte.

Geparkt in der Straße um die Ecke auf dem einzigen verfügbaren Platz, mehrere hundert Meter von seinem Zuhause entfernt.

Er schlenderte die Straße entlang, als ein leichter Regen begann, sein Gesicht zu kitzeln. Die Biere und Dosen Cola unter einem Arm verstaut, zog er die Kapuze über den Kopf und beschleunigte seinen Schritt.

Aber er wurde abrupt zum Stehen gebracht, als die Gestalt in sein Blickfeld kam. Ein Mann, kräftig, stämmig, der den Elementen trotzte. Er stand vor seiner Wohnung und starrte zu den Bonsai-Bäumen auf der Fensterbank hinauf.

Sofort spürte Tomek, wie sein Körper in den Kampfmodus schaltete. Seine Schultern und sein Kern spannten sich an und bereiteten sich auf eine Auseinandersetzung vor, sei es auch nur verbal.

Als er sich näherte, bemerkte der Mann seine Ankunft und drehte sich um. Die gerade Kieferlinie und das gemeißelte Kinn standen im Widerspruch zur Feindseligkeit in seinem Gesichtsausdruck. Der Mann war sowohl ein muskulöses Model als auch ein wahnsinnig aussehender Typ in einem. Es waren vor allem die Augen. Himmelblau. Blendend und überwältigend. Noch mehr Brennstoff für das Feuer der Verwirrung, das in Tomek tobte. Er sah aus, als hätte er unter der Woche Fotoshootings und am Wochenende eine Fußball-Hooligan-Schlägerei vor sich.

»Kann ich dir helfen?«, fragte Tomek so streng, wie er es schaffte.

»Tomek, stimmt's?«

Der Mann behielt seine Hände in den Taschen, was Tomek beunruhigte. Er hätte lieber gesehen, was sie hielten, wenn überhaupt.

»Wer will das wissen?«

»Ein Freund eines Freundes. Sie wollten nur sicherstellen, dass du deinen Teil der Abmachung eingehalten hast.«

Charlotte. Die Nachricht. Caitlin.

Überraschung zeigte sich auf Tomeks Gesicht.

»Wie hast du diese Adresse gefunden?«

»Ein Freund eines Freundes eines Freundes.«

Tomek fragte sich, wie weit die Freundesliste des Kerls wirklich ging und ob er jemanden aus dem Königshaus kannte.

»Ich habe getan, was ich tun musste«, antwortete er.

»Gut. Dann habe ich das auch. Einen schönen Abend, Herr Bowen. Hoffentlich muss ich Sie nicht wiedersehen.«

Ehe er sichs versah, war der Mann aus dem Eingangsbereich verschwunden und ging die Straße in die entgegengesetzte Richtung, direkt in den stärker werdenden Regen hinein. Ohne Zeit zu verlieren, eilte Tomek zur Haustür, kämpfte frustrierend mit dem Schloss, das immer noch repariert werden musste, und tauchte ins Wohnzimmer ein. Er hatte es nicht bemerkt, aber sein Puls war durch die Decke, und er beugte sich nach vorne, als er versuchte, ihn wieder in den Griff zu bekommen.

Charlotte hatte ihr Wort gehalten, klar. Aber das stellte ein neues Problem dar. Sie und ihre kriminellen Freunde, zusammen mit all *ihren* kriminellen Freunden, kannten seine Adresse. Und wenn sie seine Adresse kannten, bedeutete das, sie waren anfällig, verwundbar. Wichtiger noch, *Kasia* war anfällig und verwundbar.

Er ließ die Einkäufe auf der Küchentheke und griff in seine Tasche. Dann rief er James-aber-du-kannst-mich-Jimmy-nennen an.

»Hallo?«, kam die selbstgefällige Stimme am anderen Ende. Allein an diesem Wort konnte Tomek erkennen, dass der Mann lächelte; er konnte fast das Geräusch seiner Zähne hören, die radioaktives Material ausstrahlten.

»James? Ich meine, Jimmy. Hier ist Herr Bowen, von der Wohnung vorhin.«

Ein Moment, um den Namen zu verarbeiten.

»Ah, Herr Bowen. Schön, von Ihnen zu hören. Womit kann ich Ihnen helfen?«

»Wir nehmen sie.«

»Schon? Hatten Sie Gelegenheit, mit Ihrer Tochter zu sprechen?«

»Nein. Ich... will nur nicht die Chance verpassen.«

»Ausgezeichnet. Ich werde das alles in Ordnung bringen.« Falls es möglich war, war Jimmys Telefonmanier überzeugender als sein persönliches Auftreten.

»Danke.«

»Wollten Sie die Immobilie heute Abend noch besichtigen?«

»Bitte. Sie wird viel Zeit brauchen, um herauszufinden, wo all ihre Sachen hinpassen werden.«

Ein leichtes Kichern. »Natürlich. Nun, danke für Ihre Mitteilung. Überlassen Sie es mir, und ich werde alles für Sie erledigen. Es war mir ein Vergnügen, mit Ihnen Geschäfte zu machen.«

Natürlich war es das. Alles war es wert für das eine Prozent.

Tomek warf das Telefon auf die Theke und begann, die Einkäufe auszupacken. Er war dabei, seine Bierflasche zu öffnen – die Flüssigkeit hatte gerade *pssss* gemacht, als er den Deckel abriss –, als sein Telefon klingelte. Das Gerät vibrierte wütend auf der Oberfläche. Er antwortete, ohne die Anrufer-ID zu überprüfen.

»Hallo?«

»Bist du beschäftigt?«

Nick. Guter alter Fieser Nick, um die Nerven zu beruhigen.

»Ich kann reden.«

»War besorgt, ich könnte dich mit den Händen in der Hose erwischen. Bei all der freien Zeit, die du jetzt hast.«

»Nö«, antwortete Tomek.

»Gut. Dann habe ich Neuigkeiten für dich.«

»Du gehst in Rente?«

Nick lachte gekünstelt. »Witzig.«

»Ich werde aufpassen müssen, wann ich *dich* anrufe.«

Ein charakteristisches Seufzen hallte durch das Telefon. »Willst du die guten Nachrichten hören oder nicht?«

»Kann nicht schaden. Lass hören.«

»Du kommst zurück.«

»Was?«

»Wie durch ein Wunder wurden Charlottes Aussagen – über Tony und das Instagram-Konto – zurückgezogen und es gibt keinen Fall gegen dich. Die IOPC hat den Fall fallen gelassen und deine Suspendierung ist beendet. Wir sehen uns morgen.«

»*Morgen?*«

»Es sei denn, du hast Pläne?«

»Nicht dass ich wüsste. Bedeutet nur, dass ich mich jetzt rasieren und präsentabel machen muss.«

»Ich wollte neulich nichts sagen...«

»Ich wollte in den letzten Jahren nichts sagen, aber du hörst mich ja nicht klagen.«

Nick antwortete nicht.

»Das, Sir, ist was die jungen Leute heutzutage einen *Clap Back* nennen.« Um die Bedeutung des Wortes zu verdeutlichen, klemmte Tomek das Telefon zwischen Ohr und Schulter und klatschte mit dem Handrücken gegen seine Handfläche.

»Mach nur weiter, Kumpel«, begann Nick, »und ich setze dich für die nächsten sechs Monate neben Chey. Dann schauen wir mal, wie lustig das noch ist.«

Chey, obwohl es nichts Falsches an ihm gab - keine seltsamen Persönlichkeitsstörungen, kein unangenehmes Verhalten - war im Büro berüchtigt dafür, zu furzen und einen ständigen Geruch nach Scheiße zu verbreiten. Das war einer der Gründe, warum er zur Zielscheibe von Witzen wurde. Das, und weil er der Jüngste war.

»Kein Grund dafür, Sir«, sagte Tomek und lächelte vor sich hin. »Vergessen Sie, dass ich etwas gesagt habe. Ich sehe Sie morgen früh.«

KAPITEL 13

Nach seiner Schicht hatte James-aber-du-kannst-mich-Jimmy-nennen die Schlüssel zu ihrer neuen Wohnung abgegeben. Er vertraute Tomek genug – »du bist schließlich ein *Polizist*« –, dass er das Richtige tun und die Schlüssel in den nächsten Tagen ohne Probleme zurückgeben würde. Bei diesem kurzen Austausch hatte Tomek eine seltsame Art von sexueller Spannung im Raum wahrgenommen. Der Großteil davon kam, ganz richtig, von der Coleman-Seite der Familie. Sobald Kasia Jimmy erblickt hatte, war sie kurz angebunden und schüchtern geworden, fast schon ängstlich. Sie versteckte sich hinter ihrem Handy, während sie ganz offensichtlich jede seiner Bewegungen beobachtete.

Sie war in dem Alter, in dem ihre Hormone anfingen, in Gang zu kommen, und die Welt begann, sich in einer anderen Farbe zu zeigen. Tomek konnte ihr nicht vorwerfen, dass sie sich für Jimmy interessierte. Er konnte den Reiz verstehen. Er war selbst einmal ein Teenager gewesen, er wusste, worum es dabei ging. Abgesehen von den Zähnen. Das war zu seiner Zeit noch kein *Ding* gewesen. Wenn es das gewesen wäre, dann hätte er befürchtet, dass er mit achtzehn jedes Mal wie ein Flutlicht ausgesehen hätte, wenn er den Mund öffnete.

Nachdem Jimmy gegangen war, beendeten sie ihr Abendessen, nahmen das Nötigste mit und gingen. Der Regen hatte etwas nachgelassen, obwohl der Verkehr in der Stadt nicht die gleiche Botschaft erhalten hatte. Es dauerte zwanzig Minuten, genauso lange, als wenn sie gelaufen wären. Sie hielten vor der Wohnung und Tomek stellte den Motor ab. Im Wohnzimmer und in der Küche brannte Licht, vermutlich hatte Jimmy es für ihren Besuch so gelassen.

»Was denkst du?«, fragte Tomek.

»Sieht genauso aus wie unsere momentane Wohnung.«

»Großartig«, sagte Tomek sarkastisch, obwohl sich sein Verstand auf die zwei Worte konzentrierte, die sie ausgesprochen hatte.

Unsere momentane.

Unsere. Unsere Wohnung. Unser Raum. Unser Zuhause. In den ersten Tagen ihrer Vater-Tochter-Beziehung war es immer *seine* Wohnung, *sein* Zuhause gewesen.

Es war nur ein kleiner Schritt, aber es war ein Schritt in die richtige Richtung, zumindest.

Tomek stieg als Erster aus dem Auto und ging zur Haustür. Die gestrige Auseinandersetzung mit dem Model-Fußball-Hooligan hatte Tomek seitdem nicht mehr aus dem Kopf gehen können. Wenn es jemals einen Anreiz gab, aus deinem Zuhause auszuziehen (falls es nicht schon Anreiz genug war, auf der Couch zu schlafen, damit deine Tochter einen bequemen Schlafplatz hatte), dann wäre die Aussicht, beobachtet zu werden und das Gefühl zu haben, in Gefahr zu sein, sicherlich ein solcher. Es bestand kein Zweifel daran, dass Charlotte nicht die Absicht hatte, ihn in Ruhe zu lassen. Sie selbst ging nirgendwohin, und so musste sie sich unterhalten, beschäftigt halten. Sie wollte ihre eigenen Episoden von *Keeping Up With The Bowens* haben. Charlotte würde sie nicht in Ruhe lassen, solange sie die Macht, die Kontakte und den Zugang dazu hatte. Wenn ein Umzug, wenn auch nur ein paar hundert Meter entfernt, eine vorbeugende Maßnahme war, die er ergreifen musste, um seine Familie zu schützen, dann war er bereit, es zu tun.

Er steckte den Schlüssel ins Schloss und mit einer einfachen Drehung war er drin.

»Diese Wohnung ist allein wegen der Haustür den Preis wert«, bemerkte Kasia. »Ich hasse die, die wir haben, verdammt nochmal.«

Tomek blieb wie angewurzelt stehen und starrte sie finster an. »Was habe ich über diese Art von Sprache gesagt?«

Ihr Gesicht verfinsterte sich und sie senkte den Blick. »Du machst es die ganze Zeit.«

»Und wenn du achtzehn wirst, kannst du es auch tun. Falls du es bis dahin schaffst... Aber solange du unter diesem Dach bist...«

»Schon gut.«

Der erste Raum, den Tomek ihr zeigte, war der Schuhschrank. Als er ihr sagte, dass sie dort schlafen würde, funkelte sie ihn an, ihre Augen verengten sich. Der nächste Raum war das Wohnzimmer. Alle vorgefassten Pläne und Ideen, die er für den Raum gehabt hatte, wurden sofort zunichte gemacht, als sie alles änderte. Die Anordnung, die Organisation, die Menge an neuen Möbeln, die sie brauchen würden. Ihm wurde schnell klar, dass dies ihr Haus war und er nur darin wohnen würde.

Die Diskussion über die Schlafzimmer verlief nicht anders. Zum Glück hatte sie sich ohne sein Drängen für den kleineren Raum entschieden und bereits herausgefunden, wie sie ein Bett, einen Kleiderschrank, einen Schminktisch, einen Schreibtisch und eine Kommode in dem kleinen Raum unterbringen konnte. Für Tomek war es, als würde man ihn bitten, den Zauberwürfel zu lösen, während man ihm sagte, was er mit der Anleitung direkt vor ihm zu tun hatte. Es ergab für ihn immer noch keinen Sinn, aber für sie schon. Und das war wichtig. Ihr die Freiheit zu geben, zu entscheiden, was sie mit ihrem eigenen Raum machte.

»Willst du den besten Teil des Hauses sehen?«, fragte Tomek aufgeregt.

»Das wird nicht aufregend sein, oder?«

»*Ich* finde schon.«

Tomek zog sie am Arm und zeigte ihr sein neues Schlafzimmer. Die Fensterbank. Die schiere Größe davon.

»Wunderschön, findest du nicht?«

»Das ist nicht das Wort, das ich dafür verwenden würde.«

»Welches Wort würdest du verwenden?«

Sie sah zu ihm auf. »Du wirst warten müssen, bis ich achtzehn bin, um das herauszufinden.«

Das brachte ein Schmunzeln auf sein Gesicht. Er ging zur Fensterbank und lehnte sich dagegen, blickte auf die Straße hinunter.

»Ich habe heute einen Anruf bekommen«, begann er.

»Okay...« Die Vorsicht in ihrer Stimme war deutlich zu hören.

»Ich gehe morgen wieder zur Arbeit.«

»Oh. Okay.«

»Das bedeutet, du musst dich um meine Bonsai-Bäume kümmern«, sagte er, sein Schmunzeln hatte sich in ein Grinsen verwandelt. »Sie müssen alle paar Tage gegossen werden, vorzugsweise am Abend. Wenn der Sommer kommt, musst du es viel öfter machen.« Kasias Blick schwenkte nach draußen zum Fenster und starrte auf ihr Spiegelbild. »Auf einer ernsteren Note«, fuhr er fort, »bedeutet es auch, dass ich nicht mehr so viel zu Hause sein werde wie im Moment. Ich werde dir immer noch so oft wie möglich dein Frühstück und Mittagessen für die Schule machen. Ich werde dich immer noch zur Schule bringen, wenn ich kann. Aber an den Morgen, an denen ich es nicht kann, ist dieser Ort ungefähr gleich weit entfernt wie dort, wo wir jetzt sind, also solltest du in Ordnung sein. Das einzige Problem werden deine Abendessen sein. Manchmal muss ich vielleicht länger arbeiten. In diesem Fall werde ich dir Anweisungen hinterlassen, wie du Abendessen machen kannst.«

»Ich weiß bereits, wie man kocht«, sagte sie mit einer Stimme, die jeglicher Emotion beraubt war, als wäre das Letzte davon durch Tomeks Ankündigung aus ihr herausgeprügelt worden.

»Wenn dein Zeugnis von Frau Shaw ein Maßstab ist...«

»Nicht deswegen«, sagte sie. »Ich habe gelernt, für mich selbst zu kochen, wenn Mama nicht da war. Manchmal war sie tagelang weg. Hat mir nichts zu essen dagelassen, also musste ich selbst etwas finden.«

Das war das erste Mal, dass Kasia das Leben mit ihrer Mutter erwähnte. Er hatte beschlossen, sie zu diesem Thema nicht zu sehr zu drängen, sondern zu warten, bis sie die Dinge in ihrem eigenen Tempo erklärte. Jetzt, da sie es getan hatte, fühlte er sich privilegiert, dass sie ihm so weit vertraute.

»Ich werde versuchen, so oft wie möglich zu Hause zu sein«, sagte er ihr.

»Kann Sylvia nach der Schule zu mir kommen?«

Tomek zögerte. Überlegte kurz. »Ja, ich sehe da kein Problem. Sag mir nur Bescheid, an welchen Tagen, damit ich daran denke, meine schmutzige Unterwäsche zu verstecken und meine Socken aufzuheben.«

Kasia kicherte leise. Für einen kurzen Moment dachte Tomek, sie würde ihn liebevoll anstoßen, eine Hand zärtlich auf seinen Arm legen, aber sie tat es nicht. Stattdessen zog sie ihr Handy heraus und las eine Nachricht.

»Sie hat mich tatsächlich gefragt, ob ich dieses Wochenende zum Übernachten rüberkommen will«, sagte Kasia.

»Sylvia?«

»Ja.«

»Hmm.«

Das fand Tomek nun nicht so toll. Er hatte nichts dagegen, wenn eine Freundin zu ihnen nach Hause kam. Das war vertrautes Terrain. Ein sicherer Ort. Aber dass Kasia zu Sylvia ging... Das war eine Entscheidung, über die er nachdenken musste.

»Da bin ich mir nicht so sicher«, sagte er ihr. »Wenn alles so schnell geht, wie James – ich meine *Jimmy* – sagt, dann sollten wir nächste Woche einziehen können. Ich werde alle Hilfe brauchen, die ich beim Packen kriegen kann.« Er machte eine kurze Pause. »Wie wäre es mit... du darfst erst bei ihr übernachten, wenn deine Mathenote besser wird?«

Das müsste klappen. Bestechung. Am Ende eine Belohnung geben. Erziehung auf die einzige Art, die er kannte.

»Was?«, fragte sie mit aufkommender Wut in ihrer Stimme.

»Was mich daran erinnert«, begann er und machte sich auf den Weg zum Ausgang. »Ich habe mit Frau Holloway gesprochen, und sie hat zugestimmt, abends vorbeizukommen, um dir Nachhilfe zu geben.«

»Was? Verarscht du mich?«

Tomek drehte sich auf der Stelle um. »Achte auf deine Sprache! Ich hatte ursprünglich geplant, dass sie aufhört, sobald deine Noten besser werden, aber ich kann sie auch das ganze Jahr kommen lassen, wenn du das lieber möchtest?«

Kasia verdrehte die Augen und stieß eine große Luftwelle durch ihren Mund aus. »*Nein.*«

»Gut. Dann hör verdammt nochmal auf zu fluchen.«

KAPITEL 14

Die Spiele machten keinen Spaß mehr. Sie hatten aufgehört, unterhaltsam zu sein, nachdem er sie geschlagen hatte. Hart. Richtig, richtig hart. Annabelle wusste nicht, warum er das getan hatte, aber seitdem war die Stimmung angespannt. Sie stritten viel mehr, schrien sich an, kamen sich nahe und wurden konfrontativ. Währenddessen blieb Annabelle einfach auf ihrem Stuhl sitzen, wie man es ihr gesagt hatte. Sie wollte nicht noch einmal geschlagen werden. Nein, wirklich nicht. Das war kein Teil des Spiels, den sie mochte.

Es tat so weh, dass sie ihren Mund für das, was sich wie Tage anfühlte, aber nur ein paar Stunden gewesen waren, nicht bewegen konnte. Und es schmerzte immer noch, pochte wie damals, als Will Robbie ihr in der Schule in den Arm geboxt hatte, um zu sehen, ob es wehtun würde. Sie hatte ihm gesagt, dass sie keinen Schmerz spüren könne, dass sie übermenschlich sei, dass sie anders sei als alle anderen Kinder in der Schule. Aber es hatte wehgetan. Sogar sehr. Und ihr Arm pochte mit Phantomschmerz, als sie jetzt daran dachte.

Die Zeit war zu einer kniffligen Sache geworden. Normalerweise war sie so gut darin, die Zahlen zu beobachten, die sich im Kreis drehten. Sie wusste nicht immer, was sie bedeuteten, aber ihre Lieblingszahl war zwölf, und wenn der große Zeiger ihre Lieblingszahl erreichte, wusste sie, dass eine ganze Stunde vergangen war. Das hatte ihr Miss Duggan gesagt. Miss Duggan hatte ihr viele Dinge erzählt. Annabelle mochte Miss Duggan, und sie dachte jetzt an sie, während sie auf dem Stuhl saß und auf den Fernseher gegenüber starrte.

Sie stritten immer noch, aber sie blendete es aus. Annabelle schaute eine *SpongeBob Schwammkopf*-Folge auf DVD. Da es nicht eine ihrer Lieblingsfolgen war – sie war sehr wählerisch mit ihrem SpongeBob Schwammkopf – driftete sie ab und dachte weiter an Miss Duggan. Die hübscheste Frau, die sie je gesehen hatte.

Es war schade, dass sie keinen Freund hatte.

Obwohl es nicht an mangelnden Versuchen lag, hatte Amelia ihr gesagt. Was auch immer das bedeutete. Annabelle nahm an, dass es etwas Schlechtes war, konnte aber trotzdem nicht verstehen, warum sie Single und einsam war.

»Du musst wirklich einsam sein, nicht wahr, Frau Lehrerin?«, hatte sie eines Mittags gefragt. Während der Rest ihrer Klasse draußen spielte, war sie damit beschäftigt, Disney-Prinzessinnen-Trumpfkarten zu spielen.

Ihr Lieblingskartenpiel mit ihrer Lieblingslehrerin.

»Ich werde nicht einsam«, antwortete Amelia. »Ich habe meine Katze und ich habe viele Freunde, mit denen ich an den Wochenenden abhänge. Wirst du einsam, Annabelle, als Einzelkind?«

Daraufhin hatte Annabelle den Kopf geschüttelt. Sie wurde nicht einsam, *konnte* es niemals werden. Nicht, wenn sie ihre Freunde an ihrer Seite hatte: SpongeBob, Sandy, Patrick, Mr. Krabs. Sogar Plankton war einer der Guten, wenn man ihn näher kennenlernte. Sie mochte sie, weil sie alle mit ihr sprachen, wenn es ihr schlecht ging, und ihr halfen, wieder aufzustehen. Egal, in welcher Stimmung sie war, sie freute sich immer, ihre Lieblingsmenschen zu sehen.

Ihre Aufmerksamkeit wurde durch ein lautes Geräusch zurück in die Gegenwart geholt. Sie drehte sich zu ihnen um. Sie stritten immer noch, nur hatten sie jetzt angefangen, miteinander zu flüstern, in gedämpftem Ton zu sprechen. Annabelle hatte das oft genug gesehen, um zu wissen, dass sie über Erwachsenendinge sprachen, Dinge, die sie nicht hören sollte.

Dann hörten sie auf und kamen auf sie zu. Sie hockten sich zu beiden Seiten des Stuhls und sahen ihr in die Augen.

»Geht es dir gut, Annabelle?«, fragte *Sie*.

Annabelle nickte.

»Du steckst in keinen Schwierigkeiten.«

Das war gut. Annabelle mochte es nicht, in Schwierigkeiten zu stecken.

»Es tut uns leid wegen vorhin«, begann *Er*. »Es war ein Unfall. Tut es weh?«

Annabelle schüttelte den Kopf. Jetzt war es Zeit, tapfer zu sein, wie damals, als sie niemandem erzählt hatte, als Will Robbie auch versucht hatte, seine Hand unter ihren Rock zu stecken.

»Wir werden jetzt spazieren gehen. Möchtest du mitkommen?«

Annabelle zögerte einen Moment, bevor sie nickte. Ihre Beine waren wirklich müde. Sie hatte sie seit gefühlten Wochen nicht mehr gestreckt. Der Raum war so beengt und eingeengt. Anfangs fand sie es aufregend, dort drin zu sein, gemütlich wie ein Käfer im Teppich, aber jetzt war sie sich nicht mehr so sicher.

»Hol deinen Mantel und dann gehen wir.«

Annabelle ließ sich das nicht zweimal sagen. Sie sprang vom Stuhl, schnappte sich ihren Lieblingsmantel von der Rückenlehne und wartete an der Tür, bevor sie fertig waren.

Das Erste, was sie bemerkte, war die Kälte. Der Winter war nicht ihre Lieblingsjahreszeit – außer Weihnachten, sie *liebte* Weihnachten – und sie freute sich nie auf die frostigen Temperaturen und die Dunkelheit.

Die Dunkelheit war der gruseligste Teil.

Und heute Abend war es nicht anders. Es war stockdunkel da draußen. Nicht einmal die Straßenlaternen waren stark genug, um gegen den herannahenden Umschlag der Verzweiflung anzukämpfen.

Während sie die Straße entlanglief, mit beiden Händen festgehalten, stellte sie sich die Dunkelheit in einem Kampf mit der Straßenlaterne vor. Zwei lange Gestalten mit großen Metallarmen, die sich gegenseitig schlugen, traten und bissen.

Dann bogen sie alle durch ein Tor ab und die Lichter verschwanden. Das Feld, das sie gerade betreten hatten, befand sich auf einer anderen Ebene der Dunkelheit. Dunkler als das dunkelste Dunkel, das sie je gesehen hatte.

Es ängstigte sie, und sie klammerte sich fest an die Hände, die die ihren umschlossen.

»Keine Sorge«, kam eine Stimme von oben, aber sie hatte solche Angst, dass sie nicht ausmachen konnte, wer es gesagt hatte. »Schau in den Himmel. Kannst du all die hübschen Sterne sehen?«

Annabelle reckte ihren Kopf zum Himmel und nickte. Dutzende Löcher erschienen in der Decke über dem Himmel, als hätte Gott eine Nadel genommen und zum Spaß hineingestochen. Vielleicht hatte er auch ein Spiel gespielt, überlegte sie.

Gott musste jede Menge Spiele spielen. Besonders mit Menschen. Wie damals, als Mason Jones über nichts im Schulhof gestolpert war und alle ihn ausgelacht hatten.

Gott musste die besten Spiele haben. Und während sie über das Feld liefen, fragte sie sich, ob er wohl auch ihre Lieblingsspiele kannte.

Sie wettete, dass er sie kannte.

Nach einer gefühlten Ewigkeit kamen sie schließlich vor einem Spielplatz zum Stehen. Annabelle war schon auf vielen Spielplätzen gewesen, aber noch nie auf diesem. Er hatte alles. Eine Schaukel, eine Rutsche, Schaukelpferde, eine Wippe, ein Karussell. Alle ihre Lieblingsspielgeräte.

Aber das eine Lieblingsspielgerät, das sie mehr als alle anderen liebte, war die Schaukel. Die Art, wie sie auf und ab, auf und ab... auf und ab schwingen konnte. Wie sie den Sternen und Gott und seinen Spielen so nahe kommen konnte.

»Geh rein«, wies *Er* sie an.

Wie ein Windhund, der gerade von der Leine gelassen wurde, sprintete Annabelle zur Schaukel, sprang darauf und begann, sich vor- und zurückzustoßen, wobei sie jedes Mal an Schwung gewann.

Höher und höher...

Auf und ab...

Blickte hinauf zu den Sternen. Verband die Punkte und tat so, als würde sie sie ausmalen. Diesmal hatte sie keine Mühe, zwischen den Linien zu bleiben.

Und dann hörte es auf. Auf dem Weg zurück zur Erde prallte sie gegen etwas Festes und wäre fast heruntergefallen. Bevor sie reagieren konnte, begann sich die Kette, die ihre Hand einst festgehalten hatte, um ihren Hals zu wickeln, wie eine Python, die ihre Beute umschlingt. Die dicken Metallketten schnitten in ihre Haut und begannen, ihre Atmung einzuschränken.

Der Griff der Python wurde enger, enger...

Der Griff des Todes...

Enger, enger, immer noch...

Annabelle versuchte, ihre Finger zwischen die Kette und ihren Hals zu klemmen, um eine Lücke zwischen Leben und Tod zu schaffen, aber es war zwecklos. Es war zu eng.

Und bald begann die Welt dunkler zu werden. Die Nadelstiche des Lichts begannen zu verblassen. Das Geräusch des Windes wurde gedämpfter.

Und innerhalb von gefühlten Minuten wurde Annabelle Lakes Welt vollkommen schwarz. Und als sich ihre Augen schlossen, war der letzte Gedanke, der ihren Geist erfüllte, einer der Aufregung. Denn jetzt würde sie endlich die gleichen Spiele wie Gott spielen können.

KAPITEL 15

An diesem Morgen hatte Amelia Duggan keine Ahnung, dass ihr Leben auf den Kopf gestellt werden würde, als sie das Haus verließ. Wie jeden Morgen wurde sie unsanft von Mister Whiskers geweckt, der darauf bestand, um 4 Uhr morgens zu schreien, um 5 Uhr auf das Kopfteil zu klettern und an der Seite des Bettes zu kratzen und sie dann um 6 Uhr zu ersticken, indem er sich auf ihr Gesicht setzte. Ihr Katzenwecker. Dieser selbstsüchtige Fellbaby-Bastard weckte sie nur auf diese Weise, weil er hungrig war und um Futter bettelte. Und Amelia war nicht in der Position, ihm zu widersprechen – sie konnte ihn ja schlecht weiter ersticken lassen. In der Vergangenheit hatte sie versucht, ihn auf den Boden zu werfen und ihr Gesicht ins Kissen zu rollen, sich in die Polster zu vergraben, damit es außer Reichweite war. Aber das schien Mister Whiskers nur zu verärgern, der daraufhin jedes Stück nackte Haut an ihrem Körper zerkratzte und biss, das unter der Bettdecke hervorlugte.

Dieser selbstsüchtige Fellbaby-Bastard.

Als sie das Haus verließ, saß er vor der Türschwelle und flehte sie mit seinen Augen an zu bleiben. Damit sie ihm weiterhin den endlosen Nachschub an Nass- und Trockenfutter lieferte, den sein ausgebeulter Bauch gar nicht brauchte.

»Ich bin so bald wie möglich zurück«, sagte sie zu ihm. »Sei ein braver Junge. Hab dich lieb.«

Dieselbe Routine jeden Morgen, ohne Ausnahme. Es war ein Wunder, dass sie überhaupt Schlaf bekam. Und als sie ging, warf sie einen letzten Blick in den Spiegel. Die dunklen Schatten unter ihren Augen reichten aus, um sie die Entscheidung bereuen zu lassen, ihn gekauft zu haben. Der Schlafmangel, das ständige Bedürfnis nach Aufmerksamkeit. Der selbstsüchtige Fellbaby-Bastard zermürbte sie allmählich, und zusammen mit ihrer zunehmenden Arbeitsbelastung war sie nicht sicher, ob sie das noch länger aushalten konnte. Aber dann überprüfte sie die Uhrzeit auf ihrem Handy und sah das Bild von Mister Whiskers an seinem ersten Geburtstag als Hintergrundbild, und alles war wieder in Ordnung.

Wie könnte sie ihn jemals loswerden?

Sie fragte sich oft, ob es bei Eltern genauso war. Ob sie ihr Kind so ärgerlich, so frustrierend fanden, dass sie sich ab und zu gezwungen fühlten, ihm einen Tritt ins Gesicht zu verpassen. Aber dann reichte ein niedlicher Moment – ein Lächeln, ein Kichern, das Aufheben eines Buntstifts und anschließende Ablegen, anstatt damit an die Wände zu malen oder ihn sich in die Nase zu stecken – und sie verliebten sich sofort wieder in sie.

In der Schule war sie nur für ein paar Stunden am Tag mit den Kindern zusammen, wenn sie sich typischerweise von ihrer besten Seite zeigten, im Lernmodus, wo Ablenkungen und technische Geräte außerhalb des Klassenzimmers blieben. Größtenteils waren die Kinder, denen sie in ihrem Unterricht begegnete, goldig. Klar, sie wehrten sich manchmal und stritten, aber sie waren in einer anderen Umgebung. Die unausgesprochenen Regeln, die jedes Kind beherrschten, sobald es das Schultor durchschritt, waren voll wirksam. Sie hatten ein gewisses Maß an Respekt, an Professionalität. Selbst die kleinen rassistischen Kinder in der sechsten Klasse, die mit ihren Turnschuhen und E-Zigaretten ankamen und Streit mit den Osteuropäern suchten.

Es wäre ein schönes Dilemma gewesen, Kinder zu haben. Sie glaubte nicht, dass sie ihr eigenes Kind jemals hassen, es verabscheuen oder ihm schaden wollen könnte. Tatsächlich sehnte sie sich danach, welche zu haben. Das tat sie, seit sie Lehrerin geworden war. Alle waren einzigartig, auf ihre eigene kleine Art besonders. Und sie liebte es und würde gerne eines haben.

Das einzige Problem war, jemanden zu finden, der mutig (oder war es dumm?) genug war, eines mit ihr zu haben. Das war ein Krieg, in den sie schon oft gezogen war und verloren hatte. Online-Dating, Speed-Dating, Leute beim Ausgehen kennenlernen – sie hatte alles versucht. Aber ohne Erfolg. Kein Mann war bereit, sich zu binden. Stattdessen waren sie alle hinter einer Sache her, und zwar nur einer Sache. Etwas, das sie nicht bereit war, ihnen zu geben. Sie hatte diesen Fehler in der Vergangenheit zu oft gemacht und war vorher schon auf die Nase gefallen. Nein, sie brauchte den richtigen Mann, den perfekten Mann.

Wie Mister Whiskers... wenn er nicht gerade ein komplettes Arschloch war.

Amelia schloss ihre Haustür ab und begann den vierzigminütigen Fußweg zur Schule. Es war noch dunkel draußen, und mit etwas Glück würde sich der Himmel ein wenig aufgehellt haben, wenn sie endlich am Schultor ankäme. Um dorthin zu gelangen, bestand ihre Reise aus einem zwanzigminütigen Spaziergang über ein Feld in der Nähe des Golfplatzes, einem zehnminütigen Spaziergang durch einen Vorort der Stadt, gefolgt von der letzten Etappe entlang der belebten Straße. Sie genoss den Spaziergang und würde ihn bei Wind und Wetter machen. Er war gut für die Seele, gut für den Körper und gut für den Geist. Der gleichmäßige Rhythmus ihrer Füße auf den verschiedenen Untergründen ermöglichte es ihr, abzuschalten, die Ereignisse des Vortages zu verarbeiten und den Tag vor ihr zu planen.

Zuerst kam der unheimlichste Teil des Weges. Sie fürchtete ihn sowohl am Morgen als auch am Abend, besonders in den dunklen Monaten. Der Park. Sie hatte Horrorgeschichten über junge Frauen gehört, die dort angegriffen und vergewaltigt wurden, und infolgedessen hatte sie die Petition unterschrieben, um sicherzustellen, dass mehr Straßenlaternen (oder Beleuchtung jeglicher Art) entlang des Weges, der durch das Feld führte, installiert würden. Das war vor zehn Monaten gewesen, und noch immer war nichts daran getan worden.

An diesem Morgen war der Boden feucht, durchnässt von einem Regen, der über Nacht gefallen war. In der Dunkelheit konnte sie nur etwa fünfzehn Meter vor sich sehen. Für diesen Teil der Reise nahm sie ihre Kopfhörer ab und beschleunigte ihr Tempo, fast zu einem Trab – ein Tempo, das Schnellgeher in den Schatten stellen würde.

An der Halbwegmarke kam sie zu dem Spielplatz, der vor ein paar Jahren angelegt worden war. Wie üblich um diese Uhrzeit am Morgen war er verlassen. Aber Amelia war sogar mittags oder kurz nach Schulschluss dort durchgelaufen, und er war immer noch leer gewesen. Als ob eine Aura den Ort umgab, die Menschen vom Betreten abhielt. Eine unsichtbare Warnung, die sie verscheuchte.

Ihr Blick huschte zur Rutsche. Das hochragende Objekt, das sich undeutlich in der Dunkelheit abzeichnete, war der Ort, an dem vor einigen Monaten eine Vierundzwanzigjährige angegriffen worden war. Glücklicherweise war die Frau von einem Passanten gerettet worden, und der Angreifer wurde gefasst.

Aber das brachte sie nicht dazu, langsamer zu werden.

Stattdessen tat sie das Gegenteil.

Bis etwas ihre Aufmerksamkeit erregte.

Etwas Seltsames, etwas, das nicht dort sein sollte.

Eine Gestalt, die auf den Schaukeln saß...

Nein, sie saß nicht. Sie... baumelte?

Ja, baumelte. Aber wer? Eine kleine Gestalt. Vielleicht ein Kind.

Sofort sprang Amelia in Aktion und rannte zum Spielplatz. Ihr Mantel verfing sich am Torgriff und zog sie zurück, verzögerte sie um einen Bruchteil. Sie fluchte laut, riss ihn dann frei, bevor sie zu der Gestalt eilte.

Selbst im schwachen Licht musste sie nicht sehen, wer es war, um es zu wissen.

Sie würde diese Zöpfe überall erkennen. Und den Mantel. Und die kleinen Converse-Schuhe, für die die Schule eine Ausnahme gemacht hatte.

Amelias Herz sprang ihr in den Hals, als die Erkenntnis sie wie eine Ohrfeige traf.

Bevor irgendetwas anderes in ihrem Gehirn registrieren konnte, erfüllte ihr Schrei die Luft und rollte über das Feld, wo er vom Verkehr auf der anderen Seite des Zauns verschluckt wurde.

KAPITEL 16

Tomek versuchte, Canvey Island so gut wie möglich zu meiden. Es war grau, deprimierend, voller Jugendlicher in Nike-Klamotten und Idioten, die mit Vauxhall Corsas und Ford Focuses herumrasten, und galt weithin als das Arschloch von Essex. Im Laufe der Jahre hatten lokale Unternehmen und der Gemeinderat versucht, mehr Menschen auf die Insel zu locken, indem sie ein Kino, eine Bowlingbahn, einen kleinen Freizeitpark an der Küste und einen Einkaufspark mit Geschäften wie B&M, M&S und Costa Coffee – dem Inbegriff des Sonntagsnachmittagseinkaufs – hinzugefügt hatten. Aber trotzdem war das nicht genug gewesen, um ihn zu verlocken.

Die Insel war einem ständigen und zunehmenden Überschwemmungsrisiko ausgesetzt und dafür berüchtigt, unter dem Meeresspiegel zu liegen. Im sechzehnten Jahrhundert hatte die Regierung einen niederländischen Ingenieur namens Cornelius Vermuyden angeworben (nach dem sie später eine Schule benannt hatten) und ihn mit der Entwicklung der Deiche rund um die Insel beauftragt, um sie vor dem steigenden Wasserspiegel zu schützen. Bislang hatten die Schutzmaßnahmen vierhundert Jahre lang dem Ansturm der Flut standgehalten, aber wenn man den Wissenschaftlern und Experten glauben durfte, war es nur eine Frage der Zeit, bis die Mauern nachgeben und das Meer das Land für sich beanspruchen würde.

Das Feld, auf dem Tomek sich derzeit befand, war jedoch eines der schöneren Grünflächen, die er auf der Insel betreten hatte.

Das Schlimme daran war allerdings das tote neunjährige Mädchen, das von der Schaukel baumelte.

Tomek hatte keinen Zweifel daran, dass das kleine Mädchen Annabelle Lake war. Er erkannte die Zöpfe und die Narbe auf ihrer Wange von den Fotos, die er am Abend zuvor studiert hatte.

»Was für ein Anfang für deinen ersten Tag zurück.«

Tomek spürte einen Klaps auf den Rücken von Sean, als der liebenswerte Riese an seine Seite trat.

»Fast so schlimm wie auf Canvey sein zu müssen«, bemerkte Tomek.

»Trotzdem, es könnte schlimmer sein.«

»Ach ja?«

»Wir könnten das in Tilbury machen.«

Tomek schauderte bei dem Gedanken.

»Das habe ich gehört!« Der schrille Ausruf kam von Lorna Dean, der Pathologin des Innenministeriums, die dem Fall zugewiesen worden war. Tomek hatte bei mehreren Gelegenheiten mit ihr zusammengearbeitet und jedes Mal genossen. Sie war eine der bodenständigsten, bescheidensten und intelligentesten Personen, die er kannte. Und für jemanden, der täglich mit Leichen zu tun hatte, was sie standardmäßig zu einer seltsamen Person machte, hatte sie eine relativ positive Lebenseinstellung.

»Kann ich dir helfen?«, fragte Tomek spielerisch.

»Pass auf, was du über Tilbury sagst«, rief sie von der anderen Seite der Absperrung. »Da komme ich her.«

Tomek und Sean tauschten einen Blick aus, der sagte: »Das erklärt alles, was man wissen muss«.

»Vielleicht solltest du nicht überall solche Neuigkeiten verbreiten«, sagte Tomek zu ihr. »Die Leute könnten anfangen zu denken, du seist nicht qualifiziert für den Job.«

Lorna zeigte ihm den Mittelfinger. »Willst du etwas über das tote Mädchen wissen oder nicht?«

Dagegen konnte Tomek nichts einwenden, also bedeutete er ihr, herüberzukommen. Wenige Augenblicke später duckte sie sich unter der Absperrung hindurch und schlurfte auf die beiden zu.

»Schön, dich wiederzusehen, Tomek«, sagte Lorna und zog die Gesichtsmaske unter ihr Kinn. »Sieht so aus, als hätten sie dich endlich freigelassen, was?«

»Irgendwann mal.«

»Ich hoffe, sie hatten Recht damit. Ich habe eine Teenagertochter, die diese Bilder von dir gesehen hat.«

Himmel nochmal. Es war ihm nicht in den Sinn gekommen, dass die unaufgeforderten Nacktfotos, die Charlotte von ihm gemacht hatte, während er schlief, jetzt im Internet kursierten, für die ganze Welt sichtbar. Einschließlich Lornas Tochter.

»Wo? Wie?«

»Instagram.«

»Verdammte Scheiße...«, sagte er. »Erinnere mich daran, niemals mit deiner Tochter in Kontakt zu kommen. Niemals. Bitte.«

»Mit verdammtem Vergnügen.« Lorna zog ihre Kapuze herunter und enthüllte eine Masse flammenroten Haares. An einem hellen Tag war es stark genug, um durch den Stoff ihres Anzugs zu brennen, aber im schwachen Licht hatte Tomek die Farbe fast vergessen. Es war eine Weile her, seit er zuletzt mit ihr zu tun gehabt hatte.

»Also...«, sagte er, begierig darauf, weiterzumachen.

»Also, dein kleines Mädchen.« Lorna schob eine Haarsträhne beiseite. »Hast du eine Ahnung, wer es sein könnte?«

Tomek nickte. »Annabelle Lake. Neun Jahre alt. Vor fast einer Woche aus ihrer Schule entführt.«

»Ausgezeichnet. Na ja, nicht *ausgezeichnet*. Aber es ist gut, dass du eine Vorstellung davon hast, wer sie ist. Das spart mir etwas Zeit.«

»Wie ist sie gestorben?«

Lorna drehte sich auf der Stelle und zeigte auf Annabelles kleine Gestalt. »Ich glaube, sie könnte versucht haben, die Kunst der Levitation zu praktizieren... Nach dem, was ich sehen kann, war die Kette um ihren Hals ausreichend, um den Trick zu vollbringen. Es scheint keine anderen Anzeichen von Strangulation zu geben, obwohl ich mehr wissen werde, wenn sie auf dem Tisch liegt. Und selbst dann könnte es zu schwierig sein, es zu erkennen – die Abdrücke an ihrem Hals von der Kette haben tiefe Eindrücke in ihrer Kehle hinterlassen, sodass es möglicherweise nicht möglich ist, etwas anderes zu sehen.«

»Wie lange ist sie schon dort?«

Als er das sagte, öffneten sich die bedrohlich grauen Wolken über ihnen und schwerer Regen begann zu fallen. Perfekt. Genau das Richtige, um seinen Eindruck von Canvey noch weiter zu verderben.

»Über Nacht«, antwortete Lorna. »Ich würde sagen, in den frühen Morgenstunden. Im Schutz der Dunkelheit.«

»Es wird gegen fünf Uhr nachmittags dunkel…«, stellte Tomek fest.

»Aber dieser Ort ist normalerweise leer«, fügte Sean hinzu.

Tomek wandte sich ihm zu. »Woher weißt du das?«

»Ich habe Freunde, die hier leben.«

»Freunde? Außer… mir?«

Ein Grinsen breitete sich auf Seans Gesicht aus und er klopfte Tomek herablassend auf den Rücken.

»Braucht ihr zwei einen Moment?«, fragte Lorna.

»Nein. Uns geht's gut. Mach weiter…«, sagte Tomek und schüttelte Sean ab.

»Wie ich schon sagte, sie wurde höchstwahrscheinlich in den frühen Morgenstunden ermordet. Als ich hier ankam, war ihre Leiche nass, und laut den meteorologischen Berichten, die ich gelesen habe, hat es angeblich über Nacht geregnet. Hörte gegen vier Uhr auf.« Sie blickte auf das Feld um sie herum und kniff die Augen gegen den Wind und Regen zusammen, der ihr entgegenschlug. »Seitdem nichts mehr… Bis jetzt natürlich.«

»Natürlich«, sagte er.

Im Bewusstsein des Regens und mit dem Wunsch, so schnell wie möglich aus ihm herauszukommen, fragte Tomek, ob sie ihnen im Moment noch etwas anderes zu bieten hätte.

Lorna schüttelte den Kopf. »Leider jetzt gerade nicht, Jungs. Der Spaß kommt später, wenn ich sie auf den Tisch bekomme.«

Tomek konnte es kaum erwarten. Bevor er ging, hielt er inne, um den Kriminaltechnikern zuzusehen, die hektisch auf das Feld hinaus und wieder zurück rannten, um so viele Beweise wie möglich zu sichern.

Nachdem sie Lorna für ihre Zeit gedankt hatten, machten sich Tomek und Sean auf den Weg zurück zum Auto. Als sie den schlammbedeckten Pfad entlanggingen, der durch das Feld führte, rutschte

Tomeks Fuß weg und er landete mit dem Gesicht voran in einer Pfütze. Schlammiges, dreckiges Wasser spritzte in sein Haar und auf seine Kleidung. Um ihn herum hörte er Gelächter.

Dann kam Lorna: »Geschieht dir recht«, sagte sie, ihre Stimme wurde schnell vom Wind getragen. »Das hast du davon, wenn du über Tilbury lästerst.«

KAPITEL 17

Tomeks Klopfen hallte durch die kleine Sackgasse, in der Steven und Elizabeth Lake wohnten. Von ihrer Türschwelle aus konnte er eines der Gebäude der Canvey Beck Grundschule und den roten Metallzaun sehen, der hinter der Hecke verlief.

Es war Zeit für den Schulbeginn, und Horden von kleinen Menschen mit übergroßen Rucksäcken, die über den Beton zu schleifen schienen, wurden von ihren Eltern zum Tor gezogen.

Einen Moment später öffnete sich die Haustür, und Tomek drehte sich auf der Stelle, um einer Frau in den Dreißigern gegenüberzustehen. Sie trug einen dünnen Kapuzenpullover, der von einer Schulter hing, mit ungleichmäßigen Kordeln und einem Reißverschluss, der bis zur Brust geöffnet war und mehr Haut zeigte, als Tomek um 9 Uhr morgens erwartet hätte.

»Frau Lake?«, fragte Sean.

»Ja...?« Ihre Stimme war rau und tief, als hätte sie bereits dreißig Zigaretten geraucht, bevor sie angekommen waren. Und dann breitete sich die Erkenntnis in ihren Hautporen aus und schlug ihr Lager auf. Ihr Mund öffnete sich weit und enthüllte eine Reihe von Zähnen in der Farbe von Schlamm, und sie zog sich ins Haus zurück. Stammelnd, untröstlich, die Vokale und Konsonanten, die aus ihrem Mund kamen, unverständlich.

»Frau Lake«, begann Tomek, »ist es in Ordnung, wenn wir reinkommen?«

Als sie nicht antwortete, zu beschäftigt mit Hyperventilieren wie ein Vierjähriger, schaute Tomek zu Sean. Sie zuckten gegenseitig mit den Schultern und machten dann ihren Zug. Tomek biss in den sauren Apfel und trat als Erster ein. Er hatte einen verbalen Angriff erwartet, einen Strom von speichelgefüllten Kraftausdrücken, die ihm sagten, er solle verschwinden und nie wiederkommen. Als wären sie in einem Ehestreit. Aber das kam nicht. Stattdessen stolperte Elizabeth rückwärts zum Fuß der Treppe, krallte wild in der Luft nach Halt, als ob sie im Dunkeln suchte. Als sie schließlich die Treppe fand, zog sie ihre Knie an die Brust und rollte sich zu einer Kugel zusammen.

Tomek machte Anstalten, auf sie zuzugehen, aber Sean hielt ihn zurück. »Du machst den Tee«, sagte er. »Ich kümmere mich darum. Wasserkocher ist da drüben.«

Ohne zu widersprechen ging Tomek in Richtung Küche und begutachtete sie kurz, bevor er den Wasserkocher einschaltete. Es gab nichts von unmittelbarer Bedeutung. Keine Kabelbinder oder Seile oder einen Stuhl in der Mitte des Raumes mit Blut darauf. Keine potenziellen Mordwaffen oder Folterinstrumente. Nur eine Sammlung von grauenhaften Zeichnungen, die aussahen, als wären sie von einem Zweijährigen gemacht worden, und eine Ansammlung von Briefen von der Regierung. Als er mit dem Tee fertig war, verließ er die Küche und hockte sich im Flur vor Elizabeth Lake.

»Hier bitte, Schätzchen«, sagte er und reichte ihr die Minnie-Maus-Tasse. Dann gab er die Micky-Maus-Tasse an Sean weiter. Tomek hatte die Sammlung im Schrank gesehen – eine große Auswahl an Disney-Trinkgefäßen – und wählte seinen Favoriten für sich selbst. Pluto.

»Liege ich richtig, dass diese alle von Annabelle sind?«, fragte Tomek und wedelte mit dem Finger zwischen ihren Tassen hin und her.

»Ja...«, sagte Elizabeth, ein Kloß von der Größe eines Baseballs steckte in ihrem Hals. »Sie liebt Disney. Vergöttert es.«

Welches Neunjährige tat das nicht? Eigentlich, welcher *Mensch* tat das nicht? Das Franchise lief seit über hundert Jahren aus gutem Grund.

Tomek schlug vor, das Gespräch ins Wohnzimmer zu verlegen. Mit einem widerwilligen Nicken stimmte Elizabeth zu und führte sie in den kleinen Raum. Der größte Teil des Raumes wurde von zwei großen Sofas eingenommen, die hineingequetscht worden waren, und die erste Hürde, vor der Tomek stand, war, seinen dicken Oberschenkel durch die schmale Lücke zu zwängen. Die nächste Hürde war sicherzustellen, dass er sein Getränk nicht auf dem Teppich verschüttete. Aber zumindest war es nicht so schlimm wie Seans Versuch: nachdem er erfolglos versucht hatte, sein Bein durchzubekommen, hob er schließlich sein anderes Bein über das Sofa und hüpfte in den Raum. Sobald sie beide hinter feindlichen Linien waren, setzten sie sich auf das Ende des Sofas, das dem Fenster am nächsten war. Elizabeth, mit der Geschicklichkeit und Anmut einer Turnerin, streckte ihre Beine über die Seite des Stuhls und glitt mühelos auf das Sofa.

»Frau Lake«, begann Tomek.

»Beff. Sie können mich Beff nennen.«

Beth mit einem F. Als ob die fehlenden Zähne in ihrem Mund sie daran hinderten, richtig zu sprechen.

Tomek erklärte ihr dann, dass die Leiche ihrer Tochter gefunden worden war. Es dauerte keine Zeit, bis die Tränen wieder begannen, und nach ein paar Minuten nahm Elizabeth ihr Handy aus der Tasche und begann zu tippen. Als hätte sie es aus ihrem System bekommen und wäre zum nächsten Gedankengang übergegangen.

»Gibt es sonst noch jemanden, den wir informieren müssen?«, fragte Tomek. »Was ist mit Steven?«

»Er ist bei der Arbeit.«

»Möchten Sie, dass wir jemanden schicken, der es ihm sagt?«

Sie hielt einen Finger hoch und wies ihn an zu warten. »Ich schreibe meinem Bruder. Er muss es wissen.«

Tomek erinnerte sich an die Notizen aus den Akten, die Nick ihm gegeben hatte. Vincent Gregory. Beth mit Fs Bruder. Es war angemerkt worden, dass er während der ersten Tage der Ermittlungen unerträglich gewesen war. Ein übles Subjekt, das Mitglieder des Teams belästigt und angeschrien hatte, sie als unfähig bezeichnet und mit rechtlichen Schritten gedroht hatte, wenn sie Annabelle nicht finden würden. Besonders gegenüber Sean.

»Sie erzählen es ihm vor Ihrem Ehemann?«

»Er hat ein Recht, es zu erfahren. Genauso wie jeder andere.«

Tomek glaubte nicht, dass das unbedingt stimmte. Es von den Dächern zu rufen würde nichts bringen.

Als sie fertig war, wendete sie sich endlich Steven zu und machte den Anruf, der innerhalb von dreißig Sekunden vorbei war.

»Er ist auf dem Weg«, sagte sie. »Er beendet gerade einen Job.«

Während Tomek zuhörte, konnte er nicht anders, als zu denken, dass sie Steven Lake wie eine Art Auftragskiller dargestellt hatte.

———

Der Auftragskiller kam zehn Minuten später und stürmte durch die Tür. Er sah überhaupt nicht wie ein Profikiller aus, sondern trug eine Elektrikerhose, ein schmutziges dunkelblaues Poloshirt, und seine Arme und Finger waren mit Dreck und Schmutz bedeckt. Wenn die Worte »Lake Electrical Services« nicht auf seiner Brust geprangt hätten, hätte Tomek angenommen, er wäre irgendeine Art von Bauarbeiter.

Steven Lake ignorierte Sean und Tomek, als er direkt auf seine Frau zuging. Sie umarmten sich kurz und dann setzte er sich neben sie. Er legte beide Hände auf seine Knie und beugte sich vor, als würde er den Höhepunkt eines Actionthrillers auf der großen Leinwand verfolgen.

»Bitte sag nicht, dass es wahr ist«, sagte er. »Ich bin so schnell gekommen, wie ich konnte, bitte sag nicht, dass es wahr ist.«

Sean schluckte, bevor er antwortete. Bevor sie sich mit der Familie zusammengesetzt hatten, hatten sie vereinbart, dass die Nachricht besser von jemandem kommen sollte, den sie bereits kannten, jemandem, mit dem sie vertraut waren, anstatt von dem Fremden, der mit ihm an ihrer Tür erschienen war. Während er zuhörte, beobachtete Tomek Annabelle Lakes Eltern. Ihre Bewegungen, ihre Reaktionen. Theoretisch sollten sie entspannter, offener, _vertrauensvoller_ gegenüber der Nachricht sein, da sie von Sean kam - und dadurch eher etwas verraten, falls es etwas zu verraten gab.

Aber das war nicht der Fall. Beide brachen in Tränenfluten aus, weinten zunächst in ihre eigenen Hände, fanden dann etwas Trost beieinander. Steven hatte sich rübergelehnt und schluchzte in Beths Schoß, umhüllt von ihren Armen.

»Wir werden alles tun, was wir können, um den Täter zu finden«, sagte Tomek. »Ich weiß, wir haben uns noch nie getroffen, also ist das wohl der beste Zeitpunkt, mich vorzustellen.« Tomek wartete einen Moment; beide sahen ihn entsetzt an wegen des schrecklichen Timings. »Ich bin DS Tomek Bowen«, sagte er. »Ich arbeite mit Sean und dem Rest des Teams zusammen und wurde hinzugezogen, um-«

»*Tomek?*«, fragte Beth.

»Ja. Das ist mein Name.« Er wandte sich an Sean und fragte: »Das habe ich doch gesagt, oder?«

»Ja«, bestätigte Sean mit einem Nicken.

»Das ist kein englischer Name, oder?«, sagte Beth.

»Nein. Wie scharfsinnig von Ihnen.« Er spürte, wie er gereizt wurde. »Ich bin halb Pole.«

Ein Blick der Überraschung, gefolgt von Qual, legte sich auf Beths graue Augen. »Sie können nicht hier sein...«

»Entschuldigung?«

»Es ist schlimm genug, dass du auch hier bist...«, fuhr Beth fort und schaute direkt in Seans Augen.

»Was?«, fragte Tomek, sein Rücken versteifte sich mit jeder Sekunde.

»Es ist ihr Bruder«, fügte Steven hinzu.

»Was ist mit ihm?«

»Er... Wie sollen wir das ausdrücken? Er...«

»Er hat gewisse Ansichten zu gewissen Dingen...«

»Oh, Sie meinen, er ist ein Rassist?«

Dieses Wort überraschte Beth, als hätte noch nie jemand das über ihren Bruder gesagt. Oder vielleicht hatten sie es, und sie ignorierte es einfach. Wenn es eine Sache gab, die er über streitsüchtige Arschlöcher wie ihren Bruder wusste, dann war es, dass dieses bestimmte Wort für sie nicht existierte.

»Mein Bruder ist kein Rassist...«

Tomek konnte sehen, wie das Loch immer tiefer wurde, je länger es dauerte, bis sie ihren Satz beendete.

»Er hat nur seine Meinung zu diesen Dingen.«

»Zu *welchen* Dingen?«

»Menschen, die nicht... du weißt schon, Engländer sind.«

»Und was ist *Ihre* Meinung?«

»Ich... Ich habe keine.«

»Nun, ich bin halb Engländer, zählt das denn für nichts?«

Beth presste die Lippen zusammen und schüttelte unmerklich den Kopf.

Der Stock in Tomeks Rücken war mittlerweile in voller Größe aufgerichtet. Nicht einmal ein Erdbeben könnte ihn umwerfen.

»Hat Ihr Bruder Hakenkreuze in seinem Haus? Wollen Sie auch wissen, ob ich jüdisch bin?«

Beth plapperte, ihre Oberlippe zitterte.

Na los, drängte Tomek sie in Gedanken. *Tu es.*

Sag es.

Ich fordere dich heraus.

»S-Sind... Sind Sie jüdisch?«

Ein Lächeln sprang auf Tomeks Gesicht. »Nein. Nein, bin ich nicht.«

Er war nicht jüdisch. Er praktizierte keine Religion – sehr zum Leidwesen seiner Mutter – aber das würde ihn nicht davon abhalten, sie glauben zu lassen, dass er es tat.

Tomek warf einen schnellen Blick zu Steven, der nicht mehr mit dem Kopf auf Beths Schoß saß. Inzwischen ruhte dieser in seinen Händen, verlegen, sein Körper von ihr abgewandt. Ihre Körpersprache sah aus, als säßen sie im Büro eines Paartherapeuten, tief im Gespräch darüber, warum sie einander hassten.

In was hatte Steven da eingeheiratet?, fragte sich Tomek.

Und nach dem Gesichtsausdruck zu urteilen, hatte der Elektriker sich dasselbe gefragt.

»Leute...«, vermittelte Sean, der freundliche Riese. »Darum geht es hier nicht. Wir sind hier, um über Annabelle zu sprechen.«

»Du hast recht«, sagte Tomek. »Und während wir auf Ihren Bruder warten, haben wir einige Fragen an Sie.«

»Wie welche?«, fragte Beth.

»Wo Sie gestern Abend waren?«

»Hier. Beide. Wir waren gegen zehn im Bett. Steve musste früh zur Arbeit.«

»Wirklich? Wo?«

»Ich fange die meisten Morgen gegen sieben oder acht an. Ich bin selbständig, also ist Zeit, in der ich nicht arbeite, verschwendete Zeit.«

»Und was machen Sie beruflich, Elizabeth?«

»Ich bin Teilzeit-Verkäuferin bei Dorothy Perkins in der Stadt. Den Rest der Zeit kümmere ich mich um Annabelle.«

Tomek wusste all das natürlich bereits, er wusste fast alles über sie, aber er wollte es direkt hören. Er wollte es aus erster Hand hören.

Dann lenkte er das Gespräch auf die Ereignisse, die zu Annabelles Tod geführt hatten. Ihre Bewegungen, ihr Verhalten, ob sie etwas Seltsames außerhalb des Hauses bemerkt hatten.

Hatten sie nicht. Sie hatten nichts gesehen.

Und während der Zeit von Annabelles Entführung hatte Steven in Southend gearbeitet, während Elizabeth im Geschäft gewesen war.

»Steve hat in letzter Zeit viel Arbeit in Southend bekommen. Das Geschäft läuft gut. Ich bin so stolz auf ihn.«

Nach dem Gesichtsausdruck zu urteilen, war Steven stolzer auf sich selbst als sie es war. Tatsächlich sah er aus, als wäre er glücklicher gewesen, wenn Tomek gesagt hätte, er sei stolz auf ihn.

»Herzlichen Glückwunsch«, antwortete Tomek.

Das Lächeln auf Stevens Gesicht bewies seinen Punkt. »Danke. Hat ein paar Jahre und viel harte Arbeit gebraucht, aber endlich komme ich voran. Lege hier und da ein bisschen extra zurück...«

Der Mann lächelte, aber es fiel schnell weg und offenbarte sein wahres Gefühl. Dass er gebrochen und verletzt war – sei es durch den Tod seiner Tochter oder den ständigen Druck, finanziell für seine Familie zu sorgen, oder höchstwahrscheinlich beides. Tomek wusste es nicht. Aber er konnte spüren, dass die Gefühle nicht so bald verschwinden würden. Er hatte es schon einmal gesehen. Der Vater des Opfers, der das Leiden und den Schmerz des Todes verinnerlichte. Es aufsaugte wie ein bösartiger Schwamm, der an ihm festgeklebt worden war, und der einzige Weg, es herauszubekommen, war, ihn aufzureißen.

Und das war die Art, wie manche Männer damit umgingen. Sich selbst aufreißen auf die einzige Art, die sie kannten: das Problem beseitigen, damit es für ihre Familien keine Sorge mehr darstellte.

Kurze Zeit später tauchte Elizabeths Bruder auf. Vincent Gregory war genau so, wie Tomek ihn sich vorgestellt hatte. Basierend auf dem einen (und offen gesagt entscheidenden) Stück Information, das er über den Mann wusste, hatte er vermutet, dass sein Haar kurz geschnitten sein würde, sodass nur noch sehr wenig davon auf seinem Kopf übrig wäre, sein Gesicht so rund wie sein Bauch sein würde, und er mindestens ein, wenn nicht zwei Tattoos am Hals haben würde. Bei den ersten beiden Punkten hatte Tomek richtig gelegen. Was den dritten betraf, hatte er sich um eins verzählt. Vincent Gregory hatte drei Tattoos am Hals. Das erste war eine Schlange, die sich um seinen Hals wickelte. Zwischen den Bändern aus Haut und Schuppen befand sich ein kleines Boot, das aussah, als wäre es von einer Schablone aus dem Film *Fluch der Karibik* abgepaust worden. Das fehlende Stück der Collage war der Name »Annabelle«, mit seinen zackigen Linien und dem kläglichen Versuch einer Bubble-Schrift. Es hatte keine eigene Identität, keinen klaren Stil und sah aus, als hätte Annabelle es selbst gezeichnet. In diesem Fall, geschenkt. Aber wenn nicht, dann dachte Tomek, dass es für Vincent höchste Zeit wäre, sich einen neuen Täto-wierer zu suchen.

»Vinnie«, sagte Elizabeth zu ihm, sobald er ins Wohnzimmer kam.

»Oh, Beth, Schätzchen, es tut mir so leid.«

Die beiden umarmten sich, ihre Körper trafen mit einem dumpfen *Plumps* aufeinander, und sie blieben dort für einen Moment länger als gesellschaftlich akzeptabel. Während der Rest von ihnen am Rand des Raumes stand und peinlich berührt zusah, wie Elizabeths und Vincents Hände die Falten in der Haut des jeweils anderen massierten.

»Es tut mir so leid...«, sagte Vincent, als er sich von ihr löste und ihr ins Gesicht starrte, ohne den Rest des Raumes wahrzunehmen.

»Ich weiß«, antwortete Elizabeth und wandte sich dann Sean und Tomek zu. »Das sind die Detektive, die uns helfen werden, ihren Mörder zu finden.«

Es dauerte weniger als den Bruchteil einer Sekunde, bis sich Ekel auf Vincent Gregorys Gesicht abzeichnete. Nicht wegen Tomek – der nicht anders aussah als Steven Lake – sondern wegen Sean. Dem einzigen schwarzen Mann im Raum. Sein Gesicht verzog sich und sein Mund öffnete sich, aber er fing sich im letzten Moment. Er trat einen Schritt nach vorne und blähte seine Brust auf, als würde er sich vor Sean aufbauen.

»Ihr *beide* seid also diejenigen, die herausfinden sollen, wer meine

Nichte getötet hat? Was ist passiert – war sonst niemand verfügbar? Ich weiß nicht, was du hier machst...«, sagte er zu Sean. »Dachte, ich hätte dir gesagt, du sollst nicht wiederkommen...«

Sean spannte sich an, während er gegen den Drang ankämpfte, den Mann an der Kehle zu packen und seinen fetten Kopf durch die Lücke zwischen den Sofas zu rammen.

»Herr Gregory«, sagte Tomek und sprang in das Gespräch ein, bevor irgendein Konflikt entstehen konnte. »Vincent... Vinnie... Es gibt etwas, das Sie über uns wissen sollten.«

»Oh ja – was denn?«

Tomek legte seine Handfläche auf seine Brust. »Mein Name ist Tomek. Und egal, was Sie sagen oder tun, wir werden nicht aufhören, bis wir herausfinden, was mit Annabelle passiert ist.«

Als Tomeks Name in Vincents winzigem Kopf registriert wurde, weiteten sich seine Pupillen und sein Mund öffnete sich noch weiter.

»Genau«, fuhr Tomek fort. »Sie haben einen Polen und einen Schwarzen auf dem Fall. Die Besten der Besten, wenn ich ehrlich bin. Ich weiß nicht, wie es dir geht, Sean, aber ich kann mir niemand anderen vorstellen, den ich lieber hätte, um der kleinen Annabelle zu helfen.«

»Absolut«, stimmte Sean zu.

Beide hielten ihren Blick fest auf Vincent Gregory gerichtet, der vor ihnen zu stehen schien und beträchtlich geschrumpft zu sein schien.

»Wir sind Ihre beste Chance«, fügte Sean hinzu.

»Was ist mit der... was ist mit der Frau, die neulich hier war? Anna, nicht wahr?«

Dreifache Wortpunktzahl? DC Anna Kaczmarek? Die Polizistin mit dem polnischsten Namen überhaupt?

»Sie ist unsere Familienverbindungsbeamtin. Sie wird weiterhin vorbeikommen, um Sie bei Bedarf zu informieren.«

»Kann sie nicht... mehr tun? Ich mochte sie. Ich fand, sie war... hilfreich.«

Natürlich fandest du das, du rassistisches faschistisches Arschloch, weil sie dir nicht ihren vollen Namen gesagt hat.

Oder vielleicht bist du kein rassistisches faschistisches Arschloch, wenn es um Frauen geht, du rassistisches faschistisches Arschloch.

Anstatt die Gedanken in seinem Kopf auszusprechen, schenkte er dem Mann ein warmes Lächeln und kehrte zu seiner Position auf dem Stuhl zurück. »Wenn es Ihnen nichts ausmacht, haben wir einige Fragen an Sie, Vincent.«

»Es ist Vinnie.«

»Okay«, begann Tomek. »Nun, Vincent, zunächst würde ich gerne-«

»Bist du taub?«

»Wie bitte?«

»Ich sagte, es ist *Vinnie*.«

»Und ich sagte *ok-ay*. Nur weil ich verstanden habe, was du gesagt hast, heißt das nicht, dass ich dem zustimmen muss.«

Genau wie bei deinen Meinungen...

»Wenn es Ihnen nichts ausmacht«, fuhr Tomek fort, bevor Vincent protestieren konnte, »haben wir viel zu erledigen.«

»Wie uns unsere Jobs wegnehmen?«

Und da war es. Tomek verspürte den Drang, auf seine Uhr zu schauen. Um zu sehen, wie lange es gedauert hatte, bis der Mann sich in all seiner nackten Pracht offenbarte. Er vermutete, es waren weniger als ein paar Minuten, ein neuer Rekord.

»Welche Jobs wären das, Vincent?«

Vincent wedelte mit dem Finger vor ihnen. »Eure Sorte...«, sagte er schließlich. »Nehmt uns unsere Jobs weg.«

»Welche Jobs haben wir Ihnen weggenommen, Herr Gregory?«

Dies war ein Thema, über das der Mann zweifellos wortgewandt reden konnte. Die meisten Rassisten konnten das. Sie konnten diskutieren und argumentieren, aber es war alles vages, überflüssiges Geschwätz, das nie mit Fakten oder Beispielen aufwartete. Es war alles ein bösartiger Hass, der von einer wachsenden Kluft in den sozialen und wirtschaftlichen Verhältnissen angetrieben wurde.

»Äh... Nun, ich arbeite im Southend Hospital, ja? Putze die Böden und wische die Pisse von Leuten auf und so. Und alle Leute, mit denen ich arbeite, sind Ausländer, ja? Sie sind hierher gekommen und haben angefangen, hier zu arbeiten...«

»Ja. Okay. Aber haben sie Ihnen Ihren Job weggenommen?«

»Äh... Nein, aber ich kann keine anderen Jobs mehr bekommen, weil der Rest von denen sie alle genommen hat.«

Und natürlich hatte es absolut nichts mit seinen Fähigkeiten, seinen Fertigkeiten zu tun. Es war immer die Schuld von jemand anderem.

Tomek beschloss, dass er das Gespräch nicht länger unterhalten wollte. Der beste Weg, einen Tyrannen zu besiegen, war, wegzugehen und ihn auslaufen zu lassen. Auf diese Weise gab es keine Konfrontation und kein Risiko, seinen Job zu verlieren. Das hätte nicht nur Vincent Gregory zu einem sehr glücklichen Mann gemacht, es war auch erst Tomeks erster Tag zurück, und er konnte es sich nicht leisten, wieder zu Hause zu sitzen und nichts zu tun. Zumindest nicht für lange Zeit.

»Ich denke, das war's fürs Erste«, sagte Tomek zu ihnen, aber sprach direkt zu Steven Lake. »Wir melden uns, wenn wir in nächster Zeit etwas brauchen.«

Auf dem Weg nach draußen streifte Tomek an Vincent Gregory vorbei und erhielt ein entschuldigendes Lächeln von Beth mit F. Als sie zum Auto zurückkehrten, spürte Tomek, wie Vincent die Vorhänge öffnete und sie durch das Fenster anstarrte. Er war halb versucht, sich umzudrehen und zu winken, nur als kleine Erinnerung daran, dass er nirgendwo hingehen würde, aber dann besann er sich eines Besseren.

So kindisch war er nicht.

Vielleicht...

»Was hältst du von all dem?« fragte Sean, als sie ins Auto stiegen. »Er ist ein übles Stück Arbeit, nicht wahr?«

»Nein«, antwortete Tomek und steckte seinen Sicherheitsgurt ein. »An ihm ist nichts übel. Er ist einfach ein Arschloch.«

KAPITEL 18

Tomek schloss behutsam die Tür zu DCI Cleaves' Büro und ließ das leise Summen des Einsatzraums hinter sich. Nick hatte ihn in dem Moment zu sich gerufen, als er auf dem Parkplatz angekommen war. Heute Morgen trug der Chief Inspector einen besorgten Gesichtsausdruck, den Tomek noch nie zuvor gesehen hatte, und obwohl es weniger als eine Woche her war, war sich Tomek sicher, dass der Mann seit ihrem letzten Treffen zugenommen hatte.

»Ist etwas passiert, Chef? Sie sehen aus, als hätten Sie gerade schlechte Nachrichten bekommen.«

»Das ist eine Möglichkeit, es auszudrücken, Tomek.«

Tomek gefiel der Klang davon überhaupt nicht. Irgendetwas kam auf ihn zu, und die Summe seiner Erfahrungen lehrte ihn, dass es kein Beförderungsangebot sein würde.

»Ich sollte wohl zunächst einmal willkommen zurück sagen. Nichts Besseres, als dich gleich wieder ins kalte Wasser zu werfen, oder?«

»Sie haben mich mitten in Canvey reingeworfen, Sir. Das ist viel schlimmer.«

»Ich habe von deinem kleinen Sturz gehört...« Nicks Mundwinkel zuckten zu einem Grinsen, obwohl er versuchte, es zu unterdrücken. »Dass du umgekippt bist wie ein Sack Kartoffeln.«

»Passiert den Besten von uns.« Tomek blickte auf seinen Arm und wischte einen Klumpen getrockneten Schlamm von seinem Jackett.

»Die arme kleine Annabelle...«, fuhr Nick fort, sein Blick fiel auf den Tisch. »Verheerend...«

Es war das erste Mal seit langem, dass Tomek bei Nick irgendeine Spur von Emotion bei einem Fall gesehen hatte. Normalerweise war er starr, ambivalent, ein Meister darin, seine wahren Gefühle zu verbergen. Aber das war anders. Und Tomek war sich nicht sicher, wie er reagieren sollte.

»Alles in Ordnung, Sir?«, sagte er. »Soll ich Ihnen ein Taschentuch besorgen?«

Der Blick, den er von Nick erwartete - das unheimliche Starren, die hochgezogenen Nasenflügel, die gerunzelte Stirn - kehrte mit Aplomb zurück.

»Verpiss dich. Mir geht's gut. Es ist einfach traurig anzusehen. Das musst du doch verstehen, jetzt wo du Kasia in deinem Leben hast?«

Tomek hatte nicht auf diese Weise darüber nachgedacht. Tatsächlich hatte er versucht, es nicht zu tun. Der Altersunterschied zwischen Annabelle und Kasia hatte ihm geholfen, zu dem Schluss zu kommen, dass es *nicht* dasselbe war und dass es *nicht* möglich war, dass seiner Tochter etwas Ähnliches passieren könnte.

»Vermutlich«, antwortete er mit einem Achselzucken. »Aber ich versuche, nicht daran zu denken.«

»Wahrscheinlich das Beste.«

Ein langer Moment der Stille wanderte durch das Fenster und setzte sich zwischen sie. Tomek rutschte unbehaglich auf seinem Stuhl hin und her und ließ seinen Blick durch den Raum schweifen, um die Zeit zu füllen - den Raum, den er unzählige Male gesehen hatte und von dem er das Gefühl hatte, jeden Quadratzentimeter zu kennen. Er enthielt die üblichen Einrichtungsgegenstände eines Büros: einen Stuhl, einen Schreibtisch, Regale, eine Tafel, sogar eine Kommode, die für die streng geheimen Teile des Jobs reserviert war, die Nick nicht mit ihm teilen würde, egal wie sehr er bettelte. Aber es gab keine persönlichen Gegenstände, nichts, was den Raum warm und einladend wirken ließ. Obwohl Tomek nicht dachte, dass er es besser hätte machen können, wenn er ein eigenes Büro gehabt hätte. Außer vielleicht einer Pflanze. Definitiv eine Pflanze. Vielleicht sogar ein Bonsai...

Da war eine Idee. Nicks Geburtstag stand in ein paar Monaten an.

Schließlich, nach was sich wie eine Minute anfühlte, fuhr Nick fort:

»Als Teil deiner Rückkehr zur Arbeit musst du einigen langweiligen Kram zum Wohlbefinden erledigen. Die Leute von der Personalabteilung werden dir mit all dem helfen, aber ich kann mir nicht vorstellen, dass es allzu lange dauern wird. Du bist bereits voll durchgestartet und das erst seit zwei Minuten.«

»Sie könnten mich allmählich Usain Bowen nennen«, sagte er. »Schnellster Mann im Team.«

»Allein dein Hintern muss etwa fünfzig Kilo wiegen. Stell dir den Luftwiderstand vor.«

Tomek hatte es nie zugeben wollen, aber im Team gab es den Running Gag, dass er von allen Männern den größten Hintern hatte. Er schob es auf seine morgendlichen Läufe, aber in Wahrheit war er schon immer groß gewesen, und er hatte oft Schwierigkeiten, eine Jeans oder Hose zu finden, die bequem genug war, dass sowohl sein Hintern als auch seine noch dickeren Oberschenkel hineinpassten.

»Selbst mit dem Widerstand bin ich immer noch schneller als Sie mit Ihrem Bauch«, erwiderte Tomek.

»Wovon redest du?« Nick blickte auf seinen Bauch, wobei ein Funke Triumph in seinen Augen aufblitzte. »Ich habe den Körper eines Gottes.«

»Schade, dass es Buddha ist.«

»Guter Versuch, aber Buddha ist eigentlich kein Gott... *tatsächlich*.«

Tomek hob kapitulierend die Hände. »Wusste nicht, dass wir zwei Hauptmann Besserwisser im Team haben...«

Ein weiterer Moment der Stille, diesmal kürzer.

Nick hatte etwas auf dem Herzen, aber er hatte zu viel Angst, es auszusprechen. Er füllte die Lücken der Unentschlossenheit mit peinlichem Schweigen. Und Tomek wollte wissen, was es war. Er öffnete den Mund, um es herauszufinden, wurde aber überholt.

»Wie kommst du bisher mit der Ermittlung zurecht? Irgendwelche Ideen? Ich nehme an, du hattest Gelegenheit, alle Notizen durchzugehen, bevor du zurückgekommen bist.«

Tomek nickte. »Nichts Besseres zu tun mit meiner Zeit, Sir. Es gibt nur so viel Tagesprogramm im Fernsehen, das ich sehen kann, bevor ich anfange darüber nachzudenken, mich aufzuhängen.« Tomek steckte einen Finger in sein Ohr und wackelte damit herum, zog ihn dann heraus und wischte den Inhalt an seiner Hose ab, ohne hinzusehen. »Allerdings wollte ich fragen: Wer hat die Ermittlung bisher geleitet?«

»Inspector Orange.«

»Orange...?«

»Ja. Hast du ein Problem damit?«

»Das ist wirklich ihr Nachname?«

»Ich weiß, es fällt dir schwer zu glauben, aber ja.«

Tomek saugte an seiner Unterlippe. »Zumindest werden wir keine Schwierigkeiten haben, einen Spitznamen für sie zu finden. Obwohl es schwierig werden könnte, wenn wir etwas finden wollen, das sich darauf reimt.«

»Du wirst nichts dergleichen tun. Sie hat gerade erst angefangen, und ich werde nicht zulassen, dass du sie aufziehst, indem du dich über sie lustig machst.«

»Wir werden mit ihr lachen, Chef. Nicht über sie.«

»Das ist mir scheißegal. Es läuft alles auf dasselbe hinaus.«

Tomek konnte dem nicht widersprechen. Als Initiator vieler Spitznamen im Büro – Captain Actually, Lauwarmer Tony, Chey-enne Pepper, um nur einige zu nennen – fragte er sich manchmal, ob er es nicht übertrieb, ob sie überhaupt eine Grenze überschritten. Aber da niemand ihn deswegen zur Rede gestellt oder sich bei ihm darüber beschwert hatte, hatte er sie nie als Problem betrachtet.

»Ich stelle sie dir nachher vor«, sagte Nick und riss Tomek aus seinen Gedanken. »Sie ist reizend und weiß, was sie tut.«

»Bist du sicher?«

Nicks Augenbraue hob sich und er beugte sich auf seinem Stuhl nach vorne. »Sergeant? Willst du dir deine nächsten Worte gut überlegen?«

Tomek wollte sich nicht mit einem weiteren Inspektor im Team anlegen. Besonders nicht mit einem, den er noch nicht einmal kennengelernt hatte. Aber es gab einige Dinge, die er sagen musste.

»Nichts, Chef. Also, nichts Schlimmes. Nur dass... ich denke, manches hätte besser gemacht werden können, das ist alles.«

»Besser?«

»Schneller. Effizienter. Annabelle Lake war bereits zwei Tage vermisst, als Sie mir die Fallakte gaben, und basierend auf den Informationen darin, würde ich sagen, es war etwa die Hälfte der Arbeit, die hätte getan werden können, um sie zu finden.«

»Und du bist jetzt der Experte im Auffinden kleiner Kinder?«

Ein schiefes Lächeln huschte über seine Lippen. »Wie Sie selbst gesagt haben, Chef, sie haben die Angewohnheit, sich auf meiner Türschwelle wiederzufinden.«

Dann wünschte er sofort, er hätte das nicht gesagt. Nicht weil es egoistisch oder großspurig war, sondern weil es ihn wie etwas erscheinen ließ, das er nicht war. Und er war nicht bereit, diesen Weg noch einmal zu gehen.

»Was hättest du anders gemacht?«

»Ich... ich weiß nicht. Ich wäre einfach... proaktiver gewesen. Ich habe nicht einmal gesehen, dass ihr Gesicht in unseren sozialen Kanälen geteilt wurde...«

»Das liegt daran, dass du keine hast.«

Tomek ignorierte den Kommentar und fuhr fort. »Ich wage zu behaupten, dass ich das Gefühl habe, ich hätte bessere Arbeit leisten können.«

»Wirklich?«

»Kein Grund, so überrascht zu klingen, Chef.«

»Bin ich nicht. Es ist nur, dass ich dich noch nie so etwas sagen gehört habe. Geht es dir gut? Soll ich das HR-Rückkehrgespräch auf fünf Minuten ansetzen?«

»Nein.«

»Na los, Schlaumeier. Raus damit.«

Tomek massierte seine Handfläche mit dem gegenüberliegenden Daumen und rieb den Stress weg. »Die letzten Wochen haben mir viel Zeit zum Nachdenken gegeben, zum Reflektieren. Ich weiß, dass du versucht hast, mich in der Vergangenheit in diese Richtung zu drängen, und aus irgendeinem Grund war ich immer zurückhaltend. Manche würden sagen, es ist Angst, Nervosität. Ich würde sagen, es ist Bequemlichkeit. Ich bin es gewohnt, jemand anderem zu folgen, anstatt eigene Initiative zu ergreifen. Deshalb habe ich über die Inspektorprüfung nachgedacht.«

»Ach, wirklich?«

»Und deshalb dachte ich, ich könnte bei dieser Mordermittlung irgendwie die Führung übernehmen. Die Zügel in die Hand nehmen.«

Ein überraschter Blick, als ob etwas, das Nick noch nie zuvor gesehen hatte, gerade über seinen Schreibtisch gekrochen wäre. »Zum ersten Mal, seit ich dich kenne, bin ich sprachlos. Du wirst erwachsen«, sagte er. »Kasia muss dich in mehr Hinsichten verändert haben, als du dir vorstellen kannst.«

»Vor allem meinen Kontostand, Nick. Ich muss die nächsten fünf Jahre Make-up, Telefonrechnungen, Klamotten und Ausgehabende irgendwie finanzieren. Und ganz zu schweigen von dem schwarzen Loch, in dem mein Geld verschwinden wird, wenn sie über ein Studium nachdenkt.«

»Sie werden nur teurer, je älter sie werden«, sagte Nick, der wie ein Mann mit Erfahrung klang.

»Hast du nicht Lust, mir stattdessen etwas von deinem Geld zu geben?«

Nick dachte nicht daran. Aber er dachte, dass er es in Betracht ziehen würde. Das einzige Problem war, es gab einen Haken.

»Deshalb habe ich dich hergebeten...«

Oh prima. Jetzt geht's los.

»Was habe ich jetzt wieder getan?«

»Nachdem du das Haus der Familie Lake verlassen hast, erhielt ich einen Anruf von Vincent Gregory...«

Nick musste nichts weiter sagen; Tomek konnte bereits sehen, worauf das hinauslief.

»Aus Gründen, die er am Telefon sehr deutlich gemacht hat, will er dich nicht mehr bei der Ermittlung dabei haben.«

»Welche Gründe sind das?«

»Ich bin nicht bereit, das zu sagen, aber er hat seine Gedanken dazu sehr klar gemacht.«

»Und was jetzt?«

»Ich glaube nicht, dass ich dich diese Ermittlung leiten lassen kann. Wenn die Familie dich nirgendwo in der Nähe haben will, dann kann ich nichts dagegen tun.«

»Welche Gründe hat er genannt?«

Tomeks Kopf schwoll mit einem roten Nebel an, der schnell seinen Zorn vernebelte und verschwimmen ließ.

»Deine Einstellung«, antwortete Nick. »Und dabei belassen wir es.«

»Quatsch. Ich kenne den *wahren* Grund. Und du auch. Hat er auch verlangt, dass Sean aus dem Team genommen wird?«

Nick vermied es, Tomeks Blick zu begegnen.

»Großartig«, spuckte er aus. »Und was jetzt?«

»Du wirst eine begrenzte Rolle haben. Mehr Büroarbeit als Außendienst.«

»Also werde ich wie ein verdammter Hund drinnen gehalten?«

»Nicht anders als das, was du in den letzten vier Wochen gewohnt warst.«

Tomek atmete schwer durch die Nase und ließ die ganze Frustration aus sich heraus entweichen. Aber nicht alles verließ seinen Körper. Nicht vollständig. Nicht, während er weiter an diesen stämmigen, aufgeblasenen, kleinen Scheißkerl dachte.

»Der Typ ist ein Rassist«, sagte er und zensierte seine Wortwahl.

»Das wissen wir nicht.«

Tomek keuchte schockiert. »Doch, und du weißt es.« Er schüttelte den Kopf und wandte seine Aufmerksamkeit von Nick ab. »Ich kann nicht glauben, dass wir tun, was er will. Scheiß auf ihn, den Abschaum!«

Nick hielt seine Handfläche in die Luft, um Tomek zu beschwichtigen. »Wenn du so weitersprichst, darfst du definitiv nicht in seine Nähe.«

»Ich bin gerade erst zurückgekommen, und jetzt das... Jetzt *das*!«

»Es ist ja nicht so, als hättest du keine Arbeit. Du wirst nur nicht persönlich mit der Familie zu tun haben.«

Tomek verschränkte die Arme vor der Brust und schnaubte. Er hatte alles gesagt, was er zu sagen hatte – ohne weiter Gefahr zu laufen, seinen Job zu verlieren – und beschloss zu schweigen. Es gab nichts mehr, was er tun oder sagen könnte, um Nick zu überzeugen, seine Meinung zu ändern. Der Mann war manchmal stur, und er hatte jedes Recht dazu.

»Was jetzt?« fragte er wie ein Kind.

»Ich denke, es ist an der Zeit, dass du deine neuen Kollegen kennenlernst.«

Tomek war in der denkbar schlechtesten, verschlossensten und unfreundlichsten Stimmung, als er Detective Inspector Victoria Orange und Detective Constable Martin Brown vorgestellt wurde. So schlecht sogar, dass er sich nicht einmal die Mühe machte, darauf hinzuweisen, dass ihre Nachnamen beide Farben waren und dass dem Büro nur noch eine Farbe des Regenbogens fehlte, um die Zusammensetzung eines Jaffa-Kekses zu vervollständigen.

Victoria Orange war jünger als Tomek und hatte im Schnellverfahren den Rang einer Inspektorin erreicht. Ihr Ziel war es gewesen, diesen Rang vor ihrem vierzigsten Lebensjahr zu erreichen. Nach nur zehn Jahren im Dienst hatte sie es geschafft. Tomek hoffte, dass ihr der Rang nicht zu Kopf gestiegen war. Er hatte ihresgleichen schon kennengelernt: Rang entsprach nicht immer der Erfahrung, und manchmal gab es Lücken zwischen beiden. Lücken, die er bereits bemerkt hatte.

DC Martin Brown hingegen war ein unscheinbarer Mann Anfang dreißig. Mittlere Größe, mittlerer Körperbau, mit einem Bart, von dem Tomek nur träumen konnte. Dadurch wurde er leicht neidisch und dachte, dass Martin Brown wie der Typ Mann aussah, der sein Steak durchgebraten bestellt. Er trug ein blau-weißes Flanellhemd und eine Chinohose. Nicht ganz die Standarduniform, aber wenn Nick nichts dagegen hatte, dann hatte Tomek kein Recht, sich zu beschweren. Martin war wegen der besseren Verkehrsanbindung und der neuen Herausforderung aus Colchester gewechselt und seit etwas mehr als zwei Wochen bei ihnen.

»Willkommen im Team«, sagte Tomek kurz angebunden.

»Danke.«

»Wie lebst du dich ein?«

»Gut. Obwohl ich wusste, dass ich die bessere Tastatur hätte kaufen sollen. Versteh mich nicht falsch, diese hier ist gut, aber sie belastet die alten Handgelenke ganz schön.«

Erst als Tomek auf den Schreibtisch des Mannes blickte, bemerkte er, dass dieser seine eigene Computertastatur benutzte. Eine kabellose mit kleinen Tasten.

Einen Moment lang fragte er sich, ob er wirklich im Begriff war, mit einem erwachsenen Mann ein Gespräch über Tastaturen zu führen, aber dann wurde ihm klar, dass es Sinn ergab – Martin schien der neurotische Typ zu sein, der eine Tastatur im Rucksack als Reserve dabei hatte, eine tragbare, bereit für jede Gelegenheit.

Er spürte, wie ein Spitzname in ihm aufstieg...

Nachdem er mit Mr. Keys fertig war, wandte Tomek seine Aufmerksamkeit DC Anna Kaczmarek zu – oder Triple Word Score, wie sie aufgrund ihres langen und für manche Leute unaussprechlichen Nachnamens genannt wurde. Die Familienverbindungsbeamtin war gerade mit ihrem Computer beschäftigt, als er sie fand, und nippte durch einen Strohhalm an einer Dose Cola, um zu verhindern, dass ihr Lippenbalsam abging.

Er zog den Stuhl unter dem Schreibtisch neben ihr hervor und ließ sich darauf fallen.

»Hoffe, ich lenke dich nicht von etwas ab«, sagte er.

»Das hat dich früher auch nie aufgehalten«, erwiderte sie.

Als die einzigen beiden Polen im Team hatten sie eine besondere Verbindung, ein Band, das er mit niemandem sonst teilte. Er dachte oft an sie wie an eine ältere Schwester, und sie entsprach dem Stereotyp einer Polin – direkt, ernst und meistens hielt sie sich lieber für sich. Sie kam selten mit ins Pub, und sobald ihre Schicht zu Ende war, ging sie nach Hause zu ihrem Mann und Sohn. Aber wenn sie mit Tomek sprach, war es, als würde sie aufblühen, aus ihrem Schneckenhaus herauskommen und Tomek ihr wahres Ich zeigen. Wenn sie miteinander sprachen, taten sie das normalerweise auf Polnisch – der Sprache, in der sie sich am wohlsten fühlte. Und der zusätzliche Vorteil war, dass sie tratschen und über andere Teammitglieder lästern konnten.

»Ich hab ein Wort für dich...«, begann er.

»Ja?«

»Vincent.«

Anna verdrehte die Augen hinter ihrem dick aufgetragenen Make-up.

»Er ist ein ziemlicher Dreckskerl, oder?«

»Willst du, dass ich das in sein Profil schreibe?«, fragte sie.

»Wenn du könntest... Achte nur darauf, dass du es nicht mir zuschreibst. Ich kann doch nicht der Einzige sein, der diesen Eindruck hat?«

»Nein, du hast völlig recht, das zu denken.«

»Er scheint dich aber zu mögen«, sagte Tomek und erinnerte sich an das Gespräch, das er im Wohnzimmer geführt hatte. »Was ich nicht verstehen kann, für einen Mann, der *unsereins* nicht mag.«

»Ich habe ihm gesagt, dass ich mit einem polnischen Mann verheiratet bin. Er mag es nicht, aber es ist... *besser*.«

»Besser als ein gebürtiger Pole und ein Schwarzer?«

Anna nickte feierlich. »Du hättest sehen sollen, wie er auf mich zukam, als ich das erste Mal dort hingegangen bin. Es war, als wollte er mich erwürgen.«

Tomek dachte einen Moment über diese interessante Wortwahl nach.

»Er war aggressiv?«

Sie nickte wieder.

»Inwiefern?«

»Auf eine Art, die nahelegte, dass er gewalttätig werden würde. Welche andere Art gäbe es denn?«

Guter Punkt.

»Und das war beim ersten Mal, als du ihn gesehen hast?«

Noch ein Nicken.

»Und er hat dich das Gefühl gegeben, dass du ihn anlügen musst, um dich zu schützen? Ihm sagen, was er hören wollte?«

Und noch eines. Wenn ihn nur jemand gewarnt hätte, hätte er vielleicht dasselbe tun können. Ihnen sagen, dass sein Name Tom statt Tomek sei.

»Und als du ihn zum ersten Mal gesehen hast, war er bereits im Haus?«

Sie zuckte mit den Schultern. »Ja und nein. Er war auf dem Weg dorthin, als ich ankam. Beth hatte Vincent angerufen und ihn gebeten, von der Arbeit nach Hause zu kommen.«

»Was ist mit ihrem Ehemann?«

»Nicht sicher. Ich glaube, sie hat danach Steven versucht.«

»Also hat sie ihren Bruder wegen ihrer vermissten Tochter angerufen, bevor sie ihren Mann anrief?«

»Ja, schätze schon.«

Tomek nahm sich einen Moment, um darüber nachzudenken. Bilder von der Umarmung, die die beiden Geschwister geteilt hatten, während Steven Lake wie ein verlorenes Kind auf dem Sofa saß, erschienen in seinem Kopf. Die Hände, die sich in den Falten des Rückens des anderen verloren. Die Art, wie sie aussahen, als würden sie es *genießen.*

»Ich nehme an, sie sind eine enge Familie?«

»Eng ist etwas untertrieben. Vincent und Elizabeth waren Pflegekinder. Sie sind in verschiedenen Heimen aufgewachsen. Sie waren unzertrennlich voneinander – ihre Worte, nicht meine.«

»Großes Wort für sie«, bemerkte Tomek. »Sie erscheint mir nicht als der Typ, der weiß, was es bedeutet.«

»Offensichtlich weiß sie es. Und sie sind bis heute noch unzertrennlich. Vincent ist ständig dort, kommt zum Plaudern vorbei, isst Mittag- oder Abendessen. Es ist seltsam. Und ich bin ziemlich sicher, dass er sogar einen Schlüssel hat.«

»Also geht er ein und aus, wie es ihm gefällt?«

»Er kommt öfter, als er geht.«

Noch eine interessante Wortwahl.

»Was ist mit Vincents Frau?«, fragte er.

»Eine unglückliche Ehe, soweit ich das beurteilen kann.«

»Inwiefern?«

»Warum sonst wäre er ständig dort drüben?«

Ja, warum sonst?

Tomek streckte seinen Kopf über den Bildschirm und nickte in die allgemeine Richtung von DI Orange, die in ihrem Büro saß und die Wand anstarrte.

»Was sagt sie über ihn?«

»Nichts. Ich glaube nicht, dass sie ihn als Verdächtigen betrachtet.«

»Hmm. Nun, vielleicht wird es Zeit, dass sie das tut.«

KAPITEL 19

E s war fast sechs Uhr, als Tomek den Einsatzraum verließ. Hauptverkehrszeit. Was aus einer zwanzigminütigen Fahrt eine fast einstündige Angelegenheit machte. Während er sich langsam durch das Stop-and-Go der Ampeln von Southend bewegte und jedes Mal zusammenzuckte, wenn die Federung seines Autos in ein Schlagloch ein- und wieder austauchte, überprüfte er wiederholt sein Handy. Er hatte den ganzen Tag nichts von Kasia gehört. Er hatte ihr am Morgen eine Nachricht geschickt, um zu sehen, ob sie gut in der Schule angekommen war; dasselbe wieder in der Mittagspause (und ob sie das Essen, das er für sie zubereitet hatte, eingepackt hatte); und dann wieder um vier, als sie nach Hause kommen sollte. Und trotzdem hatte er kein Wort, keine Antwort, keine Reaktion auf seine zahlreichen Anrufe erhalten. Zu sagen, dass er angefangen hatte, sich Sorgen zu machen, war eine Untertreibung.

Sie klebte doch sonst an dem verdammten Ding, also war es unmöglich, dass sie die Nachrichten oder die verpassten Anrufe nicht gesehen hatte. Entweder war ihr etwas Ernsthaftes zugestoßen, oder sie hatte sie gesehen und beschlossen, sie zu ignorieren.

Falls es Letzteres war, konnte er sich nicht erklären, warum sie sich entschieden hatte, ihn zu ignorieren. Hatte er etwas falsch gemacht? Etwas Unpassendes gesagt, das sie verärgert haben könnte? Das war möglich, aber ihm fiel nichts ein. Oder war sie vielleicht doch aufgebrachter darüber, dass er wieder arbeiten ging, als sie zugegeben hatte?

Und immer noch, um halb acht, nachdem er knapp eine Stunde zu Hause gewesen war, im Haus auf und ab gelaufen war und sie mehrmals angerufen hatte, hatte er kein Wort von ihr gehört.

Bis kurz vor 20 Uhr die Türklingel läutete.

Bei diesem Geräusch stürmte Tomek die Treppe hinunter und übersprang dabei zwei Stufen auf einmal. Unten angekommen riss er die Tür auf, verlor dabei fast den Griff und hätte sie beinahe gegen die Wand geschmettert. Das Licht aus dem Treppenhaus tauchte die drei Frauen, die vor ihm standen, in ein fast reines Weiß. Eine erkannte er. Die anderen beiden waren ihm unbekannt. Das Mädchen zu Kasias Linken war etwa im gleichen Alter und sah ihr mit ihren braunen Haaren, dem jungen Gesicht und der Schuluniform fast identisch. Die Frau hingegen, die hinter ihnen stand, war älter, reifer und schien sich mehr zu freuen, ihn zu sehen, als Kasia es tat.

»Wo warst du?«, fragte er sie und ignorierte die anderen beiden.

»Das ist meine Schuld«, sagte die Frau. Sie zwängte sich zwischen die beiden Mädchen und streckte eine Hand aus. »Tut mir leid. Mein Name ist Louise... ich bin Sylvias Mutter.«

Sylvia. Das Mädchen, von dem er jetzt schon so viel gehört hatte. Diejenige, die die Katze hatte, die das niedlichste Wesen der Welt war. Diejenige, die mit vier verschiedenen Jungen gleichzeitig sprach und sie alle auf heißen Kohlen hielt. Diejenige, die viel besser im Sport war als Kasia. Diejenige, die wirklich lustig war und die einzige, die nett genug war, sich Kasia an ihrem ersten Tag vorzustellen.

Tomek wusste, wie das war. Einsam zu sein, isoliert und ohne Freunde an einer neuen Schule. Als Fünfjähriger war er gezwungen worden, eine britische Schule zu besuchen, ohne die Sprache zu sprechen, ohne jemanden auf dem Schulhof zu kennen, und in der Ecke seines eigenen Raumes zu sitzen. Es hatte gedauert, bis die kleine Saskia Albright zu ihm gekommen war und gefragt hatte, ob er mit ihr befreundet sein wollte. Es brauchte nur eine einzige Tat zufälliger Freundlichkeit, um die Flugbahn eines Menschenlebens zu verändern.

»Schön, Sie kennenzulernen. Ich bin Tomek, Kasias Vater.«

Die Worte fühlten sich immer noch seltsam an - noch seltsamer anzuhören - und er wusste nicht, ob er sich jemals daran gewöhnen würde.

»Ich weiß, wer Sie sind«, sagte sie und lächelte ihn herzlich mit ihren Augen an. »Ich habe mich gefragt, ob wir hereinkommen dürfen?«

Tomek trat beiseite und ließ die Mädchen zuerst eintreten, dann Louise. Tomek folgte ihnen und schloss die Tür hinter ihnen. Als sie oben an der Treppe ankamen, schlug Louise vor, dass die Mädchen ins Schlafzimmer gehen sollten, während die Erwachsenen sich unterhielten.

»Eine Tasse Tee?«, fragte Tomek, mehr aus Höflichkeit als aus einem anderen Grund.

»Gerne«, sagte sie. »Milch, kein Zucker.«

Sobald er den Tee fertig hatte, reichte Tomek ihr die Tasse, und sie lehnten sich beide an die Küchentheke, am weitesten vom Schlafzimmer entfernt.

Auch am saubersten.

»Entschuldigung für das Chaos«, sagte er. »Ich hatte nicht mit Besuch gerechnet.«

»Das ist schon in Ordnung. Kasia hat erwähnt, dass ihr einige ungewöhnliche Schlafgelegenheiten habt.«

Das konnte man wohl sagen.

»Ich habe Kasia etwas zu essen gegeben«, begann Louise. »Nur eine Pizza. Es war alles, was wir im Tiefkühlfach hatten. Sie müssen sich also keine Sorgen darüber machen.«

»Danke. Ich weiß das zu schätzen.«

Obwohl ich es mehr zu schätzen wüsste, wenn Sie mir sagen würden, warum ich den ganzen Tag nichts von ihr gehört habe, dachte er, konnte sich aber nicht dazu durchringen, so mit ihr zu sprechen.

Louise nippte vorsichtig an ihrem Tee und schaute aus dem Küchenfenster. »Entschuldigung, dass ich sie nicht früher nach Hause gebracht habe«, sagte sie.

»Ich habe versucht, sie etwa fünfzig Mal anzurufen.«

»Sie wussten nicht, wo sie war?«

Tomek schüttelte den Kopf. »Keine Ahnung. Ich dachte, ihr sei etwas zugestoßen.«

»Oh. Nun, sie hat mir gesagt, dass Sie wüssten, wo sie ist, und dass Sie damit einverstanden wären.«

Tomek schenkte ihr ein Lächeln, das deutlich machte, dass er definitiv nicht damit einverstanden war.

»Nun, es tut mir leid.«

»Schon gut. Nicht Ihre Schuld.«

»Obwohl wir früher hier gewesen wären. Es hat uns allein zwanzig Minuten gedauert, einen Parkplatz zu finden.«

»Erzählen Sie mir davon. Man hat mehr Chancen, in London zu parken und zurückzulaufen, bevor man hier unten einen Platz findet. Es ist ein Albtraum.«

»Ich wette, Sie werden froh sein, umzuziehen...«

Oh. Sie wusste also davon?

Also hatte Kasia nicht nur über ihren Aufenthaltsort gelogen, sondern auch ausgeplaudert, dass sie umziehen würden. Tomek fragte sich, wie viel mehr Kasia ihr erzählt hatte.

»Es wird schön sein. Ein Neuanfang für uns beide«, antwortete er und war sich bewusst, dass er verschlossen wirkte. »Ich freue mich vor allem darauf, meinen eigenen Raum zu haben.«

»Ein Zimmer für sich allein...«

Die Anspielung ging an Tomek vorbei, aber er wollte nicht dumm erscheinen, also stimmte er zu und nickte, wobei er seine kurze Verlegenheit hinter der Tasse verbarg.

»Ich nehme an, Sie fragen sich, warum Kasia heute Abend zu uns gekommen ist«, sagte Louise mit sanfter Stimme.

»Der Gedanke ist mir in der Tat durch den Kopf gegangen...«

Sie stellte ihre Tasse auf die Arbeitsplatte. Tomek bereitete sich vor. Seine Gedanken rasten. Er dachte an die schlimmsten möglichen Szenarien. Dass sie die Schule geschwänzt hatte, dass sie in eine Schlägerei geraten war, dass sie irgendwie von der Schule verwiesen worden war.

»Sie hatte einen schweren Tag«, fuhr Louise fort. »Nichts Ernstes. Sylvia hat das erst letzte Woche durchgemacht, also waren wir vorbereitet, um zu helfen.«

»Was hat sie durchgemacht?«

»Kasias Periode hat heute begonnen. Ihre erste.«

Tomek fühlte sich, als hätte man ihm die Luft aus den Lungen geschlagen. Das hatte er überhaupt nicht erwartet. Natürlich wusste er, dass sie noch nicht ihre Tage hatte, dass es in den nächsten Monaten so weit sein würde, aber er war trotzdem nicht darauf vorbereitet. Schule schwänzen, in Schlägereien geraten, in Schwierigkeiten kommen - mit solchen Dingen konnte er umgehen, dafür fühlte er sich qualifiziert. Aber das hier... er hatte keine Ahnung, wo er anfangen sollte.

»Sylvia hat mich während der Mittagspause angerufen und gefragt, ob Kasia mit ihr nach Hause kommen könnte. Ich sagte, dass sie natürlich könne, dass sie immer willkommen sei. Als sie ankamen, habe ich Kasia hingesetzt und ihr erklärt, wie das alles funktioniert. Ich weiß, dass sie heutzutage solche Kurse in der Schule haben, aber es ist nicht dasselbe, bis man es selbst erlebt hat. Glücklicherweise hatten wir alles Nötige in unserem Haus, sodass wir ausgerüstet waren, um ihr zu helfen. Hast du... hast du Binden oder Tampons hier?«

Der leere Gesichtsausdruck auf Tomeks Gesicht beantwortete ihre Frage.

Lächelnd griff sie in ihre Tasche und holte eine Packung Tampons hervor.

»Ich weiß, es ist unangenehm, besonders angesichts... nun, allem, aber das sind die, die sie am liebsten benutzt, wie sie sagte.«

Tomek nahm die Schachtel von ihr entgegen und hielt sie auf Armeslänge, als hätte man ihm gerade eine Bombe zum Halten gegeben.

»Wie...? Wie...? Danke.«

»Gern geschehen«, sagte Louise mit einem weiteren warmen Lächeln. »Sie hat mich gebeten, vorbeizukommen, damit wir es zusammen besprechen können. Ich glaube, sie findet es im Moment ein bisschen unangenehm, was nur natürlich ist.«

Sie war nicht die Einzige.

»Es wird eine seltsame Zeit für sie sein. Mit allem anderen, was gerade passiert. Jetzt werden auch noch all ihre Hormone durcheinander sein. Im Moment fühlt sie sich etwas zerbrechlich.«

»Was kann ich...? Wie soll ich...?«

Die Worte wollten einfach nicht herauskommen.

»Wie du ihr helfen kannst?«

Tomek nickte. Er konnte erkennen, dass er so viel Hilfestellung wie möglich brauchen würde.

»Ich finde, dass Schokolade mir durch diese Zeit hilft«, sagte Louise. »Jede Menge Schokolade. Das Gleiche gilt für Sylvia. Je billiger, desto besser.«

»Das erklärt, warum sie neulich beim Einkaufen so viel davon gekauft hat.«

»Und da hast du deine erste Lektion.«

»Wie viele gibt es noch?«, fragte er hoffnungsvoll.

»Wenn ich die Antwort darauf wüsste, könnte ich dir helfen.« Sie trat einen Schritt näher an ihn heran und legte eine Hand auf seinen Unterarm. Tomek schaute darauf, suchte nach einem Ehering. Es gab keinen. Louise fuhr fort: »Denk nicht, dass du dir für all das die Schuld geben solltest. Es ist für uns alle irgendwann neu. Du wirst es schon schaffen, irgendwann. Und sie auch. Gib ihr einfach Zeit.«

KAPITEL 20

Tomek fand sich am nächsten Morgen nach einer turbulenten Nacht auf dem umgedrehten Schlafsofa bereits um 8 Uhr im Großeinsatzraum wieder. Als er ankam, war er überrascht zu sehen, dass er einer der Ersten war. Mit ihm im Raum waren seine beiden neuen Kollegen, DI Orange und DC Brown, die sich mit jemandem unterhielten, den Tomek nicht kannte. Neue Namen und neue Gesichter waren zwar in den größeren Teams der Polizeistation an der Tagesordnung, aber nicht in ihrem Team der Kriminalpolizei. Sie waren eng miteinander verbunden, und so fühlte es sich seltsam an, jemanden zu sehen, der sich möglicherweise in ihre Gruppe drängte. Allerdings wusste er nicht, wer die unbekannte Frau war, und es interessierte ihn auch nicht besonders, es herauszufinden. Lieber überließ er das dem zu zwei Dritteln vollen Jaffa-Keks und erfuhr es später.

Während er sie kichern und miteinander flüstern sah, sagte ihm der Zyniker in ihm, dass er hätte aufpassen sollen, aber er war zu müde, um darüber nachzudenken. Es war eine schreckliche Nacht gewesen, eine der schlimmsten seit langem. Es hatte wieder einen Albtraum gegeben. Diesmal neu, anders. Die Dunkelheit nahm verschiedene Formen an. Bis zu Tonys Tod war Tomek von Albträumen über den Tod seines Bruders geplagt worden – der Park, die Schwärze, der Spielplatz, das Blut – aber jetzt waren sie ersetzt worden durch Bilder von Wasser, von Sumpfland, von Tomek, der in einem Kajak paddelte, auf der Suche nach der verlassenen Hütte in der Ferne, von Tony, der dort baumelte...

Jeder Albtraum war eine andere Nacherzählung. Ein neuer Erzähler. Eine neue Wendung der Handlung.

Der letzte Nacht war besonders grausam gewesen. Statt an einem Seil zu baumeln, hing Tony dort an einer dicken Kette. Und das Blut. Es war mehr Blut gewesen – so viel mehr. Es hatte die Wände der Hütte geziert, sickerte durch das Holz und in das Sumpfland draußen. Bei jedem Schritt spritzte es auf seine Beine und in seine Schuhe. Und dann hatte Tony den Kopf gehoben, ein dämonischer Blick über sein blutiges und zerschlagenes Gesicht verteilt. Lippen, die sich bewegten, keuchende Luft, die über seine Zähne fiel. Und dann wurde es lesbar, hörbar.

Warum hast du mich nicht gerettet?

Du hättest mich retten können.

Du hättest das verhindern können.

Und dann, während des Albtraums, hatte sich Tonys Gesicht in eine Art Metamorphose von Kasia und Annabelle Lake verwandelt. Das gleiche braune Haar, die gleiche Augenfarbe. Aber die Gesichtszüge waren anders, verschmolzen. Kasias größere, stärker hervorstehende Nase, mit Annabelles schmalen Lippen.

Tomek war kein Traumexperte – er hatte seine Träume nur ein paarmal gegoogelt, um sicherzugehen, dass er nicht völlig verrückt wurde – aber er war sicher, dass die Ereignisse des Vortages ihm zu schaffen machten und sein Unterbewusstsein durcheinanderbrachten.

Das Geräusch der sich hinter ihm öffnenden Tür brachte seine Aufmerksamkeit zurück in die Gegenwart. DC Rachel Hamilton und DC Chey Carter kamen herein, sagten ihm guten Morgen und gingen dann direkt zur Kaffeemaschine – mit Tomeks Bestellung. Ein paar Augenblicke später kamen sie zurück und fanden ihn mit halb geschlossenen Augen vor.

»Immer mit der Ruhe, Tiger«, sagte Chey und reichte ihm das Getränk. »Beruhig dich, ja? Wir können dich nicht so aufgeregt haben am frühen Morgen. Du bringst uns anderen in Verlegenheit.«

»Sagt derjenige, den seine Mutter immer noch jeden Morgen weckt.«

Chey verstummte und trank von seinem Getränk. Er wusste, wann er geschlagen war. Was meistens der Fall war.

Tomek wandte sich Rachel zu. Ihr Make-up war heute Morgen hastig aufgetragen worden, und ihre Augen waren blutunterlaufen und geschwollen.

»Fühlst du dich so schlecht, wie du aussiehst?«, fragte er.

»Charmant.« Sie schnaubte und nahm einen großen Schluck von ihrem Getränk, mehr um ihr Gesicht zu verdecken als aus echtem Durst.

»War es spät, oder?«

»Nur ein paar.«

»Das hab ich schon mal gehört. Wo wart ihr?«

»Nur im Last Post.«

»Mit wem warst du unterwegs?«, fragte er neugierig.

Rachel zögerte, bevor sie antwortete. »Sean... Chey... obwohl seine Mutter ihn bis acht zurück haben wollte—«

»Halt die Klappe!«

»—Nadia kam auf eine Cola vorbei, und Martin auch.«

»Die ganze Truppe war also da...«

»Ja. Wir wollten dich einladen, aber du hast gesagt, du müsstest gehen. Wir dachten, du müsstest für Kasia zurück.«

Tomek konnte dieser Logik nicht widersprechen. Eigentlich konnte er überhaupt nicht widersprechen. Sie hatten absolut recht gehabt, ihn nicht einzuladen. Seine Prioritäten hatten sich geändert. Hätte dieses Gespräch sechs Monate zuvor stattgefunden, hätte er vielleicht einen heftigen Anfall von FOMO gehabt, der Angst, etwas zu verpassen. Aber jetzt... jetzt störte es ihn nicht mehr so sehr. Sicher, es wäre schön gewesen, eine Einladung zu erhalten (nur damit er das Privileg gehabt hätte, sie abzulehnen und seinen Stolz für einen späteren Zeitpunkt zu wahren), aber er war nicht so verärgert, wie er es normalerweise gewesen wäre. Es gab jetzt wichtigere Dinge, um die er sich Sorgen machen musste, als mit seinen Freunden betrunken zu werden.

Wie die Sorge um Kasia in der Schule. Sicherzustellen, dass sie alles hatte, was sie brauchte, um sich während des Unterrichts so wohl wie möglich zu fühlen.

———

Ein paar Minuten später waren alle Teammitglieder eingetroffen. Sean und Nadia waren beide zu spät gekommen und ohne weitere Rüge durch die Tür geschlüpft. Es war interessant zu sehen, dass Inspektorin Orange noch nicht bereit war, Grenzen zu setzen. Obwohl, wenn sie sich als knallharte Chefin etablieren wollte, die keine Gefangenen macht, hatte sie in Tomeks Augen bereits etwas an Glaubwürdigkeit verloren. Wäre sie mit voller Härte eingestiegen, hätte das Team vielleicht mehr Linie gehalten und dem Präzedenzfall gefolgt. Aber jetzt war er sich nicht mehr so sicher. Stattdessen gab sie beiden ihre letzte Verwarnung, bevor sie mit dem Meeting fortfuhr.

»Also gut, alle zusammen«, begann sie und gewann schnell wieder die Kontrolle über den Raum. »Ich möchte heute damit beginnen, die gestrigen Ereignisse zu besprechen und Ideen auszutauschen. Dann können wir unsere Prioritäten für heute besser ausrichten.«

Als die Diskussion begann, rutschte Tomek auf seinem Stuhl zurecht und konzentrierte sich stärker. Chey war als Erster an der Reihe. Er wischte ein paar Krümel eines früheren Gebäcks weg und räusperte sich.

»Keine guten Nachrichten, fürchte ich«, sagte er. »Die beiden Straßen, die um den Tatort herumlaufen, haben keine Videoüberwachung. Nun, doch - aber nicht an den beiden Eingängen. Die sind stattdessen am Kreisverkehr. Genauso haben wir keine Überwachungsaufnahmen von Häusern, weil das nächste Haus etwa zehn Gehminuten entfernt ist.«

»Also hattest du gestern einen ziemlich ruhigen Nachmittag, was?«, kommentierte Tomek.

Chey entschied sich, nicht zu antworten, obwohl sein verlegener Gesichtsausdruck die Wahrheit bestätigte.

»Kennen wir Annabelles letzte Bewegungen?«, fragte Victoria. »Haben wir irgendwelche Theorien?«

Während sie sprach, wurde ihr Gesicht noch röter, was in Kombination mit ihrem Make-up Tomek denken ließ, dass sie Orange von Namen und orange von Natur war.

Chey griff in seine Tasche und holte seinen Laptop heraus. Dann übertrug er den Bildschirm auf den Monitor auf der anderen Seite des Raumes – eine technologische Meisterleistung, die Tomek selbst erst vor ein paar Monaten gemeistert hatte. Auf dem Fernsehmonitor war eine Karte des Parks, in dem Annabelle gefunden wurde, und der Umgebung zu sehen. Oben war der Fluss, der die Insel von Benfleet trennte, dargestellt durch eine blaue Linie, die sich durch die Sümpfe schlängelte. Darunter befanden sich in Grau ein Yachthafen und eine Werft. Darunter lag ein Park, eine große hellgrüne Fläche. Und durch den Rest des Bildes verliefen dunkelgraue Linien, die Straßen darstellten. Chey bewegte den Cursor zu einem kleinen Cluster schmaler Linien, dann zu einem anderen, kleineren Cluster.

»Das sind die beiden nächstgelegenen Wohngebiete, von denen sie meiner Meinung nach hätte kommen können. Beide sind etwa zehn Gehminuten vom Feld entfernt. Ich vermute, dass sie in einem der Häuser in diesen Gegenden festgehalten und dann zu ihrem Tod geführt wurde.«

»Wir glauben nicht, dass sie gefahren oder abgesetzt wurde?«

Chey schüttelte den Kopf. Er setzte eine rote Stecknadel in die Mitte einer dunkelgrauen Linie und wiederholte die Bewegung weiter unten auf der Karte.

»Das ist die Hauptstraße, die um den Park herumführt, und da ist der Kreisverkehr. An diesen Punkten befinden sich die Überwachungskameras. Ich habe sie überprüft, und es gibt keine Autos, die zur Todeszeit kommen oder gehen.«

»Also ist sie einfach aus dem Nichts aufgetaucht?«, fragte Sean.

»Vielleicht. Oder wie gesagt, jemand aus einem dieser Häuser ist mit ihr dorthin gelaufen...«

Victoria überlegte einen Moment. Sie drehte sich zum Bildschirm und fuhr mit dem Finger entlang der weißen Linien.

»Wo wohnt die Lehrerin, Amelia Duggan?«

Chey zeigte mit einer weiteren roten Markierung auf ihr Haus. Er setzte sie auf die Wohnstraße links vom Park.

»Interessant...«, sagte Victoria. »Gute Arbeit, Chey. Ich bin beeindruckt.«

Cheys Gesicht strahlte mit der Unschuld eines Kindes, dann setzte er sich.

»Was denken Sie, Ma'am?«, fragte Tomek. »Hat Amelia Duggan etwas damit zu tun?«

»Möglicherweise. Vielleicht. Es ist nur so, dass sie da ist, als die kleine Annabelle verschwindet – sie sieht das Auto, aber nicht die Person. Und dann ist sie diejenige, die sie auf dem Spielplatz findet. Wie hoch stehen die Chancen, dass beide Dinge passieren?«

»In Canvey... wahrscheinlich gar nicht so gering«, bemerkte Sean. »Aber ich verstehe, worauf Sie hinauswollen.«

Es war ein guter Punkt, aber einer, dem Tomek nicht unbedingt zustimmte. Ja, die Chancen, dass sie sowohl am Verschwinden als auch am plötzlichen Wiederauftauchen von Annabelle Lake beteiligt war, waren astronomisch, aber Canvey war ein kleiner Ort mit über dreißigtausend Einwohnern, und wahrscheinlich kannte der Mörder Amelias enge Beziehung zu Annabelle und könnte diese Information genutzt haben, um sie reinzulegen, um es so aussehen zu lassen, als hätte sie eine Rolle gespielt. Meistens standen diese Entführungen und Morde in Beziehung zueinander – das Opfer kannte den Mörder und umgekehrt – und während es vielleicht nicht Amelia Duggan war, könnte es jemand gewesen sein, der beide kannte.

Tomek brachte diese Idee vor.

»Fallen Ihnen irgendwelche Namen ein?«, fragte DC Martin Brown, während er sich eine Haarsträhne hinters Ohr strich.

Tomek zuckte mit den Schultern. »Du weißt mehr über diese Ermittlung als ich.« Er zögerte. »Gibt es eine Verbindung zwischen Amelia Duggan und Vincent Gregory?«

Tomek hatte darauf gewartet, diesen Namen seit Beginn des Gesprächs einzubringen. Mehr aus Trotz als aus irgendeinem anderen Grund. Dieser kleine rassistische faschistische Bastard...

»Nichts, was wir bisher herausfinden konnten«, murmelte Rachel und drehte sich zu ihm um, während sie sprach. »Aber wir können sicherlich tiefer graben, wenn Sie denken, dass es die Zeit wert ist, Ma'am?«

Victoria zupfte an ihren Fingernägeln, während sie zuhörte. Die Nervosität, vor einem neuen Publikum zu sprechen, machte ihr offensichtlich immer noch zu schaffen. Dann wurde ihm klar, dass sie in den letzten zwei Wochen mit dem Team zusammengearbeitet hatte und dass die einzige Anomalie in dieser Gruppe er selbst war. Vielleicht war er es, der sie nervös machte...

»Ich denke nicht... jetzt noch nicht. Er ist definitiv auf unserem

Radar, genau wie der Rest der Familie, also werden wir sie genau im Auge behalten, bis ich es für angebracht halte, anders zu verfahren.«

Ein Klopfen kam von der Tür auf der anderen Seite des Einsatzraums. Alle Köpfe im Raum drehten sich in diese Richtung. Allmählich öffnete sie sich, und Lorna Dean, die Pathologin vom Innenministerium, steckte ihren Kopf herein, feuerrotes Haar hing über ihre Schultern.

»Störe ich nicht?«

»Doch«, sagte Tomek. »Wie unhöflich von dir. Könntest du in etwa dreißig Sekunden wiederkommen?«

Als sie erkannte, dass die Bemerkung von ihm kam und dass sie sie unter keinen Umständen ernst nehmen sollte, trat Lorna in den Raum und schloss die Tür hinter sich.

»Ich habe meinen Bericht, falls ihr Lust habt, ihn zu hören«, sagte sie.

»Absolut. Hätte nicht zu einem besseren Zeitpunkt kommen können.« Victoria trat beiseite, um Lorna durchzulassen. Der aufgeregte Gesichtsausdruck auf ihrem Gesicht deutete darauf hin, dass sie über die Unterbrechung froh war. Entweder weil es ein wichtiger Teil des Ermittlungsprozesses war oder weil es jemand anderem die Möglichkeit gab zu sprechen und etwas von der Aufmerksamkeit von ihr nahm.

Oder vielleicht beides.

Vorne im Raum ließ Lorna ihren Blick über jedes ihrer Gesichter schweifen, bevor sie sprach.

»Annabelle Lake«, begann sie. »Neun Jahre, vier Monate und fünfundfünfzig Tage alt. In der Blüte ihres Lebens niedergestreckt. Wie? Nun, sie wurde erwürgt. Erwürgt von denselben Ketten, mit denen sie vielleicht einmal gespielt hatte. Sie wurde aufgehängt, einige Meter über dem Boden baumelnd zurückgelassen. Wie lange hat es gedauert, bis sie starb? Schön, dass Sie fragen: nicht lange. Es dauerte überhaupt nicht lange, bis die Ketten schließlich ihr kleines Gehirn vom Sauerstoff abschnitten. Weniger als eine Minute tatsächlich. In dieser Zeit hatte unser Mörder genügend Zeit, vom Tatort zu fliehen und die arme Annabelle Lake den Händen der

Schwerkraft zu überlassen. Irgendwelche Fragen bis hierhin?«

Tomek wusste nicht, warum sie auf diese Weise zu ihnen sprach, als ob er Zeuge einer Theateraufführung wäre, aber er liebte es und fühlte sich überwältigt, seine Hand zu heben.

»Hast du die Todeszeit genauer bestimmen können?«

»Gute Frage! Obwohl ich die mit einer anderen Frage beantworten werde: Wann glaubt ihr, ist sie gestorben? Und nicht Tomek oder Sean – sie haben das alles schon gehört.«

»Irgendwann mitten in der Nacht«, sagte Chey, wobei der Hauch von Aufregung deutlich in seiner Stimme zu hören war. »Das ist, wenn solche Dinge gewöhnlich passieren. Überrascht, dass sie nicht von einem Hundeausführer gefunden wurde...«

»Wie sicherlich auch der Hundeausführer. Leider liegst du falsch. Ich schätze ihre Todeszeit auf ungefähr fünf bis sechs Uhr morgens.«

Ein kollektives Keuchen und ein paar »Ooohs« rollten durch den Raum. Zumindest machten sie alle bei Lornas Vorstellung mit. Etwas, um die Morbidität des Todes aufzuhellen.

»Interessant, nicht wahr? Das bedeutet, sie war noch relativ warm, als wir dort ankamen. Obwohl das Wetter bereits begonnen hatte, ihr zuzusetzen...«

Den Köder spürend, der vor ihm baumelte, war Tomek der Nächste, der sprach.

»Apropos«, sagte er, »gab es irgendwelche Anzeichen für sexuellen Missbrauch oder Belästigung?«

Die Worte, die einst ohne weiteres Nachdenken oder Überlegung über seine Lippen gekommen wären, kamen jetzt wie Gemüsesuppe heraus. Klobig und ein richtiger Mundvoll.

»Schön, dass du das ansprichst, Tomek«, begann Lorna und fragte dann: »Wie war der Ausflug gestern? Bist du nicht zu schlammig geworden?«

Tomek warf ihr ein spöttisches Lächeln zu und wartete darauf, dass sie fortfuhr.

»Ich habe keine Hinweise gefunden, die darauf hindeuten, dass Annabelle Lake belästigt oder penetriert wurde, nein.«

Der Raum dachte einen Moment darüber nach. Wenn sie während ihrer Entführung nicht verletzt oder geschädigt worden war, und wenn sie nicht sexuell missbraucht oder vergewaltigt worden war, und wenn keine Lösegeldforderung an die Familie gestellt worden war – was zum Teufel ging dann vor? Was war das Motiv? Was war der Grund für ihre Entführung? Könnte es so einfach gewesen sein, dass jemand sie mitgenommen und getötet hat? Könnte es so schwarz-weiß sein? Nach Tomeks Erfahrung hatte er gelernt, dass es nie so eindeutig war.

»Gibt es noch etwas, das wir wissen müssen?«, fragte Victoria von hinten.

»Ein paar Dinge. Das Erste ist, dass ich etwas Sand und Dreck in ihren Schuhen und an ihren Füßen gefunden habe, was zur Untersuchung eingeschickt wurde. Und, ich bin nicht sicher, ob es für euch von Nutzen ist, aber der Inhalt von Annabelles Magen enthielt viele Fischprodukte. Fischnahrung. Wie Lachs... Thunfisch. Es stank verdammt nochmal, das kann ich euch sagen, aber-«

Das Geräusch von hektisch raschelnden Papieren brachte Victoria zum Verstummen. Sie und alle anderen im Raum richteten ihre Aufmerksamkeit auf die Quelle des Geräusches.

Anna, die als Letzte vor Sean und Nadia hereingekommen war, nahm ein Blatt aus ihrem Stapel und wedelte triumphierend damit in der Luft.

»Fisch!«

»Sagte der Höhlenmensch«, bemerkte Chey. Dann fügte er hinzu: »Oder Höhlen*frau*.«

Anna warf ihm einen polnischen Blick der Verachtung zu, viel grimmiger und einschüchternder, als irgendjemand sonst im Raum fähig war. »Ja, danke dafür, Chey. Aber was ich meine, ist Fisch. Anna-belle *liebt* Fisch.«

»Kann ich von mir nicht behaupten«, fuhr Chey fort, ohne die Stimmung im Raum zu beachten. Dann bemerkte er schnell, dass sie alle gespannt auf den Kanten ihrer Stühle saßen und darauf warteten zu hören, was Anna zu sagen hatte.

»Elizabeth Lake hat mir erzählt, dass Annabelle Fisch liebt. Aber sie darf ihn nicht essen, wenn sie zu Hause ist... Steven mag ihn nicht und denkt, dass die Fischindustrie korrupt ist und den Planeten beschmutzt.«

Ein sozial bewusster Elektriker, das war neu für Tomek.

»Aber wenn Annabelle zu ihrem Onkel, Onkel Vincent, geht, sagt sie, dass sie so viel Fisch haben kann, wie sie will. Er kauft sogar extra Packungen von Lachs und Thunfisch für sie.«

Anna ließ das eine Weile stehen, während sie die Schwere davon verarbeiteten.

»Ich denke, das bedeutet vielleicht, dass wir Herrn Gregory zu einem Gespräch herbitten sollten«, sagte Victoria, als sie an die Spitze des Raumes zurückkehrte. »Findet ihr nicht?«

KAPITEL 21

Tomek durfte aufgrund der Beschwerde, die gegen ihn eingereicht worden war, nicht in die Nähe von Vincent Gregory. Sean ebenso wenig. Etwas, worüber beide Männer äußerst unglücklich waren.

Tomek wünschte sich nichts sehnlicher, als diesem rundlichen kleinen Mistkerl gegenüberzusitzen und ihm dabei zu helfen, sein eigenes Grab zu schaufeln. Er wollte sehen, wie das Gesicht des Mannes in sich zusammenfiel, wenn er begriff, dass seine Zeit abgelaufen war.

Stattdessen musste er sich damit begnügen, es im Einsatzraum über eine Live-Übertragung zu verfolgen. Das einzige Problem war jedoch, dass das Team ihn nicht finden konnte. Sie konnten ihn weder an seinem Arbeitsplatz im Southend Hospital finden noch in seinem Zuhause oder bei seiner Schwester. Der Mann war entweder untergetaucht, oder er ignorierte einfach ihre zahlreichen Kontaktversuche. In jedem Fall wurde ein Team uniformierter Beamter mit Martins Hilfe losgeschickt, um nach ihm zu suchen.

Während er wartete, hatte Tomek beschlossen, die Zeit zu nutzen, indem er erneut nach Canvey fuhr, um mit Fräulein Amelia Duggan zu sprechen.

Er hoffte, dass dies das letzte Mal sein würde, dass er gezwungen war, die Insel zu besuchen, aber etwas in seinem Hinterkopf sagte ihm, dass es nicht so sein würde. Dass er in den nächsten Tagen und Wochen noch viel öfter hierher kommen würde. Vielleicht war es nicht die Insel selbst, die er hasste, sondern nur die Menschen darauf. Und wenn der Rest von ihnen wie Vincent Gregory war, dann hatte er jedes Recht, sie so weit wie möglich zu meiden.

Amelia Duggan hatte einen freien Tag bekommen, während der Rest der Woche ihr überlassen blieb. Sie hatte viel durchgemacht, und es war nur fair, dass sie Zeit hatte, sich davon zu erholen.

»Das ist großzügig von der Schule«, bemerkte Tomek.

»Ich weiß«, sagte sie, während sie eine Tasse Tee auf sein Knie stellte. »Das war das Letzte, womit ich gerechnet hätte. Wir sind ohnehin massiv unterbesetzt. Sie können es sich eigentlich nicht leisten, dass ich den Rest der Woche frei habe, aber ich schätze, sie hatten keine Wahl.«

Tomek hob die Tasse an seinen Mund und nahm einen Schluck. Er konnte bereits den extra Löffel Zucker schmecken, den er nicht verlangt hatte, der aber seine Geschmacksknospen kitzelte. Und er hasste es zuzugeben, dass es möglicherweise eine der besten Tassen Tee war, die er je getrunken hatte. Er hatte in seiner Zeit viele Lehrer kennengelernt – auch Schulleiter – und es gab eine Sache, die er über sie gelernt hatte, eine Sache, die Amelia Duggan gerade bewiesen hatte, und zwar, dass sie einen verdammt guten Tee zubereiteten. Einige der besten, die er je getrunken hatte. Als ob sie versuchten, so viel Koffein und Geschmack herauszupressen, wie sie auch bei ihren Schülern Einsatz und harte Arbeit forderten.

»Glaubst du, dass du diese Woche zurückgehen wirst?«, fragte er und stellte die Tasse wieder auf sein Knie.

»Wahrscheinlich. Ich könnte die Ablenkung gebrauchen, wenn ich ehrlich bin. Ich habe in den letzten vierundzwanzig Stunden nichts anderes getan, als hier zu sitzen und die Wand anzustarren.«

»Ich weiß, wie das ist«, bemerkte Tomek. »Es lohnt sich nur, wenn man etwas Interessantes anzuschauen hat. Am besten gehst du so viel wie möglich raus. Selbst Gespräche mit Freunden, Nachbarn oder Familienmitgliedern können helfen.«

»Die sind alle beschäftigt. Besonders meine Lehrerfreunde.«

»Und ich nehme an, Spazierengehen fällt aus...«

Der Kommentar kam nicht so an, wie er es gehofft hatte, und es war deutlich an ihrem unbeeindruckten Gesichtsausdruck zu erkennen, dass sie noch weit davon entfernt war, mit dem Geschehenen klarzukommen.

»Ich denke, ich nehme beim nächsten Mal ein Taxi – oder lasse mich fahren.«

»Das ist wahrscheinlich das Beste.«

Tomek machte eine Pause, während er überlegte, wie er das Gespräch auf das Thema Annabelle Lake und ihre Familie lenken könnte, ohne dass es zu abrupt und störend wirkte.

»Ich verstehe, dass du... mit Annabelle eng warst«, begann er und hoffte, dass er behutsam genug für sie war.

Amelia nickte langsam und richtete ihren Blick auf das Fenster, das auf die belebte Wohnstraße unten hinausging. Es dauerte eine Weile, bevor sie den Mund öffnete, um zu sprechen. »Sie war die Beste. Sie... sie war anders. Sie war etwas Besonderes. Ich habe sie geliebt, als wäre sie mein eigenes Kind. Das süßeste kleine Ding.«

»Und warst du mit der Familie eng? Oder hattest du nicht wirklich Kontakt mit ihnen?«

»Jein«, sagte sie und wendete ihre Aufmerksamkeit langsam wieder ihm zu, wie ein sich langsam drehender Leuchtturm. »Weil sie so nah an der Schule wohnte, habe ich sie kaum gesehen. Sie kam immer sicher nach Hause, also gab es keinen Grund für sie, sie abzuholen.«

»Und bei den seltenen Gelegenheiten, bei denen jemand doch kommen musste, wer war das typischerweise?«

Sie drehte sich jetzt zu ihm um, direkt ihm zugewandt. »Ihr Onkel. Onkel Vinnie, nannte sie ihn. Er war immer da, wartete vor dem Schultor oder auf der anderen Straßenseite, bis sie zurückkam. Ich bin sicher, er hat sie auch ein paar Mal morgens abgesetzt.«

Vor und nach seiner Arbeit im Krankenhaus, vielleicht.

Tomek schluckte. »Und wie würdest du ihre Beziehung beschreiben?«

»Seltsam.«

Das war alles, was er brauchte. Seltsam. Dasselbe Wort, das ihm durch den Kopf gegangen war, als er den Mann das Wohnzimmer von Steven und Elizabeth betreten sah.

»Seltsam im Sinne von eng? Oder seltsam im Sinne von falsch?«

»Eine Kombination aus beidem. Ich kenne die Einzelheiten nicht, aber ich glaube, Vincent und seine Frau konnten keine Kinder bekommen – Annabelle erzählte immer, dass Vincent sie ein ›besonderes kleines Mädchen‹ nannte – also denke ich, er hat sie immer wie seine eigene Tochter behandelt. Aber trotzdem... es war einfach ein bisschen... *seltsam.*«

Dieses Wort schon wieder.

»Gab es jemals Anlass zur Sorge? Irgendwelche Gründe, weshalb ihre Beziehung den Sozialbehörden hätte gemeldet werden müssen, von denen Sie wissen?«

Amelia schüttelte den Kopf. »Ich kann nicht behaupten, dass mir in dieser Hinsicht jemals etwas Falsches aufgefallen ist. Ich weiß nicht... es war einfach...« Sie machte eine Pause, um an ihrem Tee zu nippen. »Du kennst das, wenn du etwas anschaust und denkst, dass es nicht ganz richtig aussieht.«

»Wie ein Fünfzigjähriger, der mit einer Zwanzigjährigen ausgeht?«

Amelia schmunzelte und kicherte vor sich hin. Wahrscheinlich das erste Mal seit dem Vortag.

»Ja. Ich denke schon. So in der Art. Ich meine, er war doch ihr Onkel, also hätte er nichts getan... er hätte *das* nicht getan, oder?«

»Es gab keine Hinweise darauf, dass sie sexuell missbraucht wurde, aber das heißt nicht, dass es nicht auf andere Weise geschehen ist.«

Und genau das brachte Vincent Gregory an die Spitze von Tomeks Liste.

»Im Moment haben wir nicht viele Beweise«, fuhr er fort. »Deshalb wird Ihre Hilfe sehr geschätzt.«

Amelias Gesicht schien aufzuleuchten, als ob der Gedanke oder die Vorstellung, dass sie helfen könnte, der erste Schritt auf dem Weg zu ihrer vollständigen psychischen Genesung wäre.

»Gibt es noch etwas, das Sie wissen möchten?«, fragte sie, diesmal mit mehr Schwung und Eifer in ihrer Stimme.

»Nur, ob Ihnen noch etwas anderes über den Tag von Annabelles

Verschwinden eingefallen ist? Manchmal brauchen diese Dinge eine Weile, um aufzutauchen, wenn sich der ganze Trubel gelegt hat.«

Er war sich nicht sicher, ob er das wirklich glaubte. Es war dreißig Jahre her, seit sein Bruder gestorben war, und obwohl sich der Staub über dieses Ereignis in seinem Leben schon vor sehr langer Zeit gelegt hatte, war er immer noch nicht näher daran, zu *sehen*, wer dafür verantwortlich war.

Trotzdem musste Amelia das nicht wissen. Sie würde es selbst herausfinden müssen.

Wie erwartet schüttelte sie den Kopf. »Tut mir leid... Nichts. Ich habe Ihrem Team bereits alles erzählt, woran ich mich erinnern kann.«

»Was ist mit irgendetwas vor ihrem Verschwinden?«, fragte Tomek.

Verwirrung legte sich um ihr Gesicht. »Was meinen Sie genau?«

»Wenn dies eine gezielte Entführung war, die speziell auf Annabelle abzielte, dann hätte das einige Planung erfordert – eine Menge davon. Das bedeutet, dass es vielleicht ungewöhnliche und unbekannte Gesichter rund um die Schule gegeben haben könnte, entweder am Anfang, in der Mittagspause oder zum Schulschluss. Leute, die herumhängen, Annabelles Bewegungen beobachten. Sie wären höchstwahrscheinlich in einem Auto oder gut außer Sicht gewesen. Ich habe mich nur gefragt, ob Sie etwas in dieser Art gesehen haben?«

Amelia richtete ihre Aufmerksamkeit wieder auf das Fenster, als ob die Antwort draußen stehen würde.

»Es tut mir leid«, sagte sie mit einem Kopfschütteln. »Mir fällt spontan nichts ein, aber wenn mir etwas einfällt, rufe ich Sie an. Haben Sie eine Karte?«

Tomek hatte eine, und er gab sie ihr. Als er sich zur Wohnzimmertür aufmachte, sagte er: »Übrigens danke für den Tee. Der beste, den ich seit langem getrunken habe.«

»Gern geschehen. Berufsgeheimnis. Wir tun einfach eine Menge Kokain hinein. Hilft uns, den Tag zu überstehen.«

Ein Schmunzeln war auf Amelias Gesicht zurückgekehrt. Ein echtes Lächeln. Von früher. Vor dem Verschwinden, vor dem Tod. Vorher... als noch alles in Ordnung war mit der Welt.

»Danke für den Tipp. Ich glaube, da könntest du was auf der Spur sein...«

Als er in sein Auto stieg und zum Abschied winkte, wusste er, dass sie in Ordnung sein würde. Sie alle würden es irgendwann sein. Es in ein paar Monaten überwinden. Vielleicht sogar in einem Jahr.

Aber nicht jeder hatte so viel Glück.

Besonders nicht das kleine Mädchen, das auf dem Rücken auf einem Metalltisch im Leichenschauhaus lag.

KAPITEL 22

Tomek schaffte es gerade noch rechtzeitig zur Hauptveranstaltung zurück auf die Wache.

Vincent Gregorys Hinrichtung.

Oder was so gut wie eine sein würde.

Chey und Rachel begleiteten Vincent durch diese Tortur. Währenddessen saßen Tomek und der Rest des Teams im Besprechungsraum und starrten auf den Fernseher. Die Stühle waren in einem Halbkreis aufgestellt, alle auf den Bildschirm ausgerichtet, und Tomek hatte sich den Weg nach vorne erkämpft, um die besten Plätze im Haus zu ergattern. Er hatte sogar Zeit gefunden, noch eine Tasse Tee zu machen (obwohl bei Weitem nicht so gut wie Amelias).

»Ich glaube, uns fehlt nur noch eine Mikrowellentüte Popcorn und das wäre das beste Kino, in dem ich je war«, sagte er.

»Soll ich das Licht ausmachen und alle Computerlautsprecher anschließen für das volle Erlebnis?«, fragte Victoria Orange mit einem Hauch von Verspieltheit in ihrer Stimme.

Tomek drehte sich auf seinem Stuhl um und sah, dass sie ihn anlächelte. Das war gut. Ein Schritt in die richtige Richtung. Sie kam auf seine Ebene herunter, fühlte sich wohler mit ihm und dem Rest des Teams. Und wenn dummer Humor der Weg dorthin war, dann würde er ihr gerne entgegenkommen.

Fünf Minuten später begann die Hauptveranstaltung. Es war Chey, der das Verfahren eröffnete.

»Herr Gregory«, begann er, seine Stimme klang blechern über die Lautsprecher des Fernsehers, »danke, dass Sie heute Morgen gekommen sind. Wir haben mit Ihrem Arbeitgeber gesprochen, und Sie sind für den Rest des Tages freigestellt.«

»Isch hab nix gemacht«, antwortete er, plötzlich klang er in seiner Aussprache mehr nach Essex.

»Das mag sein, aber der Grund, warum wir Sie zu diesem freiwilligen Gespräch gebeten haben, ist, dass wir Ihnen einige Fragen zu den Ereignissen vor Annabelles Tod stellen möchten.«

»Isch hab nix gemacht«, fuhr Vincent fort. »Sie können mich net so festnehmen, wenn isch nix gemacht hab.«

Tomek verdrehte die Augen und ballte seine Faust, bis seine Knöchel kreidebleich wurden. Es war schmerzhaft, diesem Kerl zuzuhören; er wollte durch den Bildschirm greifen und den untersetzten kleinen rassistischen Faschistenbastard am Hals packen. Er konnte sich nur vorstellen, wie es für Rachel und Chey sein musste, die beide den Luxus hatten, nur wenige Meter von dem Mann entfernt zu sitzen. Sie könnten leicht über den Tisch reichen und sein nerviges Gesicht immer wieder auf die Tischplatte schlagen, bis-

»Sie sind nicht verhaftet«, fuhr Chey fort und lenkte Tomek von seinen Gedanken ab. »Wie ich *gerade* erwähnt habe, ist dieses Gespräch freiwillig, was bedeutet, dass Sie aus eigenem Antrieb hier sind und jederzeit gehen können, aber es liegt wahrscheinlich in Ihrem besten Interesse zu bleiben. Verstehen Sie das?«

Vom Kamerawinkel aus konnte Tomek gerade noch den Ausdruck verzweifelter Verwirrung auf Vincents Gesicht erkennen.

»Verstehen Sie, was ich gerade gesagt habe, Herr Gregory?«

Entweder verstand er es nicht, oder sein Verstand versuchte fieberhaft, eine Hintergrundgeschichte zu erfinden, eine Version der Ereignisse, die zu ihm passte und Tomek und das Team in die Irre führen würde.

»Ich verstehe«, sagte er vorsichtig. »Aber worum geht es hier? Haben Sie die Person gefunden, die das meiner Nichte angetan hat?«

»Nein«, kam die knappe Antwort von Rachel. »Die Ermittlungen laufen noch. Deshalb sind Sie hier...« Sie atmete tief ein, das Geräusch kam über den Fernsprecher, als sie ausatmete. »Wir wollten Ihnen nur ein paar Fragen stellen, das ist alles.«

»Isch hab immer noch nix gemacht.«

Tomek war dankbar, dass er nicht dort bei ihm war, sonst hätte sein Gesicht schon vor langer Zeit Bekanntschaft mit seiner Faust gemacht.

»Ist der high oder so was?«, fragte er in den Raum.

»Entweder das oder ihm fehlen ein paar Gehirnzellen...«, antwortete Sean mit Bissigkeit in der Stimme.

»Redet ihr immer während Filmen, verdammt nochmal?«, fragte Nadia, die direkt neben ihm saß. »Ich mag mir gar nicht vorstellen, wie du im *echten* Kino bist.«

»Da benehme ich mich immer vorbildlich«, sagte er. »Immer.« Dann hob er drei Finger in die Luft und legte eine Hand auf seine Brust. »Pfadfinderehrenwort.«

Als er seine Aufmerksamkeit wieder auf das Interview richtete, bekam er das Ende einer Frage von Rachel mit.

»Ich gehe manchmal um sechs zur Arbeit, manchmal später«, kam die Antwort.

»Und Sie fahren mit dem Auto zur Arbeit?«

»Ich kann ja wohl kaum laufen, oder? Ich könnte versuchen, eine dieser Abkürzungen entlang der Strandpromenade zu nehmen, aber ich habe die Fähigkeit, auf dem Wasser zu laufen, noch nicht ganz gemeistert, weißte.«

Chey nahm ein paar Blätter aus einem Ordner und legte sie vor Vincent. »Dies sind Standbilder von Überwachungskameras entlang der Straße, die um den Park führt, in dem Annabelle gefunden wurde...«

Tomek schaute auf die Karte, die auf der anderen Seite des Raumes ausgedruckt und an eine Pinnwand geheftet worden war. Die beiden roten Punkte, die die Überwachungskameras anzeigten, waren noch da.

»Diese Bilder wurden um genau 6:13 Uhr aufgenommen.«

»Und? Ich war auf dem Weg zur Arbeit.«

»Wir glauben, dass dies genau die Zeit war, zu der Annabelle getötet wurde. Und dennoch haben wir Sie, wie Sie am Tatort vorbeifahren?«

»Sie meinen, ich bin an Annabelle vorbeigefahren, während sie *getötet* wurde?«

Vincents Gesicht verzerrte sich zu einem Durcheinander. Er ließ seinen Kopf in seine Hände fallen und begann leise auf dem Stuhl zu schluchzen. Stille senkte sich über den Raum, während sie darauf warteten, dass er aufhörte.

»Ich kann es nicht glauben...«, flüsterte er, immer noch mit einem Kloß im Hals. »Ich hätte sie retten können... Ich hätte ihr helfen können...«

»Also bestreiten Sie, etwas damit zu tun gehabt zu haben?«

Vincent schlug mit der Handfläche auf den Tisch. Die Trauer in seiner Stimme war so weit entfernt wie die Möglichkeit, dass er auf Wasser laufen könnte. »Natürlich hab isch verfickt nochmal nix damit zu tun! Isch bin ihr Onkel, oder? Warum sollte isch sowas je tun? Isch hab sie geliebt...«

»Sind Sie sicher, dass Sie die Liebe nicht zu weit getrieben haben?«

Es dauerte einen Moment, bis die Andeutung in Vincents Bewusstsein einsickerte. Schließlich sagte er: »Wovon zum Teufel redest du? Was zum Teufel wirfst du mir vor?«

»Nichts, mein Herr«, sagte Rachel und schloss diesen Weg, bevor er zu sehr aus dem Ruder lief. »Können Sie erklären, was Sie meinten, als Sie sagten, Sie hätten sie geliebt?«

Vincents Kopf schwenkte zwischen Chey und Rachel hin und her. »Seid ihr alle blöd? Habt ihr noch nie was geliebt? Ich hab euch doch schon gesagt, sie war meine Nichte. Aber ich hab sie geliebt, als wäre sie meine Tochter. Armes kleines Ding... Ich und meine Frau können keine Kinder kriegen, also hab ich... ich hab sie immer behandelt, als wäre sie mein eigenes Kind.«

Tomek verzog das Gesicht bei der Verwendung der Vergangenheitsform des Mannes.

»Und wie ist Ihre Beziehung zu Ihrer Schwester? Verstehen Sie sich gut?«

»Was ist das für 'ne Frage? Wisst ihr, wie viel wir beide durchgemacht haben? Wir verstehen uns besser, als ihr jemals begreifen könntet.«

Die Betonung in Vincents Stimme deutete an, dass das alles war, was er zu diesem speziellen Thema sagen wollte. Tomek wünschte sich, dass beide weiter nachbohren würden, aber letztendlich taten sie es nicht.

»Erzählen Sie uns von Ihrer Beziehung zu Steven...« Chey näherte sich diesem Thema mit Vorsicht. Bisher hatte er Tomek beeindruckt; er hatte langsam, selbstbewusst und eloquent gesprochen. Er hatte sich von Vincents Ausbrüchen weder einschüchtern lassen noch unter Druck gefühlt. Er würde eines Tages ein guter Detektiv werden.

Und eines Tages würde Tomek ihm das vielleicht sagen.

»Fangt nicht mit diesem Versager an. Er ist ein verdammter Nichtsnutz, ein Faulenzer, der nichts Gutes für meine Schwester oder meine Nichte ist.«

»Sie sind sehr beschützend ihnen gegenüber, nicht wahr?«, fragte Chey behutsam nachbohrend.

»Natürlich bin ich das... sie sind mein Fleisch und Blut. Ich werd sie doch nicht vernachlässigen, oder? Muss auf sie aufpassen.«

»Warum die Ablehnung gegenüber Steven? Nach allem, was wir in Erfahrung bringen konnten, sorgt er für beide und kümmert sich um sie... Was übersehen wir?«

»Die Tatsache, dass er kaum da ist. Er arbeitet doch immer, oder?«

»So funktioniert das typischerweise, wenn man für seine Familie sorgt, Herr Gregory.«

»Ja, aber es ist einfach die Art, wie er es macht, weißt du? Ich mag seine Arbeit nicht. Er ist ein Betrüger. Der freche Kerl wollte mir den vollen Preis für einen Boiler berechnen, für den ich nicht mal hätte zahlen müssen – die Gemeinde wollte ihn reparieren. Der freche Kerl.«

»Wie lange kennen Sie Herrn Lake schon?«, fragte diesmal Rachel.

»Seit er mit meiner Schwester zusammen ist.«

»Sie kannten ihn nicht vorher?«

Vincent schüttelte den Kopf. »Hab den Wichser nie getroffen.«

»Wann würden Sie sagen, hat sich Ihre Beziehung verschlechtert?«

»Wir haben uns nie gemocht. Wir kommen einfach nicht miteinander aus. So einfach ist das. Er mag mich nicht und ich mag ihn nicht. Er sagt immer, ich sei zu eng mit meiner Schwester, dass ich immer da bin. Aber lass mich dir was sagen, wenn du wüsstest, was wir in unserem Leben durchgemacht haben, würdest du genau verstehen, warum das so ist. Könnt ihr glauben, dass der kleine Wichser versucht hat, mir zu verbieten, meine Schwester und meine Nichte zu sehen?«

Und da war es. Endlich. Die Wurzel ihres Übels. Der wahre Grund, warum Steven und Vincent nicht miteinander auskamen. Ein verängstigter und unsicherer Vater, der alles tat, um seine Tochter und Frau vor dem seltsamen und dominanten Schwager zu schützen.

Tomek fühlte die Parallele.

Minus dem seltsamen Onkel.

Rachel räusperte sich am Mikrofon. »Wenn es Ihnen nichts ausmacht, Herr Gregory«, begann sie, »würden wir gerne für einen Moment unsere Aufmerksamkeit auf Fisch richten.«

»Fisch?«

»Ja.«

»Was ist damit?«

»Während des Obduktionsberichts wurde festgestellt, dass Annabelles Magen viel Fisch enthielt, was darauf hindeutet, dass ihre letzten Mahlzeiten, während sie in Gefangenschaft gehalten wurde, Fisch waren. Hauptsächlich Lachs und Thunfisch.«

»Das kann doch nicht euer Ernst sein.«

»Soweit wir wissen, sind Sie der Einzige in der Familie, der ihr erlaubt, Fisch zu essen.«

Vincent warf seine Hände in die Luft und ließ sie mit einem lauten Knall auf den Tisch fallen. »Ich hab nix getan. Ich hab meine Nichte nicht von der Schule entführt, ich hab sie nicht irgendwo festgehalten, ich hab ihr keinen Fisch gefüttert, ich hab sie nicht getötet. Ich... hab... nix... getan.«

KAPITEL 23

Auf dem Heimweg an diesem Abend machte Tomek einen kurzen Abstecher zum örtlichen Co-op, um ein paar wichtige Dinge zu besorgen. All die wichtigen Dinge, von denen Sylvias Mutter ihm erzählt hatte. Nämlich Schokolade, Schokolade und noch mehr Schokolade. Doch während er vor dem Regal stand und die überwältigende Anzahl verschiedener Marken betrachtete, fühlte sich Tomek von der Auswahl überfordert. Das und weil er keine Ahnung hatte, was er für sie kaufen sollte. Er hatte völlig vergessen zu fragen, welche Schokolade Louise ihr gegeben hatte, und er hatte nie daran gedacht, Kasia selbst zu fragen. Klar, sie warf die Marken in den Einkaufswagen, wenn sie mit ihm bei Aldi war, aber er hatte nie darauf geachtet, was er kaufte - das war ein Kampf, den er sehr schnell gekämpft und verloren hatte. Außerdem sollte es eine Überraschung sein... Was für eine Überraschung wäre es, wenn er sie anriefe, um zu fragen, was sie bevorzugte.

»Hey, hier ist dein Vater. Wie du weißt, bin ich bei all diesem Zeug völlig nutzlos und habe komplett vergessen, welche Schokolade du magst. Könntest du es mir vielleicht sagen und dann überrascht tun, wenn ich sie dir gebe? Ich versuche, etwas Nettes zu tun, aber ich befürchte, es könnte nach hinten losgehen...«

Am Ende entschied er sich für eine Auswahl *seiner* Lieblingsmarken. Galaxy, Kit Kat, Aero und einen Freddo (na ja, sechs davon). In der Hoffnung, dass sie als Fleisch und Blut zwangsläufig einige der gleichen Vorlieben haben müssten, dass es eine gewisse Überschneidung bei den Präferenzen für Schokoladengeschmack geben würde.

Als er in sein Auto stieg, gönnte er sich heimlich einen Freddo. Er war entsetzt, dass zwei davon genauso viel gekostet hatten wie der Galaxy-Riegel. Aus Trotz hatte er die anderen vier gekauft und die Mehrkosten geschluckt. Der kleine Frosch-Bastard war im Preis in die Höhe geschossen, seit Tomek das letzte Mal einen gegessen hatte. Er erinnerte sich, als sie nur ein paar Pfennige gekostet hatten und er und seine Brüder mit ihrem Taschengeld zum Eckladen geschickt wurden, den Süßigkeitentresen plünderten und wie Könige mit vollen Taschen nach Hause zurückkehrten.

Jetzt war Freddo erwachsen geworden, hatte sich eine fünfköpfige Familie angeschafft, ein teures Auto und eine Hypothek, und gab die Schulden an den Kunden weiter.

Und er war sich sicher, dass der kleine Bastard auch noch geschrumpft war.

Als er zu Hause ankam, war der Freddo verschwunden. Als er das Wohnzimmer betrat, rief er nach Kasia. Ein Grunzen kam aus dem Schlafzimmer auf der anderen Seite des Raumes. Er schlenderte darauf zu und klopfte sanft. Der leise Klang von Musik aus ihrem Laptop hallte hinter der Tür hervor.

»Du kannst reinkommen«, sagte sie.

Tomek umfasste die Türklinke und steckte seinen Kopf durch den Spalt. Kasia saß auf ihrem Bett, gekleidet in ihrer Jogginghose und einem dicken Kapuzenpullover, der ihren Körper förmlich verschluckte. Die Kapuze war über ihren Kopf gezogen, und darunter war ihr Gesicht kaum zu erkennen. Ihre Knie hatte sie an die Brust gezogen, mit ihrem Laptop darauf. Die Lichterketten, um die sie sich in Primark gestritten hatten (Kasia wollte sie haben, während Tomek sich rundheraus geweigert hatte, da er sie für reine Geldverschwendung hielt), hingen an verschiedenen Punkten entlang der Rückwand. Zu seiner Rechten leuchtete der Schreibtisch, der einst seiner gewesen und nun in einen Schminktisch umgewandelt worden war, hell, und er erblickte sein Spiegelbild, was ihn zu Tode erschreckte. Sein Schlafzimmer - *ihr* Schlafzimmer - war nicht wiederzuerkennen. Was einst eine Junggesellenbude mit nur dem Nötigsten gewesen war, war nun durch Dinge ersetzt worden, die ihn gezwungen hatten, Geschäfte zu betreten, die er noch nie zuvor betreten hatte.

Eine völlig neue Welt für ihn.

»Wie war dein Tag?«, fragte er und blieb unbeholfen im Türrahmen stehen, wobei er versuchte, die Co-op-Tüte so gut wie möglich außer Sicht zu halten.

»Gut...«, sagte sie.

»Etwas Interessantes gelernt?«

»Nein...«

»Viele Hausaufgaben geschafft?«

»Bisschen...«

»Wie war dein Nachhilfeunterricht bei Miss Holloway?«

»Okay...«

»War es hilfreich?«

»Ja...«

Okay, so war das also. Einsilbige Antworten. Damit konnte er umgehen. Solange sie nicht aus irgendeinem Grund sauer auf ihn war...

»Wie... wie fühlst du dich?«

Sie zuckte mit den Schultern. »Gut.«

»Willst du... willst du darüber reden?«

»Nicht wirklich.«

»Okay, gut.« Tomek atmete erleichtert tief durch. »Hat dir die Pizza geschmeckt, die ich dir dagelassen habe?«

»War ganz okay, danke.« Sie griff zum Nachttisch und nahm eine Tasse Tee. Frisch zubereitet, der Dampf stieg noch von der Oberfläche auf. »Ich habe gerade einen gemacht, also ist der Wasserkocher noch heiß, wenn du deinen eigenen willst.«

Tomek grinste. »Danke.« Dann hob er die Co-op-Tüte in die Luft, fühlte sich wie ein Betrunkener, der die Hauptstraße entlanglief mit seinem gesamten Hab und Gut darin, und ging zum Ende des Bettes. »Ich habe dir etwas mitgebracht. Es ist nicht viel, aber... Sylvias Mutter meinte, Schokolade sei das beste Heilmittel für deine... du weißt schon.«

»Ich weiß.« Ihr offenes Lächeln und ihr Gesichtsausdruck sagten ihm, er solle fortfahren.

»Und ich habe vergessen, welche du magst, also habe ich eine

Auswahl besorgt...« Tomek legte die Tüte vor ihr ab und ließ sie öffnen.

Mit Vorsicht faltete sie ihre Beine auf dem Bett und öffnete behutsam die Tüte. Dann steckte sie ihren Kopf hinein. Schaute zu ihm hoch. Grinsend.

Tomek konnte nicht erkennen, ob es ein echtes »Vielen Dank, das sind die besten Schokoladen der Welt und du bist der beste Vater der Welt«-Lächeln war oder ob es eher ein gezwungenes »Ich mag keine davon, aber ich werde lächeln und so tun, als ob ich sie mag«-Lächeln war. Wie ein Kind, das ein Weihnachtsgeschenk öffnete, das es weder wollte noch erbeten hatte.

Undankbare kleine Scheißer.

»Danke«, sagte sie und griff in die Tüte, um einen Freddo herauszuziehen.

»Geh sparsam damit um«, sagte er ihr. »Der Finanzminister wird hinter mir her sein, wenn sie zu schnell weg sind.«

Sie betrachtete den kleinen Frosch, als wäre es der Kristallschädel, den Indiana Jones in seinem vierten Abenteuer der Filmreihe gefunden hatte. Eine kostbare und wertvolle Reliquie, die mit größter Sorgfalt und Respekt zu behandeln war.

»Was... was ist das?«

Tomeks Kinnlade war noch nie so tief gefallen wie in diesem Moment.

»Du hast... du hast *noch nie von Freddo gehört oder einen probiert*?«

Kasia schüttelte unapologetisch den Kopf.

»Sie sind einfach die beste Schokolade der Welt. Wie kleine Nuggets des Vergnügens. Sie schmecken so...« Er hielt inne, während sich der Speichel in seinem Mund zu einer unnatürlich hohen Menge ansammelte. »Du musst einfach eine probieren.«

Seit Kasia bei ihm eingezogen war, hatte er gezwungenermaßen sämtliche Nussprodukte und deren nussverwandte Derivate aus seiner Ernährung streichen müssen – Erdnüsse, Cashews, Pistazien und sogar die Thai Sweet Chilli überzogenen Nüsse, die er eines Nachmittags beim Durchstöbern der Regale bei Lidl entdeckt hatte (verrate es bloß nicht Aldi). Sie war extrem allergisch gegen Nüsse und konnte sich nicht einmal in einem Umkreis von drei Metern aufhalten. Er konnte sie nicht einmal bei der Arbeit genießen und mehrere

Stunden später nach Hause kommen, weil der Geruch immer noch an seinem Atem haften und das Gift weiterhin aus seinen Poren austreten würde. Seitdem hatte Tomek mehrere Entzugserscheinungen erlebt und hatte Schwierigkeiten, einen Ersatz zu finden, eine Tüte Snacks, die er auf seinem Schreibtisch bei der Arbeit haben oder im Schrank aufbewahren konnte, falls er hungrig wurde.

Bis jetzt.

Als er beobachtete, wie sie behutsam die Oberseite der Packung aufriss und wie ein Hamster am Haaransatz von Freddo knabberte, zog er ernsthaft die Möglichkeit in Betracht, den kleinen Geschäftsinhaber und Familienvater in großen Mengen zu kaufen.

Das konnte er doch nicht machen, oder? Das war sicher keine gute Idee? Und wenn doch, dann müsste er definitiv wieder anfangen, Zeit für seine Läufe zu finden. Oder er könnte sich stattdessen einfach an der Schokoladenköstlichkeit vollfressen.

Scheiß drauf. *Man lebt nur einmal*, dachte er. YOLO. Das sagten die Kids heutzutage doch, oder?

»Was denkst du?«, fragte er und konnte die Aufregung in seiner Stimme nicht verbergen.

Sie nickte, während sie die Beine des Frosches in ihren Mund schob. »Nicht schlecht«, murmelte sie. »*Wirklich* gut eigentlich.«

Es war beschlossen. Jetzt hatte er keine andere Wahl, als sie in großen Mengen zu kaufen. Wenn nicht für sich selbst, dann zumindest für sie.

»Danke«, sagte sie, während sie die Verpackung für eine weitere aufriss.

»Immer mit der Ruhe, Tiger!«, rief er. »Wünschte, ich hätte jetzt mehr als eine!«

Kasia kicherte vor sich hin. Dann riss sie die obere Hälfte des Froschkörpers ab und reichte ihm die untere Hälfte.

»Du bist ein Raubtier«, sagte er.

»Ich bin es nicht gewohnt zu teilen«, antwortete sie. »Aber hier, bitte.«

Tomek fühlte sich privilegiert.

»Schon gut«, sagte er und schob sie zurück. »Iss du sie. Ich habe nur Spaß gemacht. Ich muss auf mein Gewicht achten. Man bemerkt diese Dinge, wenn man die Vierzig erreicht.«

»Ich wollte nichts sagen...«

Tomek tat beleidigt und schnappte ihr den Rest der Schokolade weg. »Du bekommst diese erst morgen wieder. Herzlichen Glückwunsch. Ich hoffe, du bist zufrieden!« Er schaute in die Tüte. »Magst du überhaupt irgendwas davon?«

Sie schüttelte den Kopf. »Nur die Galaxy. Ich *liebe* Galaxy.«

»Tut mir leid.«

»Ist schon okay. Es war nett. Aufmerksam von dir. Danke.«

Tomek nahm sich einen Moment, um diese Worte auf sich wirken zu lassen. Sein Körper wurde warm und eine Mischung aus Stolz und Ego floss durch seine Adern. Sie hatte seine Geste anerkannt, sie geschätzt. Er hatte etwas getan, was seine Eltern nie für ihn getan hatten, nicht seit Michałs Tod.

Er hatte gezeigt, dass er sich kümmerte.

Vielleicht war das der richtige Weg. Mit dem zu brechen, was er kannte, und abtrünnig zu werden, abseits der Regeln.

Elternschaft auf die Art, wie er es *nicht* kannte.

»Geht's dir gut?«

Sie wedelte mit einer Hand vor seinem Gesicht.

»Ja. Warum?«

»Du sahst gerade aus, als hättest du einen Schlaganfall.«

»Fast.«

»Warum lächelst du?«

»Kein Grund«, sagte er und zuckte mit den Schultern. Dann machte er Anstalten zu gehen, hielt aber in der Tür inne, als Kasia ihn zurückrief.

»Tomek...«, begann sie, während sie nervös mit der Verpackung in ihren Händen spielte. »Ich weiß, du hast gesagt, dass wir eines Abends zu Sylvia gehen könnten, wenn ich meine Prüfungen und alles hinter mir habe. Aber ich habe nachgedacht...« Sie machte eine lange Pause. Tomek wappnete sich für das, was kommen würde. »Ich habe mich gefragt, ob ich... ob ich vielleicht Mama besuchen könnte. Im Gefängnis. Einmal am Wochenende oder vielleicht während eines Schultages. Ich vermisse sie und würde sie gerne sehen...«

Tomeks erste Reaktion war, nein zu sagen. Jedoch kam nur Luft aus seinem Mund und er erstarrte im Türrahmen, wie angewurzelt. Als ob ihn etwas dort festhielt. Er kannte die Antwort auf die Frage bereits, aber er wollte keine vorschnelle und unfaire Entscheidung treffen.

Es war nur schade, dass sein Gehirn nicht mit dem Rest seines Körpers kommunizieren konnte.

»Du hast wieder einen Schlaganfall«, sagte sie.

Das brachte ihn zur Besinnung. Er schüttelte sanft den Kopf und pfiff durch seine Lippen.

»Das ist... Das ist eine schwierige Sache«, sagte er. »Ich... Ich muss darüber nachdenken, okay? Gib mir etwas Zeit zum Nachdenken und ich werde es dich wissen lassen.«

Als er die Tür hinter sich schloss, erinnerte er sich an die zahllosen verpassten Anrufe, die er in den letzten Wochen von Anika Coleman aus dem Gefängnis erhalten hatte. Dieselben Anrufe, die in ihrer Häufigkeit zugenommen hatten.

Dieselben Anrufe, die er ebenso gewissenhaft ignoriert hatte.

KAPITEL 24

Der Motor des Autos lief im Leerlauf, tickte leise vor sich hin und schnurrte unter seinen Füßen. Warme Luft blies aus den Lüftungsschlitzen, streichelte sanft sein Gesicht und ließ ihn die Entscheidung bereuen, einen Pullover zu tragen. Ein T-Shirt wäre mehr als genug gewesen, aber er trug ihn weiterhin, weil er etwas brauchte, um die Schweißflecken zu verbergen.

Die Schweißflecken der Angst und des Bedauerns.

Das war nicht seine Entscheidung gewesen. Nicht vollständig. Aber jetzt hatte er keine Wahl mehr. Er war zu weit gegangen, um umzukehren.

Außerdem hatte ein Teil von ihm es beim letzten Mal genossen. Der »nicht vollständig«-Teil. Ein Leben zu nehmen war einfach gewesen, ein plötzlicher Rausch von Energie und Macht. Macht über ein kleines Mädchen, das es verdient hatte.

Und das war auch heute Abend der Fall.

Sie *verdiente* es.

Durch die Windschutzscheibe sah er sie dort stehen, halbnackt, buchstäblich danach *bettelnd* an der Straßenecke. Sie trug einen kurzen Rock, der weniger von ihrem Hintern bedeckte, als es seine Unterhose getan hätte, und ein passendes kurzes Top. Mehr Haut war sichtbar als bei einer niederländischen Sex-Show. Ihre Haare waren zu einem Dutt gebunden, und mehrere Schichten Make-up waren auf ihr Gesicht gepappt.

Siebzehn war sie. Siebzehn, und sie hatte sich dazu herabgelassen. Verkaufte sich für das Vergnügen von Männern, Abschaum wie ihm selbst.

Aber jetzt war nicht die Zeit für eine Identitätskrise.

Jetzt war es Zeit zu handeln.

Er legte einen Gang ein und rollte an den Straßenrand neben ihr. Sie versteckte sich hinter einem geschlossenen Fisch-und-Chips-Laden, abseits der Hauptstraße. Schwer zu finden. Aber nicht, wenn man wusste, wo man suchen musste...

Als er sich näherte, ließ er das Fenster herunter und legte seinen Arm auf den Rahmen.

»Alles in Ordnung, Schätzchen?«, fragte sie und watschelte in diesen viel zu hohen Stiefeletten, die für niemanden geeignet waren, geschweige denn für ein siebzehnjähriges Mädchen, zu ihm herüber. »Hast du dich verfahren oder so?«

Er schüttelte den Kopf. »Ich suche nach einem guten Platz zum Schlafen heute Nacht.«

Das Codewort war ihm von einem Freund eines Freundes eines Freundes gegeben worden, mehrere Schichten tief im sozialen Kreis. Nicht nachvollziehbar, soweit er wusste. Und hoffte.

»Welche Art von Unterkunft suchst du?«, fragte sie. »All-inclusive oder nur mit Frühstück?«

»All-inclusive, wenn das in Ordnung ist?«

Er verfluchte sich innerlich. *Wenn das in Ordnung ist.* Wenn das in Ordnung ist! Wer in der Geschichte der Prostitution hatte jemals diese Frage gestellt? Es war Teil des Deals. Es war alles eine ungeschriebene Vereinbarung. Alles, was zwischen ihnen passierte, war *in Ordnung –* solange er weiter dafür bezahlte.

»Schon gut, Schätzchen«, sagte sie sanft. »Das kann ich für dich arrangieren.«

Ohne etwas weiteres zu sagen, ging sie um die Motorhaube herum, zog ihre roten Acrylnägel über das Blech und setzte sich auf den Beifahrersitz neben ihn.

»Du weißt, wie viel es kosten wird?«

Er hatte es nicht bemerkt, aber sie kaute auf einem Kaugummi. Laut. Das unerträgliche Geräusch wurde durch den begrenzten Raum noch verstärkt. Er konnte es von ihrem Atem riechen. Das und all die Schwänze, die sie bereits im Mund gehabt hatte. Daran wollte er nicht einmal denken.

»Ja, ich weiß, wie viel es kosten wird.«

Leider wusste *sie* nicht, was es wirklich kosten würde.

Ihr Leben.

Er legte den Rückwärtsgang ein, fuhr aus der Gasse und kehrte dann zur Hauptstraße zurück, in die Richtung, aus der er gekommen war. Als er in der toten Nacht die Straße entlangfuhr, während das orangefarbene Licht der Straßenlaternen abwechselnd auf ihre Gesichter fiel, rieb er wiederholt seine Hände am Lenkrad. Er hatte zu viel Angst, sie wegzunehmen, damit die Schweißspuren darunter nicht sichtbar wurden.

»Hattest du bisher einen schönen Abend, Schätzchen?«

Er zuckte beim Klang ihrer Stimme zusammen. So jung, und doch lag eine Färbung darin, ein Ton, der auf die Erfahrungen hindeutete, die sie gemacht hatte. Er wusste alles darüber, was in ihrem Leben passiert war, und er war nicht überrascht, dass sie älter klang. Viel älter.

»Es war ganz in Ordnung«, sagte er, weil er sich nicht zu sehr auf ein Gespräch einlassen wollte.

»Es wird gleich noch besser«, sagte sie. »Hast du schon mal so etwas gemacht?«

»Kann ich nicht behaupten.«

»Keine Sorge.« Sie legte eine Hand auf seinen Oberschenkel und drückte ihn sanft. »Ich kann behutsam sein, wenn es nötig ist.«

Er gab ein kleines Geräusch von sich und richtete seine Aufmerksamkeit wieder auf die Straße. Inzwischen befanden sie sich an der Südseite der Insel und fuhren allmählich im Uhrzeigersinn zurück zum Versteck. Die Straßen waren immer noch leer, abgesehen von dem einen oder anderen Auto hier und da, aber die Hauptsache war, dass es keine Anzeichen für die Polizei gab. Er hatte befürchtet, dass sie in der Gegend patrouillieren könnten, auf der Suche nach Mädchen wie ihr, um sie zu beschützen und von der Straße zu holen.

Aber natürlich war das nicht passiert. Die Polizei hatte bereits bewiesen, dass sie sich um Mädchen wie sie genauso wenig kümmerten wie um Annabelle Lake. Überhaupt nicht.

Schließlich hielt er in der Northwick Road an. Der Ort, an dem er einst fahren gelernt hatte. Eine lange, gerade Straße, die zu einem Recyclingzentrum und einem Steinbruch führte, mehrere hundert Meter entfernt. Die Straße war stockfinster, abgesehen von den Scheinwerfern, die all die Schlaglöcher und kleinen Kies- und Staubhaufen beleuchteten, die sich im Laufe der Jahre angesammelt hatten. Es war lange her, seit er zuletzt dort gewesen war, und es war der perfekte Ort für das, was er tun musste.

Er schaltete den Motor aus und löschte die Lichter, und sie versanken in der Dunkelheit.

»Da gibt's nichts, wofür du dich schämen müsstest, Süßer«, sagte sie. »Ich hab schon alles gesehen.«

»Da bin ich mir sicher.«

Ohne dass man es ihr sagen musste, bewegte sie ihre Hand von seinem Oberschenkel zu seinem Schritt und begann, die Knöpfe zu öffnen. Einen nach dem anderen. Bis sie seine Jeans freigelegt hatte, und dann seine Boxershorts. Sie ließ sie bei seinen Knien. Dann nahm sie seinen Penis in ihre Hände und begann zu massieren, bis er stand.

Anfangs hatte er es gehasst, hasste sich selbst dafür, dass er zuließ, dass es passierte, dass es so weit kam. Aber jetzt, wo er hier war, jetzt, wo es geschah, begann er, es zu genießen.

Denn das war nichts im Vergleich zu dem, was sie später mit ihr vorhatten.

KAPITEL 25

Tomeks erster freier Tag seit seiner Rückkehr zur Arbeit.

Die Ermittlungen zu Annabelle Lakes Verschwinden und Mord waren ins Stocken geraten. Ohne verwertbare forensische Beweise oder Hinweise, denen sie mit Überzeugung nachgehen konnten, blieb dem Team kaum etwas anderes übrig, als sich auf die Nacharbeit zu konzentrieren und zu hoffen, dass irgendetwas auftauchen würde.

Und durch Tomeks teilweisen Ausschluss von den Ermittlungen gab es für ihn noch weniger zu tun.

Infolgedessen hatte DCI Cleaves mit Hilfe von Victoria und einem sanften Schubs von den netten Leuten aus der Personalabteilung Tomek einen freien Tag gegeben. Zur Erholung, hatten sie ihm gesagt. Offenbar war er nach wochenlanger Pause mitten in einer Ermittlung zurück in die Arbeit gesprungen. Ein Schock für das System, meinten sie. Die Entscheidung verwirrte ihn. Es war ja nicht so, als käme er vom Rande des Todes zurück und bräuchte sechs Monate, um sich wieder ins Team einzugliedern. Er hatte nur ein paar Wochen auf seinem fetten Hintern gesessen. Die einzige "Ruhe und Erholung", die er brauchte, war die vom Herumlungern und Nichtstun den ganzen Tag.

Glücklicherweise hatte er eine Teenager-Tochter, die ihn am Wochenende beschäftigt hielt. Später am Nachmittag würde er sie zu einer Karatestunde in Hadleigh bringen. Das örtliche Dojo hatte ein Einführungsangebot, bei dem die erste Stunde kostenlos und für alle offen war - Männer, Frauen, Kinder jeden Alters. Anscheinend war es etwas, was sie schon immer tun wollte und was sie schon eine Weile in Betracht gezogen hatte, es ihm aber erst im allerletzten Moment mitgeteilt hatte - nämlich in den späten Stunden der Nacht zuvor. Als er fragte, warum sie es nicht früher erwähnt hatte, sagte sie, dass sie sich nicht wohl dabei gefühlt hatte und sich nicht sicher gewesen war, ob sie es überhaupt tun wollte. Also hatte sie die Entscheidung ein paar Wochen lang für sich behalten und verinnerlicht, wie wenn man wartet, um den Hausarzt wegen Schmerzen anzurufen, von denen man weiß, dass sie nicht in Ordnung sind.

Tomek freute sich, dass sie sich ihm gegenüber öffnete (auch wenn es eine Vorlaufzeit von ein paar Stunden hatte). Es bedeutete, dass sie Fortschritte machten und dass seine Bemühungen um sie einen positiven Einfluss auf ihr Leben hatten. Er freute sich auch zu hören, dass sie etwas Neues ausprobieren wollte, etwas Anderes. Etwas, von dem er erwartete, dass niemand sonst in ihrer Schule es tat. Dass sie sich öffnete und neue Menschen kennenlernte, anstatt den ganzen Tag drinnen zu bleiben und Gehirnzellen zu verlieren, während sie weiter scrollte, scrollte, scrollte...

Aber das war später.

Jetzt musste er darüber nachdenken, was er sagen wollte.

Vor ihm stand der Grabstein seines Bruders.

Sein zweiter Besuch in so vielen Monaten. Während seiner Suspendierung hatte Tomek geplant, häufiger zu kommen, hier zu sitzen und seinen Bruder als Resonanzboden für seine Gedanken und Sorgen über Kasia, seine Karriere... alles zu nutzen. Aber er war nicht gekommen.

Angst. Schuld. Scham.

Sie alle hatten ihn dazu gebracht, zu Hause zu bleiben und seine Tochter als Ausrede zu benutzen. Es schien, als könne er nur in einer Sache gleichzeitig versagen: ein schlechter Bruder sein, während er versuchte, ein guter Vater zu sein; oder ein schlechter Vater sein, während er versuchte, ein guter Bruder zu sein. Gleichzeitig musste er seine Karriere bestmöglich handhaben. Es war nicht einfach, aber wer hat gesagt, dass das Leben einfach sein würde?

Tomek ließ sich auf der nahen Bank nieder und beobachtete, wie ein Schwarm Möwen vom Ufer hereingeflogen kam, kreischend auf ihrem Weg. Wahrscheinlich beschimpften sie ihn in ihrer eigenen Sprache dafür, dass er seinen Bruder so lange vernachlässigt hatte. Oder dafür, dass er ein beschissener Vater war.

Oder generell ein beschissener Mensch.

»Ist eine Weile her, was, Kumpel?«, sagte er, unfähig, seine Augen auf die Höhe des Steins zu bringen. »Seit ich dich das letzte Mal gesehen habe, hat sich viel verändert. Du würdest es nicht glauben, wenn ich es dir erzählen würde, aber ich habe herausgefunden, dass ich eine Tochter habe. Irre, ich weiß. Also, *sie* ist es nicht... aber die Situation ist es. Ich würde sagen, es ist lustig, aber das ist es eigentlich nicht. Es ist alles ein bisschen verkorkst, um ehrlich mit dir zu sein.

»Ich bin nicht dafür gemacht, diesen ganzen Erziehungskram. Nichts davon ergibt auch nur ansatzweise Sinn, aber wir sind jetzt hier, und das sind die Karten, die mir ausgeteilt wurden. Entweder muss ich sie spielen oder aufgeben - und ich will nicht sehen, welche Art von Schaden *diese* Entscheidung anrichten kann.«

Ein Rotkehlchen, die Brust geschwollen und voller Gesang, landete auf der Armlehne der Bank neben ihm. Tomek war nie jemand, der an Geister oder übernatürliche Zeichen glaubte, aber irgendetwas an diesem Vogel sagte ihm, dass es sein Bruder war, der ihn besuchen kam.

»Ich weiß es zu schätzen, dass du dir die Zeit aus deinem vollen Terminkalender nimmst, um mit mir zu sprechen«, sagte er sarkastisch. »Da oben muss es zu jeder Zeit eine Million Dinge zu tun geben. Und du hast dich entschieden, die Zeit mit mir zu verbringen.«

Der Vogel piepste und starrte ihn erwartungsvoll an.

»Danke, Kumpel. Weiß das zu schätzen. Wenn du Tony da oben siehst oder auf deinen Reisen, könntest du ihm eine Nachricht von mir übermitteln?«

Der Vogel zögerte, bevor er antwortete. Diesmal war die Botschaft kurz und bündig, und Tomek wusste, dass es die Art seines Bruders war zu sagen: "Sag es ihm selbst, du fauler Sack." Typisch Michał, der selbst mit elf Jahren schon eine beachtliche Menge an Schimpfwörtern gelernt hatte. All das war natürlich bergab gerollt und hatte Tomek in viele Schwierigkeiten gebracht. Michał und Dawid, sein ältester

Bruder, waren oft diejenigen, die ihm die bösen Wörter beibrachten und ihn herausforderten, sie vor Mutter zu benutzen. Bei den zwei Gelegenheiten, bei denen er es getan hatte (er hatte schnell daraus gelernt), hatte er sich für jeweils zwei Wochen Hausarrest eingehandelt. Insgesamt vier Wochen, die er nie zurückbekommen würde. Nur damit seine Brüder ihn wie einen der ihren behandelten.

Traurigerweise war das nichts im Vergleich zu dem Leben, das Michał nie haben würde. Dem Leben, das ihm zu früh gestohlen wurde.

Der Gedanke brachte ihn zum Nachdenken. Dass das Leben zu kurz war. Dass Kasia tun konnte, was sie wollte. Dass er sie vielleicht nicht davon abhalten sollte, ihre Mutter zu sehen, egal wie sehr er diese Idee ablehnte. Denn er wollte nicht, dass sie irgendwelche Reue empfand. Wenn sie dorthin ging und jede Minute hasste, dann konnte sie wenigstens sagen, dass sie es versucht und sich bemüht hatte. Aber andererseits, wenn sie zu Besuch kam und die zerrüttete Beziehung zu ihrer Mutter wieder aufbaute, wer war er, dass er eingreifen sollte? Es wäre ein Gewinn für alle.

Der Gedanke brachte ihn zum Nachdenken. Über Reue. Darüber, wie er sicherstellen musste, dass auch er keine haben würde...

Als er gerade in seine Tasche greifen wollte, um sein Handy herauszuholen, bemerkte er, dass das Rotkehlchen weggeflogen war. Die Arbeit seines Bruders war für heute erledigt.

»Hallo, Mama?«

»Ja«, kam die leicht warmherzige Antwort. »Ist alles in Ordnung?«

»Ja. Alles gut. Ich wollte nur nachfragen - gilt die Einladung für heute Abend noch?«

»Natürlich tut sie das. Das weißt du doch.«

»Toll. Dann mach Platz für eine Person mehr. Da ist jemand, den ich dir vorstellen möchte.«

KAPITEL 26

Der Termin stand seit Monaten in seinem Kalender, seit Jahren, wenn man bedachte, dass es seit über dreißig Jahren ein jährliches Ereignis im Familienkalender war. Der Jahrestag von Michałs Geburtstag. Ein Ereignis, das er oft vernachlässigt und um jeden Preis vermieden hatte. Aber heute Abend war er bereit, es zu versuchen. Besonders nach dem letzten Mal, als sie als Familie zusammengekommen waren, um den Jahrestag von Michałs Tod zu begehen. Er hatte Charlotte mitgenommen, und der Abend endete in einem Streit und hinterließ bei allen einen bitteren Nachgeschmack. Seitdem hatte er sehr wenig Kontakt zu seinem Bruder, aber die Beziehungen zu seinen Eltern hatten sich verbessert.

Hoffentlich würde es so bleiben.

Mit ihm, auf dem Beifahrersitz, saß Kasia, die genauso nervös aussah, wie er sich fühlte. Und sie war wahrscheinlich noch nervöser als er.

Er hatte ihr die Neuigkeit mitgeteilt, dass sie teilnehmen würden, nachdem sie mit Karate fertig war. Sie hatte gerade das Training mit einem strahlenden Lächeln verlassen, das in dem Moment verschwand, als er es ihr sagte.

»Alles gut?«, fragte Tomek.

»Mir geht's gut«, antwortete sie.

Was bedeutete, dass es ihr definitiv nicht gut ging.

»Du brauchst dir keine Sorgen zu machen«, sagte er. »Sie sind deine Familie. Deine Großeltern. Und wenn du dich zu irgendeinem Zeitpunkt unwohl oder ängstlich fühlst, oder vielleicht einfach genug hast, dann sag mir Bescheid und wir fahren sofort nach Hause, okay? Und wenn es chaotisch wird und du dich mutig fühlst, kannst du immer diese Karate-Bewegungen auspacken, die du gerade gelernt hast.«

Sie drehte sich zu ihm. »Witzig.«

»Das wird für mich genauso unangenehm sein wie für dich, weißt du das?«

»Warum?«

Und dann erzählte Tomek ihr. Zunächst, wie seine Eltern nichts von ihrer Existenz wussten. Und dann kam er zum Tod seines Bruders. Über den vermissten zweiten Verdächtigen. Darüber, wie er seiner Mutter Hoffnung gemacht hatte, dass der Mörder noch da draußen sei, während die Identität des Mörders immer noch in seinem Gehirn eingeschlossen war, ständig außer Reichweite. Darüber, wie es einen Riss zwischen ihnen verursacht hatte. Darüber, wie er seitdem kaum mit ihnen gesprochen oder auf einer Wellenlänge gelegen hatte. Darüber, wie sie keine richtige Familie mehr gewesen waren.

»Es... es tut mir leid wegen deines Bruders«, sagte sie am Ende und wandte sich den vorbeiziehenden Bäumen vor dem Fenster zu.

»Es ist vor langer Zeit passiert, und es ist einfach eine dieser Sachen, über die man nie ganz hinwegkommt, glaube ich. Besonders deine Oma. Also wenn sie sich ein bisschen seltsam oder abweisend verhält, dann nimm es nicht persönlich. Nur *ich* darf das tun.«

Ein Lächeln. Kurz, nur ein Aufflackern. Aber ein Anfang.

»Und wenn du etwas willst, um dich zu unterhalten, während wir dort sind...«, er lehnte sich über die Mittelkonsole zwischen ihnen, »dann zähl, wie oft dein Onkel seine Nasenlöcher aufbläht...«

»Was?«

»Er hat einen nervösen Tick. Fing an, als er etwa fünfzehn war, glaube ich. War wirklich unsicher deswegen, als es anfing. Natürlich half es nicht, dass ich ihn ständig damit aufzog. Er bekam viel Hilfe von Ärzten und Psychologen, aber es hat nie aufgehört. Wir nannten ihn *świnia*, was auf Polnisch Schwein bedeutet.«

Noch ein Lächeln. Diesmal größer.

»Und wenn du dich auf eine streng geheime Mission begeben willst, dann zähl, wie oft die drei Jungs – deine Cousins – ihre Hosen halten und auf und ab hüpfen, bevor sie auf die Toilette gehen. Sie sind nur ein paar Jahre jünger als du, aber sie können es nicht lassen, und ich glaube, sie werden es tun, bis sie etwa in meinem Alter sind. Und ich bin ziemlich sicher, dass sie immer noch ins Bett machen.«

»Iiiihhhh...«

»Zu weit gegangen? Okay, dann mobbst du einfach deinen Onkel. Überlass die drei Jungs mir...«

———

Sie kamen etwas weniger als vierzig Minuten später an. Die Fahrt hatte ihnen die Möglichkeit gegeben, über die wichtigen Dinge zu sprechen. Zum Beispiel, wie Kasia ihren ersten Versuch beim Karate fand, ob sie es wieder machen wollte: Es hatte ihr gefallen, und sie wollte es. Wöchentlich, jedes Wochenende, um 14 Uhr. Gemeinsam müssten sie die Logistik ausarbeiten, aber er war bereit, es funktionieren zu lassen.

»Wer war diese Frau, mit der ich dich reden sah, als du mich abgesetzt hast?«, hatte Kasia gefragt, nachdem er fertig war mit seinen Erinnerungen daran, wie er einmal Frankie Hargreaves in der 11. Klasse außerhalb des Schulhofs verprügelt hatte, weil dieser rassistisch zu ihm gewesen war – eine Geschichte, an der sie nicht besonders interessiert zu sein schien.

»Ich hab mich schon gefragt, ob du das gesehen hast«, hatte er geseufzt. »Amber Wilson. Sie war eine alte Schulfreundin. Also, von weit, weit zurück. So lange, dass ich versuche, das Datum zu vergessen. Wir waren in ein paar Klassen zusammen, glaube ich. Mathe und Naturwissenschaften.«

»Ist jemals etwas zwischen euch beiden passiert?«

Bevor er darauf antwortete, hatte Tomek ihr einen besorgten Blick mit hochgezogener Augenbraue zugeworfen. »Nein. Zwischen uns ist nie etwas passiert.«

»Vielleicht solltest du Kontakt aufnehmen.«

Tomek hatte geschnaubt. »Ich brauche keine Beziehungstipps von einer Dreizehnjährigen, vielen Dank.«

»Nach allem, was ich sehe, brauchst du sie schon.«

»Entschuldige mal?«

»Miss Holloway... hast du nicht gesehen, wie sie dich neulich beim Elternabend angeschaut hat? Sie konnte ihre Augen nicht von dir lassen.«

Tomek hatte es nicht bemerkt. Er war so beschäftigt damit gewesen, pünktlich anzukommen – überhaupt zu *erscheinen* –, dass er alle Zeichen oder Signale, die Bridget Holloway ihm gesendet hatte, völlig ignoriert hatte.

»Vielleicht solltest du...«, hatte Kasia begonnen, sich dann aber selbst unterbrochen. »Eigentlich nein. Ich nehme das zurück. Du darfst unter keinen Umständen anfangen, mit meiner Lehrerin auszugehen. *Bitte.*«

Tomek grinste sie selbstgefällig an.

»Nein. Bitte. Das kannst du nicht machen. Ich glaube nicht, dass ich damit in der Schule klarkommen würde. Du gehst mit einer meiner Lehrerinnen aus...« Sie zitterte sichtbar vor Angst. Oder war es Ekel?

»Ich werd's mir merken«, sagte Tomek genau in dem Moment, als er vor dem Haus seiner Eltern anhielt.

Eine Beziehung einzugehen war nichts, wonach er im Moment suchte. Nicht, wenn er ständig an Charlotte dachte und an das, was zwischen ihnen passiert war. Nicht, wenn er immer wieder die "Was wäre wenn?"-Karte spielte und sich fragte, was hätte sein können. Sein Herz schaute noch immer in die Vergangenheit, und er war sich nicht sicher, wann es beginnen würde, nach vorne zu blicken.

Kasia hielt Abstand hinter ihm, als er zur Haustür ging und klopfte. Als die Tür schließlich geöffnet wurde, versteckte sie sich in seinem Schatten und hielt den Kopf gesenkt.

»Hallo, Mama«, begann er.

Die Frau vor ihm hatte sich drastisch verändert, seit er sie zuletzt gesehen hatte. Sie hatte ihre Haare in einem hellen Rosa gefärbt – passend zu ihrer Nagelfarbe – und kurz geschoren. Für eine Frau weit in ihren Sechzigern war es das Letzte, was er zu sehen erwartet hatte. Aber es gefiel ihm.

»Du siehst gut aus«, sagte er zu ihr. »Schick. Nicht sicher, ob es mir stehen würde, aber mir gefällt's.«

»Danke.« Sie hüpfte die Stufe hinunter und umarmte ihn länger, als sie es seit langem getan hatte.

Als sie sich löste, sagte sie: »Wo ist dein Date?«

Lächelnd trat Tomek zur Seite und legte seinen Arm um Kasias Schultern. Er konnte spüren, wie ihr schmaler Körper unter seinem Griff zitterte.

»Oh, Tomek... Nein. Nein, du kannst nicht...« Sie legte eine Hand auf Kasias. »Wie alt bist du, Liebes?«

»Halt die Klappe, Mama. Es ist überhaupt nicht so. Kasia ist nicht meine Freundin, verdammt nochmal!«

»*Kurwa mać.* Du hast mir fast einen Herzinfarkt verpasst! Wenn sie nicht dein Date ist, dann... wer ist sie?«

Tomek gab Kasia einen sanften Schubs in den Rücken und deutete ihr, ins Haus zu treten.

»Ich denke, wir sollten alle reingehen«, sagte er. »Es gibt etwas, das ich euch allen sagen muss.«

Das Lächeln hatte sein Gesicht nicht verlassen, seit er Izabela und ihre neue Frisur erblickt hatte. Es war auch nicht schwächer geworden, nachdem er seiner Familie von seiner Tochter erzählt und ihre gedämpften, besorgten Blicke erhalten hatte. Zunächst hatten sie nicht gewusst, wie sie mit der Information umgehen sollten, wie sie sie verarbeiten sollten. Aber nach einer Flut von polizeiähnlichen Fragen – wann ist das passiert, mit wem, wo warst du zu der Zeit – kamen sie allmählich damit zurecht und begannen zu verstehen. Er wusste, es würde lange dauern, bis sie es als Tatsache akzeptieren könnten.

»Es hat eine Weile gedauert, bis ich selbst damit klarkomme«, erzählte er ihnen. »Aber wir gewöhnen uns langsam aneinander. Wir ziehen sogar in eine größere Wohnung mit mehr Platz.«

»Wir bekommen endlich jeder ein eigenes Zimmer«, sagte Kasia. Je länger sie dort blieb, desto selbstbewusster fühlte sie sich. Und ab und zu hatte Tomek gesehen, wie sie seinen Bruder Dawid anstarrte und darauf wartete, dass sein Tick einsetzte.

»Hat er dich auf dem Sofa schlafen lassen, der egoistische Mistkerl?«, fragte Dawid.

»Halt die Klappe«, sagte Tomek und verteidigte sich sofort. »Ich bin kein Monster. Ich habe auf dem Sofa geschlafen, während sie mein schönes Doppelbett hatte.«

Dawid legte seine Hand an die Seite seines Mundes, als würde er vertraulich mit ihr sprechen, damit niemand sonst es hören konnte. »Ich wette, er riecht trotzdem noch, oder?«

Kasia kicherte darüber. Tomek verdrehte die Augen.

Dies war das erste Mal seit über einem Jahrzehnt, dass sie alle so gut miteinander auskamen. Letztes Mal mit Charlotte war es anders gewesen, das Eis war komplett gefroren. Aber jetzt... jetzt begann es zu tauen, und die liebevollen Eigenschaften des Familienlebens begannen durchzuscheinen. Tomek ertappte sich sogar dabei, die Drillinge Kristian, Patryk und Jakub ausnahmsweise zu tolerieren. Obwohl er noch keinen von ihnen hatte zur Toilette gehen sehen.

Es war 21 Uhr, als das Abendessen fertig war und sie alle am Tisch saßen. Auf der Speisekarte stand heute eines von Tomeks Lieblingsgerichten: *pierogi*.

»Du kennst sie als Teigtaschen«, sagte Tomek zu Kasia, während er eine großzügige Portion Soße auf ihren Teller löffelte.

»Das reicht«, sagte sie und schob den Löffel weg.

Er ignorierte sie und goss noch eine halbe Portion auf ihren Teller. »In dieser Familie musst du schnell sein und mit allen Mitteln zugreifen. Als wir aufwuchsen, haben wir nie geteilt – besonders wenn es ums Essen ging – und wir haben immer um die Reste am Ende gekämpft.«

»Ist das der Grund, warum du immer meine Reste isst?«

»Teilweise. Teilweise das, und teilweise, weil ich gutes Essen nicht verschwenden möchte.«

»Das liegt daran, dass er immer verloren hat«, mischte sich Dawid ein, mit seiner wackelnden kleinen Nase. »Dein Vater war immer der Letzte bei allem, also hatte er immer weniger zu essen.«

In diesem Moment senkte Kasia ihren Blick auf den Tisch und spielte mit ihrem Essen. Tomek warf seinem Bruder einen finsteren Blick zu und schüttelte dann den Kopf.

Das V-Wort war zwischen den beiden noch nicht gefallen. Das Gespräch war für ihn schwer anzugehen. Er hatte sich nie ihren Papa genannt, und sie hatte ihn auch nie so genannt. Immer »Vater«.

Ich bin ihr Vater. Sie ist meine Tochter.

Aber nie *Papa*. Papa war informell. Papa machte es real, zu einer festen, greifbaren Sache, die nicht zurückgenommen werden konnte, wie eine zerbrochene Vase, die nie wieder repariert werden könnte.

Die unangenehme Atmosphäre, die sich am Tisch ausgebreitet hatte, bemerkte Dawids Frau Kristina und sagte: »Wie findest du deine neue Schule, Kasia? Die Jungs kommen bald auf die weiterführende Schule. Hast du irgendwelche Ratschläge oder Tipps für sie?«

»Geht nicht hin«, sagte sie unverblümt. »Die Stunden sind langweilig, sie sind viel schwieriger, und die Lehrer sind viel strenger. Aber manchmal kann es auch Spaß machen.«

»Oh... Also klingt es, als würde es dir dann doch gefallen?«

»Natürlich gefällt es ihr verdammt noch mal nicht« war die Botschaft, die Tomek hoffte, mit seinem Gesichtsausdruck zu vermitteln. Kristina schien es zu bemerken und wandte sich wieder ihrem Essen zu.

Im Laufe des Abends ebbten die Gesprächsthemen ab und flossen, von Kasias Schulleben zu Tomeks Arbeit und der Wiederbelebung seiner Karriere; vom neuesten Projekt, das sein Vater in der Garage baute (ein üblicher Trick, von dem Tomek vermutete, dass er ihn benutzte, um so lange wie möglich von seiner Mutter wegzukommen) bis zu Kristinas Karriere in der Rechtswissenschaft. Es war alles sehr interessant und höflich. Es gab keine Streitigkeiten, keine Meinungsverschiedenheiten, keinen Grund für jemanden, wütend davonzustürmen, und es gab keinen Hinweis von Kasia, dass sie sich unwohl fühlte und früher gehen wollte. Tatsächlich war sie nach dem Essen mit ihren Cousins ins Wohnzimmer gegangen, während Tomek im Esszimmer blieb, um mit den Erwachsenen zu plaudern.

»Also gut«, sagte er und füllte sein Glas Cola nach. »Lasst das Verhör beginnen!«

Der Blick auf den betroffenen Gesichtern deutete darauf hin, dass sie nicht wussten, wo sie anfangen sollten, noch wer mutig genug sein würde, den Anfang zu machen.

Letztendlich war es sein Vater. Perry Bowen war schon immer das komplette Gegenteil seiner Mutter gewesen. Während Izabela schroff und gleichgültig in ihren Worten und ihrer Einstellung zu bestimmten Dingen war, war Perry sensibler, verständnisvoller. Jede Beziehung brauchte Licht, um die Dunkelheit auszugleichen, und das war sein Vater.

Aber heute Abend war es, als hätten sich die Rollen vertauscht.

»Willst du dich wirklich weiterhin um dieses Mädchen kümmern?«, fragte Perry.

»Ja, das werde ich.«

»Warum? Sie ist nicht dein Problem.«

»Natürlich ist sie das. Sie ist meine Tochter. Wir haben einen DNA-Test gemacht und alles. Ich habe die E-Mail auf meinem Handy, wenn du sie lesen willst?«

»Aber was ist mit deiner Arbeit, deinem Privatleben?«

»Was soll damit sein? Wir haben die letzten Wochen ganz gut überlebt, ich denke, das Schlimmste haben wir hinter uns.« Tomek nahm einen Schluck von seinem Getränk, um sich zu beruhigen. »Ich habe sie hierher gebracht im guten Glauben, dass sie in die Familie aufgenommen werden würde. Es ist nicht wie beim letzten Mal, wo sie sich als Serienmörderin herausstellte. Diesmal ist es anders. Das ist meine *Tochter*.«

Perry öffnete seinen Mund, wurde aber von einer Hand auf seinem Unterarm gestoppt.

»Ich glaube, was dein Vater versucht zu sagen - *auf schreckliche Weise*, muss ich hinzufügen«, begann seine Mutter und warf einen kurzen boshaften Blick in Perrys Richtung, »ist, dass wir alle ein wenig schockiert sind. Und im Namen der ganzen Familie sind wir alle ein bisschen enttäuscht und verletzt, dass du es uns nicht früher erzählt hast. Du hast mehr als einen Monat gebraucht, um uns zu sagen, dass sie existiert.«

»Weil ich befürchtet habe, dass genau das die Reaktion sein würde.«

»Nun, du hast meine Stimme«, fügte Kristina mit einem schwachen Lächeln hinzu.

Tomek nickte ihr halb zu, um seine Wertschätzung zu zeigen, aber es war nicht ihre Unterstützung, nach der er suchte. Er wandte sich an seine Eltern.

»Ich muss einfach wissen, dass ich *eure* Unterstützung dabei habe. Ich weiß, dass ich nie zuvor darum gebeten habe, aber im vergangenen Monat musste ich viel erwachsener werden. Und ich möchte, dass ihr Teil ihres Lebens seid, und ich möchte, dass sie Teil eures Lebens ist...«

Es dauerte nicht lange, bis sie antworteten.

»Natürlich würden wir das gerne«, sagte Izabela und legte ihre Hand auf seine. »Wir würden uns freuen, sie in der Familie willkommen zu heißen. Sie ist eine Bowen. Wir sorgen dafür, dass niemand zurückgelassen wird.«

Wenn das wahr wäre, dann würde dieses ganze Gespräch gar nicht erst stattfinden.

KAPITEL 27

Tomek verließ das Haus seiner Eltern mit gemischten Gefühlen. Obwohl sie gesagt hatten, dass sie Kasia gerne in die Familie aufnehmen würden, spürte er eine gewisse Zurückhaltung dahinter. Als ob es erzwungen wäre. Als ob sie sich verpflichtet fühlten, das zu sagen, was sie dachten, was er hören wollte. Aber andererseits kannte er seine Eltern besser als die meisten, und so etwas hatten sie noch nie getan. Sie waren immer direkt gewesen, brutal ehrlich (das war die polnische Seite der Familie) und niemals hinterhältig. Also wusste er nicht, was er denken sollte.

Vielleicht waren ihre Herzen am richtigen Fleck, nur ihre Köpfe noch nicht.

Noch nicht, zumindest.

Ja, das schien richtig zu sein. Sie würden einfach Zeit brauchen, um die Neuigkeiten zu verarbeiten.

Gott wusste, dass es bei ihm lange genug gedauert hatte. Und er war sich nicht sicher, ob er selbst schon vollständig damit im Reinen war.

»Hattest du heute Abend Spaß?«, fragte er Kasia, als er von ihrer Auffahrt wegfuhr und in die Dunkelheit der Landstraßen einbog.

»Ja, es war schön, danke.«

Sie blickte bei ihrer Antwort nicht vom Bildschirm auf, und sie war darauf fixiert gewesen, seit sie das Haus verlassen hatten. Er versuchte, es nicht persönlich zu nehmen.

»Hast du geschafft zu zählen, wie oft das kleine Schweinchen gequiekt hat?«

»Zu oft. Ich glaube, ich habe irgendwann den Überblick verloren. Obwohl du wissen solltest, dass die Jungs dich auch Kleines Schweinchen nennen.«

Tomeks Griff um das Lenkrad wurde fester. »Ist das so? Von wem hast du das gehört?«

»Von den Jungs. Sie haben es mir erzählt, als wir im Wohnzimmer waren. Sie sagten, dass Dawid dich immer so bei ihrer Mutter nennt.«

Er versuchte, das Kichern zu unterdrücken, konnte es aber nicht.

Dieser kleine Mistkerl. Dawid der Held, der den Namen seines eigenen Bruders so verhöhnte. Und das auch noch vor seinen eigenen Kindern. Er fragte sich, welche anderen Dinge er seiner Familie erzählte, beschloss dann aber, nicht nachzubohren. Wenn es irgendetwas wie der Kommentar war, den Kasia gerade erwähnt hatte, dann konnte er sich den Rest vorstellen. Nichts, was er nicht schon vorher gehört hätte.

Als sie auf die A12 einbogen, eine gefährliche Straße, die dafür berüchtigt war, stark befahren zu sein und für mehrere tödliche Unfälle verantwortlich war, schaltete Tomek das Radio aus und ließ seine Gedanken zu Annabelle Lake und ihrem Mörder abschweifen. Soweit er wusste - er hatte seine E-Mails ein paarmal überprüft, während er vorgab, zur Toilette zu verschwinden - war das Team der Ergreifung des Mörders nicht näher gekommen. Sie hatten alle Spuren ausgeschöpft, und es gab immer noch keinen Grund für ihn, zurückzukommen. Also hatte Nick ihm einen weiteren Tag »Ruhe« genehmigt.

Ich weiß, dass das jetzt eine persönliche Zeit für dich ist, also nimm dir morgen frei. Wir sehen dich am Montag in aller Frühe.

Und dann wanderten seine Gedanken zu Kasia.

»Möchtest du morgen einkaufen gehen?«, fragte er. »Wir müssen eine Menge Kisten und Sachen für den Umzug besorgen.«

Kasia strich sich eine Haarsträhne aus dem Gesicht und nickte. »Ja, das wäre lustig.«

»Lakeside, okay?«

»Das ist für Zehnjährige.«

»Du bist erst dreizehn...«

»Müssen wir da hin?«

»Es gibt dort ein IKEA...«

»IKEA ist mir egal.«

»Was? Ich dachte, Kinder in deinem Alter *lieben* IKEA. Zehnjährige mögen IKEA nicht. Aber Kinder in deinem Alter *lieben* IKEA. IKEA ist total angesagt!«

Kasia schüttelte spöttisch den Kopf. »Bitte sag das nie wieder. Eigentlich, denk nicht mal daran, jemals wieder so etwas zu sagen!«

»Bin ich zu cool für dich?«

Sie verdrehte die Augen. »Das hättest du wohl gerne. Ich habe Tauben auf der Straße gesehen, die cooler sind.«

»Autsch. Das hat gesessen. Du hast mich tief getroffen, Alter. Du hast mich echt tief getroffen.«

Sie vergrub ihr Gesicht in den Händen. »Oh mein Gott! Hör auf!«

Das Lachen verebbte wenige Augenblicke nachdem Kasias Handy einen Ton von sich gegeben hatte. Das laute *Ping* hallte in der Fahrerkabine des Autos so laut wider, dass Tomek zusammenzuckte und fast in die andere Fahrbahn geraten wäre.

»Wer ist das?«, fragte Tomek. Zu dieser Nachtzeit - 23 Uhr - konnte Tomek nur an eines denken. Jungs. Das andere Geschlecht. Das gefürchtete »J«-Wort. Er hatte dieses Minenfeld von Gespräch noch nicht angesprochen und hoffte, dass er es noch für sehr, sehr lange Zeit nicht tun müsste. Schon der Gedanke, das Gespräch über »die Bienen und die Blümchen« führen zu müssen, verursachte ihm Bauchschmerzen. Niemand hatte es ihm gegeben, und schau, was dabei herausgekommen war - das Produkt seiner Naivität, Unerfahrenheit und Dummheit saß direkt neben ihm.

Es vergingen einige Momente, bevor Kasia schließlich antwortete. In dieser Zeit warf Tomek ihr mehrmals einen Blick zu und sah, wie ihr Gesichtsausdruck allmählich fiel, bis sie das Handy ausschaltete und mit dem Bildschirm nach unten auf ihren Schoß legte.

»Niemand«, sagte sie.

Obwohl es nicht nach niemand aussah.

»Es war nur eine dieser Benachrichtigungen, die man bekommt, wenn jemand, dem man folgt, gerade etwas auf Instagram gepostet hat.«

Tomek sah sie mit leichtem Unglauben an. »Man kann dafür Benachrichtigungen bekommen? Ich meine, ich weiß, der Begriff ist 'folgen', aber es fühlt sich an, als wären wir als Gesellschaft nur einen Schritt davon entfernt, bei jemandem vor der Tür aufzutauchen und über seine Schulter zu schauen, während er etwas postet - und ihm dann ein High-Five zu geben, anstatt sein Foto zu liken.« Tomek richtete seine Aufmerksamkeit wieder auf die Straße. »Ich glaube nicht, dass ich jemals so viele High-Fives verteilen könnte...«

Kasia hätte genauso gut in einer anderen Sprache mit ihm sprechen können. Es war eine Welt, mit der er nicht im Geringsten vertraut war. Er kannte die Grundlagen jeder Plattform, wie sie funktionierten, wie sie missbraucht und für kriminelle Zwecke genutzt werden konnten - aber darüber hinaus war er so ahnungslos wie ein Baby hinter dem Steuer. Er hatte nur Profile erstellt, damit er Kasia auf allen Platt-formen folgen konnte, um ihre Sicherheit zu gewährleisten. Und jetzt, wo sie es erwähnt hatte, nahm er sich vor, die Benachrichtigungen für ihre Beiträge einzurichten. So wäre es einfacher, als sporadisch und nur wenn er daran dachte nachzuschauen.

»Apropos...«, sagte er, und merkte dann, dass er die Gedanken in seinem Kopf gar nicht laut ausgesprochen hatte. »Hast du noch mehr darüber nachgedacht, Polnisch zu lernen? Ehrlich gesagt bin ich über-rascht, dass deine Oma es nicht erwähnt hat.«

»Hat sie.«

»Oh. Wann?«

»Als wir beide allein waren. Ich ging in die Küche, um ein Glas Wasser zu holen, und sie folgte mir.«

»Ach so. Okay. Und was hast du ihr gesagt?«

»Ich sagte, ich denke noch darüber nach.«

KAPITEL 28

Tomek wachte erschrocken auf. Keuchend, schwitzend.

Die Albträume, die ihn einst fast jeden Abend geplagt hatten, waren vollständig verschwunden, seit Kasia bei ihm eingezogen war.

Außer letzte Nacht.

Die blutigen und brutalen Bilder seines toten Bruders, der dort auf dem Feld lag, waren ersetzt worden durch unscheinbare Pappkartons, randvoll mit dem Inhalt seines Kleiderschranks. Durch Chaos überall. Durch das Leben, das er die letzten dreizehn Jahre geführt hatte und das vor seinen Augen zerbröckelte. Die Realität des Umzugs wurde in seinem Kopf immer präsenter. Eine der stressigsten Dinge im Leben, hatte man ihm gesagt. Nun, wer auch immer das behauptet hatte, hatte offensichtlich noch nie eine Mordermittlung geleitet, war nie alleinerziehender Elternteil gewesen und hatte nie die brillante Idee gehabt, mitten in einem erschreckenden Immobilienmarkt umzuziehen.

Das war *wirklich* stressig.

Ganz zu schweigen davon, dass Zeit für all das zu finden ein Teil des Problems war. Und so war er Nick und den Versagern von der Personalabteilung äußerst dankbar, dass sie ihm einen weiteren freien Tag gewährten.

Das Lakeside Shopping Centre war einer der bekanntesten und

beliebtesten Orte in Essex. Was für Tomek überhaupt keinen Sinn ergab. Es war um Himmels willen ein Einkaufszentrum. Es gab Dutzende davon im ganzen Land, jedes prahlte mit der gleichen Auswahl an Geschäften wie die anderen. Trotzdem strömten jedes Jahr Millionen von Menschen dorthin, auf der Suche nach etwas Neuem, wofür sie ihr hart verdientes Geld verschwenden konnten.

Infolgedessen war es einer der wenigen Orte in Essex, die er mehr als alle anderen zu meiden versuchte. Er hasste alles daran. Es war voll mit Prolls und Zehnjährigen, die dachten, sie wären die großen Hunde, die durch die Geschäfte streiften mit ihren Kumpels, Ärger machten, sich zu Nervensägen entwickelten, alles unter der irrigen Vorstellung, dass sie witzig wären.

Es war jedoch ein Initiationsritus für jeden Teenager, der in Essex aufwuchs, mindestens eine volle Acht-Stunden-Schicht dort mit seinen Freunden verbracht zu haben. Und Tomek konnte nicht *zu* viel sagen. Er war auch einmal einer dieser Zehnjährigen gewesen. Versuchte, sich die neueste Kleidung und Schuhe leisten zu können, während er versuchte, Unmengen von Fast Food zu essen, alles mit dem kleinen Budget, das seine Eltern ihm gegeben hatten.

Es war durchaus ein Initiationsritus.

Und jetzt hatte Kasia das Privileg, ihren mit einem vierzigjährigen Mann ohne Modegefühl zu absolvieren.

»Du bist so peinlich«, sagte sie, während sie mit gesenktem Kopf und hängenden Schultern ging. Das Letzte, was sie wollte, war, jemanden aus der Schule zu treffen und die Peinlichkeit zu erleiden, mit ihm in der Öffentlichkeit gesehen zu werden. Es gab nichts Demütigenderes für jemanden in ihrem Alter. Aber unglücklicherweise hatte sie keine Wahl.

»Ich habe nichts getan«, antwortete er defensiv.

»Einfach... du. Ich kann nicht glauben, dass du dich entschieden hast, das zu tragen.«

Tomek schaute auf sein hellgrünes Polohemd, das in der Wäsche um einige Größen geschrumpft war.

»Es ist mein Lieblingshemd.«

»Es muss weg.«

»In Ordnung«, sagte er. »Wie wäre es, wenn wir beide unsere Kleiderschränke für den Umzug ausmisten?«

»Und neue Teile kaufen?«

»Nein.«

Die Hoffnung auf Kasias Gesicht verschwand. »Oh...«

Tomek verdrehte die Augen. Er wurde schnell zu einer weichen Nuss. »Gut. Du kannst heute *zwei* neue Outfits bekommen. *Zwei*.«

Um seinen Punkt zu verdeutlichen, hielt er ihr das Victory-Zeichen vors Gesicht.

Ob er genug Geld auf dem Bankkonto hatte, um dafür zu bezahlen, war eine ganz andere Geschichte. Die Finanzierung des Umzugs und die Bezahlung all der verdammten Anwalts- und Agenturgebühren – die scheinbar Zusatz um Zusatz hatten – saugten ihn aus, und er glaubte nicht, dass es noch lange dauern würde, bis er Kasia in die große weite Welt der Arbeit schicken müsste, damit sie ihren eigenen Weg bezahlen konnte. Orte wie Lakeside oder jedes andere Einzelhandelsgeschäft waren perfekt für jemanden in ihrem Alter. Ein Ort, um ihre Haut zu verdicken, während sie verbalen Missbrauch von deprimierten und unglücklichen Käufern für etwas erhielt, das nicht ihre Schuld war. Dabei lernte sie die Bedeutung von Pünktlichkeit und harter Arbeit.

Eine der größten Lektionen des Lebens. Schade, dass sie noch ein paar Jahre warten musste, bis sie es legal tun durfte...

Bis dahin müsste er den Rest seiner Ersparnisse ausgeben, um sie glücklich zu halten.

Das erste Geschäft, das sie betraten, war Zara. Die globale spanische Modemarke war gefüllt mit einer überwältigenden Auswahl an Kleidung. Viel zu viel Auswahl. Und sobald Kasia einen Fuß hineinsetzte, leuchteten ihre Augen auf, bevor sie in eine der Abteilungen in der fernen Ecke sprintete. Tomek, geblendet von all den Lichtern und Trugbildern von Kunden, die an ihm vorbeirauschten, verlor sie schnell aus den Augen und wurde desorientiert. Überwältigt und schwindelig, weil er sich alle halbe Sekunde auf den Fersen drehen musste, trat er einen Schritt nach draußen, um sein Leben zu überdenken.

Hier war ein Mann, der tote Menschen gesehen hatte, Verbrecher gejagt und gefangen hatte und bei mehreren Gelegenheiten fast gestorben wäre. Und dennoch konnte er mit einem einfachen Modegeschäft nicht umgehen.

Was wurde nur aus ihm?

Draußen fand er einen kostbaren freien Platz auf einer Bank mit dem Rest der Männer, die entweder verloren, desorientiert oder gelangweilt waren, und zog sein Handy heraus. Dann schrieb er Kasia eine Nachricht, um ihr mitzuteilen, wo er war.

Gerade als er kurz seine E-Mails checken wollte, wurde der Bildschirm schwarz und der Name „HMP East Sutton Park" erschien oben. Darunter waren zwei riesige Schaltflächen. Eine rot, eine grün.

Sein Daumen schwebte einen Moment über der roten Schaltfläche, dann bewegte er sich zögernd zur grünen.

»Hallo?«, sagte er langsam und steckte seinen Finger ins andere Ohr, um den Lärm schreiender Kinder und das Schlurfen der Arbeitslosen zu übertönen.

»Tomek, bist du das?«

»Hallo, Anika.«

»Warum gehst du nicht an dein Telefon? Ich habe so oft versucht, dich zu erreichen.«

»Ich war beschäftigt. Habe mich um unsere Tochter gekümmert. Oder hast du das vergessen, als du sie zu mir geschickt hast?«

»Deshalb rufe ich an. Ich will sie sehen. Ich vermisse sie.«

»Das glaube ich dir.«

»Bitte, Tomek. Ich flehe dich an. Ich muss mein kleines Mädchen sehen.« Eine Pause. »Und ich denke, wir sollten auch miteinander reden.«

Tomek wollte sich nicht mit dem Gedanken auseinandersetzen, sich mit ihr zu treffen. Eigentlich wollte er nicht einmal darüber nachdenken, Kasia mit ihr sprechen zu lassen. Bis zu diesem Moment war er bereit und offen gewesen, Kasia ein Treffen mit ihrer Mutter zu erlauben. Aber nachdem er ihre Stimme gehört hatte... nachdem er sie hatte sprechen hören, kamen viele Emotionen hoch und erinnerten ihn an die Gründe für seine anfänglichen Bedenken. Der Schmerz und die Verletzung, die sie ihm zugefügt hatte. Wie sie ihren mörderischen Onkel auf ihn losgelassen und dazu beigetragen hatte, dass er über Bahngleise gehängt wurde.

Das waren keine Dinge, die man leicht vergab oder vergaß.

»Ich muss darüber nachdenken«, sagte er ihr. »Bitte ruf nicht ständig an. Ich melde mich bei dir, wenn die Zeit reif ist.«

Und dann legte er auf.

Danach fühlte er sich zwiespältig. Aber bevor er zu lange darüber nachdenken konnte, stand Kasia vor ihm und schaute ihn mit ihren Hundeaugen an.

»Wer war das?«, fragte sie.

Tomek schaute auf sein Handy, als ob es die Frage für ihn beantworten würde. Sein Kopf war wie leer. »Das war eine Instagram-Benachrichtigung«, begann er. »Die mir mitteilte, dass jemand gerade etwas gepostet hat...«

»Was?«

»Egal... Hast du etwas gefunden, das dir gefällt?«

Der kurze Ausdruck der Verwirrung verschwand aus ihrem Gesicht und wurde durch Begeisterung ersetzt. »Oh mein Gott, da gibt es *sooo* viel.«

»Genug für zwei Outfits?«

»Drei...?« Das Flehen in ihrer Stimme entging ihm nicht.

Tomek seufzte und kratzte sich an einem Juckreiz auf seinem Rücken. Die Abwägung zwischen dem Kauf von drei Outfits oder ihr zu erlauben, ihre Mutter zu sehen, neigte sich stark in eine Richtung. Wenn er sich für Ersteres entschied, würde sie ihm vielleicht Letzteres verzeihen.

»Na gut«, sagte er und hoffte, dass die Widerwilligkeit in seiner Stimme ihr diesmal nicht entging. »Aber das zusätzliche zählt als vorgezogenes Weihnachtsgeschenk...«

»Okay. Absolut. Ich verstehe.«

Dann nahm sie seine Hand und zog ihn zurück in den Albtraum.

KAPITEL 29

Tomek erfuhr am nächsten Morgen als Erstes von Jenny Ingles' Verschwinden.

»Siebzehnjähriges Pflegekind aus Canvey«, begann Victoria. »Seit achtundvierzig Stunden vermisst. Das letzte Mal wurde sie am Freitagabend gesehen. Sie ging aus... und kam nicht nach Hause.«

»Und sie haben bis jetzt gewartet, um es zu melden?«

»Den Eindruck, den ich von der Pflegemutter bekommen habe, war, dass sie es nur gemeldet hat, weil sie wusste, dass es das Richtige war.«

Tomek inspizierte das Dokument vor ihm.

»Canvey. Schon wieder?«

»Wow, wow, wow«, sagte Victoria. »Du musst deine Begeisterung für mich ein bisschen zügeln, Sergeant.«

Tomek schnaubte. »Glauben wir, dass es irgendwie mit Annabelle Lake zusammenhängt?«

»Nicht sicher.« Victoria zuckte mit den Schultern. »Das musst du herausfinden.«

»Okay... Aber warum? Also, warum wird das *mir* gegeben?«

DCI Cleaves, der während des gesamten Gesprächs hinter Victoria geschwebt hatte, trat vor. »Weil Vincent Gregory seine Ansichten zu der Angelegenheit sehr deutlich gemacht hat. Du und Sean arbeitet daran, während der Rest des Teams seine Arbeit am Mord von Annabelle Lake fortsetzt. Euer Ziel ist es, Jenny Ingles zu finden, solange sie noch am Leben ist.«

Vorausgesetzt, sie war es noch.

Tomek schüttelte den Kopf. »Kann nicht glauben, dass Sie ihn immer noch damit durchkommen lassen, Sir.«

»Ich auch nicht. Vielleicht solltest du ein Buch darüber schreiben. Und dann jemanden finden, den es interessiert, und es ihn lesen lassen. Denn im Moment will ich kein weiteres Gejammer hören.« Nick winkte den Kommentar mit einer beiläufigen Handbewegung ab und eilte zurück in sein Büro. Und das war's zu dem Thema. Nichts mehr zu sagen, niemand mehr, der es hören wollte.

Es war gut zu sehen, dass Fiese Nick zu seinen alten, bösen Gewohnheiten zurückgekehrt war. Angenehm und entzückend per E-Mail, ein richtiges sturer und miesepetriger Arschloch persönlich. Aber so war Nick nun mal, so war er gestrickt. Irgendetwas im Laufe seines Lebens hatte ihn so gemacht, und es gab keine Möglichkeit, ihn zu ändern. Und ein Teil von Tomek glaubte, dass das Gefüge des Teams nie mehr dasselbe wäre, wenn er es täte.

Victoria schenkte Tomek ein entschuldigendes Lächeln und zuckte mit den Schultern.

»Man gewöhnt sich irgendwann an ihn«, sagte Tomek, obwohl er sich nicht sicher war, warum er sie tröstete, wenn es eigentlich umgekehrt sein sollte. »Manchmal denkst du, er ist ein echter Scheißklumpen, aber in anderen Momenten-«

»Entschuldigung?«

»Welchen Teil hast du nicht verstanden?«

»Den Scheißklumpen-Teil. Was bedeutet das überhaupt?«

»Du weißt schon...« Tomek machte eine Pause. Überlegte, wo er den Ausdruck schon einmal gehört hatte. Ihm fiel nichts ein. »Du weißt schon, wenn jemand ein Scheißklumpen ist...«

»Nein, leider nicht. Deswegen habe ich gefragt.«

»Nun, du weißt schon, ein Klumpen...«

»Ein Chicken Nugget? Ein Klumpen Kacke?«

Tomeks Körper spannte sich vor Anspannung an. »Ich glaube, der Moment ist jetzt vorbei. Können wir vergessen, dass ich dieses Wort benutzt habe, und ihn stattdessen einfach ein Arschloch nennen?«

Victorias Augen weiteten sich. »*Jetzt* verstehe ich, was du meinst.

Du hättest das gleich sagen sollen. Aber ich verstehe vollkommen, was du meinst.« Sie drehte sich über die Schulter, um zu prüfen, ob Nick den Raum verlassen hatte. »Er kann wirklich manchmal ein kleiner Scheißklumpen sein.«

Tomek schnippte mit den Fingern und richtete eine Fingerkanone auf sie. Sie waren jetzt vereint in ihrer sporadischen Abneigung gegen Fiese Nick. »Jetzt sind wir auf derselben Wellenlänge, Vicky.«

Dann drehte er das Dokument in seinen Fingern um und las die Informationen, die darauf gekritzelt waren: Name, Adresse und Handynummer von Jenny Ingles' Pflegemutter. Er erhob sich von seinem Sitz, reckte den Hals über seinen Schreibtisch und suchte nach DS Campbell.

Als er ihn entdeckte, pfiff er mit seinen Lippen und störte damit den ganzen Raum bei ihrer fleißigen Arbeit.

»Kommst du mit, großer Mann?«

»Wohin?« Sean war so groß, dass er seinen Kopf nicht über den Monitor strecken musste; sein Kopf ragte aus dem Horizont der Computer hervor wie ein Wolkenkratzer in der Ferne.

»Canvey.«

»Schon wieder?«, sagte Chey Carter und mischte sich in ihr Gespräch ein. »Sind Sie sicher, dass Sie dort nicht nach Immobilien suchen und die Arbeit nur als Vorwand benutzen, Sir?«

Tomek warf dem jungen Mann einen bösen Blick zu. »Zumindest kann ich mir dort ein Haus kaufen, Herr Pfefferkorn. Es wird noch zwanzig Jahre dauern, bis deine Mutter dich endlich aus dem Haus lässt.«

Das breite Grinsen auf Cheys Lippen verschwand.

Tomek ging zu Seans Schreibtisch.

»Kommst du mit, oder muss ich dich mitschleifen?«

»Ich glaube nicht, dass du das drauf hast, kleiner Mann. Du bist es so gewohnt, in den letzten vier Wochen ein Hausmann zu sein, ich glaube nicht, dass dein kleiner Bauch das zulassen würde...«

Tomek war sprachlos, als sein Freund seinen massigen Körper aus dem Stuhl hievte.

»Ich lebe täglich nach der SAS-Mentalität, vielen Dank auch.«

»Inwiefern?«

»Iss so viel du kannst, weil du nie weißt, wann deine nächste Mahlzeit sein könnte.«

»Das gilt nur in der Wildnis oder wenn du in der Wüste beschossen wirst. Nicht, wenn du den ganzen Tag auf deinem Arsch gesessen hast und ein McDonald's zwanzig Meter die Straße runter ist.«

KAPITEL 30

Alison Jones war die Art von Frau, die man nicht in der Nähe eines Erwachsenen haben wollte, geschweige denn eines Teenagers. Sie hatte etwas leicht Verstörtes an sich, als hätte sie in ihrem Leben zu viele Crackpfeifen geraucht und mit genügend Himmelskörpern gesprochen, um ihre gesamte Existenz zu überdenken. Die Wände ihres Hauses waren mit gemusterten Satinlaken behängt, und der Geruch einer bunten Mischung von Räucherkerzen durchdrang das gesamte Anwesen – allein im Wohnzimmer standen mindestens drei. Währenddessen waren die Teppiche des Wohnzimmers mit alten Zeitungen und *Hello!*-Magazinen bedeckt, die nicht so aussahen, als wären sie gelesen worden. In ihrer Hand hielt Alison eine Zigarette, ohne dass ein Aschenbecher in unmittelbarer Nähe zu sehen war. Tomek schaute zu ihren Füßen hinunter und entdeckte die schwarzen Kohleflecken auf ihrem Teppich, wo die Asche heruntergefallen war und ein Loch hindurchgebrannt hatte.

Sie war nur eine Zigarette davon entfernt, das ganze Haus in Brand zu setzen. Und er war sich sicher, dass sie, wenn sie nicht da wären, mit ziemlicher Sicherheit etwas Stärkeres rauchen würde. Vielleicht waren die Räucherkerzen genau dafür da – ein unzureichender Versuch, den Geruch von Gras bei spontanen Besuchen der Polizei oder des Jugendamts zu überdecken.

Wie man ihr jemals erlaubt hatte, ein Kind in Pflegschaft zu nehmen, war ihm schleierhaft. Obwohl er hoffte, ein wenig mehr über sie und Jennys Dynamik zu erfahren.

»Wollt ihr beide 'nen Tee?«, fragte Alison, nachdem sie sich bereits gesetzt hatten.

»Nein. Danke«, antwortete Tomek für beide. Er hatte Angst vor dem, was sie möglicherweise auf dem Boden der Tassen finden würden. Oder womit die Teebeutel versetzt sein könnten.

»Wie ihr wollt. Seid ihr wegen Jenny hier?«

»Volltreffer«, sagte Tomek und widerstand dem Drang, mit dem Finger auf sie zu zielen. Vielleicht würde er sich das für später aufheben. »Wir wollten nur ein paar Fragen stellen, wann Sie sie zuletzt gesehen haben und wo sie Ihrer Meinung nach sein könnte.«

»Naja, wenn ich das wüsste, hätt' ich eure Leute nicht gerufen, oder?«

Eure Leute…

Diese Worte brachten Tomek sofort auf. Er hoffte, dass sie es nicht mit einem weiteren kleinen rassistischen faschistischen Mistkerl zu tun hatten.

»Natürlich nicht. Wir mögen Zeitverschwender nicht mehr als der nächste Bulle«, sagte Sean, seine tiefe Stimme prallte von den Möbeln ab. »Oder, Tomek?«

»Nein, Sean. Das tun wir sicher nicht. Sie würden doch nicht etwa unsere Zeit verschwenden, oder, Alison?«

Sie nahm einen Zug von ihrer Zigarette und hielt ihn einen Moment lang, bevor sie die graue Rauchwolke in die Luft blies, ohne sich zu bemühen, sie von ihren Gesichtern wegzublasen. »Was bringt euch auf die Idee? Jenny ist Freitagnacht rausgegangen, aber nicht zurückgekommen. Sie war seitdem nicht mehr zurück.«

»Warum haben Sie so lange gewartet, um uns zu rufen?«, fragte Tomek.

»Weil das nicht das erste Mal ist, dass sie das gemacht hat, versteht ihr?«

Noch ein Zug, noch eine Wolke abgestandenen, ranzigen Rauchs.

»Wie oft hat sie das in der Vergangenheit getan?«

»Vier oder fünf Mal, ungefähr.«

Ungefähr… als ob sie von ihrem Alter sprechen würde.

Siebzehn Jahre und fünf Monate, ungefähr.

Sie ist nur viereinviertel Mal abgehauen, ungefähr, weil dieses eine Mal nicht wirklich zählte.

»Und ist sie jedes Mal zurückgekehrt, wenn sie das in der Vergangenheit versucht hat?«, fragte Tomek, während er in sein Notizbuch griff und Notizen machte.

»Na klar ist sie das, sonst wär' sie dieses Mal nicht verschwunden, oder?«

Da hatte sie ihn erwischt, und um ihn vor Verlegenheit zu bewahren, sprang Sean zu seiner Verteidigung ein.

»Was mein Kollege meint, ist, ob Sie jemals besorgt um sie waren? War sie immer erreichbar? Wussten Sie immer, wo sie war?«

Alison zuckte gleichgültig mit den Schultern. »Die meiste Zeit war sie in der Kneipe, hat sich betrunken und ist dann zu 'ner Freundin gegangen. Sie war immer bei irgendwelchen Freunden.«

»Kennen Sie irgendwelche dieser Freunde?«

Wieder ein Schulterzucken. »Kann nicht sagen, dass ich irgendwelche von ihnen erkenne, aber ich hätte nichts gegen ein Stück von manchen von ihnen...«

Jenny Ingles' Alter blitzte in seinem Kopf auf. Siebzehn. Was bedeutete, dass sie über dem gesetzlichen Alter für die Einwilligung war, und hoffentlich waren es auch ihre Freunde...

»Hatte sie normalerweise ihr Handy dabei?«, fragte er, weil er das Gespräch vorantreiben wollte.

»Verdammt noch mal, natürlich hatte sie das. Habt ihr die Teenager heutzutage nicht gesehen? Diese verdammten Leute können ohne die Scheißdinger nicht leben.«

Bis zu diesem Zeitpunkt hatte er versucht, die verschwundene Jenny Ingles von der schulpflichtigen Kasia Coleman zu trennen. Aber sie hatte das gerade geändert. Jetzt waren sie austauschbar geworden, und die Bilder in seinem Kopf von Jenny, die irgendwo gefangen war – möglicherweise mit dem Gesicht nach unten in einem Graben irgendwo in der Nähe oder im Themsedelta – waren durch Kasia ersetzt worden. Nur vier Jahre trennten sie, und sie war Jennys Alter näher als Annabelles. Das bedeutete, dass die Sorgengedanken ihn mit Vollgas zur Paranoia-Zentrale brachten.

Er mochte es nicht, sich vorzustellen, dass ihr diese schrecklichen Dinge passierten. Nicht jetzt, nicht jemals.

»Habt ihr noch mehr Fragen?«, fragte sie.

»Ja«, sagte er und gewann plötzlich seine Fassung zurück. Er tat so, als würde er seine Notizen konsultieren, als ob seine nächste Frage vor ihm geschrieben stünde, obwohl sie bereits in seinem Kopf war. »Wie heißt die Kneipe, in die sie zu gehen pflegte? Ich nehme an, Sie haben dort bereits nachgesehen?«

»Ich bin vorbeigegangen, konnte sie aber nicht sehen. Ich kenne den Wirt, deshalb lässt er sie immer für ein paar Drinks bleiben. Er behält sie gerne im Auge.«

»Wie heißt die Kneipe?«

»Windjammer.«

Tomek machte sich eine Notiz, obwohl er wusste, dass Sean neben ihm dieselbe Information in seinem Kopf speicherte. Der Schweigsame, der dort saß und urteilte.

Dann beschloss er, die Richtung zu ändern.

»Wie lange ist Jenny schon unter Ihrer Obhut?«

»Sieben Jahre«, antwortete Alison. Sie antwortete so schnell, dass es klang, als hätte sie die Zahl aus dem Stegreif erfunden. Es machte Tomek misstrauisch.

»Und wie hat sich Ihre Beziehung in den letzten sieben Jahren entwickelt?«

»Wissen Sie...« Sie pausierte noch länger, um an ihrer Zigarette zu ziehen. Wahrscheinlich überlegte sie sich mehr von dem, was sie dachte, dass sie hören wollten. »Es hatte seine Höhen und Tiefen. Sie kann manchmal eine richtige kleine Göre sein. Verwöhntes kleines Mädchen, undankbar...«

Tomek hatte Recht. Das war genau das, was er hören wollte. Ob sie wusste, dass sie das sagen sollte oder nicht, war eine andere Sache. Ihre Worte reichten für Tomek aus, um beim Jugendamt anzurufen und sie wegholen zu lassen. Das und das Gras und die anderen Drogenutensilien, die wahrscheinlich irgendwo im Haus herumlagen. Das einzige Problem war, dass Jenny bereits die gleiche Idee hatte; sie hatte sich selbst weggebracht, bevor es jemand anderes tun konnte.

»Nach Ihrem besten Wissen, hatte Jenny kürzlich Kontakt zu ihren leiblichen Eltern?«

Alison schnaubte. »*Nach meinem besten Wissen*? Ist das hier irgendein Gerichtsdrama oder so?«

Mittlerweile hatte sie die Zigarette aufgeraucht, aber sie saugte weiter daran, um so viel wie möglich für ihr Geld herauszuholen.

»Beantworten Sie bitte die Frage«, sagte Tomek bestimmt.

»Nicht, dass ich wüsste. Aber sie erzählt mir heutzutage nicht viel. Alles, was ich weiß, ist, dass sie reinkommt, rausgeht, wieder reinkommt und dann ist sie wieder weg.«

»Was ist mit Schule... Freunden?«

»Was soll mit denen sein?«

Das war schmerzhaft, aber Tomek war dankbar, dass es bald vorbei sein würde.

»Geht sie zur Schule und hat sie irgendwelche Freunde?«

Er fühlte, dass er es ihr schmerzhaft buchstabieren musste.

Alison drückte die Zigarette endlich auf dem Knie ihrer Jogginghose aus und wischte die Reste mit einem Handschlag weg. Jetzt ergab es Sinn, warum sie den Stängel bis auf den letzten Millimeter ausgesaugt hatte, obwohl Tomek nicht umhin konnte zu denken, dass es weniger gesundheits- und brandgefährdend wäre, wenn sie sich die Mühe gemacht hätte, einen Becher oder sogar ein Glas für ihre Asche zu benutzen.

Na ja, es war ihre Beerdigung.

Vielleicht war das der Grund, warum Jenny sich selbst weggebracht hatte, bevor es jemand anderes tun konnte. Um den qualvollen Schmerz zu vermeiden, lebendig zu verbrennen. Oder um die Frau sich auf die gleiche Weise versehentlich umbringen zu lassen.

»Jenny is' schon 'ne Weile nich' mehr in der Schule gewesen«, sagte Alison und holte ihn zurück ins Zimmer und weg von Gedanken an ein Inferno, das in der Dunkelheit loderte.

Tomek drückte den Stift tief in das Papier seines Notizbuches, als er einen Punkt an seinen Satz anfügte.

»Und was ist mit Ihnen, Frau Jones...? Wo waren Sie am Freitagabend?«

Wenn sie die Andeutung hinter der Frage bemerkte, dann ließ sie es sich nicht anmerken. Allerdings glaubte Tomek nicht, dass sie dazu in der Lage wäre, selbst wenn sie wollte; was auch immer für ein Drogencocktail sie vor ihrer Ankunft genommen hatte, begann zu wirken.

»Was woll'n Sie damit sag'n?«, sagte sie, ihre Worte wurden langsamer, ihre Stimme wurde dicker, wie Sirup. »Woll'n Sie sag'n, dass ich was damit zu tun hatte?«

»Nein. Ich stelle nur eine Frage, Frau Jones. Alles Teil des Prozesses.«

Sie schüttelte den Kopf, aber ihre Bewegungen waren so langsam und mühsam, dass es aussah, als würde sie in der Schwerelosigkeit herumgeworfen. »Ich war mit ein paar Kumpels unterwegs...«, sagte sie. »Wir war'n in der Kneipe... Quizabend im Stadtzentrum....«

»Eine andere als die Kneipe, in die Jenny normalerweise geht?«

Ein Nicken. Eines, das mindestens dreißig Sekunden dauerte, um es zu vollenden. Tomek notierte dann den Namen der Kneipe, bevor er noch ein paar Fragen stellte. Er wollte so schnell wie möglich von dort weg. Der Gestank – und der übrig gebliebene Geruch von Gras – machte ihn krank. Und je weniger Zeit er in Alison Jones' Gegenwart verbrachte, desto besser.

»Ich denke, ein guter alter Anruf ist angebracht, findest du nicht?«, sagte Tomek, als er zurück zum Auto ging.

»Bei wem?«, fragte Sean.

»Beim Jugendamt.«

»Ich glaube nicht, dass du in die 1940er Jahre zurückrufen willst, Kumpel. Das ist gefährliches Terrain.«

Tomek lachte. »Ich wette, Vincent Gregory würde es verdammt lieben, wenn sie zurückkämen, oder?« Der Gedanke an den Mann ließ seinen Cortisolspiegel sofort ansteigen. »Nicht *dieses* SS«, fuhr er fort. »Jugendamt. Ich glaube nicht, dass sie sich um sich selbst kümmern kann, geschweige denn um jemand anderen. Sie ist nicht zur Betreuung geeignet und muss aus dem Register gestrichen werden.«

»Vielleicht können sie bei dir einziehen...«, sagte Sean mit einem breiten Grinsen im Gesicht.

Tomek griff nach dem Türgriff des Autos. »Jemand ist heute auf der lustigen Seite des Bettes aufgewacht, was?«

»Jemand musste den Spaß am Laufen halten, während du weg warst. Und es ist einfach nicht mehr dasselbe, seit du zurück bist.«

Bevor Tomek den Mund öffnen konnte, um zu antworten, raste ein weißer Transporter an ihm vorbei und fuhr durch eine Pfütze. Eine Flutwelle von Wasser schoss in die Luft und bespritzte Tomeks Beine und Hintern, durchnässte ihn.

Seine natürliche Reaktion war zu fluchen, aber als er ein kleines Kind sah, das von seiner Mutter die Straße entlang gezogen wurde, hielt er sich zurück und schaute stattdessen auf das Chaos, das der Transporter angerichtet hatte. Und auf den unbequemen Tag, der vor ihm lag.

Verdammt, er hasste Canvey.

KAPITEL 31

Der Windjammer lag im Süden der Insel, versteckt hinter der Seemauer, die sich entlang der Küste erstreckte und ihr Bestes tat, um die Bewohner vor den peitschenden Winden und steigenden Meeresspiegeln zu schützen. Sean lenkte das Auto auf den unbefestigten Parkplatz und manövrierte es in eine behelfsmäßige Parklücke neben einem Audi Q7. Für 11 Uhr vormittags war die Kneipe überraschend gut besucht, mit einem halben Dutzend Autos, die so nah wie möglich am Eingang parkten. Es war das erste Mal, dass Tomek im Windjammer war, und er war alles andere als beeindruckt. In seinem Leben war er schon in etlichen Bars und Kneipen gewesen (und hatte seine Favoriten), daher dachte er, er wüsste ein oder zwei Dinge darüber. Das Gebäude war ein zweistöckiges Backsteinhaus, das eher wie ein Veranstaltungsraum als eine Kneipe aussah. Das untere Stockwerk war aus Backstein gebaut, während die obere Hälfte aus schwarzen Paneelen bestand, die sich von einer Seite zur anderen erstreckten. Ein Besprechungsraum oben, Kneipe unten.

Oben zum Denken, unten zum Tanzen, wie sein Vater immer zu sagen pflegte. Wiederholt.

Selbst als Tomek ihn gebeten hatte, damit aufzuhören.

Das Erste, was ihm beim Eintreten auffiel, war der Geruch. Dieser typische englische Kneipengeruch. Nach zerbrochenen Träumen, verlorener Hoffnung und einer Prise Ekstase, kombiniert mit dem berauschenden Gemisch aus Alkohol und verschüttetem Bier. Dann bemerkte er den Boden. Der schreiend gemusterte Teppich, der seit seiner ursprünglichen Verlegung in den Siebzigern nicht mehr ersetzt worden war und mehr verschüttete Getränke als Gäste gesehen hatte. Dann waren da noch die hölzernen Deckenbalken, gegen die Sean beinahe stieß, als er die Tür schloss.

Die Bar selbst befand sich in der Mitte des Gebäudes, eingezäunt von vier Balken, die mehr der strukturellen Integrität dienten als irgendeinem coolen Designmerkmal. Tische und Stühle waren wie ein Hufeisen darum herum verteilt, einige standen höher auf einer erhöhten Plattform. Über der Bar hing ein Schild, in verschiedenen Kreidetönen schabloniert, das den Kunden eine Auswahl an Doppelshots für nur 2 Pfund anbot. Wodka, Gin, Rum, Tequila.

All das waren Tomeks Standardgetränke gewesen, als er jünger war. Sogar noch bis in seine Mitte dreißig. Ausgehen, mit seinen alten Schulfreunden trinken, sich am nächsten Morgen wie tot fühlen. Versprechen, nie wieder zu trinken, um sich dann am folgenden Tag am Boden von Wodka Red Bulls wiederzufinden. Und dann hatte sich etwas verändert. Er wurde ein bisschen erwachsener und entwickelte plötzlich einen Geschmack für Bier. Anspruchsvoll, ins Erwachsenenalter eintretend. Seitdem hatte er nie zurückgeblickt.

Aber er sah den Reiz: zwei Pfund war irrsinnig billig für einen doppelten, und es war ein Wunder, wie die Kneipe so lange überlebt hatte. Aber jetzt begann es Sinn zu ergeben, warum Jenny sich häufig hier aufhielt.

Das und die Kundschaft. Männer, die irgendwo auf Baustellen gearbeitet hatten, Bauarbeiter, die immer noch in ihren Warnwesten und Stiefeln steckten und jungen Frauen Aufmerksamkeit schenkten, die sie nirgendwo sonst bekommen hätten.

Sean ging zuerst zur Bar. Er legte beide Hände auf den Tresen und lehnte sich vor, um den Barkeeper durch seine Präsenz zu signalisieren, statt durch einen hörbaren Ruf.

»Was kann ich euch bringen, Jungs?«

Sean zeigte seinen Dienstausweis und sagte: »Zwei Gläser Cola und einen Moment Ihrer Zeit, wenn das in Ordnung ist?«

Beim Anblick des Dienstausweises weiteten sich die Augen des

Barkeepers und seine Bewegungen wurden schwerfällig. Er öffnete seinen Mund, aber für ein paar Sekunden kam nichts heraus.

»Ist... ist etwas nicht in Ordnung?« Seine Augen wanderten zu einer Gruppe von Männern, die an der Bar lehnten und lautstark miteinander diskutierten.

»Sagt Ihnen der Name Jenny Ingles etwas?«, fragte Sean.

Tomek half, das Gedächtnis des Mannes anzuregen, indem er ihm ein Foto von Jenny vor das Gesicht hielt.

»Ja, ich kenne sie. Das ist Alisons Mädchen. Nun... nicht *Mädchen*. Ich nehme an, Sie...«

Sean nickte. »Wir wissen über ihre Adoption Bescheid, ja.«

»Oh. Okay. Gut. Dann...« Er drehte seinen Kopf zur anderen Seite der Bar und zeigte auf eine leere Sitzgruppe, die in der Ecke versteckt war. »Wollen Sie Jungs da rüber gehen und ich komme gleich nach?«

Tomek und Sean machten sich auf den Weg zu den Sitzen, während sie auf ihre Getränke warteten. Als der Barkeeper mit ihnen ankam, trug er nichts von der Überschwänglichkeit im Gesicht, mit der er sie ursprünglich begrüßt hatte. Stattdessen war sein Gesicht flach geworden und die Krähenfüße seiner Augen hatten sich vertieft.

»Wie heißen Sie?«, fragte Tomek.

»Terry Simpson.«

Obwohl die Art, wie er es sagte, ihn unsicher über seinen eigenen Namen erscheinen ließ.

»Wird das... wird das lange dauern? Da ich... ich der Einzige bin, der die Bar betreibt. Muss ich für eine Weile schließen?«

»Sollte nicht zu lange dauern«, antwortete Tomek mit einem Lächeln, das darauf abzielte, Terry zu beruhigen.

»Okay. Gut. Sie sagten, es ginge um Jenny. Geht es ihr gut? Ist ihr etwas zugestoßen?«

»Wir glauben, dass sie verschwunden ist«, sagte Sean und übernahm die Kontrolle. »Sie wurde zuletzt am Freitagabend von Alison Jones gesehen. Seitdem ist sie nicht nach Hause gekommen. Wir wurden informiert, dass sie normalerweise hierher kommt, und wir wollten wissen, ob Sie sie zu irgendeinem Zeitpunkt seit Freitag gesehen haben?«

Terry durchsuchte sein Gedächtnis und blickte dabei auf den Tisch. Dann schüttelte er den Kopf. »Sie kommt normalerweise ein paar Mal pro Woche hier runter. Nichts Verrücktes. Manchmal ist sie allein, manchmal ist sie mit Freunden.«

»Ihnen ist bewusst, dass sie minderjährig ist?«

»Ja. Aber ich lasse sie als Gefallen rein. Alison ist eine alte Freundin. Und auf diese Weise kann ich wenigstens ein Auge auf sie haben, sie davon abhalten, in diesen ganzen Drogenhandel verwickelt zu werden, der in letzter Zeit zugenommen hat.«

»Haben Sie sie jemals beim Verkauf von Drogen gesehen?«

Terry schüttelte den Kopf. »Nicht *verkaufen*. Aber ich habe mal ein paar ihrer Freunde erwischt, die auf der Toilette Linien gezogen haben. Ich glaube, sie hatten auch etwas Heroin dabei. Ich schwöre, ich habe noch nie jemanden so hart geschlagen in meinem Leben. Hätte ihn fast zurück in die verdammte Kindheit befördert. Bin überrascht, dass ich euch Jungs nicht gerufen habe, ich war so...« Er ballte seine Faust und zitterte sichtbar, während er die Ereignisse in seinem Kopf noch einmal durchlebte. »Die meisten Typen, die hierherkommen, sind in ihren Fünfzigern, oder vielleicht Mitte bis Ende vierzig. Alles, was sie wollen, ist nach einem langen Arbeitstag hierher zu kommen, ein bisschen von zu Hause wegzukommen und etwas zu trinken. Aber was sie nicht wollen - und was ich nicht will - ist, dass diese Bande hereinkommt und Ärger macht.«

»War Jenny bei ihnen, als du sie auf der Toilette erwischt hast?«

»Ja.«

»Und wie lange ist das her?«

»Ungefähr zwei Wochenenden.«

»Und war das auch das letzte Mal, dass du Jenny gesehen hast?«

»Mehr oder weniger...«

Tomek zuckte zusammen, als er diese Worte hörte und sich zurück in Alisons Wohnzimmer versetzt fühlte.

Mehr oder weniger.

Sie ist nur viereinviertel Mal abgehauen, mehr oder weniger, weil dieses eine Mal nicht wirklich zählte.

Das Gespräch wandte sich dann der Frage zu, was für ein Mädchen Jenny Ingles war. Aus irgendeinem Grund dachte Tomek, sie würden ein besseres Bild von dem Mädchen bekommen von dem Mann, der sie in ihrem echtesten Zustand sah, mit Freunden und mit Alkohol im Blut. Laut Terry war Jenny ein promiskuitives Mädchen, flirtfreudig. Sie kam immer zu den Männern an der Bar und flirtete mit ihnen, testete, wie weit sie gehen konnte, um ein Getränk zu bekommen. Obwohl es bei einigen Gelegenheiten zu weit gegangen war, und Terry hatte Geschichten gehört, dass sie mit einigen der Männer, die doppelt so alt waren wie sie, nach Hause gegangen war. Er hatte ihnen daraufhin Hausverbot erteilt und seitdem ein wachsameres Auge auf sie geworfen. Wenn sie nicht mit älteren Männern flirtete, lachte und trank sie immer mit ihren Freunden, oder saß manchmal allein da. Sie sah immer aufgestylt aus und mindestens doppelt so alt, wie sie war (was die typische Verteidigung für einige der Männer war, die zurückgeflirtet und ihr ein Getränk gekauft hatten).

Terrys abschließende Aussage an sie war: »So sehr ich auch versucht habe, sie auf dem rechten Weg zu halten - ich habe ihr sogar angeboten, nach oben zu ziehen, aber davon wollte sie nichts hören - ich glaube, sie könnte sich in etwas Schlimmes verwickelt haben. Sehr Schlimmes.«

Tomek ahnte, worauf das hinauslief, wartete aber darauf, dass Terry es ausführen würde.

»Jemand kam neulich rein... Donnerstag muss es gewesen sein, weil die Europa League lief... und sie sagten, dass sie glaubten, Jenny an einer Straßenecke gesehen zu haben. Dass sie... dass sie auf Männer in Autos zuging und sie herunterwinkte.«

Terrys Gesicht fiel in sich zusammen, als sein Blick auf den Tisch sank, der Schmerz und die Qual in seinem Gesicht für alle sichtbar.

»Du warst eine große Hilfe«, sagte Sean zu ihm mit einem warmen Lächeln. »Enorm, tatsächlich. Danke für deine Zeit.«

Als Tomek die Kneipe verließ, fühlte er sich etwas besser über den Ort und ein klein wenig zuversichtlicher, was ihre Chancen betraf, Jenny Ingles zu finden. Der Ort war in seiner Einschätzung von einer Vier auf eine Sieben gestiegen, stark begünstigt durch Terry selbst und seinen herzlichen Empfang.

KAPITEL 32

Tomek hatte am späten Nachmittag wirklich nicht erwartet, vor Vincent Gregorys Haus zu stehen – und es war auch der letzte Ort, an dem er sein wollte. Aber die Welt funktionierte auf mysteriöse Weise, und Mordermittlungen taten das auch. Sie hatten so etwas Eigenartiges an sich, etwas Schicksalhaftes, dass sich irgendwann alles im Kreis drehte.

Und jetzt standen sie hier, die beiden Männer, die von dem Sympathisanten verbannt worden waren, auf Vincent Gregorys Türschwelle, und warteten gespannt auf die Feindseligkeit und das Gift, das zweifellos aus seinem Mund kommen würde, sobald er sie erblickte.

Die Tür öffnete sich, und zu ihrer Überraschung war es nicht Vincent Gregory, der öffnete. Stattdessen war es Mrs. Gregory, die bisher namenlose Ehefrau von Vincent. Sie sah entzückend aus, mit einem Gesicht voller Plastik, das mit Make-up bedeckt war, und einem Paar tätowierter Augenbrauen in einer Position, die sie ständig überrascht aussehen ließ. Tomek konnte sie mit so einem Gesicht nicht ernst nehmen und fragte sich, ob sie die gleichen Überzeugungen wie ihr Mann teilte.

»Wer sind Sie? Sie haben hier nichts zu suchen.«

Er hatte sich geirrt. Sie war genauso schlimm, wenn nicht sogar schlimmer.

»Ist Vincent da?«, fragte Tomek. Er hatte keine Lust auf Höflichkeiten. Die waren bei dieser Seite von Annabelle Lakes Familie schon lange aus dem Fenster geflogen.

»Er will euch hier nicht haben...«

»Pech gehabt. Wir sind trotzdem hier. Ist er da? Wir wollen nur reden.«

Und dann erschien der Messias. Hinter seiner Frau, allmählich ins Licht tretend, während er sich der Haustür näherte.

»Wer ist es, Liebling? Oh. *Ihr*. Was macht ihr hier? Ihr dürft nicht hier sein.«

»Ich weiß. Ihre Frau hat uns informiert. Zweimal.«

»Warum seid ihr dann immer noch hier?«

»Wir sind hier zum Spaß, bis einer von uns vor Lachen in die Hose macht... Was glauben Sie, warum wir hier sind? Wir wollen reden.«

Vincent verschränkte seine Arme vor der Brust wie ein trotziges Kind. »Na, ick will aber nich mit euch reden. Ick hab nüscht zu sagen. Vielleicht wenn ihr eure anderen Kollegen mitbringt, dann red ick.«

Ein spöttisches Grinsen breitete sich auf Tomeks Gesicht aus. Er hatte auf diesen Teil gewartet. Den Teil, der die rassistischen Verteidigungsmauern niederriss, die Vincent um sich und seine Familie gebaut hatte.

»Wir sind nicht wegen Ihrer Nichte hier, Herr Gregory«, sagte er und unterdrückte die Überheblichkeit in seiner Stimme. »Wir sind hier, um Ihnen einige Fragen über das Verschwinden eines siebzehnjährigen Mädchens zu stellen, das zuletzt gesehen wurde, als es am Freitagabend in *Ihren* Wagen stieg.«

Boom. Da war es.

Die Ohrfeige. Die Wahrheitsbombe, die ihm völlig den Wind aus den Segeln genommen hatte.

Und das Mutter aller Abführmittel, das ihn zweifellos in die Hose hatte machen lassen.

Eine lange Zeit sagte Vincent nichts. Die Farbe war aus seinen Wangen gewichen, und sie schienen hohl zu werden, als würde ihnen direkt vor ihren Augen das Leben ausgesaugt.

»Sollen wir drinnen reden, oder ziehen Sie es vor, das hier draußen zu besprechen?«

Vincents Gesicht bewegte sich nicht, als wäre es mit Plastik vollgepumpt worden, ähnlich wie das seiner Frau.

»Nein... Ich denke... Bitte, kommen Sie rein.«

Bitte.

Tomek fragte sich, ob das das erste Mal war, dass der Mann dieses Wort benutzte. Jetzt, da er sich sichtlich beruhigt hatte, betraten Tomek und Sean das Haus und gingen ins Wohnzimmer, wo sie geduldig warteten, während Vincent die Getränke machte, und dabei die bösartigen – und überraschten – Blicke seiner Frau ertrugen. Nachdem Tomek höflich gefragt hatte, schnauzte sie, dass ihr Name Georgia sei.

Georgia Gregory.

Objektiv betrachtet war sie viel attraktiver als Vincent – dank der vielen Operationen, die sie hatte, mindestens ein paar Ligen voraus – und sie wirkte, als würde sie diese Last jeden Tag tragen. Die Last, ihn herumzuschleppen, diesen Nichtsnutz überall mitzunehmen, wohin sie ging. Die beiden bildeten ein ungleiches Paar, das er nicht sofort verstehen konnte. Aber, ähnlich wie die Welt und Mordermittlungen, funktionierte auch die Liebe auf mysteriöse Weise.

Vincent kehrte wenige Augenblicke später mit einem Tablett Tee zurück.

»Detektive...«, begann Vincent. »Ich möchte nur sagen, ich weiß nichts über ein siebzehnjähriges Mädchen... Ehrlich. Ich habe keine Ahnung, wovon Sie reden.«

»Also sind Sie am Freitagabend nicht spazieren gefahren?«, fragte Tomek. Jetzt hatten sich die Rollen umgedreht, und er legte Feindseligkeit und Gift in seine Stimme. Jetzt musste er nur noch ein Stück Haut finden, das saftig genug war, um es einzuspritzen.

»Nein. Ich war zu Hause. Den ganzen Abend.«

»Wir waren beide da.« Georgia streckte sich über das Sofa und umschloss Vincents Hand mit ihrer, die beiden zusammen, vereint.

Tomek griff in seine Jackentasche und holte sein Handy heraus. Nachdem er das Gerät entsperrt und gescrollt hatte, bis er das Bild fand, nach dem er suchte, hielt er es Vincent hin. Der Mann betrachtete die Fotografie eine Weile.

»Erkennen Sie diese Gegend?«, fragte Tomek.

»Das ist der Imbiss... an der Hauptstraße.«

Bingo.

»Und erkennen Sie das Auto?«

»Es sieht aus wie meins, aber...« Er drehte die Kamera für eine bessere Sicht. »Aber es ist nicht meins. Schauen Sie – schauen Sie sich die Felgen an. Meine sind nicht schwarz wie diese. Diese sind es. Das ist das Auto von jemand anderem. Jemand anderes fährt es. Hat nichts mit mir zu tun.«

Scheiße. Ihre einzige Hoffnung auf einen einfachen Sieg war gerade zur Tür hinausgeflogen. Und Tomek wusste, dass Vincent von jetzt an ein selbstgerechter kleiner Mistkerl sein würde und darauf bestehen würde, ihr Leben noch schrecklicher zu machen, als er es bereits getan hatte.

Tomek tat sein Bestes, um die Tatsache zu ignorieren, dass sie kein Recht mehr hatten, dort zu sein, und entschied sich dafür, das Gespräch fortzuführen.

»Sagt Ihnen der Name Jenny Ingles etwas?«

»Sollte er das? Ich habe Ihnen bereits bewiesen, dass ich es nicht war.«

»Das spielt keine Rolle. Es gehört zu unseren Routineermittlungen.«

Vincent rutschte unbehaglich auf seinem Stuhl hin und her. Gefangen im Zwiespalt, entweder vor seiner Frau die Wahrheit zuzugeben oder die Polizei anzulügen.

Obwohl Tomek zu diesem Zeitpunkt keine Ahnung hatte, welches davon die Wahrheit war.

»Nein. Tut mir leid. Kenne den Namen nicht.«

Nach dem Klang zu urteilen, kannte er den Namen doch, und er kannte ihn gut. Nach der Art und Weise, wie Terry im Windjammer über sie gesprochen hatte, kannten viele Männer auf der Insel sie. Und wenn er ehrlich war, hatte ein kleiner Alarm in Tomeks Kopf gebimmelt, dass Terry sie auch besser kannte, als er zugab.

»Sie haben sie nie zuvor gesehen?«, beharrte Tomek.

»Nein. Niemals.«

Tomek wandte sich an Georgia Gregory. »Und Sie?«

Die Frau, die offensichtlich mehr Zeit mit ihrem Make-up und ihrem Aussehen verbrachte als mit ihrem Mann im Allgemeinen, warf einen kurzen Blick auf das Foto, bevor sie sich wieder Tomek zuwandte.

»Nein.«

»Und Sie sind sicher?«

»Ja.«

»Auf einer Skala von eins bis zehn?«

»Tausend.«

»Nicht möglich, aber danke für Ihre Teilnahme-«

Bevor er fortfahren konnte, ertönte ein Geräusch von der Haustür, das die Stille wie ein Peitschenhieb durchbrach. Alle vier zuckten zusammen und warteten darauf, dass die Schritte und das Rascheln näher kamen.

Einen Bruchteil einer Sekunde später sahen sie, wer es war.

Elizabeth Lake.

Beth mit F.

Sie betrat das Wohnzimmer mit so viel Kraft und Vertrautheit, als wäre es ihr eigenes Wohnzimmer, und hielt inne, sobald sie Tomek und Sean erblickte.

»Oh... *ihr* seid hier.«

Meine Damen und Herren, Rassistin Nummer drei hat soeben das Gebäude betreten.

»Warum sind Sie hier?«, fragte sie und sah Tomek direkt in die Augen.

»Mir wird vorgeworfen, ein weiteres Mädchen entführt zu haben«, zischte Vincent.

»Niemand hat Sie einer Beteiligung am Verschwinden von Annabelle beschuldigt, Herr Gregory«, sagte Tomek streng und versuchte, den aufkeimenden Streit so weit wie möglich zu entschärfen.

»Nein, ihr habt nur versucht, es so aussehen zu lassen, als hätte ich sie verdammt noch mal umgebracht!«

»*Entführung*?«, fragte Elizabeth und stieg zwanzig Sekunden zu spät in das Gespräch ein.

»Nein«, sagte Tomek seufzend. »Keine Entführung, Frau Lake.«

»Doch, Entführung. Entführung eines siebzehnjährigen Mädchens.«

»Wer?«

»Jenny Ingles«, antwortete Georgia Gregory.

Das Letzte, was dieses Gespräch vor dem unvermeidlichen Niedergang brauchte, war ein weiteres Mitglied der Familie Lake-Gregory, das sich einmischte.

»Kenne ich nicht«, sagte Elizabeth. »Wer ist sie?«

Tomek seufzte. Was einst ein hoffnungsvoller Besuch gewesen war, begann nun im Chaos zu versinken. Er hob seine Hände in gespielter Kapitulation.

»Also gut. Lassen Sie uns einige Dinge klarstellen. Niemand beschuldigt irgendwen von irgendetwas«, begann er, obwohl sie es taten. »Die Beschreibung eines Autos, das mit Vincents Ford Fiesta übereinstimmt, wurde auf CCTV-Aufnahmen gesehen, wie es einen jungen Erwachsenen aufnahm. Wir vermuten, dass der Fahrer die letzte Person ist, die sie gesehen hat, bevor sie verschwand. Alles, was wir tun wollten, war, Ihrem Bruder einige Fragen zu stellen, um ihn aus unseren Ermittlungen auszuschließen.«

»Nein, wolltet ihr nicht!«, schrie Vincent. »Ihr Wichser habt versucht, es mir anzuhängen! Schon wieder!«

»Habt ihr dieser Familie nicht schon genug Schaden zugefügt?«, fragte Elizabeth.

Die Aussage verblüffte Tomek. Und er war sich nicht sicher, ob er sich mitten in einer *EastEnders*-Episode befand.

»Wovon reden Sie?«, fragte er unverblümt. Seine Geduld wurde schnell dünner. Sie hatten noch etwa dreißig Minuten, bevor er komplett die Beherrschung verlieren würde.

»Steven...«, sagte sie, als ob das alles erklären würde.

»Was ist mit ihm?«

Elizabeth griff in ihre Tasche und zog einen Zettel hervor, der zerknittert und beschrieben war.

»Er ist weg...«, flüsterte sie, als ob eine Emotion, von der sie vergessen hatte, dass sie sie zeigen sollte, gerade durchgekommen wäre. Um die Botschaft weiter zu unterstreichen, verzog sie ihr Gesicht zu einem Schluchzen. »Ich glaube, er hat... Ich glaube, er hat etwas sehr Dummes getan. Ich glaube, er hat Selbstmord begangen.«

Als er diese Worte hörte, sprang Tomek aus dem Stuhl, riss ihr den Zettel aus der Hand und las.

Ich kann das nicht mehr. Es tut mir leid, aber ohne Annabelle... kann ich nicht. Bitte gebt euch nicht die Schuld. Es tut mir leid.

S x

Tomek las die Worte mehrmals und drehte sie in seinem Kopf um.

»Wann haben Sie das gefunden?«

»Gerade eben.«

»Wann haben Sie ihn zuletzt gesehen?«

Sie durchsuchte ihr Gedächtnis. »Heute Morgen. Er ist früh zur Arbeit gegangen, als ich noch im Bett lag.«

»Und wie wirkte er?«

Sie zuckte mit den Schultern, als gäbe es kein Gefühl der Dringlichkeit. Als ob ihr Mann nicht kurz davor wäre, sich umzubringen.

»Keine Ahnung. Ich habe ihn nicht gehört. Ich schlafe tief.«

»Und gestern Abend?«

»Er schien in Ordnung zu sein... normal.«

»Und davor? Über das Wochenende?«

Sie hielt inne und fuhr mit dem Finger über ihre vergrößerten Lippen. »Er war in den letzten paar Tagen nicht er selbst. Keiner von uns beiden. Aber er... ich habe ihn neulich weinen gefunden.«

»Weinen? Wann? Wo?«

»Zu Hause. Im Badezimmer.«

»Hat er gesagt, was los war?«

Sie schüttelte den Kopf, obwohl man kein Genie sein musste, um es zu verstehen. Der Tod seiner Tochter wäre mehr als genug gewesen, um ihn über die Kante der Klippe zu stoßen, auf der er wandelte.

»Wissen Sie, wo er ist? Wissen Sie, wo er sein könnte?«

Mehr Schütteln. Diesmal schien die Dringlichkeit der Situation sie zu packen und sie zur Unterwerfung zu schütteln.

»Hast du versucht, ihn anzurufen?« fragte Sean von hinten.

»Ich bin zuerst hierher gekommen. Ich habe mich gefragt, ob Vincent oder Georgia etwas wissen...« Sie wandte sich an ihren Bruder und ihre Schwägerin, die beide langsam den Kopf schüttelten.

»Er ist wahrscheinlich untergetaucht«, sagte Vincent.

»Wovor?« fragte Tomek, bevor jemand anders konnte. Er wollte das Gespräch kontrollieren und sicherstellen, dass nur er sprach.

Dann wurde Vincent plötzlich zurückhaltend, ängstlich, kratzte sich am Hinterkopf. Er blickte mehrmals zu seiner Schwester hinüber, ließ seinen Blick zwischen ihr und dem Couchtisch in der Mitte des Wohnzimmers hin und her wandern.

»Ich... ich... ich möchte es wirklich nicht vor Beth sagen... Ich-«

»Es tut mir leid, aber Ihr Schwager wird vermisst. Sie müssen es uns sagen. Sie können nicht so etwas sagen und erwarten, dass wir es ignorieren. Wovor läuft Steven davon?«

Mehr Kratzen, diesmal heftiger. Das Geräusch war in der Stille des Raumes hörbar. Vincent war letztendlich doch kein so großer Mann, wenn er in die Enge getrieben wurde.

»Er hatte eine Affäre. Ich habe es neulich herausgefunden.«

Die Worte manifestierten sich auf Elizabeths Gesicht und warfen sie zurück gegen die Tür. Ihr Körper wackelte, als wäre er leblos. Es hatte ihr die Luft aus den Lungen gepresst.

Und Tomek.

Das war nicht das, was er erwartet hatte zu hören. Ein Teil von ihm hatte darauf gewartet zu erfahren, dass Steven Lake für das Verschwinden und den Tod seiner Tochter verantwortlich war, nicht dass er bei einer verdammten Affäre erwischt worden war.

»Dieses verdammte Arschloch...«, flüsterte Elizabeth und starrte ausdruckslos auf die Mitte des Sofas vor ihr. »Wie konnte er das tun... Mir, *uns*...«

Tomek hatte keine Zeit dafür. Seit er mit der Familie Lake zu tun hatte (wenn auch nur sehr kurz), war sein Radar für »drohenden Familienstreit« fein abgestimmt worden, und er spürte, worauf das hinauslief. Es war Zeit, von hier zu verschwinden, bevor sie eine Strohpuppe von Steven bauten und sie im Garten verbrannten. Denn im Moment war das Wichtigste, Steven Lake und Jenny Ingles zu finden, zwei Personen, die es mehr verdienten, am Leben zu sein als die drei vor ihm.

KAPITEL 33

Stunden später gab es noch immer keine Spur von Steven Lake.

Allerdings hatte man ein kleines Segelboot auf der Themse gefunden, das träge auf dem Wasser trieb und mit der Ebbe immer weiter in die Mündung gezogen wurde. Laut seiner Frau hatte Steven die *Annabelle* nach dem Tod seines Vaters vor etwas mehr als zehn Jahren geerbt und verbrachte häufig seine Freizeit auf den Wasserstraßen von Essex, wo er durch die Flüsse und Kanäle schipperte, manchmal mit Annabelle an Bord. Steven war auf dem Wasser aufgewachsen und wollte, dass Annabelle die gleiche Erfahrung machte. Zurzeit suchte ein Expertenteam mit Unterstützung der Küstenwache nach Steven Lake im Wasser, in der Dunkelheit und mitten in der Nacht.

Die Chancen, ihn lebend zu finden, wurden immer geringer.

Da er nichts mehr beitragen konnte, verließ Tomek die Polizeistation mit einem Gefühl der Niedergeschlagenheit. Ein totes Kind, ein weiteres vermisst, und ein möglicherweise suizidgefährdeter Vater, der spurlos verschwunden war. Zugegebenermaßen kein perfekter Start für seine Rückkehr zur Arbeit. Tatsächlich hielt er es für eine der härtesten Wochen, die er je erlebt hatte.

Und wie er gleich feststellen würde, sollte es noch viel härter werden.

Glücklicherweise hatte Tomek heute Abend einen Parkplatz nur wenige Schritte von der Wohnung entfernt gefunden, etwas, das er nie als selbstverständlich betrachtete. Und als er gemächlich zur Wohnung schlenderte, mit den Schlüsseln in der Hand klirrend und versuchte, den richtigen unter den etwa einem Dutzend zu finden, fiel ihm eine Gestalt weiter unten auf der Straße auf. Zunächst ignorierte er sie und ging weiter zur Haustür; je schneller er reinkäme, desto schneller wäre er in Sicherheit.

Seit seiner Auseinandersetzung mit dem Fremden vor seinem Haus hatte Tomek niemanden mehr gesehen, der sich heimlich in der Straße herumtrieb – Daumen gedrückt – aber das hieß nicht, dass sie nicht da gewesen waren. Die im Schatten lauerten und ihre Erkenntnisse weitergaben.

Waren sie für Runde zwei zurückgekommen? Er wollte nicht lange genug bleiben, um es herauszufinden.

Als er mit dem Türschlüssel hantierte und Schwierigkeiten hatte, ihn ins Schloss zu stecken – dieses verdammte Schloss! – hörte er das Geräusch von Schritten, die lauter wurden. Nur waren sie diesmal leichter, zarter.

»Herr Bowen?«, hörte er eine Stimme. Leicht, zart, genau wie die Schritte.

Er konnte sie jedoch nicht zuordnen.

Vorsichtig, behutsam drehte er sich um und sah Bridget Holloway vor sich stehen. Sie trug die gleichen Sachen, in denen sie vermutlich zur Schule gegangen war – eine Kombination aus Jeans, einer dunkelblauen Bluse und einer Jeansjacke. Zunächst hatte sie einen deutlichen Anflug von Sorge im Gesicht, als hätte sie seine Anwesenheit mehr erschreckt als umgekehrt. Als hätte sie einen Fehler gemacht und wäre über einen Einbrecher gestolpert. Doch als die Erkenntnis einsetzte, entspannte sich ihr Gesicht und sie lächelte.

»Himmel, Arsch und Zwirn, hast du mich erschreckt«, sagte er.

»Tut mir leid. Ich spreche nicht oft Leute im Dunkeln an.«

»Das ist wahrscheinlich auch besser so...«

Tomek sah sie leicht verwirrt an. Als ob der Grund für ihre Anwesenheit für ihn offensichtlich sein sollte, während er für ihn ein komplettes Rätsel war.

»Entschuldige«, begann er. »Ich hab's völlig vergessen. Kasia... Mathe. Tut mir leid, komm rein.«

Tomek trat durch die Tür, aber Bridget hielt ihn mit ihrem Arm zurück.

»Deshalb bin ich noch hier. Es ist neun Uhr...«

Die Zahnräder in Tomeks überladenem und erschöpftem Gehirn standen still.

»Ich sollte vor einer Stunde fertig sein, aber ich habe sie nicht gesehen. Ich habe versucht, zu klingeln, aber ich habe nichts gehört.«

»Sie hat wahrscheinlich ihre Kopfhörer drin oder so. Danke, dass du so lange geblieben bist.«

Schließlich, nach einem Moment des Starrens in die Leere, stieß Tomek die Tür ganz auf und ging die Treppe hinauf. Als er oben ankam, rief er Kasias Namen. Keine Antwort. Dann steuerte er direkt auf sein Schlafzimmer zu – *ihr* Schlafzimmer – und öffnete die Tür ohne anzuklopfen, eine Handlung, die unter normalen Umständen ein Sakrileg darstellte. Aber etwas Neues, etwas, das er noch nie zuvor gefühlt hatte – etwas *Angeborenes* – sagte ihm, dass dies kein gewöhnlicher Umstand war.

Das Zimmer war leer. Das Bett war gemacht, aber seit dem Morgen nicht berührt worden. Ihr Laptop war geschlossen und stand auf der Kommode, und ihre Kopfhörer, die sie nicht mit zur Schule nehmen durfte, weil sie zu teuer waren und er befürchtete, dass sie im Unterricht Musik hören würde, hingen an der Wand (anscheinend hatte sie dieses Designfeature irgendwo auf TikTok gesehen und bestand darauf, ein Loch in die Wand zu bohren, um sein Zimmer – *ihr* Zimmer – *ästhetisch ansprechender* zu gestalten).

»Von wegen ästhetisch ansprechend«, hatte er gesagt. »Das ist alles schön und gut, bis du es anremmst und aus dem Loch ein zweihundert Pfund teures Problem wird.«

Und jetzt war nichts mehr ästhetisch ansprechend daran. Nicht, wenn er nicht wusste, wo Kasia war.

»Wann hast du sie zuletzt angerufen?«, fragte er Bridget, die im Wohnzimmer stand und versuchte, nicht zu sehr auf die Möbel und den Berg von Kisten überall zu starren.

»Vor etwa zwanzig Minuten«, antwortete sie.

»Und nichts?«

»Nein. Vielleicht versteckt sie sich hinter einer dieser Kisten...«

Tomek brummte. »Das wird sie sich wünschen, wenn ich sie finde.«

Er holte sein Handy aus der Tasche und versuchte, sie auf ihrem Handy zu erreichen. Dreimal. Jedes Mal erfolglos, direkt zur Mailbox. Entweder war ihr Telefon aus oder sie hatte keinen Empfang.

»Hat es bei dir tatsächlich geklingelt, als du es versucht hast?«, fragte er.

Bridget bestätigte das. Das bedeutete also, entweder war es jetzt ausgeschaltet, sie hatte keinen Empfang oder sie hatte seine Nummer blockiert.

Schon wieder.

Während er im Wohnzimmer auf und ab ging, versuchte Tomek, Sylvias Mutter Louise zu erreichen. Sie antwortete beim ersten Klingeln.

»Louise, hier ist Tomek, Kasias Vater. Ist sie zufällig bei Ihnen?«

»Nein. Ich habe sie nicht gesehen«, antwortete sie. »Lass mich nachsehen, ob Sylvia etwas weiß.«

Tomek wartete einige Momente, die sich wie ein gespanntes Gummiband in die Länge zu ziehen schienen.

»Sylvia weiß auch nichts. Sie hat Kasia gerade eine Nachricht geschickt, also gebe ich dir Bescheid, falls sie etwas sagt.«

»Danke. Ich weiß das zu schätzen.«

Tomek legte auf und warf dann sein Handy auf die Küchentheke. Das Gerät rutschte über die Oberfläche und gerade als es in den Abgrund des massiven Steinbodens zu fallen drohte, sprang Bridget nach vorne und fing es auf. Danach hielt sie das Handy triumphierend hoch, als hätte sie gerade olympisches Gold gewonnen.

»Danke«, sagte er. »Du bist gut darin.«

»Übung«, erwiderte sie. »Kinder werfen im Unterricht ständig ihre Handys herum. Außerdem lasse ich meins dauernd fallen.«

»Zumindest hast du die Fähigkeit, es zu fangen, während bei mir jegliche motorische Funktion aus dem Fenster fliegt und meine Finger sich in Pflanzenöl verwandeln.«

Bridget machte einen kleinen Schritt näher zu ihm. Dann noch einen, bis sie an seiner Seite stand, nur wenige Millimeter trennten sie. Definitiv zu nah für seinen Geschmack.

»Hat sie so etwas schon einmal gemacht?«, fragte sie und ließ ihre Hände an ihre Seiten fallen.

»Nein. Wir haben uns erst seit fünf Wochen mit... *diesem* Kram auseinandergesetzt. Das ist ein schreckliches Verhältnis. Wenn sie so weitermacht, kann ich damit rechnen, dass sie mindestens zehnmal im Jahr abhaut. Vielleicht sogar elf nach kurzer Zeit... Es wird regelmäßig wie ein Schaltjahr kommen.«

Bridget hob ihre Hand und brachte sie zu seiner, dann bewegte sie sie allmählich nach oben, zentimeterweise, bis sie zu seiner Schulter kam. »Sei nicht so hart zu dir selbst. So etwas passiert. Ich bin sicher, es geht ihr gut. Ich bin sicher, sie wird jeden Moment nach Hause kommen-«

Wie durch ein Wunder drang das Geräusch der sich öffnenden Haustür die Treppe hinauf, gefolgt von einem lauten Knall und schweren, stampfenden Schritten auf dem Teppich.

Kasia erschien einen Moment später. Noch immer in ihrer Schuluniform. Die Krawatte halb auf der Brust, die oberen Knöpfe geöffnet, der Rock zu hoch, das Hemd herausgezogen. Genauso wie sie immer aussah. Außer für die schwarzen Flecken, die sich über ihr ganzes Gesicht zogen und das Schlangennest, das ihre Augäpfel umschlungen hatte.

Tomeks erster Gedanke war, dass ihr etwas zugestoßen sein musste. Dass sie angegriffen worden war. Dass sie auf dem Heimweg vergewaltigt worden war.

Aber dann sah er ihr Handy. Funktionierend und intakt.

Was bedeutete, dass sie Option drei gewählt hatte.

Was bedeutete, dass sie ihn blockiert hatte.

Was bedeutete, dass er etwas getan hatte, um das zu verdienen.

»Kasia...«, begann er. »Wo warst du?«

Bevor sie antwortete, fiel Kasias Blick auf Tomeks Arm. »Habt ihr zwei... fickt ihr zwei-?«

»Ausdrucksweise!« Sich plötzlich Bridgets anhaltender Berührung an seinem Arm bewusst werdend, entfernte er sich von der Küchentheke und ging auf die andere Seite. »Das? Nein. Das war- Wir- Nichts. Es ist nichts passiert.« Dann wurde ihm klar, dass eigentlich er derjenige sein sollte, der auf sie wütend war, nicht umgekehrt. »Wir haben uns Sorgen um *dich* gemacht. Wo warst du? Was hast du gemacht?«

Kasias Augen verengten sich und ihre Stirn runzelte sich. Er war nicht sicher, aber er glaubte, eine Ader an ihrer Stirn pochen zu sehen.

»Was zum Teufel ist das?«, schrie sie und wedelte mit ihrem Handy vor ihm herum.

»Ausdrucksweise!«, ermahnte er sie. »Hör auf, verdammt noch mal zu fluchen!«

»Das ist mir scheißegal!«

Sie stürmte auf ihn zu, entsperrte das Handy und schob ihm den Bildschirm ins Gesicht. Dort, ihn anstarrend, war ein Foto, das er nur zu gut kannte. Eines, das ohne seine Zustimmung aufgenommen worden war. Eines, das mit einem minderjährigen Mädchen geteilt worden war. Und eines, von dem er hoffte, dass seine Tochter es niemals *jemals* sehen würde.

KAPITEL 34

»Was zum Teufel machst du damit?«, fragte Tomek und kämpfte darum, seine Stimme unter Kontrolle zu halten.

»Achte auf deine Sprache!«, sagte Kasia spöttisch.

Tomek hob einen Finger, um sie zurechtzuweisen, erkannte aber sofort, dass er nicht in der Position war, ihr Vorwürfe zu machen.

»Woher hast du das?«

Das Bild seines Penis war von Charlotte Hanson aufgenommen worden, während er eines Morgens geschlafen hatte. Sie hatte das Foto mit ihrem Handy gemacht und es an ein sechzehnjähriges Mädchen über einen gefälschten Instagram-Account geschickt, den sie unter seinem Namen ohne sein Wissen erstellt hatte. Es hatte als Versuch begonnen, das Mädchen bei ihren Eltern in Schwierigkeiten zu bringen, endete aber schnell mit einer formellen Beschwerde gegen ihn. Ganz zu schweigen davon, dass das Bild nun im Internet existierte, und wie er durch seinen Job schmerzlich bewusst war, war es praktisch unmöglich, es zu entfernen. Das Bild seines schlaffen Penis würde für immer existieren, und solange Leute es noch hatten und davon wussten, würde auch Tomeks Schmerz beim Anblick bestehen bleiben.

Und jetzt auch Kasias.

»Jemand in der Schule hat es mir geschickt«, sagte sie unverblümt. »Die haben gesagt, das sei dein Schwanz. Was zum Teufel?«

Tomek stammelte einen Moment. Er versuchte zu überlegen, was er sagen sollte. Er hatte nie erwartet, dass Kasia es sehen würde, dass es auf ihrem Handy landen würde. Das bedeutete, dass er keine logische und gründliche Erklärung hatte, die ihn nicht wie einen Sexualstraftäter klingen ließ. Es gab keinen Weg, aus dieser Sache unbeschadet herauszukommen.

»Ja«, sagte er. »Es ist das, was du denkst. Aber es ist nicht so, wie es klingt. Jemand, den ich kenne, hat es aufgenommen und an jemanden in einer anderen Schule geschickt. Du hast immer noch nicht erklärt, wie du daran gekommen bist.«

»Ich habe es dir gesagt. Jemand hat es mir geschickt.«

»Wer?«

»Ich weiß nicht. Sie haben es mir per 'AirDrop' geschickt.«

Tomek wusste genug über die Technologie seines iPhones, um zu verstehen, dass sie von der Funktion sprach, die wie Bluetooth funktionierte und es Benutzern ermöglichte, alles an jeden zu senden, der bereit war, es zu empfangen, ohne dass Handynummern eingegeben oder Links in einer App kopiert werden mussten.

»Und du weißt nicht, von wem es ist?«

»Nein. So funktioniert AirDrop. Sie haben den Namen ihres Handys geändert, damit ich nicht sehe, von wem es kam.«

Offensichtlich wusste er doch nicht alles darüber.

»Gib es mir«, sagte er und streckte die Hand nach ihrem Handy aus. »Ich nehme es morgen mit zur Arbeit. Die können die Quelle zurückverfolgen.«

Kasia zog das Gerät weg, bevor er es erreichen konnte. Dann drückte sie es gegen ihre Brust. »Du kriegst mein Handy nicht! Ich erlaube es nicht.«

»Doch, wirst du. Ich will wissen, wer es dir geschickt hat, ich will wissen, warum.«

Sie steckte ihr Handy in die Brusttasche ihres Blazers. »Du-kriegst-mein-Handy-nicht!«

Tomek wurde schnell klar, dass dies ein Kampf war, den er verlieren würde. Es sei denn, er würde ihr die Hand abhacken und es auf diese Weise zurückholen. Stattdessen müsste er sich andere, kreativere Wege überlegen, um die Quelle des Bildes zu finden. Und dann erinnerte er sich zufällig daran, dass Bridget hinter ihm gestanden und leise ihrem Gespräch gelauscht hatte. Er drehte sich langsam zu ihr um.

Ihr Gesicht war gerötet, eingehüllt in Fremdscham. Sie hatte einen der bizarrsten und unangenehmsten Streits miterlebt, indem sie zur falschen Zeit am falschen Ort war.

»Tut mir leid, dass du das alles mitanhören musstest«, begann er unbeholfen. »Das ist eine unglaublich peinliche Sache, die mir in den letzten Wochen passiert ist, und es ist etwas, das ich dir später erklären werde –«

»Ist das das, was passieren sollte, nachdem Miss mit meinem Nachhilfeunterricht fertig war? Wolltest du es ihr persönlich zeigen?«

»*Kasia! Genug!*« Tomeks Bellen hallte durch das Wohnzimmer und in die Küche. Er war endlich explodiert. Das erste Mal, dass er sie so angeschrien hatte. Sofort überfiel ihn Schuldgefühl und er überzeugte sich selbst, ein schlechter Vater zu sein. »Bitte«, fügte er hinzu, obwohl der Schaden bereits angerichtet war. »Zwischen uns ist nichts passiert, und es sollte auch nichts passieren. Du musst damit aufhören.«

»Oder was?«

Das Gift in ihrer Stimme machte ihm Angst. Das war eine völlig andere Seite an ihr, die er noch nie erlebt hatte. Es entwickelte sich schnell zu einer Nacht der Premieren.

Um die Situation zu entschärfen, trat Bridget in sein Blickfeld und tippelte zögernd nach vorne.

»Ich glaube, ich gehe jetzt...«, begann sie. »Ich sehe dich morgen früh in der Schule, Kasia. Wenn du nach der ersten Stunde in mein Büro kommen könntest, können wir besprechen, wer dir das geschickt hat. Und, Herr Bowen, ich bin sicher, wir werden der Sache auf den Grund gehen, machen Sie sich keine Sorgen. Ich weiß, dass es Ihr Job ist und dass Sie es gerne selbst machen würden, aber überlassen Sie es zunächst uns.« Sie blickte sanft zwischen ihnen hin und her, ihre strahlenden Augen entschärften die Spannung und beruhigten Kasia. »Ich weiß, dass das für euch beide ein Schock ist – wie auch für mich –, aber ich denke, wenn ihr beide einen Moment durchatmet und euch beruhigt, dann könnt ihr euch hinsetzen und besprechen, was los ist. Ich muss nicht mehr wissen, als ihr beide bereit seid zu teilen. In Ordnung? Genießt... genießt den Rest eures Abends.«

Tomek dankte ihr und begleitete sie dann hinaus. Am Fuß der

Treppe legte er eine Hand auf ihren Arm – ähnlich wie sie es nur Minuten zuvor getan hatte – und dankte ihr erneut. Als er ihr zum Abschied winkte, dachte er über die nächsten Schritte nach. Über den besten Weg fortzufahren. Über den besten Weg, die stürmischen Gewässer zwischen ihnen zu beruhigen.

Er sah die Stufen hinauf und stellte sich vor, dass jede eine Phrase oder ein Satz war, den er nutzen könnte, um sich zu erklären. Und dann wurde ihm klar, dass es zwecklos war. Kein Maß an Vorbereitung oder Planung konnte ihn auf *dieses* Gespräch vorbereiten.

Als er schließlich die oberste Stufe erklommen hatte, bereit, die Konsequenzen zu tragen, betrat er einen leeren Raum. Kasia war verschwunden; alles, was übrig blieb, war ihre Tasche, die schief auf dem festen Boden lag, der Inhalt auf den Boden verstreut, und ihr Mantel, der über die Rückseite des Sofas geworfen worden war, ohne dass er es bemerkt hatte. Tomek ignorierte das Durcheinander und ging zu seinem Schlafzimmer – *ihrem* Schlafzimmer.

Er drückte die Klinke und schob ohne anzuklopfen. Es war keine Zeit zum Klopfen. Keine Zeit für Höflichkeiten. Nicht jetzt.

Als sich die Tür vollständig öffnete, sah er nichts. Der Raum war genau so, wie er gewesen war, als er und Bridget ihn früher durchsucht hatten. Das unberührte Bett, der Schminktisch, die Kopfhörer...

Alles war genau gleich. Außer dem Fenster. Sein Schlafzimmerfenster – *ihr* Schlafzimmerfenster – stand weit offen, und ein kalter Windstoß wehte herein, blähte die Vorhänge auf wie Tänzer in der Nacht. Er sprintete darauf zu und streckte seinen Kopf hinaus, ruckte mit dem Kopf nach links und rechts, während er die Straße auf und ab suchte. In der pechschwarzen Dunkelheit sah er nichts. Nicht einmal das dunkle Orange der Straßenlaternen reichte aus, um die Bäume oder die umliegenden Fahrzeuge zu beleuchten. Oder die Silhouette eines dreizehnjährigen Mädchens.

»Kasia!«, rief er nach ihr, aber es kam keine Antwort.

Sie war verschwunden.

KAPITEL 35

Als Tomek nach seinen Autoschlüsseln griff, wurde ihm klar, dass er sie nicht brauchen würde. Sie konnte nicht weit gekommen sein. Jedenfalls nicht weit genug, um sie zu benötigen. Wahrscheinlich war sie höchstens ein paar hundert Meter entfernt, vielleicht einen halben Kilometer, wenn sie sich wirklich angestrengt hatte. Er hatte ihre mangelnde Sportlichkeit jedes Mal miterlebt, wenn sie die Einkäufe die Treppe hinauftrug, und er hatte die ständigen Geschichten gehört, wie sehr sie den Sportunterricht und jede Form körperlicher Anstrengung hasste, also wusste er, dass das Suchgebiet nicht allzu groß sein musste.

Die erste Entscheidung, vor der er stand, als er aus seinem Haus trat, war jedoch, in welche Richtung er gehen sollte. Links oder rechts.

Welchen Weg hatte Bridget genommen? Hatte er aufgepasst? Hatte er überhaupt gesehen, oder dachte er nur, sie sei nach links gegangen, in Richtung Strandpromenade?

Er wandte sich in die andere Richtung, zum Stadtzentrum. Dann hob er den Blick zum Schlafzimmerfenster. Es lag im Norden, in Richtung Stadt. Wenn sie hinausgeschlüpft war, während er sich verabschiedet hatte – was sie getan haben musste, denn er war nur wenige Sekunden unten gewesen – dann wäre sie in diese Richtung gegangen, zum Licht und zur Zivilisation.

Fünfzig/fünfzig.

Links oder rechts.

Dann traf er seine Entscheidung.

Rechts. In Richtung Leigh Broadway.

Um diese Uhrzeit begann das kleine Stadtzentrum zur Ruhe zu kommen. Paare und Familien, die zum Essen ausgegangen waren, hatten fertig gegessen und machten sich langsam auf den Heimweg, Arm in Arm, in Richtung Taxistand. Letzte Einkäufe im Co-op wurden erledigt und eilig die Straße hinuntergetragen. Selbst die Kneipenbesucher begannen, den Abend zu beenden.

Während er durch die Straße stürmte, versuchte er, Kasias Handynummer anzurufen.

Nichts.

Seine Nummer war immer noch blockiert. Und wenn sie es vorher nicht gewesen war, dann war sie es jetzt mit Sicherheit.

Kein Problem. Tomek hatte eine Lösung für das Problem. Nein, zwei Lösungen.

Die erste war typisch, nicht aufdringlich. Die zweite war fragwürdiger.

Zuerst entsperrte er sein Handy und öffnete die App „Freunde finden". Sobald die Software geladen war, erschien eine kleine Karte von Leigh-on-Sea, gefolgt von einer kleinen Blase über seinem genauen Standort. Er kniff die Finger zusammen, um herauszuzoomen, und als mehr von Essex sichtbar wurde, erschienen auch mehr Blasen. Sein Bruder in Chelmsford. Seine Eltern direkt übereinander in ihrem Zuhause. Genauso bei Sean und Chey, die sich beide noch im Einsatzraum befanden. Sogar Bridget, die auf dem Heimweg war.

Aber keine Spur von Kasia.

Er überlegte, welche Möglichkeiten es gab. Entweder hatte sie die App deaktiviert, ihre Standorteinstellungen ausgeschaltet oder ihr Handy komplett ausgeschaltet.

Die ersten beiden Möglichkeiten waren ihm lieber. Die letzte verabscheute er.

Aber es gab einen Weg, es herauszufinden.

Nachdem er die App geschlossen hatte, scrollte er zu seinem Adressbuch und fand Seans Nummer.

Das Telefon klingelte und klingelte. Bis sein Freund schließlich ranging.

»Tut mir leid, Kumpel«, begann Sean. »Wir können noch nicht zum Spielen rauskommen. Cheys Mutter sagt, es ist nach seiner Schlafenszeit, und er muss schlafen gehen, sobald er nach Hause kommt.«

Das Geräusch von Chey, der Sean anschrie, er solle sich verpissen, hallte durch den Lautsprecher in Tomeks Ohr.

»Kannst du mir helfen?«, fragte Tomek. »Ich brauche Hilfe.«

Sean spürte die Dringlichkeit in Tomeks Stimme und senkte seine eigene. »Klar, Kumpel. Was ist passiert?«

»Kasia ist verschwunden. Sie hat einfach das Haus verlassen und ist abgehauen. Kannst du ihr Handy orten, um zu sehen, wo sie sein könnte?«

»Ähmmm...«

»Komm schon, Alter. Hilf mir. Ich habe keine verdammte Ahnung, wo sie ist, und bei dem, was mit Annabelle Lake und Jenny Ingles passiert ist, will ich nicht, dass sie zu lange da draußen ist.«

Tomek wusste, dass es funktionieren würde, an Seans Mitgefühl zu appellieren. Aber es war eine verzweifelte Situation. Not kennt kein Gebot und so weiter. Und das Beunruhigende war, dass er sich nicht einmal schuldig deswegen fühlte.

Einen Moment später bestätigte Sean, dass er tun würde, was er konnte, und nachdem Tomek ihm Kasias Handynummer am Telefon durchgegeben hatte, stürmte er weiter durch das Stadtzentrum, auf der Suche nach seiner Tochter. Er hatte noch nie solche Angst und Qual erlebt, solche Verzweiflung. Obwohl er es vielleicht nicht in seiner Sprechweise oder in seiner Bewegung zeigte, spürte er es tief in seinem Inneren. Das brennende Verlangen, einen geliebten Menschen nach Hause zu bringen, wie der Schmerz und Schock, den man fühlt, wenn man sein Handy verlegt.

Jetzt begann Tomek zu verstehen, wie sich Steven und Elizabeth Lake gefühlt hatten.

Sean rief ihn ein paar Minuten später zurück.

»Ich habe sie gefunden«, sagte er. »Sie ist an der Strandpromenade. Old Leigh. Irgendwo zwischen dem Strand und dem Ye Olde Smack.«

Tomek wusste genau, wo sie war. Er dankte seinem Freund, legte auf und eilte dann zur Strandpromenade hinunter.

Old Leigh, so genannt, weil es einst vor mehreren Jahrhunderten die

belebte Hauptstraße der Stadt gewesen war, bevor sie weiter ins Landes-
innere verlegt wurde, war einen zehnminütigen Fußweg – und einen
sehr steilen Abstieg – entfernt. Dieser Teil der Stadt war berühmt für
seine wunderschönen Spaziergänge entlang der Flussmündung; seine
mehreren Docks voller Boote, die aussahen, als wären sie seit mehreren
hundert Jahren unbewohnt; seine Pubs, die genauso lange dort waren
wie die Boote; einen kleinen Sandstreifen, zu dem die Einheimischen
strömten, sobald die Sonne erschien und die Temperatur fünfzehn Grad
erreichte; und am wichtigsten, seine Fish-and-Chips-Läden mit Speisen
aus frischem Fisch vom lokalen Fischmarkt entlang der Promenade.
Tomek hatte als Kind viele Nachmittage dort verbracht und als Teenager
viele Abende. Es war einer seiner Lieblingsorte gewesen, um nach
einem Streit mit seinen Eltern zu flüchten. Manchmal blieb er die ganze
Nacht dort und kam erst in den frühen Morgenstunden nach Hause,
wobei seine Eltern völlig ahnungslos über seine Abwesenheit waren.

Es war also ein Wunder, dass er nicht zuerst daran gedacht hatte.
Dass Kasia dort gelandet sein könnte. Vielleicht lag es daran, dass sie
beide noch nie diesen Weg entlang gelaufen waren. Sie hatten noch nie
die Reise von Old Leigh nach Chalkwell und weiter zur Strandpromenade von Southend unternommen.

Als er die Fußgängerbrücke überquerte, die zum Bell Wharf Beach
führte, klingelte Tomeks Handy. Sean hatte ihm ein Foto von Kasias
neuesten Standort geschickt. Nur ein paar hundert Fuß entfernt, am
Rand des Sandes.

Am Fuß der Treppe bog er nach links ab und eilte zum Wasser.
Dort fand er sie, eine Gestalt im Sand, zu einer Kugel zusammengerollt. Ihr Körper leuchtete in einem engelhaften Weißton, während das
Mondlicht von ihrem Schulhemd reflektiert wurde. Das sanfte
Geräusch der Wellen, die gegen das Ufer schwappten, hallte wider
und beruhigte ihn sofort. Alle Anspannung und Angst strömten aus
ihm heraus, als er tief ausatmete.

Vorsichtig zog er seine Schuhe und Socken aus und trat auf den
Strand. Es war lange her, seit er zuletzt das Gefühl von Sand an seinen
Füßen gespürt hatte, zwischen seinen Zehen, dieses Kribbeln und
Brennen. Es versetzte ihn sofort zwanzig Jahre zurück. Dort sitzend,
mit seinen Freunden, flirtend, lachend, trinkend, schreiend, singend.

Es war überraschend, dass niemand die Polizei gerufen oder sich beschwert hatte.

Jetzt war es anders. Der Ort war verlassen. Vielleicht war es die Kälte, zu nass, zu trostlos. Oder vielleicht war es zu früh für die Jugendlichen und Nachtschwärmer, um aufzutauchen. Vielleicht genossen sie noch das Abendessen mit ihren Eltern, bevor sie sich davonschlichen und gegen Gesetze zum Alkoholkonsum Minderjähriger verstießen. Oder vielleicht war es einfach etwas, was sie nicht mehr taten. Jetzt waren sie zu beschäftigt mit ihren Videospielen, Reality-TV und ihren Fingern, die fest mit dem digitalen einundzwanzigsten Jahrhundert verdrahtet waren, sie mussten nichts so Rücksichtsloses und leicht Antisoziales tun wie den Abend fern von Eltern zu verbringen. Nicht wenn sie das aus dem Komfort ihres eigenen Zuhauses tun konnten.

»Hey...«, sagte er sanft und aus der Ferne, um sie nicht zu stören.

Kasia, die auf ihrem Schulblazer saß, um zu verhindern, dass Sand in ihre Strumpfhose gelangte, zu einer Kugel zusammengerollt mit den Beinen an die Brust gepresst, blieb vollkommen still.

»Kann ich mich setzen?«

Sie sagte nichts, aber Tomek fand trotzdem einen Platz ein paar Meter von ihr entfernt und setzte sich mit seinen Beinen in einer ähnlichen Position. Für eine lange Zeit sagte er nichts. Hörte nur dem Klang des Wassers zu, dem Wind, den Vögeln in der Ferne, dem Zug, der von Benfleet in Richtung Shoeburyness kam.

Darum ging es. Innehalten, all das Chaos und den Wahnsinn stoppen, um eine Pause zu machen, durchzuatmen. Als Zwanzigjähriger hatte er das nicht zu schätzen gewusst. Alles, worum er sich gekümmert hatte, war cool zu sein, dazuzugehören und Mädchen kennenzulernen. Aber jetzt, jetzt waren es Momente wie dieser, die es ihm ermöglichten, nachzudenken.

»Willst du darüber reden?«, fragte er, während er einen kleinen Schiffscontainer beobachtete, der stetig die Themse entlang in Richtung Kanal und darüber hinaus trieb.

»Nein...«

»Okay«, antwortete er. »Willst du die Geschichte dahinter wissen?«

Sie zögerte. Überlegte.

»Nein.«

»Verständlich.«

Tomek änderte den Griff um seine Knie, als sie begannen, in den Sand zu sinken. Inzwischen hatte sich der Schiffscontainer gerade mal fünf Zentimeter bewegt, tuckerte vor sich hin. Dahinter waren die nächtlichen Lichter von Kent im Süden, die inmitten der Dämpfe, die vom Schiff kamen, funkelten. Über ihnen hatte die leichte Wolkendecke begonnen zu verschwinden und den Sternenteppich der Nacht zu enthüllen.

»In einer klaren Nacht und mit einer sehr guten Kamera kann man die Milchstraße sehen«, erzählte er ihr.

»Nein, kann man nicht«, sagte sie ungläubig.

»Doch, kann man«, fuhr er fort. »Man braucht nur eine sehr *sehr* gute Kamera und viel Geduld.«

Neugierig geworden, reckte Kasia ihren Kopf zum Himmel.

»Das glaube ich dir nicht.«

»Naja, vielleicht muss ich dir eines Tages eine Kamera kaufen, und du kannst es selbst versuchen.« Sie neigte ihren Kopf zu ihm, mit einem leichten, sanften Lächeln im Gesicht. »Du machst genug Fotos mit deinem Handy. Wie kommt es, dass du hierher gekommen bist?«, fragte er. »Von allen Orten. Ich bin überrascht, dass du überhaupt wusstest, wo du es findest.«

Kasia atmete tief ein, bevor sie antwortete.

»Ich war mal mit Mama hier...«, begann sie, dann hielt sie inne. »Als ich zehn war. Nur für einen Nachmittag. Es war mein erstes Mal am Meer. Sie sagte, es sei, damit ich das Meer und den Sand erleben könnte. Aber dann verschwand sie für eine Stunde, ließ mich genau an dieser Stelle zurück. Ich habe mich die ganze Zeit, während sie weg war, nicht bewegt, blieb einfach hier sitzen und wartete. Ich habe nicht geweint, ich habe nicht um Hilfe geschrien. Weil ich wusste, dass sie zurückkommen würde.«

»Und ist sie das?«

Kasia senkte den Kopf. »Ja... aber erst nachdem sie bekommen hatte, was sie wollte...«

Drogen.

Er war sich nicht sicher, wann genau Anikas Sucht begonnen hatte – irgendwann nach ihrer Trennung, vermutete er – aber es war ein Schock für ihn gewesen, als er es ursprünglich herausgefunden hatte.

Ihr Onkel, ein Kredithai, war dafür verantwortlich gewesen, zwei seiner besten Freunde zu töten, und Anika hatte nur knapp eine Gefängnisstrafe oder irgendeine Art von Anklage vermieden. Ihr Onkel hingegen war wegen Mordes angeklagt und zu lebenslanger Haft verurteilt worden. Aber das hatte sie nicht davon abgehalten, mit ihm in Kontakt zu bleiben und seine Kontakte zur kriminellen Unterwelt zu nutzen. Infolgedessen hatte sie eine Abhängigkeit von Kokain und Heroin entwickelt und würde alles tun, um es zu bekommen. Wie sich zu prostituieren, Leute zusammenzuschlagen, einzubrechen und sogar schwere Körperverletzung zu begehen – all das hatte zu ihrer unvermeidlichen Inhaftierung in einer der feinsten Einrichtungen Seiner Majestät geführt und dazu, dass Kasia in seine Obhut kam.

»Wusstest du damals, was sie tat?« fragte Tomek vorsichtig.

»Ich glaube, ein Teil von mir wusste es. Das ist wahrscheinlich der Grund, warum ich geblieben bin, weil ich wusste, dass sie irgendwann zurückkommen würde.«

Bis zu dem Tag, an dem sie es nicht mehr tat. Bis zu dem Tag, an dem die Drogen sie verschlungen und ihr Leben übernommen hatten.

»Aber warum hier?« fuhr er fort. »Ist es, weil du denkst, dass sie zurückkommt...?«

Sie senkte ihre Beine und streckte sie über den Sand, wobei sie mit ihren Füßen kleine Rillen formte. »Nein«, antwortete sie. »Ich weiß, dass das nie passieren wird. Ich denke, es ist einfach... als ich hier stand, wollte ich weglaufen. Ich wollte weinen, rennen und um Hilfe schreien. Aber ich sagte mir, dass ich tapfer sein sollte. Ich sagte mir, dass am Ende alles gut werden würde. Und in gewisser Weise wurde es das auch. Ich komme hierher, um mich daran zu erinnern.«

KAPITEL 36

Als Tomek am folgenden Morgen das Haus verließ, war es stockfinster. Das war es schon, seit er sich zum ersten Mal hingelegt hatte. Kein Schlaf für ihn, es sei denn, man zählte die zwei Stunden, die ihn zwischen zwölf und zwei Uhr geneckt hatten. Seitdem hatte er sich ruhelos hin und her gewälzt. Die Gedanken in seinem Kopf wirbelten umher. Szenen von gestern Abend spielten sich in seinem Kopf ab.

Er konnte sich nur vorstellen, wie viel grafischer und verstörender sie für Kasia waren. Es würde ihn nicht überraschen, wenn sie eine Therapie oder irgendeine Art von Hypnosebehandlung bräuchte, um alles zu vergessen, was sie gesehen hatte. Aber er wusste, dass das unmöglich sein würde. Das Bild seines Penis hatte sich fest in ihr Gedächtnis eingebrannt.

Ein Gedanke, von dem er nie gedacht hätte, dass er ihm jemals durch den Kopf gehen würde.

Er war auch stundenlang wach geblieben und hatte vergeblich versucht herauszufinden, wer es geschickt hatte. Zuerst hatte er versucht, sich in ihr Zimmer zu schleichen, um das Handy von ihrem Nachttisch zu stehlen und es auf diese Weise anzuschauen (er hatte mehrmals gesehen, wie sie ihren Zugangscode eingegeben hatte, und zu seinem Verdruss war es die unkreativste Nummer überhaupt – ihr Geburtsdatum). Aber als er durch den Türrahmen geschlüpft war und auf Zehenspitzen zum Tisch gegangen war, hatte er bemerkt, dass das Handy zwischen ihr und der Bettdecke eingeklemmt war, ein dünnes weißes Kabel ragte aus den Falten hervor. Als er erkannte, dass sie mit dem Handy in den Händen eingeschlafen sein musste, verwarf er diese Idee und kehrte zum Ausgangspunkt zurück.

Ein Ausgangspunkt, der nutzlos war.

Er konnte sich nur vorstellen, welch genialer Einfall ihm für den zweiten Anlauf kommen würde.

Und dann war es ihm eingefallen. Social Media. Kasias Freundesliste durchforsten und in den Kaninchenbau der Leute aus ihrer Schule hinabsteigen. Aber das war eine trübe Welt, in die er sich nicht einmischen wollte. Die meisten Kinder in ihrem Alter, denen er bei der Arbeit begegnet war, hatten kaum oder gar keine Privatsphäre- oder Sicherheitseinstellungen, und so hätte es sich für ihn seltsam angefühlt, durch Bilder von Teenagern und minderjährigen Kindern zu scrollen – und mit seiner Unbeholfenheit bei der Navigation durch die Feinheiten von Social-Media-Oberflächen wusste er genau, dass er anfällig dafür wäre, aus Versehen etwas zu liken oder jemandem zu folgen. Oder ihnen versehentlich ein riesiges Bild eines Daumens zu senden. Und sich damit in einen Scheißsturm von Ärger zu bringen.

Stattdessen hatte er wach gelegen und die Gedanken und Ideen in seinem Kopf schwelen lassen. Bis der Druck so schwer, so unnachgiebig geworden war, dass er es nicht mehr aushalten konnte und aus dem Bett rollte. Als er zur Arbeit ging, hatte er Kasia ihr Frühstück und Mittagessen gemacht und sogar eine kleine Notiz geschrieben, dass er früh gegangen sei und spät nach Hause kommen würde. Er war altmodisch in dieser Hinsicht.

Als er das Ende der Straße erreichte, bog Tomek anstatt nach rechts in Richtung Bahnhof, wo er an einem Briefing um Mittag teilnehmen sollte, nach links ab, in Richtung seines neuen Lieblingsorts der Welt.

———

Vincent Gregory war außer sich vor Wut, als er Tomek am frühen Morgen sah. Der Mann war kaum wach, und seine Haare waren ein Durcheinander, ebenso wie seine Augen, die noch an den Überresten des Schlafes klebten. Er trug eine kurze Schlafanzughose, wodurch seine Brust und ein Teppich aus lockigem Haar der Kälte ausgesetzt waren. Es dauerte nicht lange, bis seine Brustwarzen sich aufrichteten, wie zwei Türmchen, die aus einem Raumschiff ragten.

»Was zum Teufel machst du hier – *schon wieder*? Wie oft muss ich dir noch sagen, dass ich dich hier nicht haben will! Ich hab schon mit deinem Chef gesprochen und er hat gesagt, er würde sich darum kümmern – er tut offensichtlich einen Scheißdreck, wenn dein dummer Arsch immer noch unangemeldet hier aufkreuzt!«

Vincents Stimme hallte die leere und ruhige Sackgasse rauf und runter, und am Ende bescherte er Tomek einen Blick auf seine schmutzverschmierten Zähne mit einem langen Gähnen.

»Lange Nacht, was?«, fragte Tomek und kämpfte damit, ein eigenes Gähnen zu unterdrücken.

»Was *glaubst* du denn? Du bist doch der Bulle. Dachte, ihr sollt alle so scharfsinnig sein und so? Beff ist die ganze Nacht fast verrückt geworden vor Sorge um Steven.«

Soweit er wusste, laut den Fallnotizen und Akten, war ihre Reaktion auf das Verschwinden ihres Mannes heftiger als die, die sie gezeigt hatte, als sie erfuhr, dass ihre Tochter entführt und ermordet worden war. Seltsam... Aber andererseits, Trauer funktionierte auf mysteriöse Weise.

»Denkst du, ich könnte reinkommen?«, fragte Tomek.

»Nein. Auf gar keinen Fall. Verpiss dich! Du hast kein Recht, hier zu sein.«

Tomek verschränkte die Arme vor der Brust und wartete ein paar Momente, bevor er fortfuhr. »Es geht um dein Auto...«

Das schien die Aggression aus seinem Gesicht zu vertreiben, und er trat einen Schritt weiter in sein eigenes Haus zurück.

Obwohl Vincent hatte beweisen können, dass es nicht sein Auto war, das benutzt wurde, um Jenny Ingles abzuholen, hatten Tomek und Sean ein Duo von Tatortermittlern angefordert, um das Fahrzeug auf Fingerabdrücke und DNA zu untersuchen. Nur für den Fall, hatten sie ihm gesagt. Alles Teil ihrer Routineuntersuchungen. Um ihn ausschließen zu können. Aber sie alle wussten, dass es aus Bosheit war. Eine Chance, es dem kleinen rassistischen, faschistischen Bastard heimzuzahlen. Und wer waren sie, um zu widersprechen, wenn Victoria den Antrag ohne Widerspruch unterschrieben hatte?

Leider würde es noch eine Weile dauern, bis die Forensiker bei ihren Untersuchungen nichts finden würden, also konnte er sich nicht den Luxus erlauben, Vincent an diesem kalten und nassen November-morgen zu verhaften. Stattdessen war der eigentliche Grund für seinen Besuch weitaus harmloser, weitaus gutartiger. Aber solange es weiterhin in die richtige Richtung Druck ausübte, machte es Tomek nichts aus. Es war das Mindeste, was der kleine rassistische, faschisti-sche Wichser verdiente.

»Was ist mit meinem Auto?«, fragte Vincent vorsichtig, als ob er, wenn er es lauter sagen würde, seine Schuld eingestehen könnte.

»Es ist besser, wenn wir das drinnen besprechen...«

Und schon war er drin. Das Haus schlief, und das Schnarchen von Georgia Gregory dröhnte durch das Gebäude. Tomek ging direkt ins Wohnzimmer und ließ sich auf das Sofa fallen.

»Na...?«, begann Vincent drängend, seine Stimme leise haltend. Obwohl Tomek das nicht für nötig hielt. »Was ist los?«

»Wir haben einige Unstimmigkeiten gefunden...«, begann Tomek. »Mit den Unterlagen... Es scheint, dass du ein paar Zahlungen an die Zulassungsbehörde für deine Kfz-Steuer verpasst hast.«

»Was zum Teufel?« Vincents Gesicht wurde rot.

»Du bist seit vier Monaten illegal auf der Straße gefahren.«

»Was zum Teufel stimmt nicht mit dir? Bist du irgendeine Art polnisches Arschloch? Du bist den ganzen Weg hergekommen, um mir zu sagen, dass ich vergessen habe, etwas zu bezahlen. Nee... verpiss dich aus meinem Haus, Mann. Du treibst mich in den Wahnsinn.«

Tomek beschloss, die Anweisung zu ignorieren. Stattdessen blieb er, wo er war, und lächelte Vincent nur selbstgefällig an. Die Reaktion verstärkte die Aggressivität des Mannes, und blitzschnell stürmte er auf Tomek zu und griff nach ihm. Aber im letzten Moment besann er sich und erkannte, dass er gerade dabei war, Hand an einen Polizisten zu legen.

»Wir denken doch nicht etwa daran, etwas Dummes zu tun, oder?«, fragte Tomek. »Du willst vielleicht nicht, dass ich den Tod deiner Nichte untersuche, aber ich bin immer noch ein diensthabender Polizeibeamter, und ich kann dich immer noch auf deinen Arsch werfen und dein verdammtes kleines Gesicht in den Teppich drücken und dich verhaften, wenn ich will. Also überlege dir genau, wie du das haben willst...«

Unentschlossenheit zeichnete sich auf Vincents Gesicht ab. Und nach einer Weile zog er allmählich seine Hände zurück und ließ sie an seinen Seiten herunter.

Als Zeichen der Dominanz klopfte Tomek sich ab (obwohl er nicht berührt worden war) und blieb an seinem Platz. Dies war jetzt sein Sitz. Dies war sein Haus. Und Vincent war derjenige, der eindrang.

»Wo ich schon hier bin«, begann Tomek, »hatte ich ein paar Fragen, die ich dir über deinen Schwager Steven stellen wollte...«

KAPITEL 37

Tara Moore lebte allein in einem Drei-Zimmer-Haus in South Benfleet, um die Ecke vom Bahnhof. Auf der Einfahrt standen zwei Autos: ein BMW 4er Serie und ein Vauxhall Corsa. Eines für die Arbeit, eines für die Freizeit. Bevor Tomek an der Tür klopfte, warf er einen Blick auf seine Uhr. 8:50 Uhr. Eine gesellschaftlich akzeptablere Zeit für einen Besuch. Inzwischen waren die meisten Kinder in der Schule und alle Berufstätigen hatten die mühsame Reise in die Stadt für den bevorstehenden Tag angetreten. Mit Ausnahme von Tara Moore, einer der Ärztinnen im Southend Hospital.

In dem Bestreben, Tomek so schnell wie möglich loszuwerden, hatte Vincent Gregory all seine Fragen in Rekordzeit beantwortet. Dass er nichts mit dem Verschwinden seines Schwagers zu tun hätte. Dass er am Morgen von Stevens Verschwinden gearbeitet hätte. Dass er erst seit ein paar Tagen von der Affäre wusste und Beth mit F die Neuigkeit früher hätte beibringen wollen, aber angesichts der gegenwärtigen Situation mit ihrer toten Tochter entschieden hatte, dass jetzt wahrscheinlich nicht der beste Zeitpunkt wäre. Elizabeth Lakes Welt war gerade über ihr zusammengebrochen.

Ihre Tochter war verschwunden.

Ihre Tochter wurde getötet.

Und dann hatte sie erfahren, dass der Mann, den sie liebte – oder vielmehr, den sie hätte lieben sollen – eine Affäre hatte.

Wie lange schon, wusste Tomek nicht, und Vincent auch nicht. Aber er hatte vor, es herauszufinden.

Einen Moment später öffnete sich die Haustür. Nach dem verschlafenen Blick in ihrem Gesicht zu urteilen, war Tara Moore erst vor wenigen Minuten aufgewacht und rieb sich hastig den Schlaf aus den Augen. Sie trug eine leichte Strickjacke und eine Jogginghose. Sie hatte dichtes braunes Haar, das perfekt auf ihre Schultern fiel, und dichte Augenbrauen, die an den Rändern ihres Gesichts scharf nach unten abknickten. Tomek hatte die Serie nie richtig gesehen, aber er dachte, dass sie wie eine Figur aus *Grey's Anatomy* aussah – zu gut aussehend und zu perfekt, um eine Ärztin zu sein. Zu Hollywood.

»Kann ich Ihnen helfen?«, fragte sie, ihre Stimme so schwach und müde, wie sie aussah.

Tomek kramte in seiner Tasche und zeigte seinen Dienstausweis. »Tara Moore?«

Sie war zu beschäftigt damit, sich die Augen zu reiben, um die Details seiner Karte zu betrachten. »Das bin ich.«

»Kann ich reinkommen, bitte? Es geht um Steven Lake...«

Daraufhin hörte sie auf zu reiben. »Ist... ist alles in Ordnung? Geht es ihm gut?«

Tomek brachte sie auf den neuesten Stand, nachdem sie im Wohnzimmer bequeme Plätze gefunden hatten.

»Ich wurde informiert, dass sein Boot gestern Abend gefunden wurde...«, fuhr er fort, während er ihren Blick traf und ihn ab und zu im Raum schweifen ließ, wenn sie nicht hinsah. »Aber leider gab es keine Spur von Steven. Das Schiff wurde beschlagnahmt und wird derzeit untersucht.«

Was ihn daran erinnerte, dass er bis zum Mittragstreffen noch viel Zeit hatte.

»Sind Sie... Und Sie...« Tränen begannen sich in ihren Augen zu bilden. Sie kämpfte so lange wie möglich dagegen an. Bis sie die Worte aussprach, die sie zurückgehalten hatten: »Sie denken, er ist tot, nicht wahr?«

Von da an war es unerbittlich. Ununterbrochen für ein paar Minuten. In dieser Zeit gönnte sich Tomek einen Rundgang durch das Erdgeschoss des Hauses, während er nach Taschentüchern suchte. Schließlich nahm er Toilettenpapier aus dem Badezimmer.

»Hier, bitte«, sagte er, als er es ihr reichte.

Schniefend antwortete sie: »Danke.« Dann begann sie, sich mit dem dreilagigen Papier die Augen abzutupfen.

Tomek gab ihr einen Moment Zeit, um die Neuigkeiten zu verarbeiten. Er ließ seinen Blick wieder durch den Raum schweifen, diesmal die Einrichtung und Möbel genauer betrachtend. Das Haus war erheblich größer und prächtiger, als er erwartet hatte – besonders für jemanden, der allein lebte. Dank seines kürzlichen Umzugs betrachtete er sich inzwischen als Experten für den Immobilienmarkt im Südessex-Gebiet und schätzte, dass ihr Haus irgendwo im Bereich von sechshundert- bis siebenhunderttausend Pfund lag. Eine unverschämte Summe für einen Haushalt mit zwei Einkommen, geschweige denn einem. Aber was ihn mehr beunruhigte, war die besorgniserregende Menge an Delfin-bezogenen Gegenständen im ganzen Haus. Bilder an Wänden und Fotorahmen auf einem Schrank im Wohnzimmer; Glas- und Mosaikornamente auf der Fensterbank; Grafiken und Illustrationen auf den Seiten von Tassen in der Küche. Sie hatte sogar ein vergrößertes Gemälde eines Delfins, der aus dem Wasser springt, silhouettiert vor dem Hintergrund eines Regenbogens und wolkenlosen Himmels, auf ein Geschirrtuch gedruckt.

Tomek wusste nicht, woher diese besondere Faszination kam, aber bevor er sich in die tiefen psychologischen Schwierigkeiten vertiefen konnte, die sie durchgemacht haben musste, um dorthin zu gelangen, hörte die Delfin-Dame auf zu weinen und sah zu ihm auf.

»Wenn sie... wenn sie seine Leiche finden... werden Sie es mir sagen?«

»Natürlich.«

Tomek griff in seine Tasche und holte sein Notizbuch hervor. Obwohl er nicht vorhatte, etwas aufzuschreiben, war es eine meisterhafte Art, anzudeuten, dass er es tun würde und dass er einige knifflige Fragen stellen musste. Das half in der Regel dem Zeugen, sich auf das vorzubereiten, was kommen würde.

»Ich verstehe, dass Sie beide eine Affäre hatten...«, begann Tomek.

Sie nickte leicht und strich sich das Haar aus den Augen.

»Können Sie mir sagen, wie lange Sie sich schon treffen?«

»Ungefähr vier Monate. Wir... ich bin Kinderärztin. Ich kümmere mich um kranke Kinder. Annabelle ist im letzten Jahr ein paarmal vorbeigekommen, und ich habe mich um sie gekümmert.« Sie hielt inne, ihr Gesicht entspannte sich, während sie in angenehmen Erinnerungen schwelgte. »Dann haben Steven und ich eines Tages einfach angefangen zu reden. Nichts Anzügliches, nichts Aufregendes. Einfach nur Gespräche. Freundschaftlich halt. Er kam mir wie ein sanfter, aufrichtiger Kerl vor, und davon gibt es heutzutage nicht viele – glaub mir, ich habe es versucht. Dann fragte er, ob ich mal mit ihm einen Kaffee trinken oder essen gehen möchte.«

»Und du hast ja gesagt?«

»Mhmm.«

»Obwohl du wusstest, dass er verheiratet war?«

Sie hielt inne, bevor sie antwortete. »Ich... nach allem, was ich gehört habe und was er mir erzählt hat, war es überhaupt keine glückliche Beziehung. Warum hätte er mich sonst eingeladen? Ich glaube nicht, dass die beiden miteinander klarkamen. Sie stritten sich ständig wegen Annabelle, und Steven wollte aus der Familie raus. Er konnte seinen Schwager nicht ausstehen. Vic... Vin...«

»Vincent-«

»Genau der. Konnte ihn nicht ausstehen. Sie stritten ständig. Mehr als er mit Elizabeth stritt. Es ging immer um die kleine Annabelle. Das arme kleine Ding steckte einfach mittendrin. Ich glaube, das hat ihm wirklich zugesetzt.« Sie rieb mit dem Daumen an ihren Fingern auf und ab, massierte Knorpel und Knochen. »Man konnte es in seinem Gesicht sehen. Einfach... mutlos die meiste Zeit. Kaum anwesend. Ich redete mit ihm und musste Dinge mehrmals wiederholen, damit er mir überhaupt zuhörte, weißt du?«

Tomek wusste es. Er kannte das nur zu gut: Kasia war genauso gewesen, als sie gerade bei ihm eingezogen war. Sie saß schweigend da, starrte ins Leere, sagte nichts, brauchte ewig, um ihm zu antworten, wenn er ihr eine harmlose Frage stellte, wie etwa, ob sie einen Tee möchte oder nicht. Und dann ging sie abends ohne ein Wort direkt ins Bett, und wenn er versuchte, ein Gespräch mit ihr anzufangen, starrte sie ihn teilnahmslos an und drehte sich in die andere Richtung. Die ersten zwei Wochen waren so gewesen, bis irgendwann etwas klickte. Vielleicht war ihr die erschütternde Erkenntnis gekommen, dass dies ihre neue Realität war und dass sie damit festsaß.

»Hast du jemals Zeit mit Annabelle verbracht?«

»Nicht viel. Nicht mehr als nötig im Krankenhaus. Meistens kam Steven hierher, unter dem Vorwand, bei der Arbeit zu sein. Oder er kam manchmal in meiner Mittagspause zu mir, wenn er in der Gegend war.«

Jetzt ergab es Sinn, warum Steven zusätzliche Arbeit in Southend bekommen hatte.

»Es ist schrecklich...«, sagte sie, als wäre es ein nachträglicher Gedanke.

»Was ist schrecklich?«

»Was diesem kleinen Mädchen passiert ist. Es war abscheulich. Du hättest ihn sehen sollen. Er war völlig fertig, wann immer er vorbeikam. Ich versuchte, ihn zu trösten, aber ich konnte nichts tun. Er saß einfach nur auf dem Sofa und starrte auf den Fernseher oder lag im Bett und tat so, als würde er schlafen. Er dachte daran, sich mit Arbeit abzulenken, aber er sagte, er wolle bei mir sein, mit mir reden.«

»Hattest du keine Arbeit?«

Sie schüttelte den Kopf. »Ich hatte in den letzten zwei Wochen Urlaub. Morgen geht's wieder los. Das erste Mal, dass ich dieses Jahr überhaupt Urlaub genommen habe, und sie haben mich dazu gezwungen. Immerhin bin ich rechtzeitig zurück für all die betrunkenen Kinder in der Notaufnahme während der Weihnachtszeit.«

Tomek versuchte sich zu erinnern, ob er eines dieser betrunkenen Kinder gewesen war. So betrunken, dass er kaum laufen konnte und sein Magen von den großzügigen Leuten im Notfallzentrum ausgepumpt werden musste. Er konnte sich an keine bestimmten Nächte erinnern.

»Wisst ihr schon, wer es getan hat?«, fragte sie.

Tomek schüttelte den Kopf und entschuldigte sich. »Wir verfolgen jede mögliche Spur«, sagte er und wiederholte die standardisierte Antwort. »Weswegen kam Annabelle normalerweise ins Krankenhaus?«

In Lornas Obduktionsbericht war nichts von Krankenhausbesuchen erwähnt worden. Auch in keinem anderen Bericht, was Tomek vermuten ließ, dass sie nicht offiziell erfasst worden waren.

»Sie...« Dann zögerte sie. »Anfangs war es, weil sie auf Lernschwierigkeiten getestet wurde. Aber mit der Zeit glaube ich, hat Steven Gründe gefunden, um vorbeizukommen und mit mir zu sprechen. Oft beschwerte er sich darüber, dass sie Kopfschmerzen oder andere harmlose Dinge hätte, also dachte ich nicht daran, es irgendwo zu dokumentieren.«

Tomek notierte das, dankte ihr für ihre Zeit und entschuldigte sich dafür, ihren Tag verdorben zu haben. Als sie ihn zur Haustür begleitete, drehte er sich um und sprach sie an. »Zum Schluss...«, begann er. »Und Sie müssen nicht antworten, wenn Sie nicht wollen – aber was hat es mit all den Delfinen auf sich?«

Tara lachte. »Diese Wohnung gehörte meiner Oma. Ich habe sie geerbt, als sie starb. Viele davon waren ihre, aber ich habe die Sammlung im Laufe der Jahre erweitert. Sie arbeitete mit Delfinen als Umweltschützerin, reiste um die Welt und beobachtete sie. Als ich jünger war, wollte sie, dass ich Tierärztin werde, aber ich konnte es nicht ertragen, mit sterbenden oder verletzten Tieren zu arbeiten. Also entschied ich mich stattdessen, kranken Kindern zu helfen – das Nächstbeste.«

KAPITEL 38

»**S** ie hatten einen geschäftigen Morgen.«

»Seit wann ist das ein Verbrechen, Sir?«

Nick verschränkte seine Finger und räusperte sich. »Leider für Sie, wenn das Wort ›Belästigung‹ ins Spiel kommt.«

»Schwachsinn.«

»Vincent Gregory scheint das anders zu sehen. Sie waren mindestens viermal an seinem Haus in ebenso vielen Tagen.«

Tomek zuckte mit den Schultern. »Ich mag ihn wirklich. Er hat eine großartige Persönlichkeit. Ich denke, wir beide könnten auch außerhalb des beruflichen Rahmens Freunde sein.«

Nick verzog angewidert das Gesicht. »Werden Sie nicht frech, Tom. Sie wissen, dass Sie seinem Haus nicht nahe kommen sollen. Wenn er noch einmal anruft, muss ich Sie mit Uniform auf Streife schicken. Oder ich stecke Sie mit Lorna in einen Raum, und Sie können den nächsten Monat mit Leichen verbringen.«

»Dann können Sie mich gleich erschießen«, erwiderte Tomek.

»Das könnte ich tatsächlich tun. Aber zuerst gebe ich Vincent Gregory wohl die Waffe.«

Tomek presste die Lippen zusammen. »Ich glaube nicht, dass er eine Waffe braucht, Sir. Geben Sie ihm einfach eine Metallkette und er ist startklar.«

»Was wollen Sie damit sagen, Tomek?«

»Ich würde sagen, es ist offensichtlich, Sir. Ich glaube, Vincent Gregory hat seine Nichte getötet und dann seinen Schwager umgebracht, um es wie Selbstmord aussehen zu lassen.«

Nick seufzte schwer. Diesmal war die Luft, die aus seiner Nase kam, stärker als der Schub eines Jumbo-Jets. »Ich nehme an, das hat nichts damit zu tun, dass Sie Vincent Gregory nicht mögen?«

»Oh, es hat absolut alles damit zu tun, dass ich ihn nicht mag.« Tomek hob kapitulierend die Hände. »Täuschen Sie sich nicht, ich hasse diesen Mistkerl. Aber ich glaube auch, dass er ein paar Mitglieder seiner Familie getötet hat.«

»Warum?«

Tomek richtete den Ärmel seines Jacketts, bevor er sprach. »Weil ich glaube, dass Annabelle und Steven zwischen seiner Beziehung zu Elizabeth, seiner Schwester, standen.«

»Sie *glauben*...«

»Ja, aber-«

»Nun, da liegt ein Teil des Problems, Tomek. Sie *glauben*. Bis Sie tatsächlich etwas *wissen*, können Victoria oder ich nur sehr wenig tun. Und beim letzten Stand sollten Sie sich nicht einmal Gedanken über Annabelle oder Steven Lake machen – Sie sollten Ihre Anstrengungen darauf konzentrieren, Jenny Ingles zu finden. Haben Sie vergessen, dass sie noch immer vermisst wird?«

Tomeks Schultern sackten nach vorne, als er in sich zusammensank. »Ähm... Nein, natürlich habe ich das nicht vergessen.«

»Für mich klingt es so. Sie hatten so einen Ständer für Vincent Gregory, dass Sie völlig vernachlässigt haben, die sichere Rückkehr eines siebzehnjährigen Mädchens zu gewährleisten. Was zum Teufel ist los mit Ihnen?«

Tomek wedelte protestierend mit dem Finger in der Luft. »Ich finde das nicht fair, Sir. Ich habe Nachforschungen darüber angestellt, wer sie als Person war, und versucht, ihre letzten Bewegungen nachzuvollziehen. Wir lassen sogar Gregorys Auto untersuchen. Ich weiß, dass sie ein schwieriger Teenager war, die in die Welt der Drogen und Prostitution geraten ist, und höchstwahrscheinlich ist dies ein Fall, bei dem etwas... etwas schiefgelaufen ist.«

Nick seufzte. Aber es war nicht sein übliches Seufzen. Es lag keine

Aggression oder Wut darin. Diesmal war es voller Schock und Überraschung.

»Haben Sie das wirklich gerade gesagt? Sie führen ihr Verschwinden auf einen tragischen Unfall zurück, einen geilen Junkie, der die Sache zu weit getrieben hat?«

Tomek öffnete den Mund, aber es kam nur Luft heraus. Nick hatte Recht, es war absurd zu denken, dass Jennys Verschwinden auf eine so willkürliche Denkweise zurückzuführen sein könnte, und er schämte sich, dies auch nur durch Aussprechen anerkannt zu haben. Er senkte den Kopf und entschuldigte sich.

»Ich werde heute Morgen meinen ganzen Fokus darauf legen, Sir«, sagte er.

»Nachmittag«, korrigierte Nick und schaute auf seine Uhr. »Victorias Besprechung ist in sieben Minuten. Genug Zeit für Sie, mir einen Kaffee zu holen und sich selbst auch einen zu gönnen.«

Das selbstgefällige Grinsen auf Nicks Gesicht blieb bestehen, als Tomek die Tür hinter sich schloss und zum Café um die Ecke ging.

Tomek kehrte acht Minuten später mit Kaffees in der Hand zurück. Die Barista im Laden hatte seine Bestellung vermasselt. Zweimal. Und so war er gezwungen gewesen, länger als erwartet zu warten. Außerdem war es fast Mittagszeit und die Schlange war ein Witz gewesen.

Er entschuldigte sich für die Verspätung, als er eintrat, reichte Nick den Kaffee (was sofort den Ärger auf Victorias Gesicht verfliegen ließ, als sie erkannte, dass sie deswegen keinen Streit mit ihm anfangen konnte) und ließ sich dann hinten im Raum nieder.

Neben Victoria stand vorne im Einsatzraum DC Rachel Hamilton. Beide trugen ähnliche elegante Hosen mit dunklen Oberteilen, die in den Bund gesteckt waren. Fast identisch. Als ob sie es geplant hätten. Tomek wollte fragen, ob das der Fall gewesen war, dachte aber, dass jetzt definitiv nicht der richtige Zeitpunkt dafür war. Vielleicht später, wenn die Leute aufgehört hätten, sich gegenseitig umzubringen.

Das wäre der Tag.

Victoria sprach als leitende Ermittlungsbeamtin zuerst. Sie räusperte sich, bevor sie begann, und forderte die Aufmerksamkeit aller im Raum.

»Guten Morgen«, begann sie. »Ich hoffe, Sie sind alle ausgeruht – so gut wie möglich jedenfalls – und ich vertraue darauf, dass Sie alle auf das vorbereitet sind, was ich Ihnen gleich mitteilen werde. Wie Sie alle wissen, wurde Steven Lakes Segelboot gestern Abend kurz vor der Themsemündung entdeckt, wo es einige Meilen vor der Küste ziellos trieb. Es wurde keine Leiche gefunden, und die Küstenwache – mit Unterstützung unserer Wasserpolizei – durchsucht immer noch die Gewässer nach Anzeichen von ihm.

»Dank Cheys Bericht von gestern Abend wurde ich informiert, dass Stevens Handy zuletzt in kurzer Entfernung von der Fundstelle seines Bootes benutzt wurde. Das letzte Signal an den Funktürmen war um 05:35 Uhr. Er verließ sein Haus am frühen Morgen vor achtundvierzig Stunden und kam nicht zurück. Der Anker der *Annabelle* wurde als fehlend gemeldet, und wir glauben daher, dass er ihn benutzt hat, um seinen Körper unter Wasser zu halten. Das Boot wurde in nahezu einwandfreiem Zustand gefunden, ohne Anzeichen von Leckagen oder Schäden durch eine Kollision mit einem anderen Boot. Und die Chancen, seine Leiche in diesem Gewässer zu finden, sind praktisch null. Daher ist unsere aktuelle Arbeitshypothese, dass er hineingesprungen und ertrunken ist. Wir werden jedoch weiterhin alles tun, was wir können, um ihn zu finden – tot oder lebendig.«

Victoria machte eine Pause, um die Nachricht im Team wirken zu lassen. Tomek scannte die Gesichter seiner Kollegen. Einige, die erfahreneren Mitglieder der Einheit, trugen ausdruckslose, gedämpfte Mienen. Die jüngsten Teammitglieder hingegen waren aschfahl.

»Irgendwelche Fragen?«, fragte Victoria, nachdem der Moment vorüber war.

Sofort gingen mehrere Hände im Team hoch, als ob sie im Klassenzimmer wären. Das war der ordentliche Weg, Dinge im Büro zu handhaben; andernfalls herrschte völliges Chaos, und nichts wurde je besprochen. Victoria ließ ihren Blick durch den Raum schweifen, betrachtete die erhobenen Hände und wählte still ihr erstes Opfer aus.

»Tomek...«

Er richtete sich auf seinem Stuhl auf, sodass er etwas größer saß. »Wissen wir, wo er das Boot aufbewahrt hat?«

»Gute Frage. Ja. Er hatte es im Hafen auf Canvey Island liegen. Das ist kurz vor der Brücke, die nach Benfleet führt.«

»War schon jemand dort?«

Victoria nickte, aber bevor sie den Mund öffnen konnte, um zu sprechen, schaltete sich Rachel ein. »Ein Team von Spurensicherern war gestern Abend dort. Sie fanden Stevens Auto direkt am Wasserrand geparkt, neben einer großen Lücke in der Reihe von Booten, wo er seines wohl aufbewahrt hatte. Sie werden in den nächsten ein oder zwei Tagen das Boot gründlich untersuchen, aber das Wetter könnte diesen Plan zunichtemachen.«

Tomek nickte, da er zu seiner letzten Frage kommen wollte: »Sind Sie hundertprozentig sicher, dass er sich umgebracht hat?«

Victorias Augen verengten sich und ihre Stimme wurde tiefer. »Ja. Nun, ich bin nicht weit davon entfernt. Die Beweise scheinen in diese Richtung zu deuten. Es sei denn, Sie haben etwas anzubieten?«

Er zuckte mit den Schultern. »Überhaupt nichts. Wollte nur sichergehen, dass wir alle Blickwinkel abgedeckt haben.«

»Sie haben Recht. Ein frisches Paar Augen und Ohren bringt uns weiter.« Sie wandte sich Sean zu, der neben Tomek saß. »Wollten Sie etwas aufgreifen, Sergeant?«

Sean rutschte unbehaglich auf seinem Sitz herum. Tomek war nicht sicher, ob es eine unangenehme Reaktion auf die Frage war oder auf die Person, die die Frage stellte. Es war nicht das erste Mal, dass ihm die Schüchternheit seines Freundes gegenüber der neuen Inspektorin aufgefallen war.

»Seine Finanzunterlagen...«, sagte Sean langsam, als ob sich die Worte erst beim Sprechen in seinem Mund formten. »Haben wir... Haben wir...«

»Haben wir sie überprüft?«

»Ja.«

»Ja, haben wir.«

»Und?«

»Es scheint nichts Ungewöhnliches daran zu sein«, fügte DC Rachel Hamilton sanft hinzu. »Sein ganzes Geld ist noch da. Aber es gab keine größeren Bargeldabhebungen. Keine großen Zahlungen an irgendwelche dubiosen Bankkonten. Wie wir es typischerweise erwarten würden, wenn er versuchen würde, seinen eigenen Tod vorzutäuschen. Nur ein paar Zahlungen an ein Konto, das auf eine Miss Tara Moore registriert ist.«

»Seine Geliebte«, ergänzte Tomek.

»Wie bitte?«, fragte Victoria.

»Heute Morgen habe ich mit Tara Moore gesprochen. Ärztin im Southend Hospital. Sie hat seit einigen Monaten eine Affäre mit Steven. Ich habe sie über sein Verschwinden und den vermuteten Selbstmord informiert.«

Victoria wandte sich an Nick, um Unterstützung zu erhalten, für eine Erklärung, warum Tomek sich in die Ermittlung eingemischt hatte, als er es nicht hätte tun sollen. Als keine kam, richtete sie ihre Aufmerksamkeit wieder auf Tomek, der jedoch zu beschäftigt damit war, Nasty Nick mit einem selbstgefälligen Grinsen stumm *Ich hab's dir ja gesagt* entgegenzuschreien.

»Ich habe alle ihre Daten, falls Sie sie anrufen oder für einen Besuch vorbeischauen möchten.«

»Woher haben Sie diese Informationen?«, fragte Victoria.

»Von meinem guten Freund, Vincent Gregory.«

»Ich habe gehört, ihr beide zieht zusammen«, bemerkte Nadia.

»Fast«, antwortete Tomek, während er seinen Blick weiterhin auf Nick gerichtet hielt. »Aber wir konnten uns bei einigen grundlegenden Unterschieden nicht einigen. Nämlich bei der ganzen Rassismusgeschichte. Aber trotzdem ein anständiger Kerl. Kein schlechtes Wort über ihn zu sagen...«

Ich hab's dir ja gesagt.

Ich hab's dir ja gesagt.

Ich hab's dir ja gesagt.

Schließlich löste Tomek seinen Blick vom Hauptkommissar und richtete ihn wieder auf Victoria, die mit einer Hand an der Hüfte stand, während die andere ihr Dienstausweis-Band festhielt, als ginge es um ihr Leben.

»Danke, Tomek. Das ist sehr gründliche Arbeit.«

»Mit Vergnügen, Ma'am.«

Das Team wandte dann seine Aufmerksamkeit Steven Lakes psychischer Gesundheit zu. Eine eingehende Untersuchung seiner Finanzgeschichte zeigte, dass er für private Therapiesitzungen bezahlt hatte, um mit dem umzugehen, was Tomek für seine Depression hielt.

Und nach einem kurzen Treffen mit seiner Therapeutin hatte das Team erfahren, dass sie ihn an eine Website namens *The Man Club* verwiesen hatte, ein Online-Forum für erwachsene Männer, um ihre Gedanken und Gefühle in einer sicheren und freundlichen Umgebung miteinander zu teilen. Laut seiner Therapeutin war er ein eifriger Nutzer gewesen, hatte aber in letzter Zeit aufgehört zu teilen, und in ihren letzten Sitzungen hatte er völlig aufgehört, Beiträge zu schreiben.

Steven hatte vor vier Monaten begonnen, seine Therapeutin zu sehen. Genau zu der Zeit, als er angefangen hatte, Tara Moore auf einer weniger professionellen Basis zu treffen. Daraus hatte das Team zwei Schlussfolgerungen gezogen. Die erste war, dass die Therapeutin Steven erleuchtet und ihm die Augen für das Elend seiner Ehe mit Beth mit F geöffnet und ihn zu einer Affäre inspiriert hatte; oder seine Affäre mit Tara hatte bereits begonnen, und als sie sah, wie unglücklich und deprimiert er war, hatte sie ihn diagnostiziert und empfohlen, professionelle Hilfe zu suchen. Die Vorteile, eine Medizinerin in seinem Leben zu haben.

Tomek gehörte definitiv zum ersten Lager. Dass es nur ein Treffen mit einem Außenseiter gebraucht hatte, damit Steven erkannte, wie unglücklich er war und dass das Gras auf der anderen Seite grüner war - und definitiv viel grüner als auf Canvey Island. Ein gewaltiges »Fick dich« an Elizabeth. Und ein noch größeres »Fick dich« an Vincent Gregory.

Keine Preise zu vergeben, warum Tomek die erste Option so sehr mochte.

KAPITEL 39

Nachdem das Mittagsmeeting beendet war, hatte Nick Tomek kurz in sein Büro gezerrt, um ein paar Worte mit ihm zu wechseln.

»Was ist dein Plan, um Jenny Ingles zu finden?«, hatte er gefragt.

Keine Flüche. Keine Aggression. Kein Geschrei.

Völlig untypisch für den Hauptkommissar und, ehrlich gesagt, ein bisschen beängstigend.

Als Tomek ihm erzählt hatte, was er für den Rest des Tages vorhatte, hatte Nick mit seinen dicklichen Fingern auf ihn gezeigt und gesagt: »Dann geh verdammt nochmal und tu es. Und wenn ich sehe – oder höre –, dass du Gregory nachspionierst und durch Fenster kletterst, dann schwöre ich bei verdammten Christus...«

Er war nicht in der Lage gewesen, seinen Satz zu beenden, zu überwältigt von Frustration. Aber Tomek war das egal gewesen. Er hatte das alles schon einmal gehört. Und er verließ den Raum mit einem breiten Grinsen im Gesicht. Der fiese Nick war zurück und es gab nichts zu befürchten.

Nichts zu befürchten, außer die Brücke nach Canvey Island zu überqueren und erneut einen weiteren Teil seines Nachmittags dort zu verbringen.

Während er in Nicks Büro gewesen war und gesagt bekommen hatte, er solle seinen Finger aus dem Arsch ziehen, hatte Sean es

geschafft, den Namen des größten Drogendealers der Insel herauszufinden, für den Jenny Ingles vermutlich arbeitete.

William Morton.

Ein arbeitsloser, eins zweiundneunzig großer Schulabbrecher, der
das neueste Auto und die ganze Designerkleidung besaß. Allein von
seinem Aussehen her – mit den Ketten und der Uhr und den Schuhen,
die wahrscheinlich mehr kosteten als Tomeks monatliche Hypotheken-
zahlungen – war klar ersichtlich, in welcher Branche er tätig war. Sie
fanden ihn auf dem Parkplatz des Knightswick-Einkaufszentrums in
der Stadtmitte, an seinen Range Rover gelehnt, eine Zigarette
rauchend.

Der Parkplatz selbst hatte Tomek immer als übertrieben ambitio-
niert erschienen. Viel mehr Stellplätze als nötig, und sogar mehr als
jemals jemand verlangt hatte. Und das Gebäude war noch schlimmer.
Steckengeblieben in den späten Siebzigern, frühen Achtzigern, mit
seiner langweiligen, rotbraunen Ziegelfassade und dem tristen Fliesen-
boden. Die Verwaltung hatte versucht, den Ort mit künstlichem Licht
und hier und da verteilten Pflanzentöpfen aufzupeppen, aber es hatte
wenig bewirkt. Was sie wirklich bräuchten, wäre, die Türen
geschlossen zu halten und niemanden reinzulassen. Oder alternativ
das Ganze komplett abzureißen.

Tomek hielt den Wagen an und stieg aus. Sean wuchtete seinen
schweren Körper ein paar Augenblicke später heraus.

»Herr Morton?«, fragte Tomek.

Sobald er seinen Namen hörte, warf William die Zigarette auf den
Boden und trat sie aus.

»Die meisten Leute nennen mich Billy«, sagte er und steckte lässig
die Hände in die Taschen.

»Schön für sie. Können wir mit Ihnen über etwas sprechen?«

»Es geht doch nicht um Jesus, oder? Ich hatte schon einen Kunden,
der mir von diesem Motherfucker erzählt hat.«

»Kunden?«

Billy deutete mit dem Daumen über seine Schulter in Richtung des
Zentrums. »Hab da drin 'nen kleinen Friseursalon, nicht wahr?«

Tomek wusste es nicht – aber jetzt schon. Ein Drogendealer, der
einen Friseursalon betreibt... Gab es etwas Offensichtlicheres? Er hätte
genauso gut ein großes Schild an der Vorderseite des Ladens

anbringen können, auf dem stand: *Bitte kommen Sie hierher, um Ihr Geld zu waschen!* Tomek wäre bereit, eine Menge seines eigenen hart verdienten Geldes darauf zu verwetten, dass Billys Friseursalon normalerweise auch ziemlich ruhig war, mit langen Nachmittagen, die er auf den Stühlen sitzend und auf seinem Handy scrollend verbrachte. Er würde auch darauf wetten, dass er, soweit die Regierung und das Finanzamt wussten, ein sehr profitables kleines Unternehmen führte.

»Wir sind nicht hier, um über Jesus zu reden«, sagte Sean. Als Mann mit lockerem Glauben (er praktizierte, wenn er wollte, und ging in die Kirche, wenn er konnte) mochte er es nicht, wenn jemand über solche Dinge scherzte. Obwohl Tomeks Verwendung des Ausdrucks »Himmel, Arsch und Zwirn« sowohl erlaubt als auch gefördert wurde. Was für ihn wenig bis gar keinen Sinn ergab, aber er fügte sich trotzdem.

»Wir sind hier, um mit Ihnen über einen Freund von Ihnen zu sprechen...«, fuhr Sean fort.

Seine imposante Figur und seine tiefe Stimme begannen Billy zu beeindrucken, und er begann zurückzuweichen, verlor etwas von der bullenhaften, jugendlichen Arroganz, die damit einherging, sich für den Hahn im Korb zu halten, den Herren des Reiches Canvey Island.

»Hab nicht viele davon...«, antwortete Billy.

»Dann sollte es nicht allzu lange dauern, oder? Wir haben uns gefragt, ob Sie in letzter Zeit etwas von Jenny Ingles gehört haben.«

Ein Schock des Erkennens huschte über sein Gesicht, als er den Namen registrierte. Aber Tomek kannte die nächsten Worte, die aus seinem Mund kommen würden. Er wäre bereit, noch mehr Geld darauf zu setzen.

»Weiß nicht, von wem Sie reden.«

Dingdingding! Wir haben einen Gewinner!

»Das ist schade«, sagte Tomek. »Denn wir hatten eine kleine Wette. Sehen Sie, Sean sagte, dass Sie das sagen würden. Während ich ein wenig mehr Vertrauen in Sie hatte.«

Billy Morton zuckte mit den Schultern. »Tut mir leid, Sie zu enttäuschen. Hat Ihnen Ihre Mutter nie gesagt, dass man nicht wetten soll?«

»Hat deine dir nie gesagt, dass man keine Drogen verkaufen soll? Oh. Habe ich zu viel gesagt?«

Billys Mund öffnete und schloss sich wie ein Fisch.

»Hör auf mit dem Scheiß, Alter. Wir wissen, dass sie mit dir arbeitet. Oder sollte ich sagen *für* dich. Also warum tust du uns nicht allen einen Gefallen und sagst uns, was wir wissen möchten?«

Bevor er antwortete, huschten Billys Augen mehrmals über Tomeks Schulter. Tomek bemerkte es und drehte sich um, um zu sehen, was der Drogendealer anschaute: zwei Erwachsene, einer ungepflegt mit der Hose halb am Hintern hängend, während der andere respektabler aussah, ein Polohemd trug, das dicke, runde Muskeln betonte, näherten sich ihnen.

»Kunden, sind das?«, fragte Tomek. Dann schaute er genauer hin. Da war etwas anders an diesen beiden. Sie liefen nicht mit dem üblichen deprimierten und zombieartigen Gang eines Junkies, der in der Kluft zwischen dem Verlangen nach dem nächsten Schuss und dessen Beschaffung feststeckt, sondern sie besaßen den Swagger von Leuten, die höher in der Nahrungskette standen. »Oder sehen wir hier deine Lieferanten?«

Billys Augen tanzten zwischen Sean und Tomek, Tomek und Sean. Seine Brust hob und senkte sich, sprang auf und ab.

»Sieht aus, als hättest du nicht mehr viel Zeit, Kumpel«, sagte Sean. »Große Entscheidung zu treffen. Wette, die fragen sich, wer diese großen Tiere in Anzügen sind. Nicht eure durchschnittlichen Kunden, oder?«

»Bitte«, stammelte Billy. »Ich habe sie seit Freitag nicht mehr gesehen. Ich weiß nicht, wo sie ist. Und ich weiß nicht, was sie getan hat.«

»Doch, das weißt du. Und wir auch.«

»Ähmm. Na gut. In Ordnung. Sie hat gearbeitet - aber nicht für mich. Sie arbeitet nicht für mich. Sie hat ihr eigenes Ding gemacht. Sagte, sie würde nach ein paar Typen suchen, um sich zu treffen. Für Sex. Passiert ständig in der Gegend. Hat nichts mit mir zu tun. Aber sie hatte eine Tüte Heroin dabei. Das weiß ich.«

Billy wusste wahrscheinlich selbst nicht, warum er das Bedürfnis verspürt hatte, ihnen dieses kleine Informationsbröckchen mitzuteilen, aber die gute Nachricht war, dass er es getan hatte. Der Druck der Situation hatte die Schleusen in seinem Kopf geöffnet und ihnen etwas mehr verraten, als er vielleicht geplant hatte.

Und gerade noch rechtzeitig; als er fertig gesprochen hatte, kamen die beiden Gestalten in Hörweite.

Tomek beschloss, den Mann vor einem möglicherweise grausamen Tod zu bewahren; die Drogenfahndung würde ihn irgendwann schnappen, was für Leute wie ihn ein Schicksal schlimmer als der Tod war.

»Also fahren wir bis zum Ende dieser Straße, links am Kreisverkehr und dann weiter vorbei an den Spielhallen, und dann noch einmal links?«

Billys Augen weiteten sich verwirrt. »Ja. Wenn ihr an der Kneipe ankommt, seid ihr zu weit gefahren.«

»Mega«, sagte Tomek. »Danke, Kumpel. Und wenn wir uns verlaufen, wissen wir ja, wo wir dich finden, oder?« Er brach in schallendes Gelächter aus, das über den Parkplatz rollte, und klopfte Billy dann auf den Arm. »Mach's gut, Alter. Und nochmals danke für die Wegbeschreibung.«

Als sie ihm den Rücken zukehrten, registrierte Tomek die Gesichter der beiden Personen mit einem Nicken und ging dann zurück zum Auto.

Er war sich nicht genau sicher, was er mit den Informationen anfangen sollte, die Billy ihm gegeben hatte. Wenn das Video, wie sie mitten in der Nacht hinter einem Fisch-und-Chips-Laden in das Auto eines anderen Mannes stieg, kein unwiderlegbarer Beweis dafür war, dass sie sich prostituiert hatte, dann war es Billys Aussage. Und jetzt wussten sie, dass sie auch Drogen bei sich getragen hatte - eine Steigerung vom Kokain, das sie und ihre Freunde im Windjammer konsumiert hatten. Aber jetzt bestätigte es Tomeks Hypothese, die Nick nicht glauben wollte: dass ihr Entführer vielleicht ein Heroinabhängiger auf der Suche nach einem Abenteuer gewesen war.

Ein Abenteuer, das schiefgelaufen war.

KAPITEL 40

Tomek freute sich an diesem Abend nicht darauf, seinen Schlüssel in die Haustür seiner Wohnung zu stecken. Es war fast vierundzwanzig Stunden her, seit Kasia weggelaufen war, und sie hatten überhaupt nicht miteinander gesprochen. Klar, er hatte ihr auf WhatsApp geschrieben, dass er spät nach Hause kommen würde und sie sich ihr Abendessen selbst machen müsste. Aber hatte sie geantwortet? Absolut nicht. Stattdessen hatte sie die Nachricht gelesen und ihn ignoriert.

Sie hatte ihn auf »gelesen« stehen lassen, wie die Kids das nannten.

Und das gefiel ihm nicht. Es war nicht nur unhöflich und respektlos, sondern auch verletzend. Er hatte keine Ahnung, in welche Situation er da hineinlaufen würde. Wie ihre Laune sein würde. Wie warm oder kalt sie sein würde.

Und das war nichts, worauf er zu wetten bereit war.

»Kasia?«, rief er ins Leere.

Das Wohnzimmer war leer, und seine Schlafzimmertür – *ihre* Schlafzimmertür – war fest verschlossen. Der Geruch von gekochtem Abendessen hing noch aus der Küche in der Luft, und die Reste lagen noch auf ihrem Teller. Fast achtzig Prozent der mikrowellengeeigneten Chili-con-Carne-Mahlzeit. Genau wie am Abend zuvor und am Abend davor. Sie aß nicht richtig, und er fragte sich, ob sie das Mittagessen gegessen hatte, das er ihr am Morgen zubereitet hatte.

Er wollte den Begriff »Essstörung« nicht verwenden, aber eine Sache, der er sich zunehmend bewusst wurde – und für die er aktiv Schritte unternahm, um sich darüber zu informieren – war der zunehmende Druck, der auf junge Mädchen in Kasias Alter ausgeübt wurde, wie Fitnessmodels auszusehen und fast nichts zu tragen. Die Verbreitung von sozialen Medien hatte eine ständige Angst vor Gewicht und schlank aussehen bei beeindruckbaren Kindern erzeugt, indem sie mit Bildern von dünnen, spärlich bekleideten Models bombardiert wurden, die erschreckend dünn waren und manchmal ausgemergelt wirkten. Er hatte sogar begonnen zu bemerken, dass Kasia selbst schlanker wurde; am auffälligsten an ihren Schultern und Armen.

Nur eine weitere Sache, um die er sich bei der Betreuung eines Teenager-Mädchens Sorgen machen musste. Das und Jungs, Alkohol, Drogen, Sex. Alles Dinge, mit denen er verflucht nochmal keine Ahnung hatte, wie er damit umgehen sollte.

Als Nächstes ging er zu seinem Schlafzimmer – *ihrem* Schlafzimmer. Der sanfte Klang von Musik kam von der anderen Seite der Tür. Sie hörte sie über ihre Kopfhörer so laut, dass er es von seiner Position aus hören konnte. Wenn sie nicht aufpasste, würde sie zu einer Generation gehören, die mit dreißig taub sein würde.

Er klopfte, erhielt aber keine Antwort.

Er klopfte noch einmal.

Immer noch nichts.

Dann öffnete er vorsichtig die Tür und steckte zaghaft seinen Kopf durch den Spalt, wobei er direkt auf den Kleiderschrank vor ihm blickte – falls er sie in einer peinlichen Situation antreffen würde.

Die Realität war viel schlimmer.

Zuerst bemerkte er den Geruch. Fruchtig. Süß. Wie Trauben.

Und dann sah er die riesige weiße Dampfwolke, die vor ihrem Gesicht schwebte und sich sanft bewegte, als der Wind durch das Fenster wehte.

Da saß sie, auf ihrem Bett, immer noch in ihrer Schuluniform, und rauchte eine E-Zigarette.

»Was zum Teufel machst du damit!?« Seine Stimme hallte durch den Raum und durch die Kopfhörer.

Sobald sie ihn im Türrahmen stehen sah, riss sie sie von ihrem

Kopf und warf sie aufs Bett, dann versteckte sie schnell die E-Zigarette unter der Bettdecke.

»Du kannst sie verdammt nochmal nicht verstecken«, sagte er zu ihr. »Ich hab sie verdammt nochmal gesehen. Was glaubst du eigentlich, was du da tust, in meinem verfickten Haus zu rauchen?«

Kasia öffnete ihren Mund, aber er war zu wütend, um sie sprechen zu lassen, geschweige denn zu hören, was sie zu sagen hatte.

»Wo zum Teufel hast du die her? Wer glaubst du eigentlich, wer du bist? Das ist mein verdammtes Haus, und du machst so etwas, als ob dir der Laden hier gehört?«

Tomek machte eine kurze Pause, um Luft zu holen. Er hatte den Überblick verloren, wie oft er das Wort *verdammt* gesagt hatte.

»Es ist...«, begann Kasia. »Ich... Sprich nicht so mit mir.«

»Ich rede mit dir, wie es mir passt.«

»Nein, kannst du nicht. Du bist nicht mein Vater!«

Tomek ballte seine Faust. Seine Reaktion auf diese Worte würde später kommen, wenn er Zeit gehabt hatte, sie zu verarbeiten.

»Doch, bin ich! Aber ich habe nie darum gebeten, dein Vater zu sein, oder? Aber schau, wo wir jetzt sind!«

Und seine Reaktion auf *diese* Worte würde hoffentlich schneller kommen, betete er. Viel schneller. So in etwa in den nächsten dreißig Sekunden.

Kasia kroch auf ihre Knie. »Ich hasse es hier verflucht nochmal!«, schrie sie, dann griff sie nach der E-Zigarette und zog wiederholt daran.

Sie schaffte es nur bis zum zweiten Versuch, bevor Tomek bei ihr war. Er riss sie aus ihrem Mund und stürmte in die Küche, wo er sie in den Mülleimer warf.

»Was machst du da?«, schrie Kasia ihm nach und blockierte die Küchentür. »Ich habe dafür bezahlt!«

»Mit welchem Geld?«

Bevor sie antworten konnte, eilte Tomek zum Bücherregal im Wohnzimmer und zog sein Lieblingsbuch heraus. *Das Bildnis des Dorian Gray*. Darin sollte ein geheimes Notgeld von hundert Pfund versteckt sein, aber als er es öffnete, zählte er nur noch fünfzig Pfund, bestehend aus zwei Zwanzigern und einem Zehner.

»Hast du mich verdammt nochmal beklaut?«

Das Rauchen war eine Sache, aber das Stehlen eine ganz andere Nummer. Er würde keines von beiden tolerieren.

»Ich habe dich neulich um Geld gebeten, und du wolltest mir keins geben!«

Hatte sie das? Hatte er nicht?

Er konnte sich nicht an das Gespräch erinnern, auf das sie sich bezog, aber das bedeutete trotzdem nicht, dass sie von ihm stehlen durfte.

»Wo hast du die E-Zigaretten gekauft?«

»Im Laden«, sagte sie mit all dem Trotz, den man von einem Kind erwarten würde, das glaubte, im Recht zu sein.

»Welcher Laden?«

»Einer um die Ecke.«

»Welche Ecke? Hier oder bei der Schule? Eigentlich, weißt du was? Ich werde mit beiden sprechen und sicherstellen, dass sie dich nicht bedienen.«

»Was? Das ist total unfair.«

»Du bist *minderjährig*! Du solltest nicht einmal von diesen Dingen wissen, geschweige denn sie rauchen. Sie sind nicht gut für dich. Wir wissen nicht einmal verdammt nochmal, was sie mit deiner Gesundheit machen. Ich will nicht, dass du sie weiter rauchst.«

»Du kannst mir nicht sagen, was ich tun soll...« Sie verschränkte die Arme und schnaubte.

»Weil ich nicht dein Vater bin? Nun, ich bin es. Und das ist die Situation, in der wir beide stecken. Ich gebe hier mein Bestes, und du gibst nichts zurück.« Er legte seine Hände auf den Kopf und seufzte tief, wobei sein Blick zu Boden fiel. Als er ausatmete, schien die Spannung im Raum leicht nachzulassen. »Weißt du was – ich ertrage es nicht, dich jetzt anzusehen. Verschwinde aus meinen Augen. Geh in dein Zimmer.«

Wenig überraschend musste man Kasia das nicht zweimal sagen. Die Tür knallte einen Moment später zu. Und dann fiel es ihm ein – das Fenster. Es war offen.

»Scheiße!«

Sie war schnell; wenn er jetzt nicht handelte, könnte er sie wieder verlieren. Er sprang aus der Küche und zur Schlafzimmertür. Er stürmte einen Augenblick später hinein und erwischte sie, wie sie in ihre Blazertasche griff, um eine weitere E-Zigarette zu holen.

»Fast...«, sagte er, diesmal deutlich ruhiger, und streckte seine Hand aus. »Aber nicht ganz. Gib sie her.«

Auf Kasias Gesicht spielten sich einige Entscheidungen ab: Die erste war, ob sie die E-Zigarette aus dem Fenster werfen sollte (schließlich wäre es besser, wenn niemand sie hätte, als wenn er sie bekäme), und die zweite war, sie vor ihm zu rauchen, in einer Zurschaustellung purer Arroganz, wie sie es gerade zuvor getan hatte.

Glücklicherweise für ihn brauchte sie zu lange für ihre Entscheidung und bemerkte Tomeks ausgestreckte Hand nicht. Er nahm die kleine Pappschachtel und steckte sie in seine Tasche.

»Wie viele hast du noch?«

»Keine.«

»Lüg mich nicht an, Kasia. Ich will nicht deine Tasche durchsuchen müssen.«

»Dann lass es.«

Wenn es je eine Einladung gab, es zu tun, dann war es das. Mit einem langen Schritt erreichte er die andere Seite der Kommode und fand ihre Schultasche. Darin befanden sich ein Planer, ein kleines Federmäppchen, eine Sammlung von Schulbüchern und eine Wasserflasche. Und ganz unten lag das in Alufolie eingewickelte Sandwich, das er ihr für das Mittagessen gemacht hatte, obwohl er beschloss, es nicht zu erwähnen. Der Vape-Vorfall war mehr als genug für jetzt. Das war ein Streit für ein andermal, etwas, das er in seinem Arsenal verschlossen halten würde.

»Wie lange rauchst du diese schon?«, fragte er, der Kampf war aus seiner Stimme verschwunden.

»Nicht... nicht lange.«

»Einen Tag? Eine Woche?«

»Ein paar Tage.«

»Und hat Sylvia dich darauf gebracht?«

Etwas in ihm hatte sich verändert. Vom wütenden, tollwütigen Rottweiler zum ruhigen, sanften Labrador.

»Nein. Sie mag sie nicht.«

»Wie zum Teufel bist du dann darauf gekommen?«

Sie antwortete nicht. Etwas in ihr hatte sich ebenfalls verändert.

Wie er war sie vom wilden Jack Russell zum temperamentvoll gehorsamen Golden Retriever geworden.

Tomek entschied, dass das für heute genug war. Nichts mehr zu diesem Thema zu besprechen. Kein weiteres Geschrei. Aber bevor er ging, schloss er das Schlafzimmerfenster und sperrte es mit dem Schlüssel ab.

Kein weiteres Entfliehen in die Nacht mehr.

Als er die Schlafzimmertür hinter sich schloss, zog er sein Handy heraus und machte sich auf den Weg zum Sofa. Seine Gedanken waren überflutet mit unzähligen Überlegungen. Über den Streit. Darüber, dass sie nicht aß. Darüber, dass sie rauchte. Darüber, dass sie zu einer lästigen und schwierigen Belastung für seine Zeit wurde.

Darüber, wie sie begann, denselben rutschigen Pfad hinunterzufallen, den Jenny Ingles einst gegangen war. Darüber, wie er nicht wollte, dass ihr dasselbe passierte.

Darüber, wie er dafür nicht geschaffen war. Dass er völlig überfordert war. Dass er komplett und absolut ahnungslos war.

Darüber, wie verzweifelt er nach Hilfe suchte...

Dort sitzend, auf sein Spiegelbild im schwarzen Bildschirm des Fernsehers starrend, dachte er über dieses Wort nach: *Hilfe*. Was es bedeutete und wo er sie finden könnte.

Dann entsperrte er sein Handy und scrollte zu den »Anrufliste« in seinem Telefonbuch. Sah die mehreren verpassten Anrufe von der nicht registrierten Nummer.

Anika.

Kasias Mutter. Die eine Person, die sie wahrscheinlich mehr als jeder andere gerade brauchte.

KAPITEL 41

Zu sagen, dass die Dinge auseinanderzufallen begannen, wäre eine Untertreibung. Sie verloren rapide die Kontrolle über die Situation, und er wusste nicht, wie es weitergehen sollte. Aber ein Teil von ihm fühlte, dass sie den Punkt ohne Wiederkehr bereits überschritten hatten, also was war schon der Schaden, wenn sie diesen rücksichtslosen Weg weitergingen? Was war schon ein Leben mehr?

Er hatte nie geplant, dass es so kommen würde, aber sie hatte darauf bestanden. Und jetzt hatte er Dinge getan, auf die er nicht stolz war. Dinge, die er später bereuen würde.

Das Ergebnis davon lag vor ihm auf dem Boden. Halb nackt von der Taille abwärts, ihre Unterwäsche achtlos zur Seite geworfen in einem schmutzigen Durcheinander. Ihre Haut war mit einer Schicht dichten Schweißes bedeckt und sie zitterte heftig. Sie war halb bei Bewusstsein, obwohl man von dem leeren, abwesenden Blick in ihren Augen denken könnte, sie wäre tot.

Wenn sie es noch nicht war, dann würde sie es bald sein.

Auf dem Boden neben ihr lag eine Nadel, deren Spitze die Spuren ihrer Verwendung aufwies. Daneben lagen Beweise für etwas anderes: ihre Unfähigkeit.

Vielmehr *seine* Unfähigkeit.

Eine Vene zu finden und die Drogen in ihren Körper zu injizieren, war eine steile Lernkurve gewesen (und selbst jetzt war er nicht ganz sicher, ob er es vollständig begriffen hatte), aber er hatte die Grundlagen gelernt und wusste, dass es bei Heroin und ähnlichen Drogen im Wesentlichen nur darum ging, sie in den Blutkreislauf zu bekommen.

Eigentlich ganz einfach. Nur war es das nicht gewesen. Nicht, als seine Hände gezittert hatten, während er die Nadel in ihre Haut gestochen hatte, wobei er fast ein Stück ihrer Haut abgerissen hätte, als er sie erwischte.

Nachdem er ihr schließlich die Drogen verabreicht hatte, war sie in eine komaähnliche Trance gefallen, ihr Geist und ihre Seele Lichtjahre entfernt, während ihr Körper fest bei ihm blieb.

Offen.

Bereit.

Er war nicht stolz auf das, was als nächstes passiert war (Christus, wer könnte das sein?), aber es war trotzdem passiert.

Und kurz darauf noch einmal.

Seit sie bei ihnen war, war der Körper der armen Jenny Ingles zu einem Spielzeug geworden. Ein Spielzeug für ihn – *sie* – zum Experimentieren und Vergnügen.

Sie *war* schließlich eine Prostituierte.

Das einzige Problem, das sie jetzt hatten – das große Dilemma, das größte verdammte Dilemma, das je existiert hatte – war, was sie mit ihr machen sollten.

Ihr Heroin ging rasch zur Neige. Und kurz nachdem es aufgebraucht war, würde sie aufwachen und sein Gesicht erkennen. Das eröffnete eine ganze Reihe potenzieller Probleme, auf die sie nicht vorbereitet waren.

Er hatte gewusst, dass dies ein Teil davon sein würde – er hatte zugestimmt – aber nicht so. Es gab bessere Wege, es zu tun als diesen...

Er blickte auf Jenny hinab, die auf dem Boden ausgestreckt lag. Widerlich. Könnte er das wenige Heroin, das ihnen noch geblieben war, verwenden und auf eine Überdosis hoffen? So würden sie sich das Durcheinander ersparen.

Oder könnte er ein letztes Mal mit ihr fertig werden und dann tun, was getan werden musste?

Ein letzter Fick.

Eine letzte enttäuschende und vorhersehbare Ejakulation.

Bevor sie zur nächsten Phase übergingen.

KAPITEL 42

oo-Moos war seit zwanzig Jahren eine feste Größe in der Leigh Broadway Hauptstraße und außerdem einer ihrer Lieblingsläden, weshalb er es als passenderen Treffpunkt auswählte. Ganz zu schweigen davon, dass sie nicht der Typ Frau war, den man in eine Kneipe mitnehmen würde. Zu anspruchsvoll. Zu kultiviert.

Heute Abend war die Bar ruhiger, als Tomek es für einen Donnerstagabend erwartet hatte. Trotzdem waren die üblichen Verdächtigen anwesend: die zwei schick zurechtgemachten Frauen, die in der Ecke mit ihren G&Ts saßen und leise über ihre Ehemänner lästerten, bevor sie in die reale Welt zurückkehren mussten; ein junges Pärchen, das einen ruhigen Ort für den Abschluss ihres Date-Abends suchte, bevor sie nach Hause gingen, um in Schweigen zu versinken; und schließlich die Gruppe von fünf Männern, die sich offensichtlich für eine Nacht auf der Jagd nach Frauen vorbereitet hatten, aber ihre Chancen bereits verspielt hatten, weil sie zu betrunken waren, noch bevor sie sich in Richtung der Clubs im Zentrum von Southend aufgemacht hatten.

Der Schmelztiegel der Essex-Oberschicht.

Tomek sah auf seine Uhr. Es war kurz nach 22 Uhr.

Spät, aber nicht zu spät. Die Sperrstunde würde in etwa einer Stunde sein, vielleicht etwas später, je nachdem, wie großzügig sich der Besitzer fühlte.

Während er wartete, drehte er das Bierglas auf dem Tisch und beobachtete, wie die Flüssigkeit von einer Seite zur anderen schwappte. Bis schließlich die Tür aufging und ein altbekanntes Gesicht hereinkam, ein *seltsames* Gesicht.

Ein Gesicht, das sich seit ihrem letzten Treffen drastisch verändert hatte und doch überhaupt nicht.

Seine *Hilfe*.

Sobald Saskia Albright ihn bemerkte, strahlte ihr Gesicht, und er wurde zurückversetzt zum letzten Mal, als er sie gesehen hatte: bei der Beerdigung seines Freundes, vor fast dreizehn Jahren. Sie waren nach der Trauerfeier einen Kaffee trinken gegangen und hatten sich an die gemeinsamen Geschichten erinnert. Kurz bevor sie zurück nach Schottland flog, um bei ihren Eltern zu leben und den Trauerprozess um ihren verstorbenen Freund zu beginnen.

»Tomek...«, sagte sie mit einem schottischen Akzent, der einen leichten Essex-Einschlag hatte. »Es ist so schön, dich zu sehen.«

Tomek antwortete nicht. Stattdessen stand er auf, ging auf sie zu und umarmte sie. Fest. Er schlang seine Arme um ihren kleinen Körper und drückte sie, als wäre sie eine längst verloren geglaubte Verwandte, die er einst für tot gehalten hatte.

»Du hast keine Ahnung, wie sehr ich dich vermisst habe«, sagte er, als er sie endlich losließ. Wenn sie sich von der Dauer der Umarmung gestört fühlte, zeigte ihr Gesicht es nicht.

»Genauso geht's mir, aber nichts hat dich davon abgehalten, ab und zu mal anzurufen oder zu schreiben – es war, als wärst du vom Erdboden verschwunden!«

Tomek zögerte, während er eine Antwort formulierte. »*Genauso geht's mir.* Schottland ist nicht so weit vom Ende der Welt entfernt.«

Sie warf ihm diesen kleinen finsteren Blick zu. Den, der versuchte, das Grinsen auf ihrem Gesicht zu verbergen, aber kläglich scheiterte. Den, den er liebte und bei jeder sich bietenden Gelegenheit hervorzulocken versuchte.

»Einen Drink?«

»Bitte.«

»Das Übliche?«

»Mal sehen, ob du dich erinnerst.«

Das tat er. Ein Disaronno mit Cranberrysaft. Er erinnerte sich nur deshalb, weil es wie die Cherry Drops schmeckte, die er als Kind immer im Kiosk um die Ecke gekauft hatte.

»Ich bin beeindruckt«, sagte sie, während sie an ihrem Getränk nippte. Ihr Lippenstift hinterließ einen Fleck auf dem Strohhalm.

»Es gibt ein paar Dinge, in denen ich gut bin, und eines davon ist, mich an die Lieblingsgetränke meiner Freunde zu erinnern.«

»Aber nicht daran, anzurufen?«

Tomek seufzte. »Willst du den ganzen Abend so drauf sein? Sonst schicke ich dir jetzt die Rechnung für das Getränk, und wir können es gut sein lassen.«

»Du bist derjenige, der mich hergebeten hat«, sagte sie.

»Ich fange an zu wünschen, ich hätte es nicht getan. Was willst du von mir? Eine Entschuldigung? Gut. Es tut mir leid, dass ich nicht angerufen habe. Ich war ein Mistkerl und ein noch mieserer Freund. Aber du bist selbst nicht ganz unschuldig, meine Liebe...«

»Ich weiß, aber es lässt mich mich besser fühlen über den Teil, den ich auch dazu beigetragen habe.«

»Typisch Saskia«, sagte Tomek und verdrehte spöttisch die Augen.

Für die nächsten Augenblicke sagte keiner von beiden etwas. Um die Lücke zu füllen, nahm Tomek einen Schluck von seinem Getränk, und sie tat es ihm gleich. Stellte es vorsichtig ab, mehr Blickkontakt. Sie steckten in dieser Lücke fest, einen Anfang zu finden. Zu wissen, wo sie beginnen sollten, um die Lücken der letzten dreizehn Jahre zu füllen.

Am Ende entschied sich Tomek für den einzigen Gesprächseinstieg, der ihm in den Sinn kam.

»Wie geht's dir so?«

»Das war's, ja? Fast fünfzehn Jahre und alles, was ich bekomme, ist ‚Wie geht's dir so'? Komm schon, Tomek, du kannst es besser als das. Wo ist dein Charme geblieben?«

Ausgesaugt von dem Teenager, der derzeit in seinem Zimmer eingesperrt war und unter strengen Anweisungen stand, nichts Dummes zu tun.

»Ich wollte mich langsam rantasten«, sagte er zu ihr. »So macht man das doch. Du würdest ja auch nicht auf jemanden zugehen und ihn sofort fragen, ob er dich heiraten will. Aber ich muss sagen, du siehst wirklich gut aus. Du scheinst überhaupt nicht gealtert zu sein.«

»Nun, danke... denke ich. Du siehst selbst auch nicht so schlecht aus.«

»Wie geht's deinen Eltern?«

»Noch am Leben. Gerade so. Mum war wegen eines Hüftproblems immer wieder im Krankenhaus, und Dad hat immer noch sein kaputtes Herz, also sieht es so aus, als hätte ich in etwa dreißig Jahren dasselbe Problem.«

»Sieh's positiv«, begann er, »zumindest wirst du nicht verrückt dort oben in den Bergen. All dieser weite, offene Raum und die saubere Luft können dir wirklich Probleme bereiten. Muss schrecklich sein.«

»Ist das der Grund, warum du so lange hier unten geblieben bist? Weil es dich auf dem Boden hält?«

Tomek nickte. »Das, und weil ich den Akzent nicht *ertragen* kann.«

Sie keuchte gespielt auf und schlug sich die Hand vor den Mund. »Du hast immer gesagt, du magst meinen Akzent!«

»Das war vor dreizehn Jahren. Damals war er dezent. Jetzt ist er viel ausgeprägter. Ich schätze, das bedeutet, dass du noch ein paar Jahre hier unten bleiben musst.«

»Das ist der Plan.«

»Wie lange bist du schon wieder zurück?«

»Etwa sechs Monate.«

Jetzt war er an der Reihe, gespielt nach Luft zu schnappen. »Und du hast nicht angerufen? Du bist die ganze Zeit zurück gewesen und nichts...? Ich bin verletzt.«

»Ich habe versucht, dir so gut wie möglich aus dem Weg zu gehen. Aber jetzt hast du mich in die Ecke gedrängt... Ich hatte keine Wahl.«

»Sechs Monate durchzuhalten ist schon eine Leistung«, sagte er. »Aber mir kannst du nicht entkommen. Ich bin wie Herpes - ich komme immer wieder zurück, Baby.«

Saskia warf ihm einen weiteren dieser finsteren Blicke zu.

Zwei in so schneller Folge. Das lief besser als erwartet.

Nachdem sie ihm den Blick zugeworfen hatte, wechselte das Gespräch zur Arbeitswelt, um die Lücken zu füllen. Nach ihrer Rückkehr nach Schottland hatte Saskia beschlossen, Lehrerin zu werden. Hauptsächlich an weiterführenden Schulen, wo sie Englisch an Kinder unterrichtete, die sich mehrheitlich nicht dafür interessierten. Aber jetzt suchte sie eine neue Herausforderung und hatte eine feste Stelle an einer Grundschule auf Canvey (an diesem Punkt hatte Tomek gedroht zu gehen). Es war für sie ohnehin ein gewaltiger Berufswechsel gewesen, aber nach ein paar Monaten hatte sie sich eingelebt. Und jetzt durchlief sie das alles wieder.

»Es ist buchstäblich, als würde man als Kind auf eine neue Schule wechseln«, sagte sie. »Du kennst niemanden und es dauert eine Weile, bis alle mit dir warm werden. Du musst wissen, was ich meine...«

Tomek wusste es. Und er dachte zurück an seine frühen Schultage. Wie er vorne im Klassenzimmer saß ohne jemanden zum Reden, während alle Gruppen und Cliquen hinten saßen. Er hatte dort gesessen und zum Lehrer und zur Tafel hochgeschaut, versuchte die Hieroglyphen der englischen Sprache zu entziffern, ohne um Hilfe zu bitten. Es war wochenlang so gewesen, bis Saskia eines Tages zu ihm gekommen war und begonnen hatte, mit ihm zu sprechen. Komplettes Kauderwelsch, in seinen Augen. Aber freundliches Kauderwelsch, höfliches Kauderwelsch. Sie hatte immer behauptet, dass sie seine Freundin sein wollte, weil er freundlich und warmherzig aussah. Aber Tomek kannte den wahren Grund, auch wenn sie ihn nicht aussprechen wollte. Es war aus Mitleid. Ein Vorschlag, den ihre Eltern eines Abends gemacht hatten und den sie umgesetzt hatte.

Aber er war dankbar dafür.

Und jetzt begann Tomek zu begreifen, dass er dankbar war, dass Sylvia für Kasia etwas Ähnliches getan hatte. Dass sie den Schritt gewagt und angefangen hatte, sich mit einer völlig Fremden anzufreunden, die neu in der Schule war.

Sylvia war Kasias Saskia, und Tomek war dankbar dafür.

»Da ist etwas Wichtiges, das ich dir sagen muss...«, begann er.

Die Farbe wich aus ihren Wangen, als ihr Verstand das Schlimmste vermutete.

»Nein, ich sterbe nicht«, sagte er schnell, um ihre Befürchtungen zu zerstreuen. »Zumindest glaube ich nicht. Nein... es ist nur die Kleinigkeit, dass ich vor über einem Monat erfahren habe, dass ich jetzt der stolze Vater einer dreizehnjährigen Tochter namens Kasia bin.«

Eine Weile lang schien sich in Saskias Gesicht nichts zu regen. Es war, als wäre sie in der Zeit eingefroren und die Zahnräder in ihrem

Kopf mit ihr. Selbst wenn sie hätte sprechen oder reagieren wollen, konnte sie nicht. Nicht, bis alles wieder aufzutauen begann.

Während er wartete, trank Tomek sein Bier aus und ging zur Bar. Er kam mit einem weiteren Bier für sich und einer weiteren Packung Cherry Drops für sie zurück.

»Du siehst aus, als könntest du noch eine gebrauchen...«, sagte er.

»Ich...«, begann sie, kam aber nur bis zur ersten Silbe. »Ich glaube, du bist derjenige, der den extra Drink braucht...« Dann schüttelte Saskia den Kopf, als sie wieder zu sich kam. »Ich habe so viele Fragen.«

»Und so wenig Zeit, sie zu stellen.«

Während er an der Bar gewesen war, hatte der Barkeeper ihm erklärt, dass letzte Bestellung sei und dass sie in einer weiteren halben Stunde schließen würden.

»Ich hätte nie gedacht, dass so etwas *dir* passieren würde«, begann sie. »Ich meine, ich wusste, wie du früher warst, aber ich habe dich nie mit einem Kind vorgestellt. Ich dachte immer, es wäre... Aber wenn sie dreizehn ist, dann muss sie kurz nach meinem Weggang geboren worden sein.«

Tomek nickte.

»Und um diese Zeit warst du noch mit Anika zusammen... Das bedeutet...«

Tomek nickte wieder.

»Weißt du, wenn dir dieser Lehrer-Kram nicht gefällt, dann können wir sicher eine Rolle für dich bei der Polizei finden. Du bist ziemlich scharfsinnig.«

»Aber wie? Wann? Was? Wo ist sie? Wart ihr beide seitdem zusammen? Was ist mit der ganzen Sache mit ihrem Onkel...? Patrick...? James...? Die Affäre...?«

Tomek streckte die Hand aus und legte sie auf ihre. Sie beruhigte sich sofort, als sie einen Moment darauf blickte. Jetzt, während sie in einem Zustand des Halbschocks war, erklärte Tomek alles. Wie Anika während ihrer Beziehung schwanger gewesen war. Wie sie die Neuigkeit vor ihm verheimlicht und Kasia allein großgezogen hatte. Wie sie in ihre lähmende Drogensucht verfallen war. Wie sie das Mädchen an einem kalten Nachmittag im November zu ihm geschickt hatte.

Wie sie seitdem bei ihm lebte.

Am Ende öffnete sich Saskias Mund und sie fuhr mit der Zunge über ihre Zähne.

»Jesus Christus. Das ist echt krass.«

»Genau. Also, das ist der neue Ich: der erwachsene Tomek. Weil ich keine Wahl hatte.«

»Und wie läuft es zwischen euch beiden?«

Da wurde es interessant. Tomek erklärte ihr die Schwierigkeiten, die die beiden hatten. Wie die Dinge in der vergangenen Woche oder so scheinbar gut gelaufen waren und wie sie in den letzten paar Tagen drastisch abgestürzt waren. Tomek hatte so viel Respekt und Bewunderung für Saskia und so viel Vertrauen in sie, dass er offen und verletzlich mit ihr war. Er erklärte im Detail seine eigenen Fehler und Schwächen, aber auch die von Kasia. Er hatte nicht gewollt, dass es so aussah, als würde er die ganze Schuld für ihre schwierige Beziehung auf sie schieben.

»Sie hat viel durchgemacht...«, sagte er. »Aber erst kürzlich haben die Dinge... sie haben begonnen zurückzurutschen. Ich habe sie heute Abend beim Dampfen erwischt, als ich nach Hause kam.«

»Ist das der Grund für den Anruf?«

Tomek nickte. »Ich brauche Hilfe. Du warst die einzige Person, an die ich denken konnte.«

»Sehr nett von dir. Aber ist das, was sie tut, so anders als das, was du in ihrem Alter getan hast?«

Tomek überlegte. Sah die andere Seite der Medaille.

»Es ist diskutabel besser... Je nachdem, mit welchem Mediziner du sprichst.«

»Nun, sie ist dreizehn. Dinge passieren mit ihr. Ihre ganze Welt verändert sich. Noch mehr, wenn man bedenkt, wie sehr sie sich bereits verändert hat.« Jetzt war sie an der Reihe, ihre Hand auf seine zu legen. Weich, sanft, vertraut. »Sie passt sich einfach an alles an. Das wird eine Weile dauern. Du musst ihr einfach etwas Zeit geben.«

Zeit war kein Problem. Zeit konnte er ihr geben.

Es war die Geduld, die ihm ausging. Und er brauchte schnell eine Lösung.

KAPITEL 43

Jenny Ingles' Leiche wurde kurz nach 9 Uhr morgens gefunden. Es war das erste Mal an diesem Morgen, dass jemand mutig genug war, durch den Park zu gehen, seit Annabelle Lakes Leiche dort entdeckt worden war. Es war, als hätte sich ein unsichtbares und undurchdringliches Kraftfeld um das Gebiet gelegt, das sich erst auflöste, sobald die Sonne über dem Horizont erschien. Der Tod der kleinen Annabelle hatte sich viral verbreitet und die Stadt schockiert. Infolgedessen säumten Dutzende von Blumen und Fotos, die Elizabeth Lake und Georgia Gregory auf Facebook geteilt hatten, die Metallzäune rund um das Gelände. Einige waren mutig genug gewesen, den Spielplatz zu betreten und ihre Andenken auf der Schaukel zu hinterlassen, auf der sie gestorben war.

Aber jetzt war es der Ort, an dem eine weitere Leiche gefunden wurde, genau an derselben Stelle und in derselben Position wie Annabelle Lake.

Obwohl Tomek diesmal nicht erwartete, dass der Rummel ganz so laut sein würde. Jenny Ingles' Verschwinden hatte auf den Sprossen der Social-Media-Leiter nicht einmal ein Murmeln hervorgerufen. Niemand zeigte Emotionen oder schien sich um ein vermisstes Mädchen zu kümmern, das Drogen verkaufte und sich prostituierte.

Wirklich schrecklich.

Um Jenny Ingles' Körper – der diesmal von der Spitze der Schaukel gehängt worden war, weil ihr Körper länger war – befand sich eine Einheit von Kriminaltechnikern. Sie waren schon einmal dort gewesen, hatten die gleiche Arbeit geleistet und daher das Zelt an der gleichen Stelle wie zuvor aufgebaut. Jeder im Team wusste, was er tat und wonach er suchte.

Als Tomek ihnen zusah, wie sie herumschlichen und Fotos von potenziellen Beweisstücken machten, bemerkte er, wie einer aus dem Team neben dem Wandgemälde in der Nähe der Schaukeln kauerte. Die mit einem Schutzanzug bekleidete Person war dabei, die Bekundungen der Liebe und Trauer zu entfernen und legte sie vorsichtig in Beweismitteltüten. Einen nach dem anderen verstummte das Rascheln von Plastik.

Tomek war diesmal allein gekommen. Nur weil er nicht wollte, dass jemand miterlebte, wie er möglicherweise wieder über dieselbe schlammige Stelle stolperte wie beim letzten Mal.

Er betrachtete diesen Fleck gründlich und sagte sich, ihn nicht zu betreten.

»Guten Morgen, Chef«, sagte Lorna, die Pathologin vom Innenministerium. Sie hatte ihren forensischen Anzug ausgezogen und stand mit ihm auf der anderen Seite der Absperrung. »Sie sehen müde aus«, sagte sie ihm.

»Ja. Danke.«

»Sobald man die Vierzig erreicht, geht es bergab«, fügte sie hinzu. »Man beginnt, die Dinge etwas mehr zu spüren.«

Tomek hob eine Augenbraue in ihre Richtung. »Sind Sie nicht Mitte dreißig?«

»Ja. Ich wollte nur, dass Sie sich etwas besser fühlen, das ist alles.«

Tomek bedankte sich halbherzig und deutete dann auf das Zelt. »Sagen Sie mir alles, was ich wissen muss, und mehr.«

»Sie wissen bereits alles, was es zu wissen gibt. Getötet auf genau dieselbe Weise wie Annabelle Lake. Gleiche Art, gleiche Todeszeit – und ich bin bereit zu wetten, dass sie denselben Mageninhalt hat wie die kleine Annabelle.«

»Wann können Sie das mit Sicherheit sagen?«

»Heute Nachmittag. Ich kann ein paar Dinge verschieben. Ihrem Killer fehlt nur noch ein Mord, um als Frühstück eingestuft zu werden.

Und ich weiß einfach, dass ich Sie alle dann auf dem Hals haben werde.«

Es dauerte einen Moment, bis Tomek den Witz verstand.

»Sie meinen Serienkiller?«

»Ja. Aber wenn ich es erklären muss, klingt es nicht mehr so gut.«

»Nein, das stimmt. Vielleicht überlegen Sie sich beim nächsten Mal eine bessere Präsentation.« Tomek fuhr sich mit den Fingern durch die Haare. »Aber ja, mit etwas Glück werden wir ihn fangen können, bevor wir ein drittes Opfer haben.«

Obwohl in seiner Stimme keine Hoffnung lag, keine Hoffnung in seiner Seele. Der Killer hatte es geschafft, immer einen Schritt voraus zu sein, und jetzt begann es sich anzufühlen, als würde er davonziehen...

Zwei Schritte.

Drei Schritte.

Tomek konnte nicht zulassen, dass er einen vierten erreichte.

Mit etwas Glück würde er ausrutschen, einen Fehler machen. Und wenn er das täte, würde Tomek bereit sein und im nassen und schlammigen Gras warten.

KAPITEL 44

Während er darauf wartete, dass Lorna ihm ihre Ergebnisse schickte, beschloss Tomek, einer Idee nachzugehen, die ihm gekommen war.

Es war 10 Uhr, und das Knightswick Einkaufszentrum hatte bereits seit einer Stunde geöffnet. Doch als er vor Billy Mortons Friseursalon ankam – der passenderweise, wenn auch etwas einfallslos, Billy's Barbers hieß –, fand er ihn geschlossen vor, ohne ein Anzeichen von Billy selbst oder einem seiner anderen Friseure. Vielleicht lief die Geldwäsche nicht gut und er war gezwungen unterzutauchen. Oder, im Gegenteil, das Geschäft lief so ausgezeichnet, dass er sich Tage freinehmen konnte, wann immer er wollte.

Glücklicherweise dauerte es nicht lange, bis Tomek es herausfand. Nach ein paar Minuten geduldigem Warten vor dem Laden, als ob er auf ein Date warten würde, tauchte der Mann schließlich auf. Er schlurfte mit leichtem Hinken durch das Einkaufszentrum.

»Hatten Sie Lust auf ein Nickerchen?«, fragte Tomek, als der Mann näher kam. »Läuft das Geschäft so gut?«

Dann bemerkte er die großen schwarzen Flecken in seinem Gesicht, die Schürfwunden an seinen Knöcheln und Fäusten.

»Keine Sorge«, sagte Billy, als er bemerkte, wie Tomek seine Verletzungen musterte. »Der andere Typ ist schlimmer dran als ich.«

»Bist du sicher? Denn du siehst beschissen aus. Wer hat dir das angetan? Die beiden Typen auf dem Parkplatz?«

»Nein«, sagte Billy und schüttelte heftig den Kopf.

Die Erkenntnis, dass er mit einem Polizisten mitten in einem Einkaufszentrum sprach, wo jeder hereinkommen und sie beide erkennen könnte, schien Billy sehr plötzlich zu überfallen. Er war in einem Moment noch offen genug gewesen, um über die Situation zu sprechen, im nächsten verschlossen wie der Ausgang eines U-Boots.

»Niemand hat mir das angetan«, fügte er hinzu, als wolle er den Punkt betonen. »Ich bin gestürzt.«

»Warst du im Krankenhaus?«

»Kann ich mir nicht leisten. Hab ein Geschäft zu führen.«

»Nicht mehr lange, wenn sie zurückkommen. Oder sollte ich sagen, wenn du wieder stürzt...«

»Du brauchst dir keine Sorgen um mich zu machen. Ich kann mich selbst schützen.«

»Aus irgendeinem Grund sagen mir die blauen Flecken in deinem Gesicht und an deinem Hals etwas anderes.«

Billy zuckte mit den Schultern, verzog dabei vor Schmerz das Gesicht und schob sich dann so stoisch wie möglich an Tomek vorbei. Er ging zum Eingang des Friseursalons und öffnete die Tür. Als er fertig war mit dem Einschalten der Lichter, der Musik und des Fernsehers in der Ecke, hatte sich eine kleine Schlange von Teenagern vor dem Laden gebildet. Tomek wusste nicht, ob dies Teil seiner Drogenoperation war oder ob sie nur einen Haarschnitt wollten – obwohl einige von ihnen, nach ihrem Aussehen zu urteilen, beides dringend nötig hatten.

Sicherlich würde Billy nicht so dumm sein, den Kindern seine Drogen vor einem Polizeibeamten anzubieten?

Andererseits waren Drogendealer nicht gerade für ihre Intelligenz bekannt.

»Tut mir leid, Kumpel«, sagte Billy einen Moment später, als er zu Tomek humpelte. »Aber wenn du nicht für einen Haarschnitt hier bist, muss ich dich bitten zu gehen.«

»Ich bin nicht für einen Fade oder einen Kurzhaarschnitt hier, danke. Ich bin eigentlich hier, um dir zu sagen, dass heute Morgen

Jenny Ingles tot in einem Park gefunden wurde, baumelnd von einer Schaukel.«

Schock zeichnete sich auf Billys Gesicht ab.

»Du weißt nicht zufällig etwas darüber, oder?«

Mit weit aufgerissenen Augen schüttelte Billy den Kopf.

»Nee, Mann. Ich... Ich... Ich weiß nichts...« Er machte eine Pause. »Und du bist sicher, dass es Jenny war?«

Tomek nickte.

»Verdammt, Mann. Scheiße. Jenny... Ich... Scheiße.«

»Wo warst du gestern Abend?«, fragte Tomek leise, damit die Leute um sie herum ihr Gespräch nicht mithörten.

»Ich war im Krankenhaus, Mann. Notaufnahme. Dachte verflucht nochmal, ich hätte mir das Bein gebrochen, als–«

»Als du gestürzt bist?«

»Ja, als ich gestürzt bin. War dort bis so drei, vier Uhr. Bin nach Hause gekommen, direkt ins Bett gegangen.«

Er nickte wieder, diesmal nachdenklich.

»Warum hast du das nicht gleich gesagt?«

Tomek kannte den wahren Grund, bevor er ihn überhaupt erwähnte. Verlegenheit. Versuch, das Gesicht zu wahren. Ego. Versuch zu verbergen, dass er verprügelt worden war.

Bevor er Billy sich selbst überließ, wies er den Mann an, in der Gegend zu bleiben, während sie ihre Ermittlungen fortsetzten.

»Oh, und besorg dir ein Paar anständige Turnschuhe«, fügte er hinzu. »Keine von diesen Designer-Dingern. Die haben viel besseren Grip und sollten dich davon abhalten, wieder zu stürzen. Außerdem sind sie gut, wenn du vor irgendetwas weglaufen musst...«

KAPITEL 45

Seit Jenny Ingles' erstem Verschwinden hatte Tomek stundenlang versucht, eine mögliche Verbindung zwischen ihr und Annabelle Lake herzustellen. Aber egal wie sehr er sich bemühte, die Beweise schienen nicht auf eine Verbindung zwischen den beiden hinzudeuten. Die Mädchen waren unterschiedlich alt, kamen aus völlig verschiedenen Verhältnissen und hatten sich, soweit er herausfinden konnte, nie getroffen oder voneinander gewusst.

Die Verbindung hatte in seinem Kopf existiert. Eine nicht greifbare Idee, eine Hoffnung. Bis später am Nachmittag, im Einsatzraum, wo seine Vermutungen bestätigt wurden. Es *gab* tatsächlich eine Verbindung zwischen den Todesfällen der beiden Mädchen.

»Abgesehen von der offensichtlichen Todesart«, begann Victoria und wandte sich an den Raum, während sie aus Lornas pathologischem Bericht vorlas, »enthielt Jenny Ingles' Magen eine Menge Fisch, das gleiche Zeug, das auch in Annabelle Lakes Magen gefunden wurde. Zweitens wurde die gleiche Zusammensetzung von Schlamm, Sand und Erde an Jenny Ingles' Füßen gefunden – ebenfalls identisch mit dem, was bei Annabelle Lake gefunden wurde.«

»Es scheint also, dass beide am selben Ort festgehalten wurden und beide nur Fisch zu essen bekamen...«, bemerkte Tomek laut, mehr zu seinem eigenen Nutzen als für die anderen.

»Lachs und Thunfisch, um genau zu sein«, antwortete Victoria.

»Schade, dass Thunfisch mein Lieblingsfisch ist«, sagte Rachel. »Irgendwie hat mir das jetzt den Appetit verdorben.«

»Eigentlich hat Fisch generell einen ziemlich hohen Quecksilbergehalt, also sollte man ohnehin nicht zu viel davon essen«, sagte DC Oscar Perez. Dann wandte er sich an Nadia: »Das ist übrigens auch etwas, worauf du achten solltest. Schwangeren und Neugeborenen wird dringend davon abgeraten, Lachs oder irgendeine Art von Fisch zu essen.«

Nadia grunzte und rieb sich den Bauch. »Danke für den Hinweis, Käpt'n. Ich hatte eigentlich geplant, sie in die Nordsee zu werfen und sie ihre eigenen Mahlzeiten fangen zu lassen, aber jetzt muss ich der Kleinen das wohl schonend beibringen, wenn sie kommt...«

Das Lächeln auf Oscars Gesicht ließ vermuten, dass er stolz auf seinen Ratschlag war, ungeachtet des Sarkasmus, mit dem er bedacht wurde.

»Können wir bitte zum Thema zurückkehren?«, fragte Nasty Nick mit einem Seufzen, das laut genug war, damit es jeder hören konnte.

Alle verstummten und warteten darauf, dass Victoria fortfuhr. Bevor sie das tat, nickte sie Nick leicht zu, um sich zu bedanken. Dann räusperte sie sich.

»Der Rest des Berichts ist keine angenehme Lektüre...«, sagte sie, ihre Stimme kaum mehr als ein Flüstern. »In der Zeit vor ihrem Tod wurde sie laut Lornas Einschätzung in jedem wachen Moment mit Heroin vollgepumpt – möglicherweise um sie gefügig zu machen und ruhigzustellen – und sie wurde auch vergewaltigt, brutal vergewaltigt, mehrfach. Sie fand Blutergüsse im und um den Vaginalbereich, aber keine Spermaspuren. Entweder trug unser Täter ein Kondom oder er... oder er hat sie gründlich genug gereinigt, sodass wir nichts nachweisen können.«

Tomeks Schultern sackten nach unten. Er hatte auf positive Nachrichten gehofft. Obwohl es großartig war, dass sie die beiden Fälle miteinander verbinden konnten, waren sie der Identität des Mörders noch immer nicht näher gekommen. Alles, was sie wussten, war, dass sie nach derselben Person suchten.

Und doch tauchte ein Name immer wieder in seinem Kopf auf.

Vincent verdammter Gregory.

Der kleine rassistische faschistische Bastard.

»Gibt es zufällig Neuigkeiten bezüglich Vincents Ford, der untersucht wurde?«, fragte Tomek Oscar. Der Captain hatte den Prozess der Untersuchung betreut.

Er schüttelte enttäuscht den Kopf. »Die Spurensicherung hat nichts gefunden. Keine Hinweise darauf, dass Jenny Ingles je in seinem Auto war.«

Tomeks Schultern sackten noch tiefer. Das bedeutete, dass der Ford Fiesta, der für die Entführung von Jenny Ingles benutzt worden war, immer noch irgendwo da draußen war, und sie mussten ihn finden.

Es bedeutete auch, dass es vielleicht an der Zeit war, Vincent Gregory in Ruhe zu lassen und den Fall aus einem anderen Blickwinkel zu betrachten.

Wie Billy der Barbier. Und eine Verbindung zwischen dem Drogendealer, einer siebzehnjährigen Prostituierten und einem kleinen Mädchen zu finden. Etwas oder jemand, der sie verband.

Aber das war leichter gesagt als getan. Normalerweise würde er diese Dinge sehen, die Verbindungen früher erkennen, aber so wie die Dinge standen, konnte er nicht einmal die Punkte erkennen, die es zu verbinden galt, geschweige denn die Zahlen, die ihm helfen würden, sie in die richtige Reihenfolge zu bringen.

———

Der Rest des Arbeitstages, was davon noch übrig war, wurde mit Strategieentwicklung verbracht, mit der Ausarbeitung ihres Angriffsplans. Nachdem die Morde miteinander in Verbindung gebracht worden waren, waren Tomek und Sean offiziell wieder beim Rest des Teams, mit der einzigen Einschränkung, die sie schon vorher hatten: Unter keinen Umständen sollten sie sich in die Nähe von Vincent Gregorys Haus begeben. In der Zwischenzeit hatte DC Anna Kaczmarek, die Familienbeauftragte des Teams, Alison Jones besucht, Jenny Ingles' Pflegemutter. Sie hatte der Frau mitgeteilt, dass der Körper ihrer Pflegetochter auf dem Spielplatz gefunden worden war und dass das Jugendamt in den kommenden Tagen vorbeikommen würde, um ihre Eignung als Pflegeperson zu überprüfen. Tomek und das Team waren zuversichtlich, dass ihr nie wieder die Betreuung von irgendjemand anderem anvertraut werden würde. Danach hatte Anna

Jennys leibliche Eltern aufgespürt, ein Paar, das in Grays lebte, und ihnen erklärt, dass ihre Tochter gestorben war. Tomek konnte sich nicht vorstellen, wie sich das anfühlen musste. Jahrelang nichts von der eigenen Tochter gehört zu haben, am Rande ihres Lebens geblieben zu sein und überhaupt keinen Anteil daran gehabt zu haben, nur um dann eines Nachmittags einen Klopfer an der Tür zu bekommen und zu erfahren, dass sie tot war. Der Gedanke daran ließ ihn erschaudern.

Der letzte Eintrag auf Annas Liste war der Lake-Haushalt. Bevor sie Feierabend machte, hatte Anna Beth mit F auf den neuesten Stand gebracht und sie darüber informiert, dass der Mord an ihrer Tochter zusammen mit einem anderen als Teil einer Doppelmordermittlung untersucht wurde. Sie trauerte immer noch um den Verlust ihrer Tochter und ihres Ehemanns, und Anna hatte berichtet, dass sie niedergeschlagen zugehört hatte, ihr Körper anwesend, ihr Geist auf einem anderen Planeten. Aber zumindest hatte sie ein starkes Unterstützungsnetzwerk – nämlich Vincent und seine Frau Georgia. Obwohl, wenn Tomek in ihrer Position gewesen wäre, hätte er es vorgezogen, allein zu leiden, anstatt die beiden ständig um sich zu haben.

Ihm war bewusst, dass sein Hass auf Vincent sein Urteilsvermögen trübte, aber er glaubte, dass dieser vollkommen gerechtfertigt war. Der Mann hatte ihn gezielt herausgepickt und ihn klein und ausgegrenzt fühlen lassen. Das konnte er nicht tolerieren.

Genauso wenig konnte er die Einstellung tolerieren, die ihm an diesem Abend begegnet war, als er nach Hause kam. Sobald er durch die Tür getreten war, war Kasia schroff zu ihm gewesen, bissig. Sie hatte ihm sehr wenig über ihren Tag erzählt, und als er gefragt hatte, ob etwas passiert sei, hatte sie gebrummt, die Kühlschranktür zugeknallt und ihm gesagt, er solle sie in Ruhe lassen.

Die ganze Situation verwirrte ihn. Konnte sie immer noch wegen des expliziten Bildes, das sie erhalten hatte, verärgert sein? Oder lag es daran, dass sie dachte, er sei zu hart mit ihr wegen des Dampfens? Oder vielleicht ging es um seinen früheren Kommentar, der ihm versehentlich herausgerutscht war, ein Freud'scher Versprecher von immensen Ausmaßen: *Ich habe nie darum gebeten, dein Vater zu sein, aber hier sind wir nun, also müssen wir es einfach schlucken und weitermachen.*

Er hatte seitdem über diesen Satz nachgedacht. Wie weit er die Grenze überschritten und ihre Gefühle verletzt hatte. Aber zu diesem Zeitpunkt war es wahr gewesen. Er hatte nicht darum gebeten, ihr Vater zu sein, hatte nicht um die Verantwortung gebeten, hatte nicht um die Last gebeten. Aber jetzt, da er langsam Fuß fasste, war er froh, dass sie vor seiner Tür aufgetaucht war.

Er hatte auch darüber nachgedacht, sich zu entschuldigen, der Vernünftigere zu sein, ein Beispiel zu setzen und den Ton für ihre Beziehung in Zukunft anzugeben, aber das einzige Problem war, dass er ein sturer Bastard war und sie es ihm extrem schwer machte, es sagen zu wollen.

Was sie brauchten, war ein Neuanfang. Ein Weg aus den Streitereien und Zänkereien, all der Unreife und Qual heraus. Mit dem Umzug, der in zwei Tagen stattfinden würde, schienen sie die perfekte Gelegenheit zu haben. Eine Chance, wieder eine Bindung herzustellen und sich zu verbinden, so wie sie es getan hatten, als das Packen begonnen hatte – seitdem hatte Tomek sich darauf verlegt, den Großteil allein zu erledigen.

Als er eine Flasche Bier öffnete und sich auf sein Schlafsofa plumpsen ließ, zog er sein Handy heraus und schrieb Saskia eine Nachricht, in der er fragte, ob sie am Wochenende Zeit hätte, ihnen beim Auspacken zu helfen.

Sie antwortete ein paar Minuten später: Sie würde nicht nur da sein, um beim Auspacken zu helfen, sondern könnte auch als Vermittlerin und Motivatorin fungieren. Und vielleicht sogar ein offenes Ohr für Kasia sein, bei dem sie Dampf ablassen könnte. Ein freundlicher Erwachsener, der ihre Sorgen hören würde.

Denn Gott wusste, dass ihre Beziehung das brauchte.

KAPITEL 46

Tomek hatte bis in die frühen Morgenstunden gearbeitet, während Kasia in ihrem Zimmer geblieben war. Er war in die düstere Unterwelt des Drogenhandels und der Prostitution auf der Insel eingetaucht und hatte im PNC und HOLMES 2 nach Hinweisen zu Billy Morton gesucht. Der Mann spielte eine größere Rolle in dieser Sache, aber er war sich nicht sicher, wie oder was – oder warum.

Klar, er konnte verstehen, Jenny Ingles etwas anzuhängen, weil sie eine Schuld nicht bezahlt hatte oder beim Stehlen erwischt worden war. Aber was hatte die kleine Annabelle Lake damit zu tun? Könnte es ein Fall von 'zur falschen Zeit am falschen Ort' gewesen sein? Hatte sie etwas gesehen, was sie nicht hätte sehen sollen, und war infolgedessen ins Kreuzfeuer geraten?

Er hatte eine Weile darüber nachgedacht, in seinem Notizbuch gekritzelt und herumgekritzelt, alle Gedanken in seinem Kopf auf die Seite geworfen – als wäre er ein paranoider Autor. Bis er auf einen Namen gestoßen war.

Ein Name, den er zu kennen glaubte, aber nicht einordnen konnte.

Ein Name, den er, als er ins Bett ging, in- und auswendig zu kennen glaubte.

Einschließlich der Heimatadresse des Mannes, die Tomek leider am frühen Morgen wieder nach Canvey führte, diesmal mit einem Polizeiwagen im Schlepptau.

Glücklicherweise war der Mann zu Hause gewesen, und Tomek hatte ihn zur Befragung auf die Polizeiwache von Canvey eingeladen. Ein bisschen weniger formal als der ganze Weg zurück nach Southend. Außerdem deutlich weniger nervig.

Sam Dellas war ein Mann mit griechischen Wurzeln, und man konnte es sehen. Als Tomek ihn zum ersten Mal erblickt hatte, war er dankbar für die zusätzliche Unterstützung – und für die Tatsache, dass er sich nicht für einen Kampf entschieden hatte. Er war von Beruf Bauarbeiter, aber Tomek hatte auch den Eindruck, dass er in seiner Freizeit als Bodybuilder trainierte. Nicht, dass er das nötig hätte – die Hilfe der Genetik und die körperliche Arbeit in seinem Job reichten mehr als aus, um ihn zu der Größe anwachsen zu lassen, die er hatte. Die Formen seiner Schultern und Arme erinnerten Tomek an die Kuppeln des Eden Project, während seine Unterarme so groß waren wie Tomeks Waden. Tomek dachte gerne, er sei ein großer Kerl, muskulös, an allen richtigen Stellen gut definiert (außer am Bauch; er liebte Bier und schlechtes Essen einfach zu sehr), aber das hier war ein anderes Level. Der Kerl passte kaum in sein Hemd. Und auch nicht in den Stuhl.

»Warum bin ich hier?«, fragte Sam.

»Weil wir erfahren haben, dass du eine Arbeitsbeziehung zu Billy Morton und Jenny Ingles hast.«

Ein Schock der Angst huschte über das Gesicht des Mannes.

»Ich nehme an, du kennst diese Namen?«

»Ich... Ja.«

Der innere Kampf, der sich auf seinem Gesicht abspielte, war schnell vorbei: Er hatte entschieden, dass er sich nicht wehren würde, dass er alles nehmen würde, was auf ihn zukam.

»Ich kenne sie, ja«, fügte er hinzu. »Worum geht es?«

»Wir haben erfahren, dass du Stammgast im Windjammer Pub bist. Stimmt das?«

Sam nickte langsam. »Ich gehe ein paar Abende in der Woche dorthin. Nach der Arbeit. Nur ein paar Drinks mit den Jungs.«

»Sonst noch was?«

»Manchmal...«

»Besonders wenn Jenny Ingles da ist? Was ich höre, ist sie ein sehr flirtfreudiges Mädchen, lacht immer und versucht, ältere Männer zu verführen. Bist du jemals ihrem Charme erlegen?«

Sams Wangen wurden rot und er begann, unbequem mit dem Daumen über den Rand seiner Nägel zu reiben. »Es ist schon vorgekommen...«

»Habt ihr euch jemals so gut verstanden, dass ihr zusammen zu dir nach Hause gegangen seid – oder vielleicht zu ihr?«

Mehr Erröten, mehr Reiben. »Es ist schon vorgekommen.«

»Hast du ihr jemals für etwas bezahlt, während sie bei dir war? Sex, Drogen... vielleicht?«

Und dann senkte er den Kopf. Er konnte Tomeks Blick nicht mehr standhalten.

»Lass mich raten«, begann Tomek, »es ist schon vorgekommen?«

Ein Nicken. Ein einziges, fast unmerkliches Senken des Kopfes bestätigte, was Tomek vermutete.

»Wie oft hast du mit Jenny Ingles geschlafen, Sam?«

Der Mann sah zu ihm auf, und Tomek bemerkte Tränen, die sich in seinen Augen bildeten. Tomek hatte kein Mitleid. Er wusste, dass das, was er getan hatte, falsch war, und er hatte sie ausgenutzt.

»Dreimal, glaube ich. Vielleicht viermal.«

»Hast du auch Drogen von ihr gekauft?«

Sam wischte sich mit dem Rücken seiner massiven Hand die Augen, eine Hand, die sein ganzes Gesicht zu verschlucken schien.

»Nur etwas Kokain und Heroin. Das war alles, was sie damals dabei hatte. Ich habe es nie... Ich habe es nie benutzt.«

»Heroin?«, fragte Tomek. Die Alarmsirenen schrillten in seinem Kopf.

»Ja«, antwortete Sam.

»Und wann hast du sie zum letzten Mal gesehen?«

Er zuckte mit den Schultern, zögerte. Und dann hörte er auf zu antworten. Die Tränen waren versiegt und sein Gesichtsausdruck war flach geworden, seine Lippen bewegten sich in zwei horizontale Linien.

»Wann hast du sie zum letzten Mal gesehen?«, fragte Tomek noch einmal, zunehmend beunruhigt über das Schweigen des Mannes.

»Ist ihr etwas zugestoßen?«, fragte er.

»Sie ist tot, Sam.«

»Wann-? Wie-?«

»Ihre Leiche wurde gestern Morgen gefunden.«

»Ich hatte nichts damit zu tun. Ich schwöre.«

»Dann musst du mir sagen, wo du am vergangenen Freitagabend warst und wo du letzte Nacht warst.«

»Ich... Ich glaube, ich war letzten Freitag im Pub. Ja. Das müsste ich gewesen sein, weil ich immer dort bin. Du kannst beim Wirt nachfragen, Terry.«

Tomek bestätigte, dass er genau das tun würde.

»Und was letzte Nacht betrifft, ich war zu Hause. Ich habe... nur ferngesehen. Auf meinem Handy, Instagram durchgeschaut. Nichts Besonderes gemacht.«

»Und in den frühen Morgenstunden?«

»Bin gegen sechs zur Arbeit gegangen. Wir fangen auf der Baustelle sehr früh an.«

Tomek nickte und hielt einen Moment inne. Derzeit deuteten alle Hinweise darauf hin, dass Sam Dellas etwas mit ihrem Tod zu tun hatte. Für jemanden, der sie in der Vergangenheit für Sex bezahlt hatte, war es nicht undenkbar, dass er sie entführt und sie so oft vergewaltigt hatte, wie er wollte, ohne einen Cent dafür zahlen zu müssen. Und da er die Frage nach dem letzten Mal, als er sie gesehen hatte, nicht beantwortet hatte, war es möglich, dass Sam Dellas das Heroin, das er von ihr gekauft hatte, noch immer leicht zugänglich in seinem Haus aufbewahrte.

Aber vieles davon waren nur Indizien. Es gab keine *echten* Beweise. Diese Art von Beweisen zu sammeln würde Zeit brauchen, und da seine Optionen und seine Geduld zur Neige gingen, war Tomek nicht sicher, wie viel davon er noch entbehren konnte.

Und dann gab es noch die kleine Angelegenheit mit Annabelle Lake. Und wie sie in all das hineinpasste.

Als er die Stille im Raum bemerkte, zog Tomek ein Bild von Annabelle heraus und schob es über den Tisch.

»Erkennst du sie?«

Sam betrachtete das Bild, das in seinen Händen winzig wirkte. »Ich erkenne ihr Gesicht aus dem Fernsehen. Und ich sehe es auch auf Facebook. Das ist doch dieses Mädchen Annabelle, oder?«

»Ja. Weißt du irgendetwas über ihren Tod?«

Sam schüttelte selbstbewusst den Kopf. »Ich weiß nur, was ich auf Facebook gesehen habe.«

Tomek seufzte innerlich. Beweise zu finden, um ihn wegen Annabelles Mord zu überführen, falls sie existierten, würde länger dauern und viel schwieriger sein. Wenn Sams Name bisher in keiner der Ermittlungen des Teams aufgetaucht war, dann gab es dafür möglicherweise einen Grund.

Bis jetzt sah es aus wie ein Unentschieden. Tomek hatte begründeten Verdacht, ihn des Mordes an Jenny Ingles zu verdächtigen, aber nichts, um ihn mit dem Mord an Annabelle Lake in Verbindung zu bringen.

Ein Mädchen könnte Gerechtigkeit erfahren, während das andere nicht. Und er wusste, was die Öffentlichkeit dazu sagen würde, welches Mädchen welches Ergebnis erhielt.

Er versuchte, nicht darüber nachzudenken, wie die Öffentlichkeit reagieren würde, wenn der Mörder der Prostituierten gefasst würde, während der Fall des unschuldigen Schulmädchens ungelöst bliebe.

Während er dort saß und den Mann anstarrte, der ihn an Gewicht und Muskeln im Verhältnis zwei zu eins übertraf, versuchte Tomek, auf seine Intuition zu hören. Sie so gut wie möglich wahrzunehmen. Es war etwas, das er in letzter Zeit vernachlässigt hatte – vor allem, weil seine Intuition ihm gesagt hatte, dass eine Beziehung mit Charlotte Hanton eine gute Idee sei. Aber jetzt war es an der Zeit, all das zu vergessen und auf sie zu hören.

Und leider sagte sie ihm, dass dies nicht sein Mann war. Dass Sam weder Jenny Ingles noch Annabelle Lake entführt oder getötet hatte. Und wenn er das beweisen wollte, würde es eine enorme Menge an Nachforschungen erfordern, um die nötigen Beweise ans Licht zu bringen.

Aber es war nicht alles Trübsal. Es gab noch etwas Licht. Besonders für Jenny.

Denn wenn er ihn schon nicht wegen ihres Mordes verhaften konnte, dann konnte er ihn zumindest wegen der Bezahlung sexueller Dienstleistungen von einer Person unter achtzehn Jahren verhaften. Und wenn weitere Beweise zu ihrem Mord oder dem Mord an Annabelle Lake auftauchen sollten, dann würde er der Erste sein, der zugriff.

KAPITEL 47

Umzugstag. Der wichtigste Tag im Leben von Kasia und Tomek als Familie. Angeblich der stressigste Tag des Jahres. Aber das stimmte nicht; es waren all die anderen Tage vor diesem verdammten Moment gewesen, die am stressigsten waren. Die Papierkram erledigen. Die Kaution hinterlegen – und zusehen, wie dieser große Batzen Geld von seinem Konto verschwand und in die Tasche eines anderen wanderte. Die Schlüssel abholen. Die Adressen auf *allem* ändern – sein Führerschein, Pass, Rechnungen, sein Amazon-Konto. Einfach alles. Und als wäre das nicht schlimm genug, kam noch die monumentale Aufgabe des Packens, Wegwerfens, Ersetzens und Neukaufens hinzu. Es war ein endloser Kampf mit To-Do-Listen, unerledigten Aufgaben und Erinnerungen gewesen.

Am Ende von allem konnte er es kaum erwarten, die Füße hochzulegen und ein kaltes Bier aus dem Kühlschrank zu trinken. Vorausgesetzt, die Elektrik funktionierte und er stürzte die Wohnung nicht zu Beginn des Winters in Dunkelheit.

Obwohl das neue Haus nur die Straße runter lag, war Tomeks kleines Auto nicht groß genug, um auch nur ein Zehntel des Krams zu transportieren, den sie brauchte, und er hatte keine Lust, das Auto zwanzigmal an einem Tag hin und her zu fahren. Also hatte er in den sauren Apfel gebissen und das Geld für einen Umzugswagen ausgegeben, der das für ihn erledigte.

Der Laster, in all seiner Gelenkpracht, kam ein paar Minuten nach ihnen am Haus an. Tomek hatte gewollt, dass der Moment, in dem sie zum ersten Mal den Schlüssel einstecken, etwas Besonderes wird, bedeutsam, der Beginn eines neuen Kapitels. Aber Kasia hatte keinen Bock. Sie hatte mit den Schultern gezuckt und den Schlüssel Tomek angeboten. Und nachdem er entschieden hatte, dass sie ihre Meinung nicht ändern würde, hatte er den Schlüssel eingesteckt und gedreht.

Endlich fühlte es sich gut an, ein Schloss zu benutzen, das mühelos funktionierte. Wenn das ein Präzedenzfall für den Rest ihrer Zeit in der Wohnung sein würde – die noch in ein Zuhause verwandelt werden musste – dann würde er das als gutes Omen nehmen.

Es dauerte etwas mehr als eine Stunde, um die Kisten und Möbel aus dem Wagen zu entladen und einen Platz in der Wohnung für sie alle zu finden. Und als sie fertig waren, kam Tomeks helfende Hand an.

»Schön, dich wiederzusehen«, sagte er zu Saskia, während er sie umarmte.

»Dich auch«, antwortete sie mit einem warmen Lächeln. »Und du musst Kasia sein?«

Die Teenagerin grunzte und wandte ihre Aufmerksamkeit wieder den Kisten zu, die mit ihrem Namen beschriftet waren. Sie trug sie vorsichtig in ihr Zimmer und begann auszupacken, wobei sie sich zuerst auf das Wesentliche konzentrierte. Kopfhörer eingesteckt, abgeschirmt von der Welt um sie herum.

»Siehst du, womit ich es zu tun habe?«, bemerkte Tomek, als Kasia die Tür hinter sich schloss.

»Sie ist sehr hübsch«, sagte Saskia geistesabwesend. »Keine Ahnung, von wem sie das hat.«

»Wahrscheinlich von Anika«, antwortete Tomek.

»Oh, ohne Zweifel. Definitiv nicht von dir.«

Tomek runzelte die Stirn und reichte ihr dann die letzte Kiste. Das Gewicht ließ Saskias Arme einknicken, als er sie absichtlich fallen ließ.

»Wohin damit?«

»Irgendwohin. Egal. Macht eh keinen Unterschied. Die werden sowieso alle ein paar Wochen dort stehen, während ich arbeite.«

Tomek schüttelte dem Fahrer des Transporters die Hand und verabschiedete sich dann von ihm.

»Du meinst, du hast kein System?«, fragte Saskia.

»Ein System? Was für ein System?«

»Ein System zum Ausladen und Auspacken...«

»Eine Kiste nach der anderen war meine bevorzugte Methode«, begann er. »Aber jetzt fange ich an zu denken, dass du damit ein Problem haben könntest.«

Saskia schüttelte angewidert den Kopf und trug die Kiste in die Wohnung. Oben an der Treppe stellte sie sie auf einen kleinen freien Platz auf dem Couchtisch, dann stemmte sie die Hände in die Hüften und begutachtete den Raum. Tomek tat dasselbe, nur dass sein erster Eindruck von allem durch die monumentale Aufgabe vor ihm getrübt wurde.

War es jetzt zu früh für ein Bier?

»Du solltest mit den wichtigsten Sachen anfangen«, sagte Saskia, obwohl er nicht wirklich aufpasste. Er dachte nur an die Kälte an seinen Lippen, die Blasen in seinem Mund, den Geschmack in seiner Kehle.

»Dinge wie Besteck, Teller – etwas, wovon du essen kannst«, fuhr Saskia fort. »Dann deine Kleidung, Schuhe, den Rest der Garderobe. Aber nur genug für ein paar Tage. Du kannst jedes Mal waschen, wenn du es brauchst – du *hast* doch eine Waschmaschine, oder?«

Tomek öffnete den Mund, um zu antworten, aber sie kam ihm zuvor und fuhr fort: »Egal. Ich mach's für dich.«

»Was denn?«

»Einen Plan. Ich stelle dir einen Plan zusammen, damit du weißt, welche Kisten du zuerst auspacken sollst und wo du anfangen musst.«

»Bist du dabei, den ganzen Spaß zu verderben?«, fragte Tomek.

»*Entschuldigung* bitte?«

»Nimmst du auch deinen Schülern den Spaß?«

»Wie bitte?«, sagte Saskia spielerisch. »Mein Unterricht macht allen Spaß. Viele meiner Schüler sagen mir ständig, dass ich die beste Lehrerin bin.«

»Ist das nur von den Teenagerjungs oder ist das der allgemeine Konsens unter allen in deiner Klasse?«

Saskias finsterer Blick kehrte zurück, diesmal tiefer. »*Alle*, tatsächlich! Aber wenn du meine Hilfe nicht willst, dann gehe ich wohl besser. Ich habe noch jede Menge andere Dinge zu erledigen.«

»Wie zum Beispiel herauszufinden, wie du deine Kinder zu Tode langweilen kannst? Den ganzen Spaß raussau-«

Saskia steuerte auf die Tür zu. Das Einzige, was sie aufhielt, war Tomek. Er legte seine Hände auf ihre Arme und lachte.

»Entspann dich! Entspann dich! Ich habe nur Spaß gemacht. Komm schon, sei nicht albern. Ich bin sehr dankbar, dass du hier bist. Deshalb habe ich dich eingeladen – damit du den gedanklichen Teil der Arbeit übernehmen kannst und ich die ganze Schwerstarbeit mache.«

»Ich kann auch die Schwerstarbeit übernehmen, weißt du.«

»Ich weiß, dass du das kannst. Aber wenn ich nicht die Schwerarbeit machen darf, dann bin ich nichts. *Nichts*, sage ich dir!«

Ein Schmunzeln. Ein schwaches, flüchtiges Schmunzeln. Eines, das den finsteren Blick um einen Bruchteil milderte.

»Ich nehme an, zu viel mehr bist du wirklich nicht zu gebrauchen«, sagte sie, und das Schmunzeln wurde breiter.

»Genau.« Er zielte mit seiner Fingerpistole auf sie. »Also, husch, husch! Denk dir einen Plan aus, und ich sitze in der Ecke mit einem Bier.«

»Nein, wirst du nicht. Du darfst erst trinken, wenn ich es tue.«

Also war *sie* der Boss. So würde es laufen.

Und so lief es auch in den nächsten vier Stunden. Saskia machte Pläne, überlegte, und dann packten sie beide aus. Sie begannen mit den wichtigsten Teilen des Hauses, wie sie vorgeschlagen hatte. Währenddessen blieb Kasia in ihrem Zimmer, still. Der einzige Hinweis darauf, dass sie noch da war – und nicht aus Langeweile über Saskias Routine geflohen war – war das heftige Geräusch von reißendem Karton und Gegenständen, die auf den Teppich fielen.

Am Ende des Tages hatten sie ziemlich viel geschafft. Etwa zwanzig Prozent der Arbeit, nach Tomeks unbescheidener und völlig unerfahrener Meinung. Glücklicherweise hatte Saskia seine Einschätzung bestätigt – obwohl er halb erwartet hatte, dass sie ein paar Prozentpunkte abziehen würde für die Handvoll überflüssiger und unnötiger Geschirrtücher, die er beim Auspacken der Küche weggeworfen hatte.

Zur Feier bestellte Tomek einen Chinesen. Kasias Lieblingsessen.

»Meine Mutter hat mich darauf gebracht«, sagte sie, während sie einen Löffel gebratenen Reis in ihren Mund schob. »Ehrlich gesagt, das Beste, was sie je getan hat.«

Das war das Meiste, was Kasia den ganzen Tag gesagt hatte – abgesehen davon, dass sie geantwortet hatte, dass sie gerne chinesisches Essen hätte und dann Tomek ihre Bestellung gegeben hatte – und Tomek war überrascht, es zu hören. Die Dinge zwischen ihnen waren in den letzten Tagen turbulent gewesen. Tomek hatte mehr Zeit im Büro verbracht, als sie beide sich gewünscht hätten, und die wenigen Interaktionen, die sie geschafft hatten, waren voller Streitereien gewesen. Meistens schloss sie sich in ihrem Schlafzimmer ein, stöpselte ihre Kopfhörer ein und verbrachte dann den Abend damit, Netflix oder Disney+ zu schauen.

»Ich glaube, das ist wahrscheinlich auch mein Lieblingsessen«, sagte Saskia, während auch sie sich Chicken Chow Mein in den Mund schaufelte. »Nichts ist besser.«

»Obwohl ein Inder nahe dran ist.« Das war Tomeks Favorit, da er und Sean sich immer einen gönnten, wenn sie eine durchzechte Nacht in der Kneipe hinter sich hatten und etwas brauchten, um den Alkohol aufzusaugen.

Kurz darauf wechselte das Gespräch vom Thema Essen zur Schule. Als Lehrerin war Saskia fasziniert davon, zu erfahren und zu verstehen, was Kasia gefiel, was sie nicht mochte und was ihr Lieblingsfach war.

»Ich habe nicht wirklich ein Lieblingsfach«, sagte sie leise.

»Das stimmt nicht. Miss Holloway meinte, du hättest Spaß an deinem Englischunterricht«, fügte Tomek hinzu.

»Miss Holloway sagt viele Dinge...«

Tomek legte sein Besteck ab. »Was soll das heißen?«

»Nichts.«

»*Kasia*...«

»Nichts, okay! Es bedeutet nichts!«

Tomek biss sich auf die Zunge. Er wusste, dass es besser war, keinen Streit in Anwesenheit eines Gastes anzufangen. Beim letzten Mal, als das passiert war, war ein Bild seines Penis gezeigt worden – und er wollte dieses *spezielle* Gesprächsthema sicherlich nicht vor Saskia aufbringen. Schließlich beschloss er, es auf sich beruhen zu lassen und es zu einem anderen Zeitpunkt wieder aufzugreifen.

Aber bevor er konnte, schob Kasia ihren Teller über den Tisch – der hastig in der Mitte des Wohnzimmers platziert worden war, ohne darüber nachzudenken, wo er endgültig stehen sollte – und ging dann. Bevor sie in ihr Zimmer ging, nahm sie ein leeres Glas aus einem der Schränke in der Küche und füllte es mit Wasser. Als die Tür zu ihrem Schlafzimmer zuknallte, aß Tomek weiter sein Essen und spürte, dass Saskia ihn unbehaglich beobachtete.

»Gut, dass wir uns an deine Liste gehalten haben«, sagte er. »Ich kann schon sehen, wie sie sich auszahlt...«

»Jetzt...«, begann sie, ohne auf das zu achten, was er gerade gesagt hatte. »Jetzt verstehe ich, was du meinst.«

Tomek grunzte. »Ein flüchtiges kleines Ding, nicht wahr?«

»Ein Teenager, Tomek. Sie ist ein Teenager.«

»Ein flüchtiger kleiner Teenager dann. Ist das besser?«

Saskia verdrehte die Augen und funkelte ihn an, aber diesmal war es nicht der typische, leicht flirtende Blick, den sie ihm gab. Dieser Blick trug einen Hauch von Besorgnis.

»Tomek...«

Jetzt geht's los.

Er wusste, was sie sagen würde, bevor sie es überhaupt gesagt hatte. Dass sie im Begriff war, seine Vermutungen zu bestätigen.

»Ich glaube, das Beste, was dieses Mädchen jetzt braucht, ist jemand, der sie kennt. Jemand, der dieser Sache auf den Grund gehen kann.« Sie legte eine Hand auf seinen oberen Rücken. »Ich glaube, dieses Mädchen muss ihre Mutter sehen.«

KAPITEL 48

Tomek mochte Gefängnisse beruflich nicht, geschweige denn auf persönlicher Ebene. Sie waren dunkle, deprimierende Orte und erinnerten ihn nur allzu sehr an seine Arbeit. An die schrecklichen Taten, die Menschen begangen hatten, die Verbrechen, die sie dorthin gebracht hatten.

Heute war das erste Mal, dass er als ziviler Besucher in ein Gefängnis ging. Die Erfahrung war praktisch dieselbe wie bei seinen früheren Gefangenenbesuchen, aber nicht ganz identisch. Der einzige Unterschied war, dass man ihm mit etwas weniger Respekt begegnete, als wäre er einer der Kriminellen, die wie alle anderen Insassen den Besucherraum betraten. Als wäre er Teil der neuesten Lieferung, die wie Vieh hereingetrieben wurde.

Er hatte nicht lange auf Anika warten müssen. Sie wurde zusammen mit allen anderen weiblichen Gefangenen in der JVA East Sutton Park in Kent wenige Minuten nach seiner Ankunft in den Besucherraum gelassen. Anika tauchte aus der Mitte der Gruppe auf und schlurfte auf ihn zu.

Tomek hatte nicht gewusst, was er von heute erwarten sollte. Wie sie aussehen würde, seit er sie zuletzt gesehen hatte. Welche Auswirkungen fünf Wochen einer sechsjährigen Gefängnisstrafe bereits auf sie gehabt haben könnten. Wie ausgezehrt und hohl sie aussehen könnte. Seine Einschätzung – der erhebliche Gewichtsverlust, die zerzausten und unordentlichen Haare, der Teint, der im künstlichen Licht einige Nuancen verloren hatte – war genau richtig gewesen. Sie war Welten entfernt von der Anika, die er einst gekannt hatte – herausgeputzt, voller Make-up, jemand, der stolz auf sein Image war, auf sein Aussehen und die Aufmerksamkeit, die sie dadurch bekam. Irgendwann war sie das hübscheste Mädchen in der Schule gewesen; jetzt war sie vermutlich nicht einmal mehr die Hübscheste im Gefängnis.

Was für ein tiefer Fall.

Nachdem sie ihn erkannt hatte, schlenderte Anika herüber. Sie ging mit über der Brust verschränkten Armen, als ob ihr kalt wäre, obwohl die Heizung seit Tomeks Ankunft auf voller Stufe lief und es inzwischen warm genug war, dass er seinen Mantel ausziehen konnte. Sie ging vorsichtig, langsam, als müsste sie alle Kraft und Energie aufbringen, um den ganzen Weg zu ihm zu schaffen. Sie wirkte zurückhaltend, verlegen, schüchtern. Nicht das laute, aufgeschlossene Mädchen, das er einst gekannt hatte.

Aber andererseits war er wahrscheinlich auch nicht mehr der schüchterne, scheu Junge, den sie einst gekannt hatte.

Die Zeit hatte sie verändert. Sie war zu einem freundlich und zum anderen nicht. Ihre Leben hatten unterschiedliche Richtungen eingeschlagen, und wenn es je eine Warnung davor gab, sich so lange wie möglich von einer kriminellen Laufbahn fernzuhalten, dann war es Anika Coleman.

Tomek stand nicht auf, um sie zu begrüßen, als sie den Stuhl unter dem Tisch hervorzog und ihren mageren Körper in die Lücke gleiten ließ. Stattdessen behielt er seine Hände auf dem Tisch, die Finger ineinander verschränkt.

»Hallo, Anika.«

»Hi, Tom...«

Das Wort ließ ihn zusammenzucken. Es war schon eine Weile her, seit sie ihn zuletzt bei diesem Namen genannt hatte.

»Wo ist Kasia? Ich dachte, sie sollte hier sein...«

»Nicht heute. Noch nicht. Ich wollte zuerst mit *dir* sprechen.«

Anikas Augen weiteten sich und sie kratzte sich am Hinterkopf wie ein Hund mit Flöhen. »Bitte...«, begann sie. »Ich vermisse mein Baby. Ich muss sie sehen. Ich dachte, sie würde heute kommen...«

»Das wird sie. Eines Tages. Wenn sie bereit ist. Wenn ich denke, dass sie bereit ist.«

Mehr Kratzen. Mehr unbeholfene, nervöse Bewegungen.

»Du kannst... du kannst sie nicht so kontrollieren. Du kannst ihr nicht sagen, was sie tun soll.«

»Tatsächlich kann ich als ihr rechtlicher Vormund – als ihr *Vater* – genau das tun.«

Tomek hielt inne, um sie zu mustern. Die Haut um ihr Gesicht und ihre Arme hatte sich von ihrem Körper gelöst. Ihre Zähne hatten begonnen auszufallen, und die, die noch übrig waren, hatten die Farbe von Kohle angenommen. Zuletzt hatten ihre Nasenlöcher von innen begonnen zu verfallen.

»Außerdem«, begann er und schüttelte den Kopf, »will ich sie nicht herbringen, während du... während du *so* bist.«

»Wie was?«, zischte sie. Der plötzliche Laut hallte durch den Raum und störte die Besucher und Insassen neben ihnen.

»Völlig zugedröhnt mit Koks. Du nimmst immer noch, ich kann es sehen. Ich kenne die Anzeichen. Wenn du deine Tochter sehen willst, musst du von den Drogen wegkommen. Ich werde nicht zulassen, dass sie dich in diesem Zustand sieht.«

Anika streckte eine Hand nach Tomek aus, aber er zog sich zurück und vermied es knapp, von ihren skelettartigen Fingern gekratzt zu werden.

»Bitte...«, begann sie. »Bitte, Tomek... Bitte.«

Tomek seufzte und legte seine Hände in seinen Schoß. »Ich bin nicht hergekommen, damit du bettelst. Ich bin wegen eines Rats gekommen, wegen Hilfe...«

Da wurde ihm klar, dass er sein Blatt zur falschen Zeit ausgespielt hatte. Dass er um Rat hätte bitten sollen, bevor er ihr verboten hatte, ihre Tochter zu sehen. Dass die Macht jetzt in ihren Händen lag. Wenn sie noch irgendeine kognitive Fähigkeit übrig hatte, hätte sie es vielleicht bemerkt, aber...

»Was ist los? Ist sie... geht es ihr gut?«

Vielleicht doch nicht.

»Ihr geht es gut«, begann Tomek. »In körperlicher Hinsicht. Sie ist gesund, soweit ich weiß. Sie hat letzte Woche ihre Periode bekommen, also ist das in Ordnung. Es ist nur...«

Tomek hielt inne und blickte tief in Anikas Augen. Sie waren weit geöffnet, glänzten im Licht. Als ob das Leben zurückgekehrt wäre, sobald sie begonnen hatten, über Kasia zu sprechen. Und da wurde ihm klar, dass sie *doch* bemerkt hatte, welche Macht er in ihre Hände gelegt hatte, aber sie hatte einfach nicht danach gehandelt. Der mütterliche Instinkt in ihr, der Instinkt, ihr Baby zu beschützen und ihm zu helfen, reichte aus, um all das beiseite zu schieben und zu tun, was sie konnte, um zu helfen. Im Moment war es das Einzige, was sie am Leben hielt, während sie dort drin war.

Und dann erkannte Tomek, dass die Macht immer noch sehr wohl in seinen Händen lag. Und dass es noch für sehr lange Zeit so bleiben würde...

»Sie verhält sich seltsam«, begann Tomek erneut. »Sie isst nicht. Sie hat eine Einstellung, die sie wahrscheinlich ein paar Jahre hier drin unbeschadet überstehen lassen würde. Sie streitet viel mehr mit mir. Sie schließt sich die ganze Nacht in ihrem Zimmer ein. Sie redet nicht. Sie kommt viel später nach Hause als sonst. Sie ist... sie ist einfach anders.«

Trotz der Substanzen, die in ihrem Blutkreislauf schwammen, konnte Anika immer noch ein schiefes, selbstgefälliges Lächeln aufsetzen, ohne dass Tomek es bemerkte. Ein kleiner Sieg im Kampf um Kasias Liebe und Bewunderung.

»Es klingt nicht so, als wärst du überhaupt in der Lage, dich um sie zu kümmern«, sagte sie mit einiger Heftigkeit und Gift in der Stimme. »Du vernachlässigst sie.«

»Von wegen tue ich das«, flüsterte Tomek und lehnte sich näher zu ihr.

Das würde gleich hässlich werden, und wenn er nicht vorsichtig war, riskierte er, ohne die Informationen oder Ratschläge wegzugehen, die er brauchte.

»Ich war immer nur gut zu ihr...«

Abgesehen von der ganzen Dickpic-Geschichte, aber das musste Anika nicht wissen.

»Es klingt, als hättest du überhaupt keine Kontrolle über sie«, begann Anika, ihre Stimme wurde bitter. »Es ist deine Aufgabe. Es war immer deine Aufgabe. Du vernachlässigst sie, wie du mich vernachlässigt hast. Du hast dir nie Zeit für mich genommen, und ich wette, bei ihr ist es genauso. Sie fühlt sich wahrscheinlich verloren und einsam, ohne jemanden, mit dem sie reden kann.« Sie fuhr mit den Fingern durch ihr Haar und kratzte grob an ihrer Kopfhaut. »Ich wusste, ich hätte sie nie bei dir lassen sollen.«

»Du hattest keine verdammte Wahl. Entweder kam sie zu mir oder sie hätte die nächsten fünf Jahre in Heimen verbracht…«

In diesem Moment erschien ein Bild von Jenny Ingles vor seinem geistigen Auge, wie sie im Wind schwankte, mit einer Kette um ihren Hals gewickelt.

Ein Beweis dafür, was mit Kasia hätte passieren können, wenn sie diesen Weg gegangen wäre. Ein Beweis für das schlimmste Szenario.

Und er würde nicht zulassen, dass das passiert.

»Ich werde dich melden«, sagte Anika, das Lächeln nun deutlicher in ihrem Gesicht. »Ich werde dich beim Jugendamt melden und ihnen sagen, dass du ungeeignet bist, dich um meine Tochter zu kümmern.«

Tomek nahm sich einen Moment Zeit, bevor er antwortete. Anika hatte gerade ihre Karten ausgespielt, und er war sich nicht sicher, ob er bereit war, ihren Bluff zu durchschauen. Er kannte das System und wusste, dass sie angesichts der Anstrengungen, die er unternommen hatte, um Kasia unterzubringen, nicht viel in der Hand hatte. Dennoch war er nicht bereit, das Risiko einzugehen.

Tomek schob sich unter dem Tisch hervor, stand auf und ging dann an ihr vorbei. Bevor er weitergehen konnte, streckte Anika eine Hand aus und hielt ihn zurück.

»Nein! Nein! Bleib… Bitte…« Ihre Stimme brach, als sie sprach. »Ich… ich will nicht, dass du gehst. Bleib. Bitte. Kasia, sie ist…« Anika senkte den Kopf und lockerte ihren Griff an seinem Arm. »Sie wird manchmal so… Das Beste, was man tun kann, ist…«

Tomek blieb stehen, wo er war, und wartete.

»Das Beste ist, mit ihr zu reden. Hast du versucht, mit ihr zu reden…?«

Tomek antwortete nicht, da es auf seinem Gesicht geschrieben stand.

Nein, er hatte nicht versucht, mit ihr zu sprechen oder die Probleme, mit denen sie konfrontiert war, direkt anzugehen. Statt- dessen hatte er alle anderen gefragt, wie man das Problem lösen könnte. Alle anderen außer der einen Person, die es betraf. Es war so offensichtlich, dass es schmerzte, wie er es übersehen hatte. Vielleicht war er zu ängstlich, zu feige gewesen, um das Thema anzusprechen und herauszufinden, was bei ihr schiefgelaufen war. Dass er herausfinden würde, dass *er* sie irgendwie im Stich gelassen hatte. Dass alles seine Schuld war.

Anika verstärkte ihren Griff an seinem Arm und holte ihn aus seinen Gedanken zurück in die Gegenwart.

»Ich... ich kann dich nicht zwingen, sie herzubringen, das ist mir klar. Aber wenn du denkst, dass es helfen könnte, dann tu es bitte. Ich weiß, dass es mir helfen würde. Ich bettle nicht – ich will nicht mehr so sein. Aber ich möchte dir – euch beiden – beweisen, dass es mir gut geht, dass ich in Ordnung bin. Dass sie mich besuchen kommen kann. Ich verspreche... Ich verspreche, dass ich mit den Drogen aufhören werde. Ich verspreche, ich werde...« Sie ließ einen tiefen, schweren Seufzer aus, der ihren ganzen Körper zusammenfallen ließ. »Ich verspreche, es *besser* zu machen. Ich verspreche, *besser* zu sein.«

KAPITEL 49

Tomek war bereits zu Hause, als Kasia von der Schule durch die Tür kam – schon seit ein paar Stunden. In dieser Zeit hatte er weitere zwanzig Prozent der Wohnung ausgepackt, ihr Schlafzimmer jedoch komplett in Ruhe gelassen. Das war ihr Bereich.

Kasia kam kurz nach 16 Uhr nach Hause. Nicht so spät, dass es den Verdacht erweckt hätte, sie hätte etwas angestellt. Aber auch nicht so früh, dass man denken könnte, sie wäre direkt nach Hause gekommen. Vielleicht hatte sie einen gemütlichen Spaziergang gemacht, den langen Weg nach Hause genommen. Aber er beschloss sofort, nicht nachzufragen. Er wollte sie nicht verärgern, sobald sie durch die Haustür trat.

Als sie die Tür hinter sich schloss, ließ sie ihre Tasche auf den Boden fallen und ging direkt in ihr Zimmer. Sie hatte ihre Kopfhörer im Ohr und starrte auf ihr Handy, weshalb sie natürlich weder sein Winken sah noch seinen Ruf hörte.

Erst als er vom Sofa aufstand und auf sie zuging, bemerkte sie ihn. Der darauffolgende Schrei war so laut, dass es sich anfühlte, als würde sein Trommelfell platzen. In einem Versuch, sich zu verteidigen, schleuderte Kasia das Handy nach ihm und hob ihre Fäuste.

»Himmel nochmal!«, schrie sie. »Du hast mich zu Tode erschreckt!«

»Ich wohne auch hier, weißt du«, sagte er und rieb sich die rechte Brust, wo das Gerät ihn getroffen hatte. »Und *keine* Flüche!«

Kasia verdrehte die Augen. »Dann erschreck mich halt nicht so!«

Tomek bückte sich, um ihr Handy aufzuheben, und reichte es ihr. »Haben sie dir das beim Karateunterricht beigebracht?«, fragte er. Aber sie fand das überhaupt nicht lustig und verschränkte stattdessen die Arme vor der Brust. »Wie war die Schule?«

»Gut.«

Wie jeden Tag also, dachte er. Gut. Immer gut.

Nie etwas anderes als gut.

»Hey...«

Seine Haut wurde feucht und er steckte die Hände in die Taschen, als die Nervosität allmählich von ihm Besitz ergriff.

»Ich denke... ich denke, wir sollten uns mal unterhalten«, sagte er schließlich.

»Müssen wir das?«

»Ja. Es sei denn, du willst heute Abend nichts essen...«

»Ich habe deine Kartendaten immer noch auf meinem Handy gespeichert. Ich kann mir jederzeit selbst etwas bestellen.«

Da war er sich sicher. Und wahrscheinlich auch viel schneller als er es könnte. Verdammte Kinder und ihre Technologie. Bald würden sie mit einem Handy in der Hand auf die Welt kommen.

»Nun, vielleicht können wir heute Abend noch etwas bestellen«, sagte er und fügte hinzu: »aber nur, wenn du dich jetzt mit mir hinsetzt und das besprichst, was wir besprechen müssen.«

Der innere Kampf in Kasia spielte sich auf ihrem Gesicht ab. Einerseits lockte die Aussicht auf ein leckeres Essen. Aber andererseits – wollte sie wirklich dasitzen und über Dinge reden, noch dazu mit ihrem *Vater*?

Am Ende zog sie den Stuhl unter dem Esstisch hervor und setzte sich auf die Kante.

»*Ja*?«, sagte sie mit der ganzen Attitüde eines Teenagers.

Tomek war vorsichtig in seinen Bewegungen, behutsam. Zu abrupt, und er könnte seinen eigenen Gedankengang durcheinanderbringen. Als er sich schließlich zu ihr an den Tisch setzte, fühlte er sich plötzlich sehr hoch oben.

»Waren diese Stühle schon immer so hoch?«, fragte er, erhielt jedoch keine Antwort. Kasia wollte dieses Gespräch so schnell wie möglich hinter sich bringen. Und er auch...

»Es geht um dich und mich«, begann er.

Bring den Ball ins Rollen, sagte er sich. *Sag einfach ein paar Dinge, dann folgt der Rest schon...*

»Du steckst nicht in Schwierigkeiten, keine Sorge. Du gehst auch nirgendwo hin – also denk nicht, dass du schon anfangen kannst, deine Sachen zu packen. Es ist nur... Ich habe eine Veränderung an dir bemerkt. Du verhältst dich in den letzten Wochen seltsam, und das gefällt mir nicht. Du isst nicht richtig, du grenzt mich aus, du gibst mir viel mehr Widerworte als damals, als du gerade erst eingezogen bist.« Er atmete tief ein und ließ seine Brust sich vollständig ausdehnen. Er hielt einen Moment inne, bevor er alles wieder ausatmete. »Wenn ich es nicht besser wüsste, würde ich sagen, dass etwas passiert ist oder immer noch in der Schule passiert. Wenn ich es nicht besser wüsste, würde ich sagen, dass du vielleicht gemobbt wirst...«

Die Erkenntnis war ihm auf der Heimfahrt gekommen. Die plötzliche Einsicht, dass es das „M"-Wort sein könnte, das so viele Kinder betrifft – besonders mit dem Aufkommen sozialer Medien und Online-Anonymität. Eine schnelle Online-Suche nach einigen der Anzeichen hatte seinen Verdacht bestätigt.

Jetzt lag es an Kasia, die tatsächliche Sache zu bestätigen.

Aber sie hatte sich zurückgezogen. Ihre Schultern waren eingefallen und ihr Kopf war gesenkt. Unter dem Tisch zupfte sie an ihren Fingernägeln und kratzte sich am Knie.

»Kase...«, begann er. »Du kannst es mir sagen. Ich will dir helfen. Ich *werde* dir helfen. Ich werde mit der Schule sprechen, Miss Holloway dazu bringen-«

»Sie weiß es bereits...«

Die Worte schmerzten ihn aus vielen Gründen. Erstens hatte seine eigene Tochter sich nicht wohl genug gefühlt, um es ihm zu erzählen, und zweitens hatte ihre Lehrerin auch beschlossen, es vor ihm geheim zu halten.

»Wann hast du es ihr erzählt?«

»Letzte Woche. Sie hat gesagt, dass sie etwas dagegen unternehmen würde. Dass sie mit dem Mädchen sprechen würde, aber es ist nichts passiert...«

Und jetzt ergab es Sinn. Kasias frühere Bemerkungen vom Vorabend über Bridget.

Miss Holloway sagt viele Dinge...

Wie das Versprechen, sich um das Mobbing zu kümmern. Wie das Versprechen, mit dem Mobber zu sprechen.

Aber in Wirklichkeit tat sie nichts dagegen.

»Warum bist du zuerst zu ihr gegangen?«, fragte Tomek und versuchte, den Schmerz in seiner Stimme zu verbergen.

»Bin ich nicht«, antwortete Kasia. »Sie hat es gesehen. Ich hatte keine Wahl.«

»Was ist passiert? Wer ist es? Wer mobbt dich? Was tun sie?«

Tomek wurde klar, dass die Flut von Fragen zu heftig gewesen sein könnte, aber er steckte in einem Niemandsland zwischen Vater und Polizist fest. Beide wollten das Gleiche, aber es gab verschiedene Wege, die Antworten und Informationen zu bekommen, die er brauchte.

»Entschuldige«, fügte er schnell hinzu. »Ich... ich will dir nur helfen.«

Kasia nickte verständnisvoll und hob ihren Blick ein wenig. Sie hörte auf, an ihren Fingernägeln herumzuspielen.

»Sie heißt Crystal Redknapp. Sie ist in meinem Jahrgang. Erst hat sie angefangen, sich im Unterricht über mich lustig zu machen, wenn ich eine Frage gestellt oder falsch beantwortet habe. Aber dann... als meine Periode anfing, hat sie mir im Sportunterricht alle meine Sachen weggenommen. Ich hatte nichts zum Anziehen und dann habe ich sie im Mülleimer gefunden. Es ist nicht nur sie allein... sie hat ein paar Freundinnen, die da mitmachen. Aber hauptsächlich ist sie es. Und als das Bild von deinem...« Sie konnte es nicht aussprechen; und Tomek war dankbar, dass sie es nicht konnte. »Als das *Bild* in der Schule rumging, war es wegen ihr. Sie hat es an alle geschickt.«

Tomek war ruhig und geduldig, während er zuhörte, wobei er sich mehr darauf konzentrierte, ruhig zu bleiben, als auf die Bedeutung ihrer Worte. Er spürte, wie sich ein Knoten in seinem Magen zusammenzog. Ein Knoten der Schuld. Er gab sich selbst die Schuld. Nicht nur für das Bild, das in ihrer Schule geteilt worden war, sondern auch, weil er es nicht geschafft hatte, die Anzeichen und Symptome sofort zu erkennen.

Er war schon früher mit gebrochenen und emotional beschädigten Kindern zusammen gewesen, solchen, die jahrelangen Missbrauch erlitten hatten, und hätte es daher sehen müssen, hätte es bemerken müssen.

Er streckte seine Hände über den Tisch und umschloss ihre Hände mit seinen. Er wartete, bis ihre Augen die seinen trafen, bevor er sprach.

»Es tut mir leid«, sagte er. »Du hättest das niemals durchmachen müssen. Ich habe dich im Stich gelassen. Ich habe dich enttäuscht. Aber ich werde der Sache auf den Grund gehen. Ich werde mit der Schule sprechen, ich werde sie über die Situation informieren und ich werde ihnen sagen, dass die Polizei eingeschaltet ist.«

»Nein, das kannst du nicht!«

»Ich kann, und ich werde.«

»Nein, bitte.« Sie zog ihre Hände von seinen weg und ließ sie wieder unter den Tisch fallen. »Ich will das nicht.«

»Warum nicht? Sie kann das nicht weiter tun-«

»Weil dann alle wissen werden, dass ich eine Petze bin, alle werden wissen, dass ich ein Verräter bin.«

»Sie kann damit nicht weiter davonkommen, Kase... Mobber müssen gestoppt werden.«

»Du kannst nicht zur Schule gehen. Bitte. Du kannst nicht.«

Das Flehen in ihren Augen war überwältigend, fast bis zum Punkt, Tränen zu bilden.

Tomek verzog das Gesicht und schüttelte den Kopf. Er mochte die Vorstellung nicht, Crystal Redknapp durch seine und die Finger der Schule schlüpfen zu lassen, aber wenn sie nicht wollte, dass er das Problem ansprach, dann gut. Er würde ihren Wunsch respektieren.

»Ich werde nicht zur Schule gehen. Ich werde nicht mit Miss Holloway sprechen. Wenn das wirklich das ist, was du willst...?«

Sie nickte entschlossen.

»Dann gut«, fuhr er fort. »Ich werde nicht zur Schule gehen.«

Aber das bedeutete nicht, dass er nicht kreativere Wege finden würde, um mit dem Problem umzugehen.

Und einen davon hatte er bereits im Sinn.

KAPITEL 50

Elizabeth Lake blickte auf das kleine Bett vor ihr hinab. Das Bett, in dem sie sich bis vor wenigen Wochen an einem Abend wie heute befunden hätte. Stürmisch, regnerisch, nass. Annabelle hätte den Regen, der gegen das Fenster prasselte, nicht gemocht. Es hätte ihr Angst gemacht. Aber alles wäre in Ordnung gewesen, wenn Mama neben ihr gelegen, sie umarmt und vor der Außenwelt beschützt hätte.

Aber jetzt war niemand mehr da. Ihr kleines Mädchen, fort... Würde nie wieder in diesem Bett schlafen. Würde nie wieder in irgendeinem Bett schlafen.

Sie vermisste das Geräusch ihrer Füße auf dem Teppich, die Treppe heraufkommend. Sie vermisste das aufgeregte Geräusch, das sie machte, wenn sie vor der Gutenachtgeschichte bettfertig war. Sie vermisste, wie sie sich die Zähne putzte, fast jeden Zahn einzeln und mit äußerster Sorgfalt und Aufmerksamkeit schrubben.

Seit Annabelles Tod hatte Elizabeth es vernachlässigt, sich selbst die Zähne zu putzen. Tatsächlich hatte sie viele Dinge vernachlässigt. Sie hatte ihre Haare seit einer Woche nicht gewaschen. Sie hatte weder ihre Beine noch ihre Achseln rasiert. Und der Busch, der sich da unten ausbreitete, war schon seit Wochen außer Kontrolle geraten, sodass es keinen Unterschied machte, ihn noch etwas weiter wachsen zu lassen. Sie hatte ihre Ohren nicht gereinigt. Sie hatte ihre Fingernägel nicht geschnitten.

Sie hatte nicht abgewaschen. Sie hatte nicht gewaschen. Sie hatte die Wohnung nicht aufgeräumt. Sie war nicht zur Arbeit gegangen.

Stattdessen war sie drinnen geblieben, starrte mit leerem Blick auf den Fernseher. Schaute, ohne zu schauen. Anwesend, ohne anwesend zu sein.

Dahinsiechend.

Elizabeth riss sich von Annabelles Schlafzimmer los und ging in ihr eigenes. Zu dem Ort, wo sie ihren Ehemann mit seinem Handy hätte liegen sehen, sie ignorierend. Wenn er nicht schon schlief, das heißt. An den meisten Abenden fand sie ihn bewusstlos vor, aber sie wusste, dass er heimlich wach war und nur so tat. Und dass er, sobald sie die Augen schloss und wegdämmerte, sich auf die andere Seite rollen und eine Weile auf seinem Handy tippen würde. Alles, um nicht mit ihr zu reden, alles, um nicht mit ihr zu kommunizieren.

Und jetzt war auch er weg.

Genau wie Annabelle.

Trotz der Leere, in die ihre lieblose Ehe gefallen war, und trotz der Kluft, die zwischen ihnen entstanden war, und trotz der Affäre – trotz alledem – vermisste sie ihn immer noch. Vermisste immer noch seine Berührung, seine Wärme, das Gefühl seines Körpers an ihrem.

Jetzt kam sie jeden Abend in ein kaltes Bett nach oben.

Ein kaltes Bett in einem kalten, leeren Haus.

Ein kaltes Bett für eine kalte und boshafte Person.

Als sie um die andere Seite des Bettes herumging, zog sie die Vorhänge etwas zu und riss die Decke von ihrem Kopfkissen. Dann glitt sie auf die Matratze und lag auf dem Rücken, starrte an die Decke, ihr Geist leer, ohne Gedanken. Der Raum war in ein helles orangefarbenes Licht von der Lampe neben ihr getaucht, aber die Energie aufzubringen, sie auszuschalten, war schwierig. Obwohl sie in den letzten Tagen festgestellt hatte, dass es ihr half, mit eingeschaltetem Licht zu schlafen. Dass es die Bilder und Monster in der Dunkelheit fernhielt. Dass es den Lärm in ihrem Kopf zum Schweigen brachte.

Aber heute Abend fühlte sie sich anders. Heute Abend hatte sie Lust, es auszuschalten. Heute Abend hatte sie Lust, sich für alles zu bestrafen, was sie getan hatte...

Gerade als sie sich zum Nachttisch rollte, hörte sie ein Geräusch. Ein leises Klicken. Schwach, entfernt.

Von unten kommend.

Sie hielt den Atem an, während sie wartete, wartete... Ihr Puls raste, die Brust hob sich.

Dann kam das Geräusch näher. Das Geräusch ihres Schicksals, das kam, um sie zu finden.

Es erschien einen Moment später, die Schlafzimmertür öffnete sich. Stand im Türrahmen. Ein Schlüsselbund glänzte im Licht.

Medizinische Spritze in der anderen Hand.

Als sie die Gestalt vor sich anstarrte, war Elizabeth Lake zu verängstigt, um zu sprechen. Und ihr Körper blieb völlig regungslos auf dem Bett, als die Gestalt über sie kletterte und die Spritze in ihren Hals stach.

KAPITEL 51

E in weiterer Morgen. Ein weiterer Grund, in Canvey zu sein.
Diesmal wegen des Verschwindens von Elizabeth Lake.

Der Anruf bezüglich des Verschwindens von Beth mit F war am späten Vormittag eingegangen, und zwar von niemand anderem als Vincent Gregory, der gerade jetzt Bilderrahmen an die Wände des Vernehmungsraums hängen würde, wie Tomek scherzte. Der Kerl verbrachte so viel Zeit dort, dass es ihn nicht überrascht hätte, wenn Nick ihm nicht gleich ein eigenes Zimmer zum Übernachten angeboten hätte.

Mit Tomek im Schlafzimmer von Elizabeth und Steven Lake befanden sich DC Rachel Hamilton, die Tatortmanagerin und ein Spurensicherungsbeamter, die eifrig die Bettdecke und die Matratze untersuchten. Die Spritze, die am Bettrand liegen geblieben war, wurde bereits fotografiert und als Beweismittel eingereicht, während die Untersuchung der Bettwäsche etwas länger dauern könnte.

»Ich wage mal zu behaupten, dass sie definitiv entführt wurde«, bemerkte Tomek. »Es sei denn, ich wurde falsch belehrt und Heroin gibt dir plötzlich einen Energieschub und schickt dich auf einen ausgedehnten Spaziergang.«

»Das ist SCHON ein ordentlicher Spaziergang«, antwortete Rachel.

Hinter ihrer Gesichtsmaske sah er die Erhebung ihrer Wangen, was darauf hindeutete, dass sie grinste.

»Wir wissen nicht mit Sicherheit, dass es Heroin ist«, sagte die Tatortmanagerin.

Tomek drehte sich zu ihr um. »Da es im Blut unseres neuesten Mordopfers gefunden wurde, würde ich sagen, es ist höchstwahrscheinlich genau das.«

»Wir werden es trotzdem untersuchen.«

»Natürlich. Danke.«

Das Schlafzimmer von Elizabeth und Steven Lake war klein, winzig eigentlich. Kaum groß genug, um das Doppelbett hineinzustellen; es gab nur einen kleinen Spalt von wenigen Zentimetern um den Rand der Matratze, und wenn man das Fenster öffnen wollte, musste man sich auf Zehenspitzen an der Seite des Bettes entlangzwängen oder über die Bettdecke klettern. Was für sie leider nicht möglich war. Folglich waren Tomek und Rachel gezwungen, eng aneinandergepresst in der Türöffnung zu stehen und sich gegenseitig anzuatmen.

»Irgendwelche Anzeichen für einen Einbruch?«, fragte Tomek, als ihm der Gedanke plötzlich kam.

Die Tatortmanagerin schüttelte den Kopf. »Nichts. Keine Anzeichen für gewaltsames Eindringen vorne oder hinten. Wir haben Fotos von den Schlössern für weitere Untersuchungen gemacht, aber ich bin zuversichtlich, dass Sie zu denselben Schlussfolgerungen kommen werden wie wir. Was Hinweise auf den Täter betrifft... Ich würde sagen, das ist Ihr wichtigster Anhaltspunkt. Es war entweder jemand, den sie kannte, jemand, den sie hereingelassen hat, oder jemand, der Zugang zum Haus hatte.«

Tomek und Rachel sahen einander an.

Ihr Hauptverdächtiger, der alle diese Kriterien erfüllte, befand sich genau dort, wo er sein sollte. Er wurde gerade von einigen der besten Beamten der Dienststelle verhört. So sehr Tomek auch dort sein wollte, um den kleinen rassistischen, faschistischen Bastard weiter unter Druck zu setzen, begann er, Zweifel zu haben. Er wusste, dass Vincent Gregory nicht gerade das hellste Licht am Himmel war, aber war er wirklich in der Lage, drei Personen zu entführen und zwei von ihnen zu töten, während er die ganze Zeit direkt vor ihren Augen blieb und ständig im Mittelpunkt der Ermittlungen stand? Konnte er wirklich SO dumm sein?

Oder war das vielleicht der Grund, warum er so lange davongekommen war. Die perfekte Tarnung...

Der Gedanke beunruhigte Tomek, aber bevor er weiter darüber nachdenken konnte, stieß Rachel ihn in die Rippen und gab ihm den Blick, der signalisierte, dass es Zeit war zu gehen. Als er ging, dankte er der Tatortmanagerin für ihre Zeit und sagte ihr, dass sie bei Bedarf auf dem Handy erreichbar seien. Dann wandte er dem Raum den Rücken zu und ging vorsichtig die Treppe hinunter, wobei er seine Hände an den Seiten hielt, damit er nicht in Versuchung geriet, etwas zu berühren. Am Fuß der Treppe schlüpfte er durch die Haustür und ging zum Auto, wo er den Schutzanzug auszog und zurück zum Haus starrte. Die Straße in die und aus der Sackgasse war abgesperrt worden, und der Zugang zur und von der Schule unterlag einer überwachten Polizeipräsenz.

Tomek dachte an Amelia Duggan, Annabelle Lakes Lehrerin.

Die beiden As.

Er fragte sich, ob es möglich wäre, dass sie darin verwickelt war. Sie war zum Zeitpunkt von Annabelle Lakes Verschwinden anwesend gewesen - hatte es sogar GESEHEN, was sie zur perfekten Zeugin machte, um sie von der richtigen Ermittlungsspur abzubringen. Und sie war auch diejenige gewesen, die Annabelle GEFUNDEN hatte. Wieder die perfekte Tarnung. Falscher Ort zur falschen Zeit.

Oder war sie am richtigen Ort zur genau richtigen Zeit?

Tomek wusste es nicht.

Als er ins Auto stieg, dachte er weiter darüber nach.

Natürlich müsste sie mit jemandem zusammenarbeiten. Aber mit wem? Und was war die Verbindung zwischen Annabelle Lake und Jenny Ingles? Und warum hätte sie überhaupt Annabelle Lake entführen und töten wollen? Nach allem, was er erfahren hatte, waren sie die besten Freundinnen (zumindest in Annabelles Augen) und vergötterten einander.

Da wurde ihm klar, dass sie absolut keine verdammte Ahnung von irgendetwas hatten. Sie waren nicht in der Lage gewesen, ein klares Motiv für Annabelle Lakes Tod zu ermitteln, außer der wilden Möglichkeit, dass sie entführt und auf ein Fließband für Menschenhandel gelegt worden war, aber selbst das war weit hergeholt. Canvey

Island war ein Drecksloch, aber so verkommen war es nun auch wieder nicht.

Sie hatten auch kein Motiv für Jenny Ingles' Tod, abgesehen von der Idee, dass es mit Drogen zu tun haben könnte. Aber wenn das der Fall war, warum dann die Verbindung zu Annabelle Lake?

Wie konnte jemand so krank sein, ein armes, unschuldiges kleines Mädchen zu entführen, sie während ihrer Gefangenschaft zu beherbergen, sicherzustellen, dass sie richtig ernährt wurde – noch dazu mit ihrem Lieblingsessen – und sie dann auf solche Weise zu töten? Und wie konnte dieselbe Person dann ihre Aufmerksamkeit auf ein siebzehnjähriges Mädchen richten, sie vergewaltigen, ihren Körper mit Heroin vollpumpen und sie dann auf die gleiche Weise töten?

Die Behandlung beider Opfer war völlig unterschiedlich.

Es musste irgendwo eine offensichtliche Verbindung geben.

Musste es.

Tomek war sich dessen sicher.

Und jetzt war auch noch Elizabeths Verschwinden dazugekommen. Er hatte keinen Zweifel daran, dass sie letztendlich genauso enden würde wie ihre Tochter. Tot und baumelnd. Aber warum?

Was war die Verbindung?

Tomeks Blick wanderte langsam die Häuser in der Sackgasse entlang. Von Nummer dreiundzwanzig bis einundvierzig. Bis er zwischen dreiundvierzig und siebenundvierzig stehen blieb. Dort, im Hintergrund, eingekeilt zwischen der Lücke der beiden Häuser, befand sich die Rückseite von Vincent Gregorys Grundstück.

Das fehlende Glied? Die fehlende Verbindung?

Tomek war sich immer noch nicht sicher.

Der Mann hatte kein Motiv – er liebte seine Nichte und Schwester sehr, wenn nicht sogar mehr als das. Er war immer von Tomeks Anschuldigungen freigesprochen worden und hatte für jeden der Morde solide Alibis gehabt. Er würde nichts davon haben, seine eigenen Familienmitglieder zu töten. Ganz zu schweigen von den fehlenden Beweisen, die ihn mit Jenny Ingles' Tod in Verbindung bringen würden.

Vincent Gregory war eine Sackgasse.

Ein Mann, der sich zur falschen Zeit am falschen Ort befand.

Genau wie Amelia Duggan.

Tomek schloss die Augen und legte seine geballten Fäuste auf das Armaturenbrett. In seiner linken Hand streckte er zwei Finger aus und formte das V-Zeichen; an seiner rechten streckte er den Daumen aus.

Annabelle und Elizabeth Lake auf der linken Seite.

Jenny Ingles auf der rechten.

Dann beschwor er in seinem Geist Bilder von ihnen herauf, wie sie dort vor dem Auto auf dem Bürgersteig standen. Mutter und Tochter umarmten sich, während der einsame Teenager sich gegen die Kälte wappnete.

Über ihnen versuchte er, sich das Gesicht des Mörders vorzustellen. In all seiner vagen und illusionären Pracht.

»Zwei Gruppen von Opfern...«, flüsterte er vor sich hin, seine Lippen zuckten leicht, während er sprach. »Zwei aus derselben Familie. Eine völlig zufällig.«

Und dann traf es ihn.

Zwei Gruppen von Opfern.

Zwei Mörder. Die zusammenarbeiten.

Einer, der Rache oder Vergeltung an der Familie Lake sucht.

Während der andere aus Impuls und Lust beim Mord an Jenny Ingles handelte.

»Tomek...«

Zuerst erkannte er die Stimme nicht. Hörte sie nicht einmal.

»Tomek...«

Dann dachte er, es wäre die kleine Annabelle Lake, die mit ihm sprach, zu ihm aufblickte, die Ketten noch um ihren Hals.

Aber als er eine Hand an seinem Arm spürte, schreckte er aus seinen Gedanken auf. Rachel hielt ihn fest, ein besorgter Ausdruck auf ihrem Gesicht.

»Entschuldige«, sagte er und lachte verlegen. »Hab für einen Moment vergessen, dass du da bist.«

»Alles in Ordnung?«, fragte sie. »Du siehst aus, als bräuchtest du etwas Zeit für dich. Du sitzt schon eine Weile so da... Ich dachte schon, du hättest einen Schlaganfall oder so.«

Warum sagten das ständig alle?

Tomek schüttelte den Kopf. »Nein... Kein Schlaganfall. Nur... tief in Gedanken.« Dann fügte er flüsternd hinzu: »*Richtig* tief in Gedanken.«

»Ist dir etwas Interessantes eingefallen?«

Tomek drehte sich zu ihr um und grinste. »Tatsächlich denke ich schon.«

KAPITEL 52

»**W**as hast du gesagt?«

Nick seufzte so laut, dass es der ganze Raum hören konnte.

Tomek hob seine Hände in gespielter Kapitulation. »Hört mich erst an...«

»In Ordnung. Wir hören zu.«

Bevor er seine Theorie erklärte, räusperte sich Tomek. Dann erzählte er ihnen, dass es tatsächlich eine Verbindung zwischen den Opfern gab, aber nicht so, wie sie ursprünglich gedacht hatten. Sie wurden durch ein Killerduo verbunden. Zwei böse Komplizen, die zusammenarbeiteten.

»Das nennt man im Fachjargon *folie à deux*, Sir«, fügte Captain Besserwisser zur Wirkung hinzu. »Wie bei Fred und Rose West.«

»Ja, danke für den Hinweis, Oscar«, antwortete Nick und versuchte, die Schärfe aus seiner Stimme zu halten.

»Einer von ihnen wird dem anderen sagen, was zu tun ist. Typischerweise sind es zwei Männer, aber es kann auch ein Mann und eine Frau sein.«

Nick schnippte mit den Fingern und zeigte aufgeregt auf Oscar. »Genau!«, sagte er. »Ein Mann und eine Frau. Vincent und Georgia Gregory. Ehemann und Ehefrau. Wie Fred und Rose!«

Tomek zögerte, kaute auf seiner Unterlippe.

»Sie sagen das, als würden Sie sie persönlich kennen, Sir«, sagte er.

»Wen? Fred und Rose oder Vincent und Georgia?«

»Beide.«

»Schwachsinn. Wir wissen fast alles, was es über Vincent Gregory zu wissen gibt, aber wie viel wissen wir wirklich über *sie*?«, fragte Nick Tomek und öffnete dann die Frage für den Rest des Raumes, als ihm klar wurde, dass Tomek bei seinen Ermittlungen zum Tod von Jenny Ingles wenig mit Georgia Gregory zu tun gehabt hatte. »Irgendjemand? Irgendjemand?«

Niemand antwortete. Köpfe drehten sich, suchten nach jemand anderem, der bereit war, die Verantwortung für die Frage zu übernehmen. Schließlich stürzte sich Rachel für das Team in die Bresche.

»Ehrlich gesagt, nicht besonders viel, Sir«, antwortete sie und hustete etwas Entschlossenheit in ihre Stimme. »Sie war am Rande unserer Ermittlungen.«

»Was meinst du mit Rand? Sie steckt mittendrin in der verdammten Sache. Wie konnte das übersehen werden?«

Fieser Nick richtete seine Wut auf Victoria, die seinen Zorn zum ersten Mal erleben würde.

»Wie ist uns diese durchs Netz geschlüpft?«, fragte er, wobei sein ruhiger Tonfall im Widerspruch zur Wut in seinem Gesicht stand. »Das kann kein Versehen gewesen sein. Ihr habt alle die letzte Woche Däumchen gedreht.«

Gerade als sie den Mund öffnen wollte, um zu sprechen, sprang Tomek zu ihrer Verteidigung ein. Er hatte das Gefühl, es tun zu müssen. Obwohl sie sich irgendwann Nicks Musik stellen musste, wollte er nicht, dass es mitten in einer Besprechung vor allen anderen geschah – er hatte selbst schon so ein Kreuzverhör über sich ergehen lassen müssen, und es schaffte gewöhnlich einen Präzedenzfall, der Nick zu dem Glauben berechtigte, er könne damit durchkommen, wann immer er wollte. Es war besser, ihn an der Quelle zu stoppen, bevor die Dinge außer Kontrolle gerieten.

»Bei allem Respekt, Sir«, begann Tomek, verlangsamte aber, als er bemerkte, dass Victoria ihre Hand hob, um ihn zu stoppen.

»Danke, Tomek«, begann sie. »Aber ich kann für mich selbst antworten.« Dann räusperte sie sich, bevor sie fortfuhr. »Der Grund, warum das Team Georgia Gregory bei unseren Ermittlungen übersehen hat, ist, dass ich sie dazu angewiesen habe. Wir haben diese Zeit damit verbracht, uns auf die Beweise zu konzentrieren.«

»Welche Beweise?«

»Genau. Es gab sehr wenige. Aber aus den Beweisen, die wir *tatsächlich* haben, hat uns nichts in die Nähe von Georgia Gregory geführt. Sie können mich so viel tadeln, wie Sie wollen, aber lassen Sie es nicht an meinem Team aus. Das war mein Versehen, und ich übernehme die volle Verantwortung dafür.«

Fassungslose Stille driftete durch die offene Tür, kletterte über die Köpfe aller Sitzenden und kam schließlich vor Nick zum Stillstand, der betreten aussah. Tomek hatte das Gefühl, aufstehen und Victoria salutieren zu müssen. Viele hatten in der Vergangenheit versucht, sich gegen den fiesen Nick zu behaupten, aber nur wenige hatten Erfolg. Victoria hatte gerade ihren Namen zu dieser berühmten und winzigen Liste hinzugefügt. Und dafür vervielfachte sich Tomeks Respekt für sie enorm.

Bevor Nick antworten konnte, fuhr Victoria fort und lenkte das Gespräch von ihrer kleinen Demonstration der Unfähigkeit weg und auf die anstehende Aufgabe.

»Rachel, nach diesem Meeting möchte ich, dass du die Insel besuchst und Georgia Gregory findest. Bring sie her, wenn du kannst. Finde heraus, was sie weiß und wo sie gewesen ist.«

Rachel nickte und notierte die Anweisung in ihrem Handy. Während Tomek beobachtete, wie Victoria am Kopf des Raumes hin und her schritt und auf die Falltafel vor ihr starrte, hob Tomek seine Hand.

Sagte: »Können wir jetzt zu meiner Theorie zurückkehren?«

»Wozu?«, fragte Nick. »Wir haben sie bereits widerlegt.«

»Nein, haben wir nicht, Sir. Wir wissen über Georgias Beteiligung genauso viel wie über Vincents. Ich glaube immer noch nicht, dass sie beteiligt sind. Ich denke, Vincent wird reingelegt.«

»Du hast deine Meinung geändert...«

»Versteh mich nicht falsch, er ist immer noch ein rassistisches Arschloch, aber seit diese ganze Sache begonnen hat, wurde es so dargestellt, als wäre er es. Und jetzt, wo ich darüber nachdenke, waren die Anzeichen von Anfang an da – ich war nur ein bisschen geblendet von der Tatsache, dass ich ihn hasste.«

»Und jetzt nicht mehr?«

Tomek zuckte mit den Schultern. »Wie gesagt, er ist immer noch ein Arschloch. Aber ich glaube nicht, dass er ein Verbrecher ist oder wie einer behandelt werden sollte.«

Aber andererseits, so war es auch bei Tomek nicht gewesen... so war es auch bei Sean nicht gewesen. Beide waren wie Verbrecher behandelt worden – wurden aus dem Team geworfen wegen ihrer Hautfarbe und ihrer Nationalität – und sie waren gezwungen gewesen, es zu akzeptieren. Also, inwiefern war es anders? Vielleicht war es genau das, was der Mann verdiente...

Aber das war nicht der richtige Weg, die Dinge anzugehen. Das war nicht das, wofür er sich verpflichtet hatte.

Er fühlte sich hin- und hergerissen. Einerseits verabscheute er den Mann für seine Ansichten und Meinungen, aber andererseits dachte er nicht, dass er so behandelt werden sollte, wie er behandelt wurde, selbst wenn Tomek größtenteils für eine solche Behandlung verantwortlich gewesen war.

»Von Anfang an wurde er als Sündenbock dargestellt«, fuhr Tomek fort. »Das Auto, das gestohlen und zur Entführung von Annabelle Lake benutzt wurde – das gleiche Auto wie das von Vincent Gregory. Sogar das Auto, das zur Entführung von Jenny Ingles benutzt wurde – sein verdammtes Auto! Und trotzdem nicht der geringste Beweis, dass er es gewesen sein könnte.«

»Ist das alles, worauf du das stützt?«, fragte Nick. Er war nicht bereit, die Sache auf sich beruhen zu lassen, und Tomek auch nicht.

Zwei Mauern, die aufeinandertreffen und in eine Sackgasse geraten. Irgendwann müsste einer nachgeben. Und er würde es nicht sein.

Er wandte sich an DC Carter. »Lass mich dich etwas fragen, Chey. Hat er während des Verhörs unten irgendwelche Details darüber gegeben, wo seine Schwester festgehalten wird?«

Chey schüttelte den Kopf. »Nein. Er war eigentlich ziemlich aufgebracht deswegen. Richtig verzweifelt sogar. Hat uns angefleht. Hat mich angefleht, ihn helfen zu lassen. Es ist ein bisschen seltsam.«

»Sie stehen sich sehr nahe...«, sagte Anna, Dreifache Wortwertung, und begann, sich einzubringen.

»Genau«, fuhr Tomek fort. »Sie waren zusammen im Heim. Sie sind zusammen aufgewachsen. Ich kann mir beim besten Willen nicht vorstellen, dass er seiner eigenen Schwester so etwas angetan hätte. Und er hat Annabelle wie seine eigene Tochter behandelt – warum sollte er sie umbringen, wenn das der Fall war?«

Nick pausierte, bevor er antwortete. »Ich könnte mir ein Dutzend Gründe vorstellen, warum...«

Tomek erwog, den Hauptkommissar zu bluffen, wusste aber, dass die subtilen Bestrafungen danach es nicht wert sein würden.

»Was ist mit dem Fisch im Magen?«, fragte Nick, der jetzt offensichtlich nach Strohhalmen griff.

»Es ist möglich, dass wir nach jemandem suchen, der die Familie kennt. Der Annabelle kennt. Der sie gut genug kennt, um einen Schlüssel zu haben...«

»Wer?«

Tomek dachte an Amelia Duggan zurück. Die Lehrerin, die jeden Nachmittag beobachtete, wie Annabelle Lake von der Schule nach Hause ging. Die zusah, wie sie ihren Schlüssel ins Haus steckte. Die zusah, wie sie in der Pause zu Mittag aß. Die fast jeden Teil jedes Tages mit ihr verbrachte.

»Ich bin mir im Moment nicht sicher«, gab Tomek zu. »Aber ich werde es bald sein. *Wir* werden es bald sein. Alles, worum ich *jetzt gerade* bitte, ist, dass wir Vincent Gregory gehen lassen. Und wenn du dir so große Sorgen um ihn machst, dann richte eine Überwachung für ihn ein. Lass jemanden jeden seiner Schritte beobachten. In der Zwischenzeit hol Amelia Duggan und Georgia Gregory zum Verhör. Ich glaube, sie könnten ein paar mehr Dinge wissen, als sie zugeben.«

KAPITEL 53

Vincent Gregory hatte den Überblick über die Emotionen verloren, die derzeit durch seinen Körper strömten.

Verzweiflung darüber, seine Schwester verloren zu haben.

Trauer über den Tod seiner geliebten Nichte.

Wut und Frustration, zum dritten Mal in ebenso vielen Wochen auf die Polizeiwache geschleppt worden zu sein.

Groll gegen die Menschen, die versuchten, Elizabeth zu finden.

Schuldgefühle, weil er nicht da gewesen war, um sie zu beschützen, um zu verhindern, dass ihr das überhaupt passierte.

Verwirrung, weil er der Polizei in jeder möglichen Weise helfen wollte, aber nicht wusste wie, und ihnen nicht vertraute, es richtig zu machen, ohne ihn alle fünf Minuten zu befragen.

Hass auf die Person, die seiner Familie das antat.

Reue, Dinge nicht gesagt zu haben, die er gerne früher gesagt hätte.

Er war ein Schmelztiegel menschlicher Emotionen. Und er begann sich wieder wie ein Teenager zu fühlen. Zurück in der Zeit, als er die gleiche Art von Gefühlen erlebt hatte. Damals, als Elizabeth da gewesen war, um ihm zu helfen, sie zu bewältigen. Und als er den Gefallen erwidert hatte.

Er erinnerte sich an ihre Berührung in jener Nacht. Inmitten der Dunkelheit des Raumes. Umgeben von den gedämpften Geräuschen der Kinder im Pflegehaus, die fest schliefen. Wie sie ihn völlig entspannt hatte, die angespannten Muskeln in seinem Körper gelockert hatte.

Wie sehr er sich wünschte, sie könnten in diese Zeit zurückkehren. Zurück, als die Dinge... einfacher waren.

Vincent stieg aus seinem Auto und schlug die Tür zu. Über die Zäune zu seinem Haus sah er die Fahrzeuge der Kriminaltechnik und Polizeiwagen immer noch vor Elizabeths Haus stehen. Er kämpfte hart mit der Entscheidung, hinüberzugehen und zu sehen, was sie dort taten. Wenn er eines aus dieser ganzen Tortur gelernt hatte, dann dass die Polizei es nicht mochte, wenn er so nah an allem dran war, wenn er an vorderster Front der Ermittlungen stand. Das machte sie misstrauisch.

Außerdem wusste er nicht, ob ihm gefallen würde, was er sah. Was sie möglicherweise aus dem Haus holen würden.

Stattdessen betrat er sein eigenes Zuhause und ging direkt in die Küche, wo er sich eine Tasse Tee machte. Weiß, zwei Stück Zucker. Alles andere würde einfach nicht richtig schmecken.

Als er das Getränk ins Wohnzimmer trug, wurde er sich plötzlich der Person bewusst, die in der Ecke stand, in einem weißen Schutzanzug der Spurensicherung, ihre Gesichtszüge hinter einer Maske verborgen.

»Wer zum Teufel bist du?«, fragte Vincent langsam und spürte, wie sein Körper sich vor Adrenalin anspannte – eine weitere Zutat zum Schmelztiegel.

Die Gestalt sagte nichts.

»Ich sagte, wer zum Teufel bist du?«

Immer noch nichts.

Beide standen da, nur wenige Meter voneinander entfernt – leicht in Reichweite, schätzte er – und starrten einander einfach an. Beide warteten darauf, dass der andere den ersten Zug machte.

Vincent taxierte den Körperbau des Eindringlings: schlank, klein, dünner als er selbst. Dennoch waren sie gleich groß, und da war *etwas* an Muskulatur vorhanden. Er durfte diese Tatsache nicht unterschätzen.

Er verstärkte seinen Griff um die Kaffeetasse und spürte, wie die Keramik an seiner schweißnassen Haut entlangglitt. Er dachte darüber nach, den Inhalt über die Person in seinem Wohnzimmer zu schütten.

Erwog es ernsthaft.

Doch bevor er den Gedanken überhaupt in die Tat umsetzen konnte, hörte er ein Geräusch. Das Geräusch der sich öffnenden Hintertür. Dann das Geräusch der sich schließenden Tür, gefolgt von Schritten, die sich zur Vordertür bewegten und sie im Haus einschlossen.

Dann erschien eine weitere Gestalt, die in einer Hand einen Baseballschläger schwang.

Beim Anblick dieser Person ließ Vincent die Tasse Tee fallen. Kochend heiße Flüssigkeit spritzte auf seine Beine und verbrannte seine Haut, aber er fühlte nichts. Er war taub gegen den Schmerz. Eine weitere Zutat zum Schmelztiegel.

Die letzte und finale Zutat, bevor er vom Baseballschläger bewusstlos geschlagen wurde, war Überraschung.

Überraschung, weil er die andere Gestalt vor ihm erkannte, trotz des Schutzanzugs, der ihre Züge verbarg.

KAPITEL 54

Tomek hatte sich entschieden, länger auf der Wache zu bleiben als vorgesehen. Er musste etwas beweisen. Er brauchte Beweise, die Vincent Gregory von jeder Beteiligung an den Entführungen und Morden entlasteten. Und bisher sah es so aus, als hätte er eine völlig falsche Aussage gemacht. Egal wie intensiv er suchte, egal wie sehr er sich von den Beweisen entfernte, alles deutete immer noch auf Vincent Gregory hin. Auf den einen Mann, der von Anfang an im Mittelpunkt der gesamten Ermittlung gestanden hatte.

»Irgendwelche Erfolge?«, fragte Sean, als er sich mit einem leichten Federschritt Tomeks Schreibtisch näherte.

»Das kannst du dir nicht vorstellen. Ich bin tatsächlich kurz davor, eine Verhaftung vorzunehmen.«

»*Wirklich?*«

»Nein, du Trottel. Natürlich nicht. Ich bin ungefähr so nah dran herauszufinden, wer Annabelle Lake und Jenny Ingles getötet hat, wie du. Und komm nicht mit diesem Grinsen im Gesicht zu mir rüber, in der freudigen Erwartung zu hören, wie jämmerlich ich versage.«

Beleidigung kroch allmählich über das Gesicht seines Freundes.

»Das hatte ich eigentlich nicht vor«, antwortete Sean. »Ich wollte nur kurz quatschen.«

»Jetzt ist wirklich nicht der richtige Zeitpunkt.«

Sean zog den Stuhl unter dem Schreibtisch neben ihm hervor. »Du siehst aus, als könntest du eine Pause gebrauchen...«

Tomek schloss die Augen. Er wollte nicht daran denken, wie rot und müde sie aussahen. Stunde um Stunde hatte er auf denselben Bildschirm gestarrt und die Spannungskopfschmerzen, die beide Seiten seines Kopfes zusammendrückten, verschlimmert. Vielleicht hatte sein Freund Recht. Vielleicht war es Zeit für eine kurze Pause.

»Wie läuft der Umzug?«, fragte Sean beiläufig. »Wie geht es Kasia?«

Eine kurze Pause zumindest. Ein paar Minuten.

Nur genug, um die Augen ausruhen zu lassen und den Gehirnzellen Zeit zur Erholung zu geben.

»Der Umzug läuft gut«, sagte er. »Ich würde sagen, wir sind etwa zur Hälfte fertig. Kasia macht das meiste davon, wenn sie von der Schule nach Hause kommt – obwohl sie nur kleine Kisten tragen kann, nichts zu Anstrengendes.«

»Und wie geht es dem kleinen Problemkind? Macht sie dir immer noch Schwierigkeiten?«

»Ja, aber ich habe den Grund dafür herausgefunden...«

»Oh?«

Dann erzählte Tomek ihm, dass Kasia gemobbt wurde, wobei er seine Stimme senkte, falls jemand anderes im Büro mithören würde. Er wollte nicht, dass sie schlecht von ihm dachten, und er wollte auf keinen Fall, dass sie schlecht von Kasia dachten.

»Das tut mir leid, Alter.« Sean blickte nachdenklich auf seinen Schoß. »Habe ich... Habe ich dir jemals erzählt, dass ich als Kind gemobbt wurde?«

»Hör auf«, antwortete Tomek. »*Du*? Du bist der größte Kerl, den ich kenne. Wer hatte Eier groß genug, um zu dir zu kommen und Streit anzufangen?«

»Ein Haufen kleiner Rassisten, das kann ich dir sagen.«

Das brachte Tomek zum Schweigen.

»Sie pflegten mich über den Schulhof zu jagen, schrien Affenlaute in meine Richtung und warfen mit Bananen nach mir im Klassenzimmer. Ich habe es verdammt gehasst. Arschlöcher, alle miteinander. Sie haben mein Leben in der Schule zur Hölle gemacht. Ich hasste es so sehr, dass ich nicht hingehen wollte.«

Tomek hörte Echos von Kasias Mobbing in Seans Geschichte. Die Art, wie sie manchmal morgens nicht aus dem Bett steigen wollte. Wie sie alles tun würde, um nicht zur Schule gehen zu müssen – sie ging sogar so weit, Krankheiten vorzutäuschen.

»Versteh mich nicht falsch«, fuhr Sean fort. »Ich habe sie mehrmals verprügelt, und ich habe sie richtig fertiggemacht. Aber das hat es nur verschlimmert. Sie kamen immer zurück, manchmal mit noch mehr von ihnen.«

»Wie ein Hinterhalt?« Tomek saß auf der Kante seines Stuhls, nach vorne geneigt, und hörte der Geschichte seines Freundes zu. Der Geschichte, die er zum ersten Mal hörte, die er aber gerne viel früher gehört hätte.

»So in der Art. Einmal war es nur ich gegen etwa fünf von ihnen. Sie waren viel kleiner als ich, aber trotzdem...«

»Fünf von ihnen...«, sagte Tomek und beendete den Satz seines Freundes. »Hast du jemandem davon erzählt?«

Sean nickte langsam. Sein Blick war zum Teppich abgeschweift, starrte leer ins Nirgendwo, während er die Erfahrungen seiner Kindheit noch einmal durchlebte. »Mein Vater ist einmal komplett ausgerastet. Er ist zum Haus eines der Mobber gegangen und hat angefangen, den Vater zu verprügeln. Er hätte auch fast das Kind erwischt, wenn ich ihn nicht weggezerrt hätte. Aber mein Vater... nun, er hat nicht viel Sport gemacht – hat wirklich viel Mist gegessen – und war außerdem in seinen Fünfzigern. Dann ist er umgefallen. Einfach so. Genau da. Schwerer Herzinfarkt. Er war tot, als die Sanitäter ankamen und versuchten, ihn wiederzubeleben.«

Tomek hatte vom Tod des Vaters seines Freundes gewusst. Über die Art und Weise, wie es passiert war. Aber er hatte die Umstände nicht gekannt, die zu seinem plötzlichen und traumatischen Tod geführt hatten. Er hörte aufmerksam zu und wartete geduldig darauf, dass Sean fortfuhr.

»Danach wurde ich der Mann im Haus, also musste ich anfangen, Geld zu verdienen, damit wir über die Runden kamen. Also begann ich, Süßigkeiten und Getränke in der Schule zu verkaufen. Mein eigener Schwarzmarkt – auf dem ich meine Waren nur an die weißen Leute verkaufte, die keine Rassisten waren, und an einige der anderen Schwarzen in der Schule. Das Mobbing hörte schnell auf, nachdem sie merkten, dass ich unantastbar war... es sei denn, sie wollten, dass alle anderen in der Schule hinter ihnen her waren.«

Sean erwachte aus seiner Trance und drehte sich langsam zu Tomek um, Schmerz und Leid in den Linien seiner Augen und Stirn geschrieben. Ein leichter Schimmer von Flüssigkeit hatte sich in seinen Augen gebildet. Er versuchte, es wegzublinzeln, aber Tomek erkannte es als das, was es war: Emotion, Trauer.

»Alles, was ich sagen will«, fuhr er fort, als ob er das Gefühl hätte, irgendeine Art von Punkt machen zu müssen, »ist, dass Kasia da durchkommen wird, genau wie ich. Nicht nur das, es wird sie zu einem besseren, widerstandsfähigeren Menschen machen.«

Tomek grinste und nickte langsam. »Ich schätze, aus dir ist nicht gerade etwas Schlechtes geworden.«

»Besser als aus dir, du kleiner Versager.«

Er lachte. »Aber wenn es dir nichts ausmacht, und ohne deinem Vater zu nahe treten zu wollen, würde ich lieber keinen massiven Herzinfarkt bekommen, während ich meine Tochter verteidige.«

Seans Lippen zuckten leicht zu einem schwachen Lächeln.

»Du musst dir darüber nur Sorgen machen, wenn du die Person findest, die es tut...«

Tomek drehte sich zu seinem Computer und zeigte auf den Bildschirm. »Sollte nicht lange dauern. Einer der Vorteile des Jobs, würde ich sagen. Wer hat dich früher gemobbt?«

Sean brach in schallendes Gelächter aus. Ein plötzlicher, einzelner Ausbruch, der im Raum widerhallte. »Du würdest mir nicht glauben, wenn ich es dir sage.«

»Versuch's...«

Bevor Sean antworten konnte, tauchte ein Name in Tomeks Kopf auf. Er platzte damit heraus.

»Vincent Gregory?«

Sean wedelte mit seinem dicken Finger in der Luft. »Nah dran, sehr nah. Aber nicht ganz. Du bist auf dem richtigen Weg.«

Tomek überlegte einen Moment, aber dann versiegte der Namensquell in seinem Kopf.

»Steven Lake«, antwortete Sean ruhig, langsam, ohne Feindseligkeit in seiner Stimme.

Der Name ließ Tomek kurz ratlos zurück.

»Steven...?«

Sean nickte. »Genau der, der sich neulich umgebracht hat. Ich habe ihn sofort erkannt, als ich ihn am Morgen nach Annabelles Verschwinden gesehen habe. So ein Gesicht vergisst man nicht.«

»Hat er dich erkannt?«

»Natürlich hat er das. Der kleine Feigling wollte nicht mit mir sprechen. Ist praktisch weggelaufen, wann immer ich in seine Nähe kam. Es ist komisch...« Seans Blick schweifte wieder ab. »Komisch, wie ich zu einem Zeitpunkt solche Angst vor ihm hatte, so große Angst, ihm oder seinen Kumpels in die Quere zu kommen. Aber dann... dann war es, als hätte er Angst vor mir. Das Blatt hatte sich gewendet, und ich hatte die Macht. *Wieder*.«

Tomeks Mund klappte auf, als er versuchte, die Information zu verarbeiten. »Aber... aber er wirkte so nett im Vergleich zu Vincent...«

»Lass dich nicht von seinem Aussehen täuschen. Der Typ ist ein erstklassiges Arschloch von Anfang bis Ende. Er war schon immer ein Trottel.«

»Warum hast du früher nichts gesagt?«

Sean zuckte mit den Schultern und wartete einen Moment, bevor er antwortete. »Ich wollte ihm nicht mehr Aufmerksamkeit schenken, als er verdient hat. Und es ist ehrlich gesagt kein Teil meines Lebens, den ich gerne wieder durchlebe.«

Tomek konnte das verstehen. Er hatte als Kind auch etwas Ähnliches durchgemacht, aber nichts so Traumatisches und Erschütterndes wie Sean. Ohne etwas anderes zu sagen, klatschte Sean auf sein Knie und erhob sich aus seinem Stuhl. Bevor er das Gespräch leise verließ, legte er eine Hand auf Tomeks Schulter und ging weg.

Ließ ihn mit seinen eigenen Gedanken zurück.

Gedanken, die klein begannen und dann plötzlich den Hang hinunterrollten und an Größe und Schwung zunahmen.

Lass dich nicht von seinem Aussehen täuschen.

Seans Worte hallten in seinem Kopf wider.

Er war schon immer ein Trottel.

Und dann traf ihn eine Idee wie ein Vorschlaghammer ins Gesicht. Sofort sprang er von seinem Sitz auf und eilte zur anderen Seite des Büros. Glücklicherweise versuchte der Rest des Teams, Elizabeth Lake zu finden, während er damit beschäftigt war, Gründe zu finden, um nicht das Schlimmste von Vincent Gregory anzunehmen.

Er fand Nadia an ihrem Schreibtisch sitzend, eine Hand auf ihrem Bauch, während die andere ihre Computermaus von einer Seite des Bildschirms zur anderen bewegte.

»Guten Abend«, sagte er. »Solltest du nicht zu Hause sein?«

»Ich bleibe nur noch fünfzehn Minuten«, antwortete sie und reckte den Hals, um ihn zu sehen. »Womit kann ich dir helfen?«

»Steven Lake«, erwiderte Tomek. »Wir haben seine Leiche nie gefunden, oder?«

Sie schüttelte den Kopf. »Nicht dass ich wüsste. Soweit wir wissen, treibt er noch irgendwo im Meer.«

Tomek lächelte. »Ausgezeichnet! Und die Beweise, die auf seinem Boot gefunden wurden...«

»Was ist damit?«

»Erinner mich...«

Einen Moment später hatte Nadia die Liste der Beweise aufgerufen, die auf Steven Lakes Boot, der *Annabelle*, gefunden worden waren. Um den Bildschirm deutlicher zu sehen, beugte sie sich näher heran und setzte ihre Brille auf die Nase.

»Hier steht, sie haben seine DNA dort gefunden, Annabelles DNA... und Spuren von Thunfisch.«

Tomeks Gesicht strahlte.

»Haben wir seinen Laptop?«, fragte er.

»Irgendwo. Willst du, dass ich-«

»Schon gut«, sagte er, drehte sich auf der Stelle und verließ sie ohne ein weiteres Wort.

Beflügelt von den belebenden Gedanken, die in seinem Kopf auftauchten, kehrte er zu seinem Schreibtisch zurück und öffnete Google. In die Suchleiste gab er *The Man Club* ein, den Namen der Gruppe für depressive Männer, und drückte auf Return. Dann klickte er auf das erste Ergebnis, das auf der Seite erschien.

Auf dem Startbildschirm des Forums befand sich eine Liste verschiedener Kategorien im Zusammenhang mit Vätern mit Depressionen, mit jeweils zwei bis drei Kommentaren darunter, bevor sie abgeschnitten wurden. Die Themen reichten von spezifisch bis allgemein, aber das interessierte Tomek nicht. Er suchte nach etwas Bestimmtem.

Genauer gesagt, nach jemandem Bestimmtem.

Und er fand es wenige Augenblicke später.

In der Kategorie »*Mit dem Tod eines Kindes umgehen*«.

Dort, ganz unten im Kommentarbereich, war ein Beitrag von Steven Lakes Profil, S.Lake85.

Datiert vor zwanzig Stunden.

KAPITEL 55

»Der glitschige Bastard lebt?«

Tomek nickte. »Er postet aus dem Jenseits, Sir.«

»Und Sie sind sich sicher?«

»Ich bin kein überzeugter Geistergläubiger, also würde ich sagen, ich bin *ziemlich zuversichtlich*. Und das ist noch nicht alles, Sir. Ich habe auch das hier gefunden...«

Tomek holte das Stück Papier, das er in seine Brusttasche gefaltet hatte, heraus und schob es über den Tisch. Nasty Nick, der gar nicht mehr so fies war, nahm es auf und untersuchte es, bevor er es an Victoria weitergab, die hinter ihm stand.

»Wo haben Sie das gefunden?«, fragte sie.

»In seiner E-Mail. Ich habe seinen Laptop im Lager gefunden und mich in sein Konto eingeloggt. Mir kam plötzlich etwas in den Sinn und ich dachte, ich sollte der Sache nachgehen.«

»Wie konnten wir das übersehen?«, fragte sie, obwohl sie die Antwort bereits kannte.

Um ihr die Peinlichkeit zu ersparen, sagte Tomek: »Er hat es ziemlich gut in seinem Posteingang versteckt, mehrere Ebenen tief und in einem äußerst bizarren E-Mail-Ordner... aber nicht gut genug. Außerdem haben wir wahrscheinlich nie so weit geschaut, weil wir ihn nicht als Verdächtigen betrachtet haben.«

»Ich...«, begann Nick, während er das Dokument erneut las. »Oh, Scheiße.«

Ohne seinen Satz zu beenden, stürmte Nick aus dem Raum und rief ein sofortiges Treffen im Einsatzraum zusammen. Innerhalb weniger Augenblicke strömte der Rest des Teams – diejenigen, die geblieben waren, darunter Sean, Chey, Martin, Rachel und Anna – schnell in den Raum. Sie alle begannen zu spüren, dass dies eine lange Nacht werden würde.

»Also, ihr alle«, sagte Nick. »Es scheint, dass unser verschwundener Vater, Steven Lake, tatsächlich am Leben ist. Er wurde zuletzt vor zwanzig Stunden im Online-Forum *The Man Club* gesichtet. Wenn Tomek sich nicht irrt, bedeutet das, dass er sich irgendwo versteckt. Wir müssen herausfinden, wo...«

»Hat jemand eine Idee, wo wir anfangen sollen?«, fragte Victoria und trat vor. Es war deutlich zu erkennen, dass sie in dieser Phase der Ermittlung im Vordergrund stehen wollte. Eine Chance, sich zu rehabilitieren.

»Der Dreck!«, rief jemand.

Tomek drehte sich zum Rest des Raumes um und sah Martins kleine Augen vor Freude glänzen.

»Erst heute Morgen haben wir den Zusammensetzungsbericht über den Schmutz und Sand erhalten, der an den Füßen von Annabelle Lake und Jenny Ingles gefunden wurde.«

Martin blickte auf eine Reihe ausdrucksloser Gesichter.

»Ich hatte das Ergebnis erst in einer Woche erwartet, aber es scheint, dass die Forensik Zeit gefunden hat, es zu untersuchen«, fuhr er fort, doch alle warteten darauf, dass er zum Punkt kam.

»Es wurde bestätigt, dass der Schmutz an den Füßen der Mädchen vom selben Ort stammt«, fuhr er fort. »Und heute Morgen hat das SOCO-Team kleine Spuren desselben Schlamms, Drecks und Sands in Elizabeth Lakes Schlafzimmer gefunden.«

»Das sagt uns nur, dass es derselbe Mörder ist und dass sie am selben Ort festgehalten wurden«, sagte Tomek. »Aber es sagt uns nicht, *wo* sie sind.«

»Doch, wenn wir wissen, wer der Mörder ist...«

Es dauerte länger, als Tomek es sich gewünscht hätte, bis der

Groschen endlich fiel. Bis er endlich verstand, worauf Martin anspielte.

Aber zu seiner Freude dauerte es beim Rest des Teams noch länger, bis sie es begriffen.

»Wie schnell können wir dort sein?«, fragte Victoria.

»Wir? Etwa zwanzig Minuten, je nachdem, wie schnell wir fahren.«

»Was ist mit der nächsten Streife?«

»Die Polizei von Canvey kann in wenigen Minuten dort sein.«

Victoria wandte sich an Nick. »Ich denke, einer von uns sollte hingehen. Falls die Dinge… *schiefgehen*, sollte einer von uns dort sein, um die Situation zu entschärfen.«

Nick überlegte einen Moment mit einem Seufzen.

Es gab ein Seufzen für jede Stimmung, jede Reaktion. Aber Tomek wusste aus Erfahrung, dass dies ein gutes war.

»Ich gehe…«, sagte er.

»Warum Sie?«, fragte Martin, der sich aufrecht hinsetzte und offensichtlich von der Entscheidung verärgert war. »Können wir nicht alle gehen? Wir haben alle das gleiche Recht, dort zu sein wie er.«

Nick schüttelte den Kopf. »Tomek steht dieser Ermittlung nahe«, sagte er. »Tomek ist die richtige Wahl. Vertraut mir…« Er steckte seine Hand in seine Blazertasche und zog den Ausdruck heraus, den Tomek ihm gegeben hatte. »Vertraut mir. Tomek ist am besten dafür geeignet.«

»In der Zwischenzeit müssen wir uns auf das Verhör vorbereiten«, sagte Victoria.

Nick klatschte in die Hände und beendete die Besprechung sofort. Der Raum explodierte in Aktivität, jeder von ihnen kehrte zu seinem Schreibtisch zurück. Außer Sean, Nick und Victoria, die zurückblieben. Tomek beschloss, kurz bei ihnen zu bleiben.

»Ich werde einen Wagen anmelden und so schnell wie möglich runterfahren«, sagte er. »Ich werde mein Bestes tun, ihn in einem Stück zurückzubringen.«

Victoria nickte. »Wir werden auf Sie warten, wenn Sie das tun.«

Tomek drehte sich um, hielt dann aber inne. »Falls Sie noch nicht darüber nachgedacht haben, aber ich denke, Sean sollte derjenige sein, der Steven Lake verhört, wenn ich ihn herbringe.«

»Warum?«, fragte Nick, dessen Kopf zwischen ihm und Sean hin und her sprang.

Als Antwort griff Tomek nach dem Ausdruck und riss ihn dem Hauptkommissar aus der Hand, hielt ihn zwischen den vier erhoben. »Vertraut mir...«, sagte er.

Und das genügte.

Als er den Raum verließ, traf er Seans Blick. Der Ausdruck auf dem Gesicht seines Freundes sagte ihm alles, was er sagen wollte, aber nicht konnte.

KAPITEL 56

Die Bootswerft in der Nähe der Brücke, die Canvey Island und Benfleet verband, war für Tomek schon immer ein Rätsel gewesen. Er war jedes Mal daran vorbeigefahren, wenn er auf die Insel oder von der Insel wegfuhr, aber er hatte nie wirklich verstanden, was sich dort befand.

Und jetzt fand er es heraus.

Nachdem sie am Bahnhof Benfleet vorbeigefahren waren, machten sich er und der Konvoi von Polizeifahrzeugen auf den Weg zu den Benfleet Moorings, einer kleinen Uferbank, an der eine Reihe von Booten entlang der Schlammflächen festgemacht war. Auf der anderen Seite des Hadleigh Ray, des Wasserarmes in der Mitte, lag die Marina von Canvey Island. Rechts befand sich eine Fußgängerbrücke, die beide miteinander verband.

Tomek und das Team hielten neben der Fußgängerbrücke an und begannen sofort, sich zu verteilen. Der vermutete Ort, an dem Steven Lake Elizabeth Lake gefangen hielt, lag ein paar hundert Meter das Flussufer entlang. Diskretion und Anonymität waren entscheidend – das Letzte, was sie wollten, war, dass Steven Lake das grelle Gelb und Blau der Polizeiautos bemerkte, während das Mondlicht von den Karosserien reflektiert wurde.

Stattdessen legten sie die Strecke zu Fuß zurück.

Autos, die auf der Canvey Road fuhren, rasten vorbei, begierig darauf, die Insel zu verlassen. Die raschelnden Geräusche von Insekten, die die Flucht ergriffen, waren an seinen Knöcheln zu hören. Die übrige Stille wurde durch das Geräusch ihrer Füße gestört, die über den Kies liefen und sich allmählich ihrem Mörder näherten.

Tomek wusste nicht, was ihn erwarten würde, wenn sie ihn fänden. Basierend auf den Verletzungen, die Annabelle Lake und Jenny Ingles erlitten hatten, erwartete Tomek, Elizabeth Lake bei guter Gesundheit vorzufinden. Vielleicht an einen Stuhl gefesselt oder an Füßen und Händen gebunden. Aber irgendetwas sagte ihm, dass dies nicht der Fall sein würde.

Dass sie in etwas Böses, etwas Verstörendes hineingeraten würden.

Besonders nach dem, was er in Stevens Posteingang entdeckt hatte.

Ein Stück weiter passierten sie ein großes Boot, das in ein Restaurant umgewandelt worden war. Stühle und Bänke waren auf der Grünfläche davor zurückgelassen worden, und gegenüber befand sich ein Parkplatz.

Dahinter war das kleine Bootshaus, nach dem sie suchten, wenn man es so nennen konnte. Vielmehr war es eine Art Schuppen, ein kleiner Raum, möglicherweise groß genug für ein kleines Boot, nichts zu Extravagantes. Die perfekte Größe für die *Annabelle*. Dahinter parkte ein Ford Fiesta mit verdunkelten Scheiben, dessen Kennzeichen mit dem übereinstimmte, das auf den CCTV-Aufnahmen in der Nacht von Jennys Entführung entdeckt worden war.

Als sie sich dem Gebäude näherten, vibrierte Tomeks Handy in seiner Tasche. Eine Nachricht von Nick war gerade eingegangen, die ihn darüber informierte, dass Vincent Gregory möglicherweise vermisst wurde. Ein Team uniformierter Beamter war geschickt worden, um bei seinem Haus vorbeizuschauen, nach ihm zu sehen und ihn zu informieren, dass sie zuversichtlich waren, bald eine Festnahme vorzunehmen. Ursprünglich war es Seans Idee gewesen; er hatte gespürt, dass Vincent Gregorys Leben irgendwie in Gefahr sein würde. Aber er hatte nicht vorhergesehen, dass es so bald geschehen würde, so kurz nachdem Elizabeth entführt worden war.

Nicht nur könnten sie möglicherweise ein Opfer finden, jetzt könnten sie zwei finden.

Steven Lakes vermutete Vendetta gegen seine Frau und seinen Schwager war stark.

Tomek blickte auf die Beamten hinter ihm – insgesamt sechs – und war dankbar für die große Anzahl.

»Das ist für dich, Annabelle«, sagte er, als er sein Handy einsteckte und sich dem Gebäude näherte.

In der Dunkelheit tastete er nach der Tür und achtete darauf, keine auffälligen Geräusche oder Störungen zu verursachen. Als er die Holzverkleidung unter seinen Fingern spürte, hielt er inne und lauschte.

Geräusche, Gemurmel drangen durch die Fasern. Leben, das aus dem Inneren des Gebäudes kam. Das war ein gutes Zeichen. Ein sehr gutes Zeichen.

Während er sich darauf vorbereitete, die Tür zu öffnen und seine Hände um den Griff legte, warf er einen letzten Blick auf das Team, das das Gebäude umstellte.

Und dann trat er ein.

KAPITEL 57

Das Erste, was ihm an diesem Ort auffiel, war der Geruch. Ranzig, widerwärtig. Die Art, die im Rachen brannte, in die Augen stieg und einen zusammenzucken ließ.

Der Geruch von verfaulender und verwesender Fäkalmaterie.

Und dann, nachdem sein Gehirn Zeit gehabt hatte, den Geruch zu verarbeiten, nahm er das Bild wahr, den Anblick direkt vor ihm.

Für eines der Gregory-Geschwister war es zu spät. Für das andere hing das Leben am seidenen Faden.

Über Vincent Gregory stand der Drahtzieher der gesamten Operation. Mit einem Messer in der Hand, das er gegen die Kehle des Mannes drückte. Elizabeth Lake baumelte derweil von einem stählernen A-Rahmen, aufgehängt an einem Seil. Ihr Bauch und ihre Kehle waren aufgeschlitzt worden, und ihr Blut tropfte weiterhin von ihren nackten Füßen und sammelte sich in der Lache darunter.

Platsch.

Platsch.

Platsch.

»Steven...«, sagte Tomek, während er die Hände hob, um zu zeigen, dass er keine bösen Absichten hatte. »Leg das Messer weg.«

Tomek war sich der Beamten hinter ihm deutlich bewusst, die auf einen Befehl warteten. Aber in seinem Kopf waren es jetzt nur er, Steven und Vincent. Zwei Männer, die das Schicksal, das ihnen bevorstand, vielleicht verdienten. Für Steven wäre es eine Verhaftung und eine lange Gefängnisstrafe gewesen. Für Vincent wäre es der Tod gewesen.

Es hatte eine Zeit gegeben – noch vor etwa zwanzig Minuten, nachdem er von Seans Kindheit erfahren hatte –, in der er die beiden hätte weitermachen lassen, um ihr eigenes Schicksal zu besiegeln...

Aber das konnte er nicht tun. Nicht noch einmal.

Diesen Fehler hatte er bei Tony gemacht. Und er durchlebte ihn fast jeden Tag aufs Neue.

Die Szene vor ihm war eine erschütternde Erinnerung an das, was in der Vergangenheit geschehen war.

Tony, der von einem Holzbalken baumelte, verblutete, seine Genitalien in seinem Mund steckten. Der an einem ähnlichen Ort starb.

Die Parallelen waren zu stark, als dass er sie ignorieren konnte. Er konnte nicht zulassen, dass noch jemand an einem solchen Ort starb.

»Leg die Waffe nieder, Steven«, wiederholte Tomek. »Bitte.«

Inzwischen war der anfängliche Ausdruck von Schock und Überraschung in Steven Lakes Gesicht verflogen und durch einen Ausdruck der Verzweiflung und Wut ersetzt worden. Und nichts war schlimmer als ein unberechenbarer Mann, der nichts mehr zu verlieren hatte.

»Wie habt ihr mich gefunden?«, fragte Steven.

»Das ist unser Job«, antwortete Tomek.

»Raus hier. Verschwindet. Ich... ich habe unerledigte... Ihr könnt nicht hier sein.«

»Aber wir sind es, Kumpel. Und wir brauchen dich jetzt, um die Waffe niederzulegen.«

Jetzt richtete Steven die Klinge auf Tomek. Seine Augen weiteten sich, und er fletschte wahnsinnig die Zähne.

»Raus. Ihr müsst raus. Ihr könnt nicht hier sein!«

Tomek kaute auf seiner Unterlippe. »Das geht nicht, Kumpel. Tut mir leid. Das Beste, was ich tun kann, ist nur ich. Der Rest dieser Leute geht, während ich bleibe. Wie klingt das?«

Steven überlegte eine Minute lang. Dann erkannte er, dass es eine Lose-Lose-Situation war. Egal, wie die Situation ablief, es gab kein Entkommen für ihn, kein Boot, in das er springen und davonsegeln konnte. Keinen anderen Ort mehr, an dem er sich verstecken konnte.

»Gut«, sagte er schließlich und wählte das kleinere von zwei Übeln. »Du bleibst. Aber alle anderen verschwinden. Jetzt!«

Tomek drehte sich zu den uniformierten Beamten um und gab ihnen ein leichtes Nicken. Innerhalb weniger Augenblicke waren sie verschwunden.

»So... Ist das etwas besser für dich?«, sagte er.

Er war sich des herablassenden Tons in seiner Stimme bewusst, aber er konnte wenig dagegen tun.

»Warum bist du hier?«, fragte Steven, immer noch mit der Mordwaffe auf ihn zeigend.

»Weil ich meinen Job mache«, antwortete Tomek. »Etwas, wovon dein Schwager mir vorgeworfen hat, es nicht zu tun, und das noch nicht allzu lange her ist.«

Vincent Gregory, der auf einem Stuhl mitten im Bootshaus festgebunden war, blickte Tomek finster an. Als ob er ihm die Schuld dafür gäbe, seinen Totenschein unterschrieben zu haben, den letzten Nagel zum Sarg hinzugefügt zu haben, und alles, was Steven Lake noch tun musste, war, ihm einen Schlag zu versetzen. Oder, passender ausgedrückt, einen sauberen Schnitt über seine Kehle zu ziehen.

»Ich brauche trotzdem, dass du das Messer weglegst, Steven. Und dann können wir vielleicht reden.«

»Worüber reden? Es gibt nichts zu besprechen.«

»Ich habe ein paar Fragen, auf die ich gerne ein paar Antworten hätte.«

Ein paar war eine Untertreibung – er hatte eine ganze Datei in der Notizen-App auf seinem Handy, die sie enthielt.

»Vielleicht könntest du meine Neugier ein bisschen befriedigen...«

Steven Lake zögerte, während er seinen besten Ausweg aus der Situation überlegte. Tomek beobachtete ihn einen Moment lang. Ihm wurde klar, dass hier ein Mann stand, der keine Ahnung hatte, was er tat. Dass er in Panik geriet, reagierte – auf die gleiche Weise, wie er auf Anweisungen reagiert hatte, die ihm bei den Toden von Annabelle Lake und Jenny Ingles gegeben worden waren. Tomek wurde in diesem Moment klar, dass er überhaupt nicht auf einen Drahtzieher blickte. Dass er auf den Unterwürfigen schaute, die zweite Hälfte der *folie à deux.*

»Wo ist dein Komplize, Steven?«, fragte Tomek.

»Mein was? Mein...? Wovon redest du?«

»Ich glaube, du weißt genau, wovon ich rede, Steven. Wo sind sie, und wer sind sie?«

»Ich weiß nicht, was du meinst. Es gibt... es gibt niemand anderen. Ich habe allein gehandelt. Ich habe immer allein gehandelt.«

Klassisch, dachte Tomek. Der Mann war schwach und kläglich und war einer Gehirnwäsche unterzogen worden, um seinen Partner nicht zu verraten. Die Antwort lag irgendwo in ihm, und wenn Tomek sie herausholen wollte, müsste er clever vorgehen.

»Du hast das Messer immer noch nicht weggelegt, Steven«, sagte Tomek und zeigte darauf. »Ich brauche wirklich, dass du das tust, sonst wird einer von uns verletzt.«

»Ja! Und es wird er sein!«

Bevor Tomek die Bewegung überhaupt bemerkte, schwang Steven die Klinge vor Vincent und hielt sie gegen dessen Schlüsselbein, das bei einer früheren Rangelei freigelegt worden war. Die Brust des Mannes hob und senkte sich, das Licht der Lampe in der Ecke reflektierte auf der Oberfläche der Klinge.

»Ich verstehe es...«, sagte Tomek. »Ich verstehe es vollkommen.«

»Du was?«

»Ich mochte deinen Schwager nicht besonders, als ich ihn zum ersten Mal sah. Wenn ich diesen Job nicht machen würde, würde ich wahrscheinlich genau dasselbe tun wie du jetzt...«

Der wütende Blick auf Vincents Gesicht verwandelte sich in Angst, als der Nagel zu seinem Sarg immer tiefer eingeschlagen wurde.

»Was meinst du?«, fragte Steven, und pure Verwirrung durchzog seine Worte.

»Dein Schwager hat dafür gesorgt, dass ich aus dem Team geworfen wurde, das das Verschwinden deiner Tochter untersucht hat. Weil ich Pole bin. Weil er ein Rassist ist. Und, was noch schlimmer ist, er hat auch dafür gesorgt, dass mein Freund aus dem Team geworfen wurde – wegen seiner Hautfarbe. Aber das Lustige ist, ich wette, er bereut diese Entscheidung jetzt, denn wenn er diesen Anruf bei meinem Chef nicht getätigt hätte, dann wäre er vielleicht jetzt nicht in dieser Situation...«

Für einen kurzen Moment glaubte Tomek, einen Hauch von Schuld in Vincents Augen aufblitzen zu sehen. Aber dann wusste er, dass der Mann zu stolz war, um so etwas zu zeigen.

»Ich will ihn nicht töten, weil er ein Rassist ist...«, sagte Steven langsam, als ob sich die Worte in seinem Kopf nicht richtig bilden würden.

Ich weiß, dass du das nicht willst, dachte Tomek. *Weil du auch ein mieser kleiner Rassist bist.*

»Wenn nicht deswegen, warum dann? Ist es wegen *dem hier*?«

Tomek griff in seine Tasche und holte den Ausdruck hervor, der Nick und Victoria im Büro so schockiert hatte.

»Wo hast du...? Woher hast du das?«

»Wie gesagt, ich habe meinen Job gemacht.«

Tomek richtete seine Aufmerksamkeit auf das Dokument. In der oberen Ecke befanden sich Name und Logo der Firma, die den DNA-Test durchgeführt hatte. Darunter standen das Datum des Schreibens und die Referenznummer, die der Anfrage zugewiesen worden war. Darunter befand sich eine kleine Tabelle, die die Verbindungen zwischen den beiden DNA-Proben hervorhob – eine für Annabelle Lake, die andere für Steven Lake.

Oder vielmehr im Fall von Steven Lake, das Fehlen einer Verbindung.

Da war es, schwarz auf weiß, das Beweisstück, das Steven Lakes Mordserie ausgelöst hatte. Die Bestätigung, dass Annabelle nicht seine Tochter war, sondern die von jemand anderem.

Man musste kein Genie sein, um herauszufinden, wessen...

»Ich weiß, dass du ihn für das hasst, was er getan hat«, begann Tomek. »Aber du kannst ihn nicht töten.«

»Es ging nie darum, ihn zu töten«, antwortete Steven. »Ich wollte ihn zerstören. Ich wollte, dass er mit ansieht, wie alles, was er liebt, direkt vor seinen Augen zerfällt und verbrennt.« Steven drehte sich um und schaute auf Elizabeths leblosen Körper. »Und da ist sie. Das Eine, was er liebte... Das Eine, was er am meisten auf der Welt liebte. Er liebte sie genug, um sie zu ficken...«

Tomek beschloss, still zu bleiben. Steven alles sagen zu lassen, was er sagen musste. Ihm alles zu sagen, was er hören musste.

Um seine Neugier zu befriedigen.

»Ich habe immer gewusst, dass sie einander nahestanden...«, fuhr

Steven fort, als ob Vincent nicht direkt vor ihm wäre, noch am Leben, noch atmend. »Das waren sie schon immer. Wie könnte es auch anders sein, bei dem, was sie als Kinder durchgemacht haben? Aber ich hätte nie gedacht, dass sie so weit gehen würden wie Inzest. Ich... Ich hatte zum ersten Mal einen Verdacht, dass etwas zwischen ihnen lief, bei einer Gartenparty im Sommer. Ich erwischte sie in einem der Zimmer, wie sie sich umarmten. Aber es war keine dieser geschwisterlichen Umarmungen, es war etwas Tieferes. Sie bestritten beide, dass da mehr war, aber ich wusste es, ich sah es. Ich *fühlte* es. Seitdem konnte ich es nicht loslassen. Ich musste es herausfinden, aber ich hatte zu viel Angst...«

»Also hast du sie entführt?«

Steven zögerte, während er die Ereignisse in seinem Kopf noch einmal durchlebte. Er senkte seinen Blick zu Boden und starrte ins Nichts.

»Ich... Ich...« Steven schluckte den Kloß in seinem Hals hart herunter. »Es gibt keine nette Art, das zu sagen, aber... Ich war nie in der Lage, Annabelle zu lieben. Ich habe sie nie als mein eigen geliebt. Ich hatte immer das Gefühl, dass sie anders war als ich – nicht nur vom Aussehen her, sondern auch von der Persönlichkeit. Deshalb habe ich mir nie erlaubt, sie *vollständig* zu lieben. Sie war immer einen Schritt entfernt. Sie... existiert einfach. Sie ist einfach... da.«

»Ich verstehe das«, erwiderte Tomek.

Bei diesen Worten hob der Mann seinen Blick und traf Tomeks Augen zum ersten Mal seit langem.

»Du... du verstehst das?«

Er nickte und zuckte mit den Schultern, wie Kerle es tun, wenn sie zu viel Angst haben, etwas Peinliches zuzugeben.

»Ich habe vor kurzem herausgefunden, dass ich seit dreizehn Jahren Vater bin. Sie tauchte eines Abends vor meiner Tür auf und lebt seitdem bei mir. Sie ist nach all dieser Zeit aus dem Nichts aufgetaucht, und plötzlich soll ich sie lieben, als wäre sie mein ganzes Leben bei mir gewesen? Es war schwierig. Wir haben, gelinde gesagt, gekämpft, aber die Dinge werden besser.«

»Das ist nicht dasselbe«, sagte Steven. »Denn sie *ist* dein Kind.«

»So hat es sich nicht angefühlt. Und es fühlt sich immer noch nicht so an. Manchmal hat sie sich wie eine völlig Fremde angefühlt, denn

Das ist sie ja auch... Es ist das erste Mal, dass ich sie in meinem Leben treffe. Das macht einen Fremden aus. Ich stelle mir vor, dass du dich mit Annabelle so gefühlt hast?«

Steven nickte.

»Das tat ich. Damals. Aber jetzt nicht mehr...«

Die Trauer und Schuld waren deutlich auf Stevens Gesicht zu sehen, als seine Wangen und Lippen begannen, sich zusammenzuziehen, als seine Augen begannen zu blinzeln, als die Tränen sich zu bilden begannen.

»Ich konnte mir selbst nicht verzeihen, was ich ihr angetan habe. Ich hätte es nie tun sollen. Ich hätte sie niemals töten sollen. Sie hat das nicht verdient. Nichts davon war ihre Schuld. Diese Verantwortung lag bei Elizabeth und... und...« Plötzlich schien Steven sich an den gefesselten Mann vor ihm zu erinnern, und dann änderte sich seine Haltung. Die Demut und Verletzlichkeit, die erfrischend zu hören gewesen waren, verschwanden und wurden wieder durch Wut ersetzt.

Wut auf Vincent Gregory, weil er mit seiner Frau – mit seiner eigenen Schwester – geschlafen hatte und der Vater des Kindes war, das er für sein eigenes gehalten hatte. Diese ganze Dynamik war für Tomek ein kompletter Mindfuck, einer, den er verarbeiten müsste, wenn das alles vorbei war, aber im Moment hatte er die Priorität, sicherzustellen, dass niemand sonst verletzt wurde.

»Bereust du es, Jenny Ingles getötet zu haben?«, fragte Tomek, während er einen kleinen Schritt nach vorne machte, während Steven abgelenkt war.

»Was?«

»Jenny Ingles. Bereust du es, sie entführt, vergewaltigt und getötet zu haben?«

Steven senkte seinen Blick wieder. Diesmal ließ er auch die Klinge an seiner Seite sinken.

Und da war die Antwort.

Ein Mann, der die Dinge bereute, die er getan hatte, sich aber dennoch gezwungen gefühlt hatte, sie zu tun.

»Warum hast du sie vergewaltigt, Steven?«

»Weil... weil ich es konnte. Weil ich die Macht dazu hatte.«

Weil Steven den Punkt ohne Wiederkehr überschritten hatte...

In seiner Stimme lag keine Feindseligkeit, keine bösartigen Untertöne, die darauf hindeuteten, dass er ein schlechter Mensch war. Nur ein ernsthaft verwirrter und gebrochener.

Tomek wusste nicht, ob er bereits Mitleid mit ihm hatte oder ob er Mitleid mit ihm haben wollte.

»Bereust du es?«, fragte er erneut.

Steven nickte sanft, wie ein kleines Kind mitten in einer Zurechtweisung.

»Glaubst du nicht, dass du es auch bereuen könntest, wenn du deinen Schwager tötest? Ich denke nicht, dass du ein schlechter Mensch bist, Steven. Ich glaube, du hast in der Vergangenheit einige Fehler gemacht. Ich glaube, du hast meinen Freund in der Schule schikaniert, weil dein Vater ein Rassist war und du es nicht anders kanntest. Und ich glaube, du hast diese Dinge getan, weil jemand es dir gesagt hat. Jemand hat dich gelenkt.«

Der Blick in Stevens Augen – voller Mitleid und Kummer – verriet Tomek, dass er richtig lag, aber das waren nicht die Worte, die über seine Lippen kamen.

»Ich habe alles allein getan...«, sagte Steven, obwohl die Schwäche und Heiserkeit in seiner Stimme darauf hindeuteten, dass er sich selbst nicht einmal glaubte.

»Dann erkläre mir Folgendes«, sagte Tomek und trat einen weiteren Schritt nach vorne. Inzwischen waren nur noch etwa einen Meter zwischen ihnen, nahe genug für Tomek, um den ranzigen Gestank auf Steven Lakes Atem zu riechen. »Wie hast du deinen Selbstmord vorgetäuscht? Wie bist du wieder an Land gekommen, nachdem du die *Annabelle* zurückgelassen hast? Als wir sie fanden, war sie etwa anderthalb Kilometer auf dem Meer.«

»Ich bin ein guter Schwimmer.«

»Und ich bin Brad Pitt. Wir können alle Dinge sagen, die nicht wahr sind, Kumpel... Also warum willst du es mir nicht sagen? Ich habe alles andere geglaubt, was du bis jetzt gesagt hast. Warum lügst du also, um sie zu schützen? *Wen* versuchst du zu schützen?«

Steven kämpfte innerlich um die Antwort auf diese Frage. Tun oder nicht tun. Alles erzählen oder nichts sagen. Und Tomek sah zu, wie sich dieser Kampf auf dem Gesicht des Mannes abspielte.

Am Ende bekam er die Antwort, die er erwartet hatte.

»Ich bin ein guter Schwimmer.«

———

Es dauerte noch ein paar Minuten, bis Tomek die Situation vollständig entschärft und Steven überzeugt hatte, die Waffe fallen zu lassen. Als er es schließlich tat, stürmten die uniformierten Beamten, die draußen geduldig gewartet hatten, herein und nahmen den Mann fest. Ein Team von Sanitätern war gerufen worden und auf dem Weg, um sich um Vincent zu kümmern, der im Stuhl zurückgelassen worden war, immer noch an Händen und Füßen gefesselt.

»Wirst du mich nicht hier rausholen?«, knurrte er Tomek an, als dieser sich näherte.

Bevor er antwortete, beobachtete Tomek, wie die uniformierten Beamten Steven Lake aus dem Bootshaus führten, die Hände hinter dem Rücken gefesselt.

»Du stehst unter Schock«, antwortete Tomek. »Wir wissen nicht, welche Verletzungen du erlitten hast. Wir würden auch niemanden bewegen, der gerade sechs Meter tief gefallen ist, falls er sich den Rücken gebrochen hat, oder? Bei dir ist es das Gleiche.«

»Was zum Teufel redest du da? Ich bin nirgendwo runtergefallen.«

Tomek wusste das. Natürlich wusste er das. Er verarschte den Mann nur. Ein letztes Mal – weil, und er hoffte mehr als alles andere, dass dies das *letzte* Mal sein würde, dass er ihn sah. Und wenn das der Fall wäre, wollte er jeden Moment davon auskosten, jeden unangenehmen und schmerzhaften Moment.

»Ich denke, wir werden dich dort lassen, bis die Sanitäter eintreffen...«

»Nein, bitte nicht. Du musst mich hier rausholen. Ich will nicht bleiben... bitte.«

Tomek unterdrückte das selbstgefällige Grinsen in seinem Gesicht. Wie sich das Blatt gewendet hatte.

»Muss ich dich daran erinnern, dass ich gerade dein Leben gerettet habe? Du wirst mir noch dankbar sein, dass ich dich zwinge, sitzen zu bleiben und das alles zu verarbeiten.«

Vincent verzog sein Gesicht, als er sich darauf vorbereitete, einen weiteren verbalen Angriff auf Tomek zu starten, überlegte es sich dann aber sofort anders.

»Ich weiß. Danke. Es... es tut mir leid für alles, was ich dir und deinem Kumpel angetan habe.«

Eine aufrichtige Entschuldigung. Eine, die Tomek nicht erwartet hatte zu hören, obwohl sie nur etwa achtzig Prozent des Nennwerts betrug, weil er sie nur unter extremen Umständen ausgesprochen hatte. Er bezweifelte, dass Vincent die Worte aus freien Stücken geäußert hätte, wäre da nicht das Messer gewesen, das gegen seinen Hals gedrückt worden war.

»Du kannst von Glück reden, dass mein Kollege nicht hierher gekommen ist...«, begann Tomek. »Sonst bin ich ziemlich sicher, dass er dich hätte sterben lassen und danach wahrscheinlich deinen Schwager getötet hätte.«

»Das würde er verdammt nochmal tun, die sind doch alle gleich, diese-«

Tomek hielt Vincent Gregory seine Handfläche vors Gesicht. »Ich bitte dich, beende diesen Satz nicht. Du hast gerade eine weitere Chance im Leben bekommen, und ich würde es hassen, wenn du so wenig davon erleben würdest, weil du weiterhin rassistisch bist. Und weil du in deinem Satz schon so weit gekommen bist, werde ich dich hier lassen. Vielleicht könntest du dich von deiner Schwester verabschieden.«

Ob das eine Bestrafung oder Dankbarkeit war, wusste Tomek nicht. Jedenfalls verließ er die Hütte mit einem zufriedenen Gefühl, einem leichten Gefühl der Vergeltung. Er hatte Vincent Gregory vor dem Tod bewahrt, auch wenn der Mann es nicht verdient hatte.

Als er das Gebäude verließ, eilten zwei Sanitäter zum Tatort. Tomek hielt sie auf und erklärte ihnen, dass Vincent absolut in Ordnung sei und dass er vielleicht noch ein paar Minuten warten müsse.

Fünf. Zehn. Die Länge lag bei ihnen.

KAPITEL 58

Nach seiner Festnahme war Steven Lake in eine Arrestzelle gebracht worden, wo er auf das Eintreffen seines Anwalts gewartet hatte. Von dort war er in den Verhörraum geführt worden und hatte die nächsten vier Stunden DS Campbell gegenübergesessen.

Tomek hatte ein paar Stunden lang zugesehen, wie sein Freund in der Geschichte hinter den Morden bohrte, bevor er schließlich müde wurde und beschloss, nach Hause zu gehen. Es hatte Spaß gemacht, Steven Lake zu beobachten, wie er sich wand und unwohl fühlte, als er dem Mann gegenüberstand, den er als Kind schikaniert hatte. Er hatte jede Minute davon gehasst, und Tomek war froh, mit einem solchen Hochgefühl zu gehen. Der einzige Nachteil des Verhörs war – nachdem sie alles Nötige aus ihm herausgeholt hatten –, dass er immer noch zögerte, den Namen der Person preiszugeben, die ihm half. Dieses besondere Informationsstück würde mehr Ressourcen, mehr Zeit und mehr Aufwand erfordern, abseits all der anderen Ermittlungen, die seit Annabelle Lakes Verschwinden auf dem Schreibtisch des Teams gelandet waren.

Und wenn sie den Mittäter fangen wollten, mussten sie schnell handeln. Die Nachricht von Stevens Verhaftung war bisher intern geblieben, aber es war nur eine Frage der Zeit, bis sein Komplize erfuhr, was mit ihm passiert war – die verstärkte Polizeipräsenz und das Forensik-Zelt vor dem kleinen Bootshaus waren ein ziemlich deutlicher Hinweis.

Am nächsten Morgen, nach nur wenigen Stunden Schlaf, zog sich Tomek für die Arbeit an, brachte zur Abwechslung Kasia zur Schule (um etwas von der kürzlich verlorenen Zeit aufzuholen) und fuhr dann ins Büro.

»Worüber lächelst du?«, hatte Kasia gefragt, als er ein paar hundert Meter von der Schule entfernt geparkt hatte, damit keiner ihrer Schulfreunde sah, wie sie von ihrem langweiligen alten Vater gefahren wurde.

»Arbeit«, sagte er und massierte mit einer Hand das Lenkrad. »Wir haben gestern Abend eine Festnahme gemacht. Aber die harte Arbeit ist noch nicht getan. Wir haben noch eine weitere vorzunehmen.«

»Schön«, sagte sie lächelnd. Ein ehrliches Lächeln, gefolgt von Interesse an seinem Job: »Wie lange, denkst du, wird es dauern, bis ihr die nächste macht?«

Tomek schaute auf die Uhr an seiner anderen Hand. »Ich würde sagen, wir werden bis zum Ende des Tages fertig sein.«

»Wollen wir wetten?« Kasias Augen leuchteten aufgeregt bei der Aussicht, Geld zu bekommen.

»Du schuldest mir immer noch die fünfzig Pfund, die du neulich gestohlen hast.«

»Ich dachte, du hättest das vergessen«, sagte sie, immer noch lächelnd. »Wie auch immer. Was sagst du? Zehn Pfund?«

»Moment mal«, sagte Tomek. »Lass mich das richtig verstehen. Du weigerst dich nicht nur, mir die fünfzig Pfund zurückzuzahlen, die du *gestohlen* hast, sondern du wettest auch gegen meine Fähigkeit, eine Verhaftung vorzunehmen?«

»Ja. Ich schätze schon.«

»Du sagst also, dass du willst, dass ein Mörder länger auf der Straße ist, als er sein sollte?«

Kasias Begeisterung verschwand aus ihrem Gesicht, und sie schaute auf ihr Handy. »Naja, wenn du es so ausdrückst...«

»Ja. Genau so drücke ich es aus. Außerdem bist du zu jung zum Glücksspielen. Ich habe es mehrmals versucht und kläglich versagt, also glaub mir, es lohnt sich nicht. Jetzt geh schon, geh zur Schule, ich habe-«

»Einen Mörder zu fangen, ich weiß.«

Tomek beobachtete, wie sie das Auto verließ und sich mit einem warmen Gefühl im Herzen auf den Weg zum Schultor machte. Nicht nur sprach sie mit ihm über seine Arbeit mit echtem Interesse und Neugier, sondern sie redete auch so, wie sie es vor ein paar Wochen getan hatte. Es fühlte sich an, als wäre sie wieder normal geworden, ihre alten Wege, wie sie früher war – oder zumindest ihre Persönlichkeit von vor sechs Wochen.

Die Dinge mit ihr sahen gut aus. Ein weiterer Grund zum Lächeln.

Und als sie durch das Schultor eilte und in der Masse schwarzer und roter Schuluniformen verschwand, hallten Steven Lakes Worte in seinem Kopf wider.

Sie hatte es nicht verdient. Nichts davon war ihre Schuld.

Dasselbe könnte man über Kasia sagen. Nichts davon – rausgeworfen zu werden und gezwungen zu sein, bei ihm zu leben – war ihre Schuld, und deshalb musste er aufhören, ihr die Schuld dafür zu geben, dass sie sein Leben auf den Kopf stellte. Es war nicht ihre Schuld und auch nicht seine. Es war ihr neues Normal, eines, auf das er sich freute.

Ein Leben mit seiner Tochter.

KAPITEL 59

»**W**arum grinst du so?«, fragte Rachel, als er den Einsatzraum betrat.

»Heute wird ein guter Tag«, antwortete er, warf seine Tasche neben seinem Schreibtisch ab und meldete sich an. »Ich spüre es. Die Sonne scheint. Ein Mörder ist von der Straße. Ein anderer wird bald gefasst. Und ich hatte noch nicht mal meinen Morgenkaffee!«

»Ugh«, sagte sie, »manchmal hasse ich übertrieben fröhliche Menschen.«

Tomek drehte sich auf seinem Stuhl und lehnte sich zurück, bis er sie hinter ihrem Computerbildschirm sehen konnte. »Und wir hassen übertrieben mürrische Menschen«, erwiderte er. »Aber wir beide müssen lernen, in Harmonie zu leben.« Dann verschränkte er seine Finger ineinander und summte vor sich hin.

Rachel schob die Computermaus über den Schreibtisch und verschränkte die Arme. »Wer bist du und was hast du mit Tomek gemacht? Der Tomek, den ich kenne, ist ein miesepetriger Bastard.«

»Willkommen beim neuen Ich, Baby! Was habe ich verpasst? Gibt's Neuigkeiten über die-die-nicht-genannt-werden-dürfen?«

Bevor sie antwortete, stand Rachel von ihrem Stuhl auf und schlenderte zu seinem Schreibtisch hinüber, blieb neben ihm stehen. »Leider nicht. Steven Lake erweist sich als harte Nuss.«

»Sieht aus, als müssten wir unsere Denkkappen aufsetzen, Watson!«

Für einen langen Moment starrte Rachel ihn mit einem leeren, verwirrten Gesichtsausdruck an. Dann grunzte sie, bevor sie zu ihrem eigenen Schreibtisch zurückschlenderte.

Tomek kicherte, während er ihr nachsah, dann wandte er seine Aufmerksamkeit seinem Computer zu. Er brauchte einen Ausgangspunkt, einen Ort, an dem er nach ihrem mysteriösen Komplizen suchen konnte. Glücklicherweise hatte er die ganze Nacht darüber nachgedacht.

Seit Beginn der Ermittlungen hatte ihn die scheinbar zufällige Verbindung zwischen Annabelle Lakes Verschwinden und dem von Jenny Ingles beunruhigt. Es musste einen Grund geben. Musste. Es passte nicht zu Steven Lakes Motiven, ein Mädchen zufällig von der Straße aufzugreifen, sie zu vergewaltigen, mit Heroin vollzupumpen und dann auf die gleiche Weise zu töten wie seine eigene Tochter.

Das ergab für ihn keinen Sinn.

Was bedeutete, dass es eine Verbindung geben musste. Nicht zwischen Steven Lake und Jenny Ingles, sondern zwischen seinem Komplizen und der Teenagerin.

Eine Verbindung, die tief in Jenny Ingles' Vergangenheit verborgen sein musste.

Leider musste er, da sie tot war, ausschließen, dass sie ihm in irgendeiner Weise helfen konnte. Dasselbe galt für ihre armselige Pflegemutter Alison.

Was nur eine Möglichkeit übrig ließ: Jenny Ingles' leibliche Eltern.

KAPITEL 60

Karen und Johnny Ingles lebten in einer kleinen Maisonettewohnung mit einem Schlafzimmer in Grays, ein paar Kilometer außerhalb der M25. Ursprünglich stammten sie von Canvey Island, wurden aber vor fast zehn Jahren gezwungen, in die Gegend zu ziehen, nachdem sie das Sorgerecht für ihre Tochter Jenny verloren hatten.

Das war ungefähr alles, was Tomek über sie wusste. Auch ungefähr alles, was er wissen wollte. Es gab nur begrenzt viel, was er aus einem Stück Papier erfahren konnte; er hoffte, dass sie die Lücken füllen und ihm die vollständige Geschichte erzählen könnten.

Neben ihrer Haustür stand eine kleine Pflanze. Eine Bogenhanfpflanze, *dracaena trifasciata*. Tomek blickte hinunter und bewunderte sie, und dachte an seine eigenen Pflanzen, die jetzt an prominenter Stelle im Wohnzimmer standen, und an seine Bonsai-Bäume auf der Fensterbank in seinem Schlafzimmer. Während er sich hinunterbeugte, um die Bodenbeschaffenheit und den allgemeinen Zustand der Blätter zu inspizieren, entging ihm das Geräusch der sich öffnenden Tür und der Mann, der über ihm stand.

»Kann ich Ihnen helfen?«, fragte Johnny Ingles.

In der Hocke blickte Tomek auf und sah einen Mann mit gepflegtem Haar und einem noch gepflegteren Bart. Er trug ein locker sitzendes Polohemd und eine Jeans, die ein paar Nummern zu groß für ihn zu sein schien. Auf den ersten Blick wirkte er nicht wie ein Mann, der unfähig war, sich um eine Tochter zu kümmern, dem sie vom Jugendamt weggenommen worden war. Aber diesen Fehler hatte er schon früher gemacht...

»Entschuldigung«, sagte Tomek, als er wieder aufstand. »Detective Sergeant Tomek Bowen. Sind Sie Johnny Ingles?«

Der Mann wurde sofort defensiv, seine Haltung verkrampfte sich. »Ja, der bin ich...« Zögern in seiner Stimme. »Worum geht es?«

Tomek griff in seine Tasche und zückte seinen Dienstausweis. Lächelnd fragte er: »Ist es in Ordnung, wenn ich hereinkomme?«

Johnny Ingles blickte über seine Schulter, bevor er Tomek die Erlaubnis zum Eintreten gab. »Es ist ein bisschen unordentlich, aber-«

»Das ist in Ordnung. Ich sehe viele Häuser. Ich sehe viel Unordnung.«

Aber in diesem speziellen Fall war Tomek nicht sicher, auf welche »Unordnung« Johnny sich bezog, denn das Haus war fast makellos, tadellos. Seine eigene Wohnung war schmutziger als diese, und er betrachtete sie als in einem anständigen, bewohnbaren Zustand.

Im Wohnzimmer fand er Karen Ingles, die auf dem Sofa saß und Spiele auf ihrem iPad spielte. Die plötzliche Ankunft eines Fremden in ihrem Zuhause versetzte sie in Panik, und sie schwang ihre Beine vom Sofa, bevor sie sich aufrecht hinstellte.

»Schatz, das ist Detective Sergeant Tomek Bowen. Detective, das ist meine Frau, Karen.«

Nachdem sie die Förmlichkeiten erledigt hatten und er das Angebot einer Tasse Tee abgelehnt hatte, nahm Tomek auf dem Sofa Platz und stützte seine Ellbogen auf die Knie. Es traf ihn mit Wucht, wie anders das Zuhause der Familie Ingles im Vergleich zu dem Elend war, in dem Jenny mit ihrem Pflegeelternteil gelebt hatte.

»Ich werde versuchen, mich kurz zu fassen, aber wie Sie wissen, wurde Jenny vor kurzem ermordet. Ich bin hier, um Ihnen mitzuteilen, dass wir eine Verhaftung vorgenommen haben und dass der Täter heute Nachmittag wegen ihres Mordes angeklagt wird.«

Ein Ausdruck der Erleichterung, vermischt mit Trauer, überzog ihre Gesichter.

»Aber leider glauben wir, dass noch ein weiterer Täter an ihrem Tod beteiligt ist.« Tomek atmete tief ein und hielt den Atem für einen

Moment an. »Ich verstehe, dass dies eine sehr schwierige Zeit für Sie beide ist, aber ich habe mich gefragt, ob ich Ihnen einige Fragen über Ihre Tochter und darüber, wie Sie sie verloren haben, stellen könnte...«

Schluchzend, die Tränen zurückhaltend, fragte Karen Ingles: »Wird es Ihnen helfen herauszufinden, wer sonst noch unsere Tochter getötet hat?«

Tomek nickte langsam. »Ich glaube schon, ja.«

»Okay. Gut. Ja. Was möchten Sie wissen?«

KAPITEL 61

Tomek klopfte an die Tür und wartete.

Und wartete.

Es war fast Mittag, und inzwischen hatten die Nachrichten über Steven Lakes Verhaftung begonnen, sich online und in Fernsehen und Radio zu verbreiten. Nicht die genauen Details, aber genug, damit sein Komplize wusste, dass ihre Zeit abgelaufen war.

Sehr bald.

Genauer gesagt, sobald sie die Tür öffneten.

Als sie es schließlich tat, stand vor ihm jemand, den er nur einmal getroffen und anschließend völlig vergessen hatte. Diese Person war kein Teil seiner Überlegungen gewesen, und er hatte auch nicht daran gedacht, sie einzubeziehen. Sie war von Anfang an am Rande der Ermittlungen geblieben. Und jetzt, da er wusste, was er über sie wusste, lobte er ihre Fähigkeit, sich so geschickt aus dem Blickfeld zu halten.

»Detektiv... Was machen Sie hier? Geht es um Steven? Haben Sie ihn gefunden?«

»Ich glaube, Sie wissen, dass wir das haben, Doktor. Darf ich reinkommen?«

Auf der Straße vor Tara Moores Haus stand eine Handvoll Polizeibeamte, bereit für alles Unerwartete. Er hatte sie gebeten, ihm etwas Zeit mit ihr zu geben, bevor sie eintraten.

»Darf ich?«, fragte er.

Die Ärztin hatte kaum ein Mitspracherecht und trat beiseite. Seit Tomeks letztem Besuch war die Anzahl der Delfin- und Einhorn-Dekorationen drastisch gesunken, und viele Einrichtungsgegenstände im Haus schienen verschwunden zu sein.

»Gehen Sie irgendwohin?«, fragte Tomek, während er durch die verschiedenen Räume spähte, die vom Flur abzweigten.

»Nur für einen kurzen Urlaub nach Cornwall.«

»Liege ich nicht richtig, dass Sie bereits die letzten zwei Wochen im Urlaub waren? Erstaunlich, dass sie Ihnen die zusätzliche Zeit freigegeben haben.«

Tomek blieb im Wohnzimmer stehen; sie verharrte in der Türöffnung und starrte ihn an.

»Ich kann sehr überzeugend sein, wenn ich will.«

»So habe ich gehört«, sagte Tomek, während er sich auf die Kante eines Couchtisches setzte, sein Kopf drehte sich noch immer wie ein Leuchtturm umher.

»Gibt es einen bestimmten Grund für Ihren Besuch, Detektiv? Nur, ich habe-«

»Wir haben Steven gefunden«, sagte Tomek, während sein Blick auf jeden Teil des Hauses gerichtet war, außer auf sie. »Es stellt sich heraus, dass er derjenige war, der sowohl seine Tochter als auch Jenny Ingles entführt und dann getötet hat. Er wird für lange Zeit im Gefängnis sitzen. Aber Sie werden erfreut sein zu hören, dass er Sie nicht verraten hat... In dieser Hinsicht ist er schweigsam geblieben.«

Es dauerte eine Weile, bis sie etwas sagte.

»Er verrät *mich* nicht - was soll das heißen?«

»Ach, kommen Sie, Tara. Wir wissen beide, was das bedeutet. Wir wissen beide, dass Sie diejenige waren, die ihm die ganze Zeit geholfen hat. Diejenige, die Bradley Baxters Auto gestohlen hat. Diejenige, die Annabelle an diesem Tag nach der Schule abgeholt hat. Diejenige, die es nach dem Abstellen auf dem Bauernhof chirurgisch gereinigt hat. Diejenige, die sich um sie gekümmert hat, während sie in dieser Hütte war. Diejenige, die ihr ihre Lieblingsgerichte gegeben hat, um es so aussehen zu lassen, als hätte Vincent Gregory sie ihr gegeben. Diejenige, die Steven Lake überzeugt und manipuliert hat, diese ganze Sache zu tun. Diejenige, die ihm überhaupt erst vorge-schlagen hat, den DNA-Test zu machen.«

»Das war eine Lüge.«

Diese Aussage überraschte Tomek. Ihre Worte enthielten keine Spur von Mitgefühl. Stattdessen sprach sie mit Stolz, mit Trotz. Und Tomek spürte, dass er noch viel mehr hören würde...

»Ich habe die DNA-Ergebnisse gefälscht«, sagte sie.

»Wie?«

»Nun, ich habe sie erfunden. Ich habe in meiner Zeit ein paar davon gesehen, also weiß ich, wie sie funktionieren und wie sie ausse-hen. Alles, was ich tun musste, war eine leere Vorlage zu finden, die richtigen Namen einzugeben, die richtigen Informationen, die ich wollte, und sie dann von einer gefälschten E-Mail-Adresse an ihn zu senden. Er würde es ja nicht anders wissen, oder?«

Diese Enthüllung erschütterte Tomek. Das bedeutete, dass Annabelle Lake *tatsächlich* Stevens biologische Tochter war. Dass er sie aus völlig falschen Gründen entführt und getötet hatte. Aus einem Irrtum heraus...

Tomek nahm sich einen Moment Zeit, um die Information zu verarbeiten.

»Warum?«, fragte er schließlich. »Warum haben Sie ihn glauben lassen, dass sie nicht seine Tochter ist?«

»Weil Sie ihn nicht hören mussten. Ständig jammerte und klagte er über Elizabeths Beziehung zu Vincent, wie nahe sie sich standen, wie sehr er das Gefühl hatte, dass zwischen ihnen etwas gelaufen war. Es nahm kein Ende und ging mir auf die Nerven.«

»Also haben Sie ihn überzeugt, als Ergebnis seine eigene Familie zu zerstören?«

Sie zuckte gleichgültig mit den Schultern, als ob der Kontext der Frage so harmlos wäre wie die Frage, ob sie Ketchup zu ihren Pommes wollte: "Ja, wenn es welchen gibt, nehme ich etwas..."

»Manchmal muss man den Leuten nur die Waffe geben, und sie sind bereit, den Rest selbst zu erledigen...«

»Aber nicht, als es um Jenny Ingles ging, oder?«

»Steven brauchte etwas mehr Überzeugungsarbeit, als es um sie ging. Ich musste ihn überzeugen, dass sie das verdient hatte, dass sie bekam, was ihr zustand.«

»Nein, hat sie nicht. Ihr Problem war mit ihren Eltern. Nicht mit ihr. Jenny hatte nichts mit Ihrer Entlassung zu tun, und das wissen Sie.«

Der wütende Ausdruck in Taras Gesicht schien ein wenig nachzulassen. Im Haus von Karen und Johnny Ingles hatten sie ihm von ihrer zerrütteten und nicht mehr existierenden Beziehung zu ihrer Tochter erzählt, was alles ein Ergebnis von Taras Nachlässigkeit und Unprofessionalität gewesen war. Bevor sie im Southend Hospital gearbeitet hatte, hatte Tara denselben Job als Kinderärztin im Krankenhaus in Basildon ausgeübt. Jenny Ingles war eine ihrer Patientinnen gewesen, aber nach einer Meinungsverschiedenheit mit ihren Eltern fand sich Tara in einer Untersuchung wieder und wurde aus dem Krankenhaus entlassen. Nachdem sie schließlich ihren Manager in Southend, der zufällig ein guter Freund war, überzeugt hatte, fand sie sich schnell im gleichen Job in einem anderen Krankenhaus wieder, ohne dass jemand etwas bemerkte. Inzwischen hatte sie das Jugendamt über Karen und Johnnys Unfähigkeit als Eltern informiert und gegen sie gekämpft, damit sie ihre Tochter verlieren. Während sie es also schaffte, eine Karriere zu verlieren und wiederzubekommen, verloren die Ingles das Einzige, was ihnen im Leben lieb und teuer war.

Und darum ging es bei der ganzen Sache. Rache, Vergeltung an Karen und Johnny Ingles dafür, dass sie ihre Karriere fast zerstört hatten.

»Sie war eine Außenseiterin, eine drogendealdende Hure, die es verdient hat«, zischte Tara.

»Und wer glaubst du, ist daran schuld? Du hast sie erschaffen. Du hast sie auf diesen Weg gebracht. Wenn du dich nicht in ihr Leben oder das ihrer Eltern eingemischt hättest, wäre nichts davon passiert.«

Tara schlug mit der Hand gegen die Tür, so hart, dass sie aufschwang und von der Wand abprallte. »Wenn sie mich nicht hätten feuern lassen, wäre nichts davon passiert!«

Es war nicht üblich, dass sich Tomek bedroht und unwohl fühlte, aber als er nur wenige Zentimeter von dieser kalten und berechnenden Mörderin entfernt stand, wurde ihm allmählich mulmig zumute. Es gab etwas Gestörtes an Tara Moore, das ihm Angst machte. Dass sie jederzeit durchdrehen und sich auf ihn stürzen könnte. Aber er war noch nicht fertig. Er hatte noch mehr Fragen, auf die er Antworten brauchte.

»Wessen Entscheidung war es, Jenny zu vergewaltigen?«

»Stevens.«

Tomek glaubte ihr nicht. Er hatte gesehen, wie der Mann es am Abend zuvor gestanden hatte, wie er sich für seine Taten geschämt und Reue gezeigt hatte - nicht das Verhalten eines Mannes, der es getan hatte, weil er es *konnte*, weil er Macht über sie hatte. Stattdessen hatte er sich wie ein Mann verhalten, der dazu angewiesen worden war.

»Ich denke, du hast es getan«, fuhr Tomek fort. »Ich denke, du hast ihn überzeugt, es zu tun, weil du dachtest, dass sie das verdient hat.«

Tara zuckte einfach mit den Schultern, wieder gleichgültig.

»Und wenn schon? Sie hat alles verdient.«

»Und das Heroin?«

»Das hatte sie schon dabei. Hat mir erspart, die Medikamentenstation im Krankenhaus zu plündern. Steven hat es ein paar Mal versucht, aber es war ein absolutes Durcheinander. Er konnte keine Vene finden, selbst wenn sie beschriftet gewesen wäre. Also musste ich einspringen und es tun, der dumme Bastard.«

»Dummer Bastard? Wie kannst du das sagen?«

Tara spottete. »Oh je, Herr Detektiv. Haben Sie wirklich gedacht, ich würde ihn lieben? Nein, natürlich nicht. Es war einfach leicht, an ihn heranzukommen, weil er so fixiert auf seine Familie war. Ich wusste vom ersten Moment an, als ich ihn traf, dass er schwach war und alles tun würde, was ich ihm sagte.«

Das war alles, was Tomek hören musste. Sobald sie fertig war, ließ er einen langen, schweren Seufzer los, der seinen ganzen Körper und Geist entleerte. Dann griff er hinter seinen Hosenbund und löste die Handschellen von seinem Gürtel.

»Tara Moore, ich verhafte Sie wegen der Entführung und des Mordes an Annabelle Lake und Jenny Ingles. Sie müssen nichts sagen...«

———

Und das hatte sie auch nicht. Sie war während der gesamten Fahrt zurück zur Polizeistation stumm geblieben. Sobald sie im Vernehmungsraum war, hatte sie jedes Detail ihres Plans erklärt, als wäre es eine Geschichtsstunde. Als ob sie vor ihnen angeben wollte, um zu zeigen, wie clever sie gewesen war.

Als das Interview endlich beendet war, gingen Tomek und einige Mitglieder des Teams auf einen Drink in den Last Post. Allerdings nur auf einen, denn sie alle hatten Verantwortlichkeiten, zu denen sie zurückkehren mussten. Und als er zu seinem Auto zurückging, wobei der Alkohol bereits anfing, in seinem Gehirn herumzuschwappen, bemerkte er eine Gestalt auf dem Parkplatz. Sein erster Verdacht war, dass es einer von Charlottes kriminellen Freunden war, der ihm eine weitere Nachricht überbringen wollte. Er war dann angenehm überrascht, als er sah, dass es Vincent Gregory war. Der Mann trug einen schwarzen Hoodie, nur diesmal war die Kapuze tief über seine Augen gezogen, um die blauen Flecken in seinem Gesicht zu verbergen.

Als Tomek näher kam, nahm Vincent die Kapuze ab und streckte seine Hand aus. Tomek ignorierte sie und steckte seine eigene in die Manteltasche.

»Schön, Sie zu sehen«, sagte er. »Sie sehen nicht so schlimm aus, wie ich befürchtet hatte.«

»Ich... ich wollte nur danke sagen. Danke für alles, was Ihre Leute getan haben. Und... und 'tschuldigung für mein Benehmen. Ich hätte Sie niemals so verurteilen dürfen, wie ich es getan habe. Und es tut mir leid.«

Tomek war überwältigt, und bevor er eine Antwort finden konnte, zog der Mann seine Kapuze wieder über den Kopf und verschwand in Richtung Bahnhof, wie ein Superheld, der in der Nacht verschwindet.

Während er dem Mann nachsah, dachte Tomek bei sich, dass die letzten vierundzwanzig Stunden gesund und positiv gewesen waren. Es gab jetzt zwei Mörder weniger auf den Straßen.

Und jetzt konnte er auch einen Rassisten zu dieser Liste hinzufügen.

KAPITEL 62

Einer der Vorteile, Polizist zu sein, war, dass er Zugang zu weitaus mehr Ressourcen hatte als der Durchschnittsbürger. Ressourcen, die es ihm ermöglichten, mühelos die Adresse des Mädchens ausfindig zu machen, das Kasia gemobbt hatte.

War das eine ethische Nutzung dieser Ressourcen? Wahrscheinlich nicht, aber Mobbing war auch keine ethische Praxis, und trotzdem taten Menschen das - und viele Dinge, die weitaus schlimmer waren.

Das Haus, nach dem sie suchten, befand sich am Ende der Straße. Auf der rechten Seite. Nummer eins-vier-sieben. Google Maps deutete darauf hin, dass es eine schwarz getäfelte Tür mit einem großen Griff hatte, der über die gesamte Länge verlief, und eine weiße Garage auf der rechten Seite.

»Eins-vier-eins...«, sagte Sean und zählte die Hausnummern herunter, während Tomek nach der Haustür Ausschau hielt. »Eins-vier-drei... Eins-vier-fünf.«

»Eins-vier-sieben.« Genau wie Google es ihm vorhergesagt hatte. Jetzt hoffte er, dass die Bewohner genau den Angaben seiner Computersysteme entsprechen würden.

»Da hast du's, Kumpel. Sie gehört ganz dir.«

Nachdem er einen Parkplatz etwas weiter die Straße hinunter gefunden hatte, ließ Tomek Sean im Auto zurück und machte sich auf den Weg zur Haustür, wobei er seine Krawatte zurechtrückte. Es war

Wochenende, also erwartete er, dass alle zu Hause sein würden - oder zumindest *jemand*.

Glücklicherweise hatte er Recht. Als die Haustür geöffnet wurde, wurde er von einer Frau begrüßt, die sich zwar weit in ihren Fünfzigern befand, aber verzweifelt versuchte, an ihren Zwanzigern festzuhalten. Ihr Haar war geglättet und gelockt, ihre Haut ein paar Nuancen zu dunkel gebräunt, als hätte sie zu lange auf der Sonnenbank gelegen. Wimpernverlängerungen und reichlich Schminke im Gesicht. Und ein wenig Botox an all den üblichen Stellen.

»Sie müssen Frau Redknapp sein«, sagte er.

»Kenne ich Sie?«, antwortete Helen Redknapp mit einer tieferen Stimme, als er erwartet hatte.

»Nein. Mein Name ist Tomek. Ich wollte fragen, ob Ihre Tochter Crystal zufällig zu Hause ist?«

Helen schaute über ihre Schulter und spähte ins Haus. Offenbar beunruhigt darüber, dass ein vierzigjähriger Mann an ihrer Haustür nach ihrer dreizehnjährigen Tochter fragte, rief sie ihren Ehemann, einen großen Muskelprotz von einem Mann, der sich seinen Weg zur Tür bahnte. Seine Schultern und Muskeln waren so breit – ein Beweis dafür, dass er in seinem Leben nie etwas anderes getan hatte, als Gewichte zu stemmen –, dass er kaum durch den Türrahmen passte.

»Wer bist du?«, brummte er und gestikulierte mit einem leichten Kopfnicken.

»Ich bin Tomek. Ich wollte fragen, ob ich mit Ihrer Tochter sprechen könnte, bitte?«

»Was hast du mit meiner Tochter zu schaffen?«

»Nichts. Ich wollte nur mit ihr reden.«

»Was du meiner Tochter zu sagen hast, kannst du mir sagen.«

»Genau das habe ich vor. Haben Sie noch andere Familienmitglieder da draußen, die vielleicht an diesem Gespräch teilnehmen möchten? Ein Bruder, eine Schwester vielleicht? Ich brauche nur euch drei, aber jeder andere ist natürlich willkommen. Je mehr Menschen wissen, was Ihre Tochter getrieben hat, desto besser.«

Ohne Vorwarnung drängte sich Axel Redknapp an seiner Frau vorbei und baute sich vor Tomek auf. Der Mann war ein paar Zentimeter kleiner, aber was ihm an Größe fehlte, machte er mehr als wett durch Breite und Kraft – und das vierfach. In seinem Atem lagen Spuren eines Bananen-Smoothies.

»Wofür zum Teufel bist du hier, Alter?«

Dann hob er seine Hände, um Tomek zu berühren.

»Ich würde das wirklich nicht tun, wenn ich du wäre«, sagte er, ruhig und leise.

»Warum verdammt nicht?«

»Weil ich gerne mit deiner Tochter sprechen würde, bevor ich dich wegen Körperverletzung eines Polizeibeamten verhaften muss.«

Das selbstgefällige Lächeln, das Tomek Axel zuwarf, brachte den Mann in Rage, aber der Dienstausweis in seiner Tasche reichte aus, um ihn abzukühlen. Das war auch nötig, sonst hätte er sich mit dem Gesicht auf dem Boden und den Armen hinter dem Rücken wiedergefunden, festgehalten, während er in den Rücksitz eines Polizeiwagens geworfen worden wäre.

»So, das macht für euch alle etwas mehr Sinn, nicht wahr?«, sagte Tomek, ohne sich zu bemühen, den Triumph in seinem Tonfall zu verbergen. »Nun, wo ist eure Tochter?«

»Was hat sie getan?«, fragte Axel.

»Das werden Sie gleich erfahren. Helen, wenn Sie sie holen könnten, wäre ich Ihnen sehr dankbar. Ich möchte nicht, dass dies noch mehr von unser aller Zeit in Anspruch nimmt.«

Helen musste nicht zweimal gebeten werden. Sofort drehte sie ihnen den Rücken zu und rannte ins Haus. Der Klang ihres Rufens nach ihrer Tochter hallte durch den Flur bis zur Veranda. Einen Moment später erschienen beide Frauen.

Crystal war das Ebenbild ihrer Mutter, und es war deutlich zu erkennen, wer wen zu imitieren versuchte. Das junge Mädchen trug einen dicken grünen Hoodie und eine locker sitzende Jogginghose, die ordentlich in ein Paar dicke weiße Socken gesteckt war. Er sah das heutzutage immer häufiger, besonders bei Kasia. Vielleicht war es die Mode... etwas, das er nie verstanden hatte.

»Die Familie ist wieder vereint, großartig.« Tomek klatschte in die Hände und trat vor, wartend, bis Axel ihm aus dem Weg ging. »Das wird kurz und schmerzlos für alle. Es besteht keine Notwendigkeit, es drinnen zu besprechen. Wenn eure Nachbarn mithören, dann ist das euer Problem, nicht meins. Ich werde das nur einmal sagen, und das war's. Seid ihr alle bereit?«

Die Frage war rhetorisch, aber sie nickten trotzdem alle mit den Köpfen. Man konnte deutlich sehen, dass sie Angst hatten, besorgt darüber, was er ihnen zu sagen hatte. Und er genoss das – und er war entschlossen, es mehr zu genießen, als Crystal es genoss, seine Tochter fertig zu machen.

»Helen, Axel – es ist mir zu Ohren gekommen, dass eure Tochter im Besitz eines bestimmten Bildes von mir ist. Sie kann euch die Logistik und Hintergrundgeschichte dazu erklären, aber ich bin hier, um euch wissen zu lassen, dass das Teilen besagten Bildes mit dem Rest der Schule als Racheporno gilt und ein sehr schweres Vergehen ist, das zu einer langen Gefängnisstrafe führen kann.

»Es ist mir außerdem zu Ohren gekommen, dass eure Tochter meine Tochter in der Schule mobbt. Ihr die Kleidung während des Sportunterrichts stiehlt. Sie vor der ganzen Klasse demütigt. Sie dazu bringt, sich krank zu melden und sich zu wünschen, nicht hingehen zu müssen. Nun, ich kann die Sache mit dem Bild tolerieren, das ist nur eine Verarsche gegen mich. Aber wenn es meine Tochter betrifft, und ihr euch dazu entscheidet, meine Tochter mit solchen Dingen und allem anderen, was ihr ihr antut, ins Visier zu nehmen, ist das etwas, das ich nicht tolerieren werde. Also bin ich in gutem Glauben hierhergekommen, um euch zu warnen, dass ihr euch von ihr fernhalten sollt. Und wenn ich erfahre, dass dies weitergegangen ist, dann werde ich zurückkommen. Und ich werde mit einem Haftbefehl zurückkommen.«

»Warum? Du kannst sie nicht wegen Mobbing verhaften«, zischte Helen.

»Nein. Sehr richtig. Aber ich kann euch beide wegen eurer Verbindungen zu Billy Morton und dem Drogenring, den er auf Canvey Island betreibt, verhaften. Ich bin froh, dass wir uns neulich auf dem Parkplatz in Knightsbridge über den Weg gelaufen sind, Axel – das hat es viel einfacher gemacht, dein Gesicht wiederzuerkennen.« Tomek machte eine Pause, um das Haus zu begutachten. »Das ist ein *sehr* schönes Anwesen, das ihr hier habt«, sagte er. »Nicht gerade billig, nehme ich an. Und euer Range Rover Sport ist auch ein wunderbares Auto – ich würde gerne selbst mal so eines besitzen, aber vorerst bleibe ich bei meinem Auto. Aber ich würde noch lieber wissen, wie ihr das alles bezahlt habt. Vielleicht könnten wir das eines Tages in einem Verhörzimmer besprechen...?«

»D-D-Das wird nicht nötig sein...«, stammelte Axel, seine Stimme schwach und heiser.

»Ausgezeichnet. Dann hoffe ich, dass wir uns alle verstehen. Crystal wird sich von meiner Kasia fernhalten, und ich werde mich von euch fernhalten. Genießt euren Nachmittag, Leute. Und tut nichts Untypisches – wir bemerken solche Dinge normalerweise...«

Tomek bot ihnen eine spöttische Winkbewegung und ein überwältigend selbstgefälliges Lächeln, das drohte, sein ganzes Gesicht zu verschlingen. Er ging mit einem deutlichen Federschritt zurück zum Auto, und als er sich auf den Beifahrersitz fallen ließ, begann er zu kichern.

»Positives Ergebnis also?«, fragte Sean, während er den Motor startete und in den ersten Gang schaltete.

»Du hattest Recht«, antwortete Tomek. »Ich hätte niemals so viel Spaß gehabt, wenn ich ihm die Scheiße aus dem Leib geprügelt hätte.«

»Nicht dass du dazu in der Lage gewesen wärst«, sagte Sean. »Du hast doch gesehen, wie groß der Typ war, oder?«

Das Lächeln verschwand aus Tomeks Gesicht. »Halt die Klappe. Bring mich jetzt nach Hause. Ich habe einen Nachmittag, den ich gerne mit meiner Tochter verbringen würde.«

———

Als er bei der Wohnung abgesetzt wurde, hatte Kasia den Kuchen fertig gebacken, den sie am Morgen vorbereitet hatten.

»Riecht gut!«, sagte Tomek, als er die Küche betrat.

Sie hatte ihr Handy auf der Seite liegen, Musik dröhnte aus den winzigen Lautsprechern, und sie jammte zum Klang von Harry Styles.

»Es schmeckt noch besser«, antwortete sie, kleine Kuchenkrümel klebten um ihren Mund.

Dann reichte sie ihm ein Stück. Ein überwältigender Angriff von Zitrone traf seine Sinne und versetzte seine Geschmacksknospen in Hochbetrieb.

»Du hast Recht, der ist köstlich. Hast du gelernt, wie man das im Hauswirtschaftsunterricht macht?«, fragte Tomek.

»Pfft. Bitte. Mrs. Shaw wünschte, sie könnte so gut kochen wie das...«

»Dann haben wir wohl deine Leidenschaft gefunden«, erwiderte er, während er sich noch ein Stück Kuchen nahm. »Das ist einer der besten, den ich seit langem gegessen habe.«

»Na ja, ich kann ihn nicht jeden Tag machen, sonst wirst du fett. Und in deinem Alter, da—«

»Ja, ja. Das reicht, danke.«

Tomek griff über die Theke, tippte auf ihren Handybildschirm und reduzierte dann die Lautstärke der Lautsprecher. Es tat gut, wieder seine eigenen Gedanken zu hören.

»Ist dein Meeting gut gelaufen?«, fragte sie.

Einen Moment lang brauchte Tomek, um zu verstehen, worauf sie sich bezog. Aber dann erinnerte er sich. Die kleine Notlüge, die er ihr erzählt hatte.

»Sehr gut, danke«, sagte er. »Besser als erwartet.«

Als Tomek nach einem weiteren Stück griff und sich nicht beherrschen konnte, schlug sie ihm mit einem Holzlöffel auf den Handrücken.

»Papa, *hör auf!*«

Zuerst war er nicht sicher, ob er sie richtig gehört hatte. Aber als sich Erkenntnis und Verlegenheit auf ihrem Gesicht abzeichneten, wusste er, dass sie gesagt hatte, was er dachte.

»Hast du mich gerade *Papa* genannt?«

Wärme breitete sich in seinem Körper aus.

»Nein. Nein, habe ich nicht...«

Das selbstgefällige Grinsen, das er vor dem drogenfinanzierten Haus der Redknapps getragen hatte, kehrte zurück, diesmal größer, heller und kühner.

»Doch. Du hast *Papa* gesagt. Du hast gesagt: 'Papa, hör auf!'... *Papa*...«

Er hatte nicht gedacht, dass dieser Tag kommen würde. Er hatte nicht gedacht, dass sie sich jemals wohl genug fühlen würde, ihn mit diesem Wort anzusprechen. Aber sie hatte es getan. Etwas musste sich geändert haben, etwas in ihr musste gedacht haben, dass es eine gute Idee sei, dass er es verdient hätte.

Er brauchte nicht zu wissen, was oder warum; er war zufrieden damit, diese Information bei ihr zu lassen. Allein die Tatsache, dass sie es gesagt hatte, war genug.

Dass sich ihre Beziehung in die richtige Richtung bewegte.

Papa...

Was ihn erinnerte. Für jeden Papa gab es auch eine Mama.

»Ich habe nachgedacht«, begann er und massierte seinen Handrücken. »Du hast in letzter Zeit nichts mehr davon gesagt, deine Mutter zu besuchen. Ist das etwas, woran du immer noch interessiert bist?«

Kasia brauchte nicht lange, um eine Entscheidung zu treffen. Sie kaute auf ihrer Unterlippe, schob eine Haarsträhne aus ihren Augen und schüttelte den Kopf.

»Nein, ich glaube nicht«, sagte sie selbstbewusst.

»Sicher?«

»Ganz sicher.«

»Na, wenn du jemals deine Meinung änderst, sag mir einfach Bescheid und ich organisiere was.«

Lächelnd trat sie vor, schlang ihre Arme um seine Taille und umarmte ihn.

»Danke«, sagte sie.

»Wie bitte?«

»Danke...?«

»Was fehlt da noch?«

Sie schaute zu ihm hoch und verdrehte die Augen.

»Schon gut. Danke, *Papa*.«

»Das klingt besser.«

»Du wirst das jetzt nicht mehr loslassen, oder?«

»Darauf kannst du deinen Hintern verwetten.«

»Ähm. Ausdrucksweise!«

»Hintern ist völlig in Ordnung. Du darfst Hintern sagen. Ich bin gut genug gelaunt, um das durchgehen zu lassen.«

Er legte seinen Arm um ihre Schulter und zog sie näher an seine Brust.

»Aww«, sagte sie. »Danke, Papa. Du Arschloch.«

DAS ENDE

Das Ende. Aber nicht ganz. Die Geschichte geht weiter in Die Berührung Des Todes:

Als eines kalten Dezembermorgens in Essex der Nebel sich lichtet, offenbart sich ein Albtraum. Die Leiche der 17-jährigen Lily Monteith wird auf einem Feld gefunden, ihr Mord erschreckend einzigartig - nur für sie entworfen. DS Tomek Bowen, der zwischen einer anspruchsvollen Ermittlung und seinem Leben als alleinerziehender Vater jongliert, deckt eine beunruhigende Verbindung zwischen Lilys Tod und einer Reihe ungelöster Morde aus vergangenen Jahren auf. Die Tötungen hörten abrupt auf - aber jetzt scheint der Raubtier zurück zu sein. Während die Uhr tickt, muss Tomek die Vergangenheit enträtseln, um einen Killer zu stoppen, der sein Handwerk perfektioniert. **Denn dieses Mal sind sie nicht nur auf der Jagd - sie bereiten sich auf etwas viel Schlimmeres vor.**

Erfahren Sie jetzt auf Amazon, was in Die Berührung Des Todes passiert!

Klicken Sie HIER, um Ihr Exemplar zu sichern!

Oder blättern Sie um, um einen exklusiven Auszug zu lesen.

DIE BERÜHRUNG DES TODES - EXKLUSIVER AUSZUG

KAPITEL 1

Etwas lag heute Nacht in der Luft. Eine Rohheit, ein elektrisierendes Kribbeln, das durch den John Burrows Park floss. Als ob nach Mitternacht alles zurückgesetzt worden wäre. Die Straßenlaternen rund um den Park hatten geflackert, waren aus- und wieder angegangen und hatten nun neuen Lebenswillen geschöpft. Selbst der Wind schien neue Energie zu bringen. Bestimmter, kraftvoller, in eine bestimmte Richtung gerichtet statt einer zufälligen Bewegung, vertrieb er die Wolken und brachte die unzähligen Sternbilder blinkender Lichter am Himmel zum Vorschein.

Ja, es lag definitiv etwas in der Luft heute Nacht.

Und insbesondere der Geruch.

Der Geruch nach geilen Teenagern, die in Litern von Parfüm und Rasierwasser gebadet hatten, der Geruch nach Alkohol in ihrem Atem. Der Geruch nach Verzweiflung, Unentschlossenheit, Verlangen.

Und bald auch der Geruch des Todes.

Er beobachtete sie aus der Ferne, von der anderen Seite des Parks, verborgen unter einem Baldachin aus tief hängenden Bäumen auf einer Bank. Ihre Schreie und Rufe waren von hier aus hörbar, die Geräusche rollten über das wellige Feld, getragen vom entschlossenen Wind. Jedes ihrer Worte ließ seinen Körper kribbeln.

Aber eines ganz besonders.

Ihres.

Das lauteste, lebhafteste.

Sie trug fast nichts. Einen knappen schwarzen Minirock mit einem weißen Crop-Top. Eine mutige, aber naive Wahl bei diesem Wetter. Die Temperatur war unter null Grad gefallen, und eine dünne Reifschicht begann sich auf dem Gras und der Parkbank abzusetzen. Er kämpfte darum, seinen Atem zu verbergen, damit er nicht in Form von Dampfwolken vor ihm sichtbar würde und er entdeckt werden könnte. Aber im Nachhinein war es ein sinnloses Unterfangen; sie waren zu beschäftigt damit, sich zu amüsieren, zu beschäftigt damit, sich zu betrinken, wie es Kinder in ihrem Alter zu tun pflegten, um ihm auch nur die geringste Beachtung zu schenken.

Trotzdem schadete es nicht, vorsichtig zu sein.

Er schaute auf seine Uhr. Fast 1 Uhr morgens. Mit etwas Glück würden sie bald gehen, nachdem sie den Elementen erlegen waren und gezwungen sein würden, Zuflucht zu suchen, an einem wärmeren Ort Unterschlupf zu finden.

Das Timing war entscheidend. Das Timing war vielleicht der wichtigste Teil des heutigen Abends. Zu früh und er riskierte, gesehen zu werden. Zu spät und er riskierte, sie zu verlieren, seine einzige Chance, es richtig zu machen, gänzlich zu verspielen. Wie bei Goldlöckchen musste er den Zeitpunkt perfekt abpassen.

Während er wartete, schloss er die Augen und ließ die Elektrizität in der Luft durch seinen Körper strahlen und seine Sinne kitzeln.

Es war eine Weile her. So lange. Zu lange eigentlich. Ein Teil von ihm hatte fast vergessen, wie es sich anfühlte. Der Hunger, das Gefühl, die Euphorie.

Aber das Warten war ein notwendiges Übel gewesen. Alles musste akribisch vorbereitet werden. Grundlagen mussten geschaffen werden. Schritte mussten nachverfolgt werden. Jede Ecke seiner Geschichte musste berücksichtigt werden.

Heute Nacht würde er töten. Und er musste sicherstellen, dass er damit davonkommen würde.

Die Zeit verging wie immer: langsam, besonders wenn man auf etwas wartete. Wie ein Topf, den man beobachtet, und so weiter. Es war kurz nach 1:30 Uhr morgens, als die Gruppe beschloss, dass sie genug von der Kälte hatte. Als er beobachtete, wie sie zum Rand des Parks schlenderten, erhob er sich schwerfällig von der Bank und folgte ihnen, von der Dunkelheit verborgen. Ihr Jubel und Gelächter prallte weiter von den Häusern ab, die den Park umgaben. Kurz darauf bog die Gruppe auf einen schmalen Weg ab, der zur Hauptstraße führte.

Er wusste, dass er für den nächsten Teil nicht viel Zeit hatte, also beeilte er sich, die hundert Meter zur Gasse ein Stück weiter zu laufen und rannte zu seinem Auto. Er sprang hinein, zündete den Motor, dimmate die Scheinwerfer und schaltete dann die Heizung ein. Volle Pulle. In seiner Abwesenheit hatte die Kälte der Nacht das Auto erstickt und mit einer dünnen Reifschicht überzogen.

Ähnlich wie das, was er heute Nacht für sie geplant hatte.

Er umklammerte das Lenkrad und massierte es mit seinen behandschuhten Fingern. Latex, in schwarzer Farbe passend zur Lenksäule und seinem Mantel. Um keine weitere Zeit zu verschwenden, fuhr er hinter dem geparkten Auto hervor und steuerte auf die Gruppe zu. Als er an ihnen vorbeifuhr, standen sie an der Mündung der anderen Gasse, unterhielten sich immer noch, zusammengekauert, schützten sich vor der Kälte.

Noch nicht. Zu früh.

Er würde warten und zurückkommen müssen, noch ein wenig im Hintergrund verweilen, irgendwo, wo er beobachten konnte, ohne gesehen zu werden. So wie er es in den letzten Tagen getan hatte. Er hatte sie eine Weile beobachtet, ihre Bewegungen überwacht, mitangesehen, wie sie mit ihren Freunden ausgegangen war, so wie heute Abend. Aber jedes Mal hatte es ein Problem gegeben, eine Ablenkung. Sie war nie allein gewesen, immer mit jemandem zusammen, immer unzertrennlich mit ihrer Freundin oder diesem Jungen verbunden, der offenbar in sie vernarrt war. Heute Abend schien es nicht anders zu sein. Mit der Ausnahme, dass er es in der Luft spüren konnte. Etwas war anders.

Er ließ sein Autofenster herunter und horchte. Die Stimmen waren entfernt, und er konnte nur das Ende des Gesprächs aufschnappen.

»Kommst du allein nach Hause?«, fragte einer der Jungen Lily.

»Ich komme schon klar. Ich laufe. Ich wohne nur um die Ecke«, sagte sie mit einer Trotzigkeit in der Stimme, die er bewunderte.

Er wartete ein paar Minuten, bis die Gruppe in die andere Richtung verschwunden war und sie auf ihn zukam. Nachdem sie auf der anderen Straßenseite an ihm vorbeigegangen war, startete er den Motor und massierte das dicke Gummi des Lenkrads. Dann wendete er auf der Straße und holte sie zwei Ecken später ein.

Vernünftiges Mädchen, dachte er, sie bleibt auf den Hauptstraßen, im Licht, macht sich so sichtbar wie möglich. Er verlangsamte das Auto und hielt neben ihr an, Räder drehten sich, das Auto rollte. Er ließ das Fenster herunter und lehnte sich so weit wie möglich hinüber, behielt mit einem Auge die Straße im Blick und mit dem anderen ihren kurzen Rock.

»Lily? Bist du das? Lily, ist alles in Ordnung?«

Ihre Reaktion kam sofort – und genau wie er es erwartet hatte. Zuerst war sie beim Klang ihres Namens zusammengezuckt, hatte ihn aber nicht angesehen, wagte es nicht, ihn anzusehen. Dann hatte sie den Kopf gesenkt, die Augen auf den Bürgersteig vor ihr gerichtet, ihre Hand schützte ihre Tasche und zog sie näher an ihren Körper. Aber als sie begann zu erkennen, dass die Stimme die eines Freundes und nicht eines Feindes war, entspannte sie sich, senkte die Hand und drehte sich um.

»Du solltest um diese Zeit nicht hier herumlaufen«, sagte er ihr. »Es sind Fremde und Spinner unterwegs.«

Ja, ja, die gab es. Nur waren sie nicht immer auf dem Bürgersteig; einige von ihnen bevorzugten ein Auto als Fortbewegungsmittel.

»Nennst du mich etwa einen Spinner?«, sagte sie mit einem Hauch von Verspieltheit in ihrer Stimme.

»Fang nicht an, mir Worte in den Mund zu legen.« Er brachte das Auto zum Stehen, überblickte seine Umgebung und fuhr dann fort: »Komm, ich nehme dich mit. Du solltest nicht allein hier draußen sein. Es ist ein Dschungel da draußen.«

»Und es gibt überall Krabbeltiere.«

Da kannst du drauf wetten.

Lily rutschte vom Bordstein herunter und hüpfte in das Auto, zuerst mit dem Hintern. Als sie sich hineindrehte, rutschte ihr Rock an ihrem Oberschenkel hoch, und er zwang sich, nicht hinzusehen.

Es würde später noch genug Zeit dafür sein, wenn er es brauchte.

»Was machst du um diese Zeit hier in der Gegend?«, fragte Lily, nachdem er losgefahren war.

Er wandte sich ihr zu, die Augenbrauen zusammengezogen. »Ich könnte dich das Gleiche fragen. Und ich könnte sogar fragen, warum du nach Alkohol riechst.«

Ihr Gesicht nahm die Farbe ihres Lippenstifts an, ein Ausdruck, der sie fünf Jahre jünger aussehen ließ.

»Fairer Punkt«, gab sie zu.

»Wenn du es unbedingt wissen musst«, antwortete er, »ich habe meine Mutter besucht. Sie ist im Krankenhaus. Ich kann sie nur zu dieser Zeit besuchen, sonst würde ich sie gar nicht sehen.«

»Das tut mir so leid«, sagte sie. »Geht es ihr gut?«

»Nicht wirklich, aber es ist okay. Es ist, wie es ist. Ich habe mich damit abgefunden.«

Sie fuhren den Rest der Strecke schweigend. Das heißt, bis sie die Sackgasse erreichten, in der Lily wohnte. Anstatt in ihre Straße einzubiegen, fuhr er weiter geradeaus und manövrierte um die geparkten Autos herum.

»Wir haben gerade meine Straße verpasst«, sagte sie und drehte den Kopf, um zurückzuschauen.

Er blieb stumm, die Augen auf die Straße gerichtet. Seine Hand bewegte sich geschickt zum Bedienfeld an der Seite seiner Tür und verriegelte das Auto.

»Wohin fahren wir?«, fragte Lily. Die Angst und Besorgnis waren in ihrer Stimme offensichtlich. Genau so, wie er es mochte. »Wohin bringst du mich?«

»Umweg.«

»Wohin?«

»An einen kleinen Ort, den ich kenne.«

»Welchen Ort?«

Sie stellte zu viele Fragen. Er wollte keine Fragen. Mochte sie nicht.

Es war Zeit für sie, jetzt den Mund zu halten. Er trat heftig auf die Bremse, packte ihren Sicherheitsgurtschnapper, um ihn an Ort und Stelle zu halten und sie daran zu hindern, ihn zu lösen, und schlug ihr dann in die Kehle. Während sie würgte und nach Luft schnappte, griff er in seine Tasche auf dem Rücksitz und zog einen dünnen Latexhandschuh hervor. Schwarz, ähnlich denen an seinen Händen. Dann, während er eine Hand über ihren Mund hielt und ihren Kopf gegen die Kopfstütze drückte, begann er, den Handschuh über ihr Gesicht zu ziehen, bis zum Hinterkopf.

Sie wehrte sich heftig, ihre Nägel schnellten in seine Richtung, aber jedes Mal verfehlten sie ihr Ziel. Und dann begann sie zu begreifen, was mit ihr geschah.

Was mit ihr *geschehen* würde.

Das Letzte, was sie tat, bevor er sie bewusstlos schlug, war zu schreien, bis ihre Lungen fast geplatzt wären.

KAPITEL 2

»K ann ich das haben?«
»Nein.«

»Aber es wird-«

»Nein.«

Sie drehte sich zu ihm um, als letzter Ausweg. Die Hundeaugen.

»Trotzdem nein.«

»Aber ich finde, es sieht schön aus!«

»Ich finde, ein Ferrari sieht auch schön aus, aber du siehst mich auch keinen kaufen.«

»Nur weil du dir keinen leisten kannst.«

Tomek ignorierte den Seitenhieb und seufzte schwer. Dann streckte er seine Hand nach dem Objekt in ihrer aus und zögerte. Ein Ausdruck von Aufregung und Vorfreude breitete sich auf ihrem Gesicht aus.

»Oh mein Gott, *wirklich*?«, sagte sie, unfähig, sich zurückzuhalten.

Ohne etwas zu sagen, nahm Tomek die Weihnachtsdekoration von ihr und legte sie zurück ins Regal zu all den anderen Weihnachtsbäumen, die so gestaltet waren, dass sie wie Marihuana-Blätter aussahen. Daneben befand sich eine Auswahl an kindischen und unreifen Weihnachtsdekorationen, die Tomek zwar bewunderte und deren Humor er verstand, was er aber nie zugeben würde: eine Figur des Weihnachtsmannes, der sich vorbeugte und seinen Hintern zeigte; ein Joint rauchender Jesus, der Passanten das Peace-Zeichen bot; und ein schwarzer Weihnachtsmann, der Basketball spielte.

Weihnachten war für ihn genauso Zeitverschwendung wie alle anderen Feiertage. Valentinstag, Halloween, Ostern. Obwohl er aus einer tiefreligiösen polnischen Familie stammte, war er nicht der Einzige, der sich von den gesellschaftlichen und kulturellen Erwartungen seiner Eltern, vor allem seiner Mutter, distanzierte. Sein älterer Bruder Dawid hatte sich, seit er Vater geworden war und eine eigene Familie gegründet hatte, vom religiösen Aspekt entfernt und mehr dem kapitalistischen zugewandt. Tomek hingegen war weder religiös noch kapitalistisch. Nicht weil er nicht daran glaubte oder weil er die Idee nicht mochte, jedes Jahr Geschenke zu bekommen. Es lag daran, dass er historisch gesehen nie in der Lage gewesen war, die Weihnachtszeit so zu genießen, wie sie gedacht war. Er wusste, dass es eine Zeit für Familie, für Lachen, für Zusammenhalt war. Aber wenn man so lange allein gelebt hatte und Jahr für Jahr von den Familieneinladungen zum Weihnachtsessen bei seinen Eltern ausgeschlossen worden war, war es ein wenig schwierig, sich darauf zu freuen.

Es gab nichts Schlimmeres als jemanden vom anderen Ende des Spektrums. Jemanden, der weihnachtsverrückt war. Jemanden, der Monate vor dem gesellschaftlich akzeptablen Zeitpunkt anfing, George Michael und Mariah Carey zu hören. Jemanden, der von der nicht vorhandenen Weihnachtsdekoration in seiner Wohnung besessen war.

»Du musst nicht so ein...« Kasia überlegte, welches das netteste Wort wäre. »Du musst nicht so ein *Kotzbrocken* deswegen sein.«

»Bin ich nicht.« Er blickte auf den Einkaufswagen vor ihnen und die mehreren Einkaufstüten in seinen Händen. »Meinst du nicht, wir haben genug?«

Er hatte bereits ein paar hundert Pfund für eine brandneue Schachtel Lametta ausgegeben; eine riesige Schachtel mit vierzig verschiedenfarbigen Kugeln; einen Kranz, der besser in ein Vogelnest hoch oben in den Bäumen gepasst hätte; über zehn Meter blinkende Lichter, für die er derjenige sein würde, der sein Leben riskieren müsste, um sie außen über die Fenster im oberen Teil des Hauses zu hängen; und einen brandneuen Weihnachtsbaum, den er sofort bereute gekauft zu haben. Dummerweise hatte er Kasia vorgelogen und behauptet, dass er jedes Jahr einen frischen kaufte, um die Welt vor Plastikmüll zu bewahren, aber dann hatte sie ihn daran erinnert, dass das Töten lebender Bäume umweltschädlich sei und dass ein Plastikbaum wiederverwendbar und nachhaltiger sei. Er hatte argumentiert, dass gar keinen zu kaufen und sogar *überhaupt nichts* davon zu kaufen, der größte Schritt in Richtung Nachhaltigkeit gewesen wäre, den sie hätten machen können, aber er hatte diese Schlacht verloren, und so hatte der Plastikbaum seinen Weg in seine Arme gefunden, zusammen mit den extra paar Kilo, die seinen CO2-Fußabdruck vergrößerten.

»Man kann nie genug haben, Papa«, antwortete sie. »Mama und ich haben früher immer alles gegeben. Wir hatten weihnachtliche Sachen von allem: Lebkuchenhäuser, Bilderrahmen, Schokoladendosen. Wir haben das Haus mit Lametta geschmückt und Schneemänner und Rentiere aus Papier an die Fenster geklebt. Wir hatten sogar einen riesigen Weihnachtsmann vorne im Garten, mit falschem Schnee auf dem ganzen Rasen.«

Ja, und deine Mutter hatte wahrscheinlich das Drogengeld, um das alles zu bezahlen.

Während er das nicht hatte. Er hatte seinen armseligen Sergeanten-Lohn, der rapide schrumpfte – was mit dem kürzlichen Umzug, der Versorgung seiner Tochter, der Bezahlung von Schulkleidung und all den anderen Ausgaben zusammenhing, die mit einem Kind kamen, von dem man nichts wusste.

»Ich denke, wir haben vorerst genug...«, sagte er zu ihr, während er den Einkaufswagen von der Dekorationswand wegschob und sich zur Kasse begab.

»Du bist so ein Geizkragen.«

»Das ist unfair«, erwiderte er und fragte sich, ob sie die ganze Geschichte von Dickens' Erzählung kannte. »Ich habe wenigstens *Geld* ausgegeben. Das ist die meiste Dekoration, die ich seit etwa zwanzig Jahren hatte.«

»Du musst ein trauriger kleiner Mann gewesen sein«, sagte sie. Wenn sie wusste, welchen Schaden diese Worte bei jemand anderem als ihm hätten anrichten können, ließ sie es sich nicht anmerken. Da war kein verschmitztes Lächeln, kein Hauch von Sarkasmus. Glücklicherweise für sie hatte er ein dickes Fell und hatte in seiner Zeit schon Schlimmeres erlebt – von viel jüngeren Kindern.

Sie blieben am Ende der Schlange stehen, die in der kurzen Zeit, seit er das letzte Mal hingeschaut hatte, bereits eine lächerliche Länge erreicht hatte.

»Ich bin mehr als bereit, alles zurückzubringen, wenn du willst.«

Sie legte besorgt eine Hand auf seinen Arm. »Nein. Bitte nicht. Wir können kein Weihnachten ohne Weihnachtsbaum oder Dekoration haben.«

»Dann schlage ich vor-«

Er hatte Kasias Aufmerksamkeit verloren. Etwas hatte sie abgelenkt. Eine festlich gestaltete Pflanze vielleicht. Oder ein mit Lametta verzierter Feuerhaken. Er wusste es nicht. Für ihn sah alles nach dem gleichen Mist aus. Aber was auch immer es war, hatte sie gefesselt. Ohne ein Wort eilte sie zu einem Tisch, griff nach etwas und brachte es dann triumphierend zurück, wie eine Katze, die ihrem Besitzer gerade eine Ratte mitgebracht hatte. Tomek schaute nach unten und sah einen Keramikteller, auf den ein grelles Bild des Weihnachtsmannes gestempelt war, der in einen Schornstein kletterte.

»Was zum Teufel ist das?«, sagte er, wobei seine Stimme um einige Oktaven anstieg.

»Sehen die nicht niedlich aus?«

»Nein. Das sind die Sachen, die man am Ende kauft und an Wohltätigkeitsorganisationen verschenkt, weil man endlich zur Vernunft gekommen ist und erkannt hat, wie dumm die Entscheidung war, sie überhaupt zu kaufen.«

Der verdutzte Blick auf ihrem Gesicht verriet ihm, dass sie keine Ahnung hatte, wovon er sprach.

»Na gut«, sagte er. »Das ist ein spezifisches Beispiel, aber sie sind trotzdem schrecklich. Und wir werden sie *nicht* kaufen.«

»Aber wir *brauchen* Weihnachtsteller!«

»Nein. Wir *brauchen* Luft. Wir *brauchen* Nahrung. Wir *brauchen* Wasser. Wir *brauchen* diese nicht. Außerdem werden wir sie nur einmal im Jahr benutzen.«

»Genau. Zu besonderen Anlässen. Sie werden wenigstens benutzt. Und wenn sie benutzt werden, dann landen sie nicht in irgendeinem Wohltätigkeitsladen, wie du gesagt hast.«

Tomek öffnete den Mund, um zu antworten, konnte aber nicht. Sie hatte ihn erwischt. Seine eigenen Worte gegen ihn verwendet. Das konnte er ihr nicht vorwerfen. Auch die Frau, die vor ihnen in der Schlange stand, konnte das nicht.

»Ich glaube, sie hat recht«, sagte die Frau und mischte sich in ihr privates Gespräch ein. »Sie sehen wirklich schön aus. Und sie passen zu dem Rest der Sachen, die Sie gekauft haben.«

»Toll. Danke für Ihren unerwünschten Beitrag.«

Tomek wurde sich schnell bewusst, dass er diese neugierige Ziege nicht vor Kasia anschreien konnte, also musste er es bei passiv-aggressiven Lächeln und einem noch aggressiver-passiven Gesichtsausdruck belassen.

»Gern geschehen«, sagte sie mit einem Grinsen, und als sie zu was auch immer zurückkehrte, was sie in der Schlange tat, zwinkerte sie Kasia verschwörerisch zu.

»Ich hab das gesehen...«, flüsterte Tomek seiner Tochter zu.

»Also... Können wir? Können wir sie bekommen?«

Tomek seufzte tief. Er hatte die Schlacht verloren, eine von vielen. Aber er würde den Krieg nicht verlieren. Eigentlich nein. Wen wollte er täuschen? Natürlich würde er das. Sie hatte ihn um den kleinen Finger gewickelt und sie ließ ihn nicht los.

Zumindest nicht in nächster Zeit.

Kurz nachdem sie für ihre Sachen bezahlt hatten, verließen sie John Lewis und machten sich auf den Weg zurück zum Auto auf der anderen Seite der Chelmsford High Street. Draußen hatte sich der Himmel in ein dunkleres Schiefergrau verfärbt, und ein leichter Regen hatte begonnen zu tröpfeln. Er war in der Vergangenheit nur ein paar Mal zum Einkaufen in der Gegend gewesen, und alles war für ihn ziemlich neu. Aber Kasia wusste genau, wohin sie gehen und was sie tun musste, obwohl sie noch nie dort gewesen war. Es war, als hätte sie einen angeborenen Orientierungssinn, der sie zu ihren Lieblingsgeschäften führte, wie ein Bluthund, der den Geruch von H&M und Primark aus einem halben Kilometer Entfernung erschnüffeln konnte.

Während sie gegen die Kälte ankämpfend zum Auto schlenderten, inspizierte Tomek seine Umgebung. Er beobachtete die Frau mittleren Alters, die allein mit Tüten von verschiedenen Ketten unterwegs war und zur nächsten eilte, und fragte sich, was darin war, wofür sie ihr

Geld ausgegeben hatte. Welche Geschenke ihre Verwandten undankbar entgegennehmen würden. Ob es die richtigen Sachen waren oder nicht.

Das erinnerte Tomek an etwas.

»Was wünschst du dir zu Weihnachten?«, fragte er und realisierte plötzlich, dass er es vielleicht ein bisschen spät ansprach. Noch ein paar Wochen... das würde doch reichen, oder?

»Was meinst du?«

»Zu Weihnachten. Geschenke. Du weißt schon... die bekommt man zu dieser Jahreszeit... Was wünschst du dir?«

Sie zeigte ihm eine verwirrte Grimasse, als ob sie gerade etwas Saures gegessen hätte und versuchte, die Fassung zu bewahren. »Du willst, dass ich dir sowas wie eine Liste gebe?«

»Idealerweise, ja...«

»Aber... Das ist nicht... So macht man Weihnachten nicht.«

»Doch, genau so. Du sagst mir, was du willst. Ich kaufe es. Du bekommst es. Du bist glücklich. Ich bin glücklich. Jeder gewinnt.«

»Aber wo bleibt da der Spaß? Wo ist die Überraschung?«

»Das ist kein Wichteln, Kasia. Wenn ich dir ein Scheiß-Geschenk machen wollte, das du nach fünf Minuten wegschmeißt, hätte ich dir noch mehr Teller gekauft. Ich kaufe dir lieber etwas, das du wirklich willst, anstatt zu raten. Ich bin nicht sehr gut im Raten. Ich muss es *gesagt* bekommen. Du musst mir eine Liste geben.«

Sie überlegte einen Moment und kratzte sich unter dem Auge.

»Wie wäre es mit AirPods?«, fragte sie, als sie eine kleine Brücke über den Fluss Chelmer überquerten, der durch die Stadt floss.

»Nein. Auf keinen Fall. Weißt du, wie teuer die sind? Und du wirst sie nur in der Schule verlieren. Überleg nochmal.«

»Dann kann ich also nichts bekommen, was ich will, oder?«

»Das habe ich nie gesagt. Ich sagte, gib mir eine Liste, und ich werde bekommen, was ich davon kann-«

»Aber du hast diesen Teil auch nicht gesagt.«

Sie hatte ihn wieder erwischt. Seine eigenen Worte gegen ihn verwendet. Sie wurde zu klug für ihr eigenes Wohl. Und er müsste in Zukunft gut überlegen, was er in ihrer Nähe sagte.

Sie kamen am Auto an. Tomek ließ die Taschen und den Weihnachtsbaum auf den Boden fallen und schloss das Auto auf.

»Nun, ich sage es dir jetzt, gib mir die Liste der Dinge, die du willst, und ich werde bekommen, was ich kann, und ich werde es so machen, dass du nicht weißt, welche ich dir besorge... *Da* hast du deine Überraschung.«

Sobald sie zu Hause ankamen, noch bevor sie überhaupt an etwas wie ihr Abendessen dachten, bestand Kasia darauf, den Rest des Abends damit zu verbringen, die Wohnung auf den Kopf zu stellen und sie in eine billigere, kleinere (aber keineswegs weniger geschmacklose) Version von Santas Grotte zu verwandeln. Es dauerte insgesamt zwei Stunden. Und in dieser Zeit hatten sie es geschafft, den Baum aufzubauen und mit all dem Lametta, den Kugeln, Lichtern und anderen unnötigen Dekorationen auszustatten, die er gekauft hatte. Sie hatten auch einen Kranz mit glitzernden Kugeln und Plastikblättern, die bei jedem Atemzug von Tomek abfielen, an der Eingangstür zur Wohnung angebracht. Tomek hatte darauf bestanden, ihn nicht an der äußeren Eingangstür anzubringen, weil er meinte, dass es ein Leuchtsignal für Kriminelle und Diebe sei, das signalisierte, dass irgendwo in der Wohnung teure Geschenke und viel Geld zu finden seien. Beides stimmte für ihn momentan nicht, aber er wollte auch nicht, dass irgendjemand dachte, er könne jederzeit in sein Zuhause eindringen.

Die größte und schwierigste Aufgabe, die ihnen bei der Neugestaltung der Wohnung zugefallen war, war, Platz für den Weihnachtsbaum selbst zu schaffen. Der sechs Fuß große Koloss, der Tomeks Meinung nach größer war, als ein Weihnachtsbaum sein musste, und sicherlich größer, als *sie* ihn brauchten, benötigte mindestens vier Quadratmeter Platz in einem Raum, der kaum groß genug für sie beide war (obwohl sie gerade von einer noch kleineren Wohnung umgezogen waren), was bedeutete, dass alle Möbel verschoben werden mussten. Als Tomek ursprünglich die Wohnung vor ein paar Wochen gekauft hatte, hatte er eine künstliche Pflanze nicht in seine begrenzten Inneneinrichtungsfähigkeiten einkalkuliert. Jetzt, nachdem alles verschoben worden war, sah der Raum deutlich kleiner aus, und das Feng Shui des Ortes war völlig gestört. Nicht, dass er an solche Dinge glaubte, er benutzte die Worte nur, um sie sich schuldig fühlen zu lassen, weil sie alles umräumen musste.

»Jetzt wird mein Nacken wehtun, wenn ich fernsehe«, sagte er ihr. »Und mein Nacken ist nicht für diesen Winkel gemacht.«

»Ich glaube, niemandes ist das-«

»Und es wird meine Rückenschmerzen noch schlimmer machen.«

»Du hattest vor zwei Minuten noch keine.«

Tomek ignorierte sie und massierte stattdessen den Bereich seines unteren Rückens, der beim Heben des Baumes schmerzhaft gezogen hatte.

»Warum bist du so ein Geizkragen?«, beschwerte sie sich.

»Bin ich nicht. Es tut mir leid. Ich habe nur Spaß gemacht. Meinem Rücken geht es gut.« Er massierte ihn etwas fester, um den Schmerz zu lindern. »Bist du zufrieden damit?«

»Ja.«

»Dann bin ich es auch.«

Um zu feiern, bestellte Tomek eine Pizza von ihrem lokalen Lieferdienst. Eine Peperoni für ihn, voller Geschmack und köstlicher gesättigter Fette. Und eine langweilige Vier-Käse für sie, ohne Gluten, ohne Flair und ohne jeglichen Spaß. Ihr üblicher Pizzaladen, der einzige, den sie je benutzten, kannte Kasias Nussallergie und stellte die freudlose Pizza speziell für sie her. Natürlich zu einem Aufpreis. Abseits von allen anderen Zutaten, die Nüsse enthalten könnten, so gut es ging.

Als sie im Wohnzimmer saßen, das nun jegliches Feng Shui vermissen ließ, schaltete Tomek den Fernseher ein und stellte eine Naturdokumentation ein. David Attenborough brachte ihnen etwas über die Tiere der afrikanischen Savanne bei. Löwen, Hyänen und allerlei andere Bestien streiften durch die Wüste, jagten, lauerten und töteten.

Bis der Bildschirm zu einer Herde friedlicher Büffel wechselte, die ihren eigenen Angelegenheiten nachgingen, am Gras und Schlamm entlang einer Oase grasten.

»Glaubst du, du könntest gegen eine Kuh kämpfen?«, fragte Kasia und überraschte ihn. Er drehte sich zu ihr um. Sie hatte ihr Stück Pizza aufgegessen und starrte ihn aufmerksam an, mit einem ernsten Gesichtsausdruck.

»Ich glaube, du musst mich das noch einmal fragen. Ich glaube, ich habe dich nicht richtig verstanden...«, antwortete er, während er sein halb gegessenes Stück langsam zurück auf den Teller legte.

»Eine Kuh. Glaubst du, du könntest gegen eine kämpfen?«

Wie sich herausstellte, hatte er sie beim ersten Mal absolut richtig verstanden.

»Was für eine Frage ist das?«

»Naja, als wir neulich auf unserem Schulausflug auf dem Bauernhof waren, hat Billy Turpin sich mit einer der Kühe angelegt und die Fäuste gegen sie erhoben. Miss Wells musste ihn wegziehen.«

So viele Fragen. So viele Dinge, die er sagen wollte, Kommentare, die er machen wollte.

Er hatte völlig vergessen, dass sie für einen ihrer Geografie-Schulausflüge zum Bauernhof gefahren war. Obwohl er sich daran erinnerte, den Brief dafür gesehen und gedacht zu haben, dass sie in der weiterführenden Schule etwas zu alt waren, um Kühe, Ziegen und Hühner zu sehen. Dass es eher für Grundschüler geeignet sei. Offensichtlich nicht. Und offensichtlich wirkte Billy Turpin dort nicht fehl am Platz.

»Billy Turpin klingt wie ein Idiot«, erwiderte er.

Sie sah sichtlich beleidigt aus. »Er glaubt, er könnte gegen eine kämpfen und sie k.o. schlagen.«

Tomek schüttelte den Kopf und versuchte, dem Gespräch zu folgen. »Gegen eine Kuh zu kämpfen und sie k.o. zu schlagen, sind zwei verschiedene Dinge. Jeder kann gegen eine Kuh *kämpfen*, aber das heißt nicht unbedingt, dass er gewinnt. Und es bedeutet sicher nicht, dass er sie k.o. schlägt.«

»Aber könntest *du* es tun?«

»Darüber habe ich noch nie nachgedacht. Ich kann ehrlich sagen, dass mir dieser Gedanke nie in den Sinn gekommen ist.«

Und er machte sich Sorgen, denn jetzt, wo es passiert war, würde er an nichts anderes denken können als an eine Kuh, die seine Faust abbekam.

»Was hat Miss Wells gesagt?«, fragte Tomek.

Kasia zuckte mit den Schultern, als ob sie plötzlich das Interesse am Gespräch verloren hätte. »Sie hat Billy dumm genannt.«

»Nun, da hat sie recht. Billy klingt wie ein Idiot. Halte dich von Billy fern.«

Kasia verstummte, ihr Blick fiel auf den Teppich kurz vor dem Fernsehschrank. Sie kreuzte die Beine auf dem Sofa und legte beide Hände in die Lücke zwischen ihren Beinen.

»Eigentlich...«, begann sie, unfähig, seinem Blick zu begegnen. Zögern durchzog ihre Worte. »Ich wollte dich fragen...«

Uh-oh. Tomek konnte spüren, worauf das hinauslief. Das B-Wort. Jungen. Insbesondere *ein* Junge. Ein einzelner Junge, den sie als einen Schnitt über dem Rest ansah. Ein Junge, der glaubte, er könnte gegen eine verdammte Kuh kämpfen.

»Könnte Billy eines Nachmittags nach der Schule vorbeikommen?«, sagte sie schüchtern. Sobald die Worte draußen waren, verkrampfte sich ihr Körper noch mehr und sie blieb auf dem Sofa wie eingefroren. »Nur um fernzusehen oder so...«

Oder so. Tomek wusste genau, was dieses *so* war. Es geschah direkt vor ihm auf dem Fernsehbildschirm. Zwei wilde Bestien beim Paaren, der männliche Löwe bestieg die Löwin und bereitete sich darauf vor, sie zu befruchten.

Nur um fernzusehen oder so...

Seine Fantasie lief wild, während Paranoia und übermäßiger Beschützerinstinkt einsetzten.

»Ich muss darüber nachdenken...«, sagte er. »Aber ich bin nicht begeistert von der Idee, dass ihr beide allein zu Hause seid. Ich muss dir doch nicht von den Bienen und Blumen erzählen, oder?«

»Ih, Papa! Nein, eklig! Ich bin dreizehn! Billy ist nur ein Freund. Er ist ein Junge... *freund*«, erklärte sie und betonte das Wort *Freund* besonders, um jeden weiteren Zweifel, den er haben könnte, auszuräumen. »Außerdem wissen wir das alles schon aus der Schule. Sie bringen uns das seit Jahren bei. Bitte erzähl mir nicht, wie Babys gemacht werden.«

»Wenn ihr zwei nur Freunde seid, dann brauchst du dir keine Sorgen zu machen, dass ich dir erzähle, wie solche Dinge funktionieren.«

Darauf hatte sie keine Antwort. Und das machte ihn noch besorgter.

»Ich möchte nicht, dass Billy vorbeikommt«, sagte er ihr. »Deine Abende sind mit deinem Polnischunterricht und deinen Hausaufgaben schon genug ausgefüllt. Ich will nicht, dass er dich noch mehr ablenkt, als er es wahrscheinlich ohnehin schon in deinem Unterricht tut... oder auf dem Bauernhof.«

AUCH VON JACK PROBYN

Die DS Tomek Bowen Krimireihe:

BUCH 1: DIE RACHE DES TODES

Southend-on-Sea, Essex: Detective Sergeant Tomek Bowen - getrieben, hartnäckig und vom Tod seines Bruders verfolgt - wird zu einem der schockierendsten Tatorte gerufen, den er je gesehen hat. Ein Mann wurde rituell ermordet und in einer Kleingartenanlage in der Nähe des örtlichen Flughafens abgelegt. Erste Ermittlungen deuten darauf hin, dass dieser Mann eine Vergangenheit hatte. Eine Vergangenheit, die ihm viele Feinde einbrachte.

Die Roche Des Todes herunterladen

BUCH 2: DER GRIFF DES TODES

Annabelle Lake glaubte, den Ford Fiesta, der vor ihrer Schule wartete, und den Fahrer darin zu erkennen. Sie lag falsch. Ihre Leiche wird einige Zeit später entdeckt, baumelnd an einer Schaukel auf einem Spielplatz auf Canvey Island.

Der Griff Des Todes herunterladen

BUCH 3: DIE BERÜHRUNG DES TODES

Als sich an einem Dezembermorgen in Essex der Nebel lichtet, wird die Leiche eines Teenager-Mädchens mit dem Gesicht nach unten in einem Feld entdeckt. Der Fall landet schnell auf dem Schreibtisch von DS Tomek Bowen, der, während er versucht, sein neues Leben als alleinerziehender Vater einer dreizehnjährigen Tochter zu meistern, die tödlichen Ereignisse aufdecken und die Wahrheit ans Licht bringen muss.

Die Berührung Des Todes herunterladen

BUCH 4: DER KUSS DES TODES

Der Tod eines Obdachlosen erregt kaum Aufmerksamkeit in Southend-on-Sea - bis die Obduktion ihn als Herbert Tucker identifiziert, einen umstrittenen Parlamentsabgeordneten mit einer Geschichte voller Feindschaften. Zwischen den Strandhütten von Thorpe Bay gefunden, wirft sein sorgfältig inszeniertes Ableben mehr Fragen auf als es Antworten liefert. Unter wachsendem Druck muss DS Tomek Bowen die letzten Tage eines Mannes rekonstruieren, der von

Kontroversen lebte. Seine Ermittlungen decken ein Netz aus Täuschungen auf, das sich von den Korridoren Westminsters bis in die dunkelsten Ecken von Essex erstreckt. Doch je näher Bowen der Wahrheit kommt, desto klarer wird ihm - dies war nicht nur Mord. Es war eine Botschaft. Und jemand wird alles tun, um ihre Bedeutung im Verborgenen zu halten.

Der Kuss Des Todes herunterladen

BUCH 5: DER GESCHMACK DES TODES

An einem windigen und eisig kalten Morgen besucht Morgana Usyk, Besitzerin eines der Lieblingsplätze von DS Tomek Bowen, Morgana's Café, den etwas über eine Meile vor der Küste gelegenen Mulberry Harbour. Kurze Zeit später wird ihre Leiche in den flachen Gewässern gefunden, treibend neben dem Hafen. Erste Berichte und Augenzeugenaussagen besagen, dass sie den Mörder vom Tatort fliehen sahen. Doch als Sturm Alisha aufzieht und alle Beweise wegspült, steht Bowen mit seinem Team auf verlorenem Posten. Jetzt steigt das Wasser. Und Morganas Leiche wird nicht die einzige sein, die sie darin finden werden.

Der Geschmack Des Todes herunterladen

BUCH 6: DER ENGEL DES TODES

Als die Flugbegleiterin Angelica Whitaker nach einer Nacht in einem der beliebtesten Nachtclubs von Southend als vermisst gemeldet wird, wird der Fall zum ersten Mal in seiner Karriere an DS Tomek Bowen übergeben. Sobald die Ermittlungen beginnen, richtet sich der Verdacht auf den Mann, mit dem sie im Club getanzt hat. Doch als ihre Leiche später in einer Kirche gefunden wird, positioniert wie ein Engel, deuten dieselben Indizien auf einen berechnenden, gefassten und sadistischen Killer hin. Aber während die Ermittlungen voranschreiten und Tomek tiefer in das Leben des Opfers eintaucht, wird klar, dass es keinen Mangel an Verdächtigen gibt und jeder seine Geheimnisse hat – manche mehr als andere...

Der Engel Des Todes herunterladen

REZENSION SCHREIBEN

Da wären wir. Ende.

Also, ich sage « wir » … ich meine euch. Danke.

Danke, dass ihr bis hierhin durchgehalten habt und mir treu geblieben seid, während ich mir diese unglaublich wilden und bizarren Geschichten ausdenke und sie später zu Papier (oder besser gesagt, in digitale Dateien) bringe.

Amazon ist voll von Millionen von Büchern (buchstäblich, und ich verwende diesen Begriff nicht leichtfertig), daher ist es oft schwierig, die nächste Lektüre zu finden. Man möchte einfach wissen, in welches Buch man als nächstes eintauchen soll. Aber manchmal hat man keine Zeit, sie alle durchzugehen. Was also tun?

Natürlich die Rezensionen lesen.

Wir nutzen sie in jedem Bereich unseres Lebens. Restaurants. Filme. Unser nächster Fernseher. Kopfhörer. Fast alles wird von den Gedanken anderer bestimmt.

Verrückt, nicht wahr?

Aber was passiert, wenn man auf ein Buch ohne Rezensionen stößt? Man schreckt vielleicht davor zurück. Es ist schwer, dem Buch zu vertrauen.

Ihre Zeit ist kostbar. Sie wollen sie nicht mit enttäuschenden Geschichten verschwenden. Niemand möchte das. Und das möchte ich auch nicht für Sie. Manchmal mache ich mir Sorgen, dass dieser Geschichte dasselbe passieren könnte. Aber es gibt eine Lösung.

Eine Rezension hilft viel. Und sie gibt mir das Selbstvertrauen, die verrückten Gedanken in meinem Kopf weiter zu verarbeiten. Wenn Sie einen Moment Zeit haben, würde ich mich sehr über eine Rezension freuen. Es muss nicht viel sein – nur ein paar Worte darüber, wie Sie das Buch finden.

Vielen Dank.

Ihr freundlicher Autor,

Jack Probyn

TRETEN SIE DEM VIP-CLUB BEI

Ihr KOSTENLOSES Buch wartet auf Sie

Verfügbar, sobald Sie dem Club beitreten
Holen Sie sich jetzt Ihr KOSTENLOSES Exemplar der Prequel-Novelle
zur DS Tomek Bowen-Reihe auf jackprobynbooks.com, wenn Sie
meinem VIP-E-Mail-Club beitreten.